AMELIA

Kimberly McCreight vit à Brooklyn avec son mari et ses deux enfants. *Amelia* est son premier roman traduit en France.

KIMBERLY McCREIGHT

Amelia

ROMAN TRADUIT DE L'ANGLAIS (ÉTATS-UNIS)
PAR ÉLODIE LEPLAT

LE CHERCHE MIDI

Titre original :

RECONSTRUCTING AMELIA
Publié par Harper Perennial

ISBN : 978-2-253-09509-5 – 1re publication LGF

Pour Tony,
le phare de mon foyer

« Admettons de nouveau que la vie
soit une substance solide, ayant la forme d'un globe,
que nous faisons tourner entre nos doigts.
Admettons que nous puissions construire
une histoire simple et logique… »

Virginia WOOLF, *Les Vagues*
(traduction de Michel Cusin, Gallimard)

gRaCeFULLY

5 SEPTEMBRE

Parce qu'il y a 176 définitions du mot *loser* sur urbandictionary.com, sortez du lot

Salut les bouffons !

Ah, le début d'une nouvelle année scolaire. Et me voilà de retour avec tous les ragots que vous ne lirez jamais dans les journaux...

Alors, pendant que vous passiez tous votre été à Southampton, Nantucket ou dans le sud de la France, à perfectionner votre coup droit ou votre pas de deux, à vous entraîner pour votre premier marathon, ou encore à savourer votre dernier championnat d'échecs en date, j'ai passé le mien à traquer le moindre mouvement de notre cher personnel encadrant. M. Zaritski est allé enseigner à UC Berkeley dans un camp de vacances scientifique pour les méga-intellos. Le bruit court que les parents l'auraient fait virer direct la deuxième semaine parce qu'il SCHLINGUAIT. Mme Pearl s'est dégotté un amant latino et a appris la pole dance à Miami. Je rigole. Évidemment qu'elle n'a pas eu d'amant. Qui voudrait coucher avec elle, hein ?

Ah oui, et ce cher et délicieux M. Woodhouse. Qui n'a jamais rêvé de le voir en maillot ? Hélas, nous ignorons où il a passé ces temps chauds, même si je sais de source sûre qu'il a passé au moins un long week-end blotti contre Liv, notre prof d'anglais adorée. Moi je dis : chapeau bas.

Quant à vous autres, sachez que j'assurerai un résumé de l'été au fur et à mesure de l'arrivée des news durant les prochains jours : alors envoyez-les à gracefullyblog@gmail.com. Parce que c'est parti pour une nouvelle année, où tous les losers pourront enfin devenir cools et les baleines se transformer en sirènes.

Restent les éternelles questions : la charmante petite Dylan finira-t-elle par avouer qui elle se tape ? Heather et Rachel admettront-elles jamais qu'elles se broutent la chatte ? Zadie échappera-t-elle à la taule suffisamment longtemps pour passer son bac ? Avec quelle terminale le sexy Carter, qui semble bloqué en seconde pour l'éternité, couchera-t-il en premier ? Et qui est ce mystérieux Ian Greene, est-il aussi torride que le laissent penser les photos de sa fiche d'inscription ? Rien n'est moins sûr, me dit mon petit doigt. Mais vous serez les premiers au courant.

En attendant, allez-y, astiquez vos pompes toutes neuves et faites reluire vos sourires. Et attachez vos ceintures. Ça va secouer...

AMELIA

14 SEPTEMBRE, 7 H 37

AMELIA

tu l'as su qd ?

BEN

su quoi ?

AMELIA

ke t'aimais les mecs

BEN

je sais pas, tjr je crois

AMELIA

1possibl

BEN

c vrai, sérieux

AMELIA

et tu l'as dit à tt le monde, comme ça

BEN

en gros, ouais ; on s'en fout 2 ce ke pensent les autres

AMELIA

j'arrive pas à m'imaginer ê aussi sûre 2 quoi ke ce soit. ni aussi courageuse

BEN

tu pourrais t'épaT toi-même

AMELIA

tu parles

BEN

t'es + forte ke ce ke tu crois

AMELIA

merci. je ferais quoi sans toi pour me booster ?

BEN

tu mourrais ? j'aime croire ke des vies dépendent 2 moi

AMELIA

ah, ah. qd est-ce kon passe du tps ensemble pour 2 vrai ?

BEN

c pas vrai ça ?

AMELIA

tu sais très bien ce ke je veux dire

BEN

je vais peut ê venir à NYC ds qq semaines : mon daron fait 1 voyage d'affaires

AMELIA

et je pourrais te voir ?

BEN

grave

AMELIA

OMG, sérieux ? ! g trop hâte !!!

Kate

24 OCTOBRE

Kate sut que Victor était furieux avant même de lever les yeux de ses notes et de voir la colère envahir son visage, tel un nuage menaçant. Dans la salle de conférences, on entendait les mouches voler, tous – cinq avocats de Slone, Thayer et dix d'Associated Mutual Bank – attendaient qu'il dise quelque chose. Au lieu de quoi il s'adossa à son fauteuil, les mains soigneusement croisées sur les genoux. Avec ses cheveux poivre et sel et son costume parfaitement ajusté, il restait séduisant et digne malgré son mécontentement évident.

Au beau milieu de ce silence gêné, le ventre de Kate gargouilla. Elle se racla la gorge et s'agita sur son siège, espérant que personne n'avait entendu. Ce matin-là, la nervosité lui avait coupé l'appétit. Il y avait cette réunion, mais aussi la discussion qu'elle s'était préparée à avoir avec Amelia. Discussion qui n'avait jamais eu lieu. Contre toute attente, Amelia était partie au lycée avec le sourire et un signe guilleret de la main, laissant Kate en retard pour le travail et en excès d'adrénaline.

Elle jeta un œil plein de convoitise à l'étalage interminable de bagels, de fruits et de sucreries disposés sur le buffet de la salle de conférences. Hélas, quand on dirige une réunion client à la place de Jeremy Firth, le responsable adoré du pôle contentieux chez Slone, Thayer, on ne se lève pas en plein milieu pour aller rafler un en-cas.

« Vous vous rendez bien compte, déclara Victor en désignant Kate, que se conformer à cette assignation rendra impossible toute objection ultérieure.

— Je comprends ta frustration, Victor, répliqua Kate d'un ton calme. Mais la SEC[1] est en droit de…

— En droit ? aboya Victor. Elle surcompense, oui. »

Kate soutint son regard, qui lançait désormais des éclairs. Vaciller maintenant, ne serait-ce que d'un cheveu, serait fatal. Victor exigerait certainement de voir Jeremy, or, bien qu'associée, elle restait une collaboratrice junior. Il fallait qu'elle soit capable de gérer cette affaire seule.

« Et le mérite, alors ? Cela ne… »

Avant que Victor ne puisse exprimer le fond de sa pensée, le téléphone de la salle de conférences se mit à sonner, faisant sursauter l'assistance. Rebecca, leur collègue et subordonnée, s'empressa d'aller répondre tandis que Victor se retournait vers Kate.

« Je veux que nos objections fassent partie du rapport officiel, et je veux un budget alloué à tout ce

1. SEC : Security and Exchange Commission. L'équivalent de l'Autorité des marchés financiers en France. *(N.d.T.)*

bordel avant que quiconque ouvre un seul carton de documents. Si tu acceptes, tu récupères tous les dossiers, marché conclu ? »

Comme si Kate allait se mettre dans la poche les profits supplémentaires du cabinet. En réalité, son seul et unique bénéfice serait la reconnaissance de Jeremy. Ce qui n'était pas anodin, évidemment. Rester l'un des disciples préférés de Jeremy comptait – et pas qu'un peu.

« Absolument, Victor, répondit Kate. Nous ferons en effet de notre mieux pour…

— Excuse-moi, Kate », lui murmura-t-on à l'oreille.

Quand elle leva les yeux, elle découvrit Rebecca, visiblement pétrifiée de l'avoir interrompue.

« Désolée, mais ta secrétaire est à l'appareil. Elle dit que tu as un appel urgent. »

Kate se sentit rougir. Répondre au téléphone au milieu d'une réunion avec Victor Starke était encore pire que d'aller rafler un bagel. Beatrice, sa secrétaire habituelle, n'aurait jamais interrompu ce genre de réunion, hélas elle était en congé maladie. Kate avait signifié à sa remplaçante de ne la déranger qu'en cas d'urgence absolue, mais la fille avait eu une expression d'une telle vacuité que Kate avait pensé qu'elle devait être shootée. Malheureusement, refuser de prendre cet appel n'était pas une option non plus. Kate attendait des nouvelles de l'assistant d'un juge au sujet de sa demande d'ordonnance restrictive temporaire pour un autre client.

« Excuse-moi un instant, je te prie, dit Kate, tâchant de faire croire que cette interruption était tout à fait attendue. J'en ai pour une seconde. »

Elle se dirigea vers le combiné dans un silence de mort. Elle sentait tous les regards braqués sur elle. Heureusement, lorsqu'elle appuya sur le bouton de mise en attente qui clignotait, la conversation reprit enfin derrière elle. Les associés de Victor rirent complaisamment, probablement à l'une de ses blagues.

« Kate Baron à l'appareil.

— Oui, madame Baron, répondit la femme à l'autre bout du fil. C'est madame Pearl, la CPE de Grace Hall. »

Un appel urgent. Comment se faisait-il que sa fille ne lui ait même pas traversé l'esprit ?

« Il est arrivé quelque chose à Amelia ? »

Les battements de son cœur s'étaient accélérés.

« Non, non, elle va bien, répondit Mme Pearl avec un soupçon d'agacement. Mais il y a eu un incident. Amelia est exclue pendant trois jours, c'est une sanction immédiate. Il va falloir que vous veniez signer une fiche de sortie et que vous la rameniez à la maison.

— Exclue ? Que voulez-vous dire ? »

Amelia n'avait jamais eu de problème de toute sa vie. Ses professeurs ne tarissaient pas d'éloges à son propos : brillante, créative, réfléchie, concentrée. Elle excellait en sport et était inscrite à toutes les activités extrascolaires imaginables. Elle était bénévole une fois par mois à CHIPS, une soupe populaire locale, et apportait régulièrement son aide lors des manifestations organisées avec le lycée. Exclue temporairement ? Non, pas Amelia. Kate, malgré son travail accaparant, connaissait sa fille. Vraiment. Il y avait erreur.

« Oui, Amelia a été exclue trois jours, répéta Mme Pearl, comme si cela répondait à la question pourquoi. Pour des raisons évidentes, nous ne pouvons la laisser partir qu'avec un parent ou un tuteur. Cela vous pose-t-il problème, madame Baron, de venir la chercher ? Nous avons conscience que vous travaillez à Manhattan et que le père d'Amelia n'est pas disponible. Mais malheureusement, le règlement scolaire est ce qu'il est. »

Kate s'efforçait de ne pas se mettre sur la défensive. Elle n'était même pas sûre de percevoir le moindre jugement dans la voix de Mme Pearl. Seulement, au fil des ans, elle avait subi son lot de questions gênantes, de regards interrogateurs et de désapprobation à peine déguisée. Ses propres parents semblaient toujours considérer sa décision de mener à terme sa grossesse non désirée, alors qu'elle était encore à la faculté de droit, comme une forme particulièrement perverse de démence criminelle. Et en effet cette décision ne lui ressemblait pas. Sa vie entière, Kate avait toujours fait la bonne chose au bon moment, dans tous les domaines, excepté celui des hommes. À dire vrai, avec les hommes, elle avait toujours manqué de perspicacité. Cependant, garder son bébé n'avait pas été une décision prise à la légère, et elle ne la regrettait pas.

« J'arrive tout de suite, je pars immédiatement. Mais pouvez-vous au moins me dire ce qu'elle… »

Kate s'interrompit, l'avocate en elle lui rappelant soudain qu'elle devait choisir soigneusement ses mots. Elle n'était pas prête à admettre la culpabilité de sa fille.

« De quoi Amelia est-elle accusée, au juste ?

— J'ai bien peur que les questions disciplinaires ne puissent être abordées au téléphone, répliqua Mme Pearl. Il y a des règles de confidentialité, des procédures mises en place. Je suis sûre que vous comprenez. M. Woodhouse, le proviseur, vous donnera les détails tout à l'heure. Vous pensez arriver quand, exactement ? »

Kate regarda sa montre.

« Je serai là dans vingt minutes.

— Si c'est le mieux que vous puissiez faire, repartit Mme Pearl d'un ton qui laissait penser qu'elle aurait préféré dire quelque chose de nettement moins conciliant. J'imagine que ça ira. »

Vingt minutes, c'était extrêmement ambitieux. Victor avait bruyamment protesté quand Kate avait essayé de conclure la réunion en avance. Au final, elle n'avait eu d'autre choix que d'appeler Jeremy.

« Je déteste faire ça », lui dit-elle en venant à sa rencontre dans le couloir qui menait à la salle de conférences.

Et c'était vrai. Elle détestait partir ainsi en pleine réunion. C'était quelque chose que Daniel – son ancien camarade de la faculté de droit ultracompétitif et désormais coassocié junior, sans enfant et depuis longtemps divorcé – n'aurait jamais fait, quand bien même il aurait été victime d'une hémorragie interne.

« Mais le lycée d'Amelia a appelé. Je dois aller la chercher.

— Pas de problème. D'ailleurs, tu viens juste de m'épargner un rendez-vous avec Vera et les entrepreneurs qui s'occupent de notre nouvel appartement. Je préfère de loin une réunion client avec Attila le Hun à une conversation sur les murs porteurs », la rassura Jeremy avec un de ses fameux sourires.

Il passa la main dans ses cheveux prématurément argentés. Il était grand, séduisant et, comme d'habitude, d'allure élégante dans sa chemise à rayures roses.

« Tout va bien ?

— Je ne sais pas, répondit Kate. Apparemment Amelia s'est mise dans je ne sais quel pétrin, mais ça n'a pas de sens. Elle n'est pas du genre à s'attirer des problèmes.

— Amelia ? Je viens juste de chanter ses louanges dans ma lettre de recommandation pour le programme d'été de Princeton, alors je ne suis peut-être pas objectif, mais je n'y crois pas une seconde. »

Jeremy posa une main compatissante sur l'épaule de Kate et sourit de nouveau.

« Tu connais ces écoles privées. D'abord elles accusent, ensuite elles posent des questions. Qu'importe ce qui s'est passé, je suis sûr qu'il y a une explication logique. »

Il n'en fallut pas plus à Kate pour se sentir un peu mieux. C'était Jeremy tout craché : toujours le mot juste. Juste et manifestement sincère, même aux oreilles de Kate, qui pourtant le connaissait bien.

« Victor est furieux, commenta-t-elle en désignant la porte close de la salle de conférences. J'ai un peu l'impression de te jeter en pâture aux loups.

— Ne t'inquiète pas. »

Il eut un geste nonchalant de la main. Il pouvait travailler jusqu'à l'aube avant d'enchaîner au tribunal avec une cause perdue face à un adversaire agité et un client insatisfait sans jamais se départir de son attitude on-est-tous-copains.

« Je peux gérer Victor Starke. Va donc t'occuper d'Amelia. »

Kate avait opté pour le métro afin d'éviter les bouchons du quartier de Midtown, mais elle avait tout de même quarante-cinq minutes de retard quand, sans prévenir, la rame de la ligne 2 s'arrêta brutalement, juste avant Nevins Street. Cinquante, cinquante-cinq minutes, voilà le retard qu'elle finirait par avoir en arrivant à Grace Hall. Si elle avait de la chance. Nul doute que le lycée l'interpréterait comme un signe de négligence à l'égard de sa fille. Mère en retard, enfant délaissée. Le pas était très vite franchi.

Plus elle y réfléchissait, plus elle était convaincue que ce dont on accusait Amelia devait être grave. Grace Hall s'enorgueillissait d'être progressiste, ouvert d'esprit, à l'écoute des élèves. Fondé deux cents ans plus tôt par un groupe d'intellectuels new-yorkais – dramaturges, artistes et hommes politiques –, cet établissement était révéré pour l'excellence de ses enseignants et son programme artistique sans pareil. Même si on le rapprochait souvent de la vieille avant-garde des écoles privées de Manhattan – Dalton, Collegiate, Trinity –, Grace Hall était situé à Brooklyn, et avait donc des racines plus bohèmes. De ce fait, le lycée évitait les manuels et les évaluations standardisés, leur préférant l'apprentissage empirique. Étant donné la souplesse du règlement, Kate n'arrivait pas à imaginer le genre de chose qu'un élève devait faire pour mériter une exclusion.

Soudain, le train siffla et tressauta sur un mètre ou deux, avant de s'arrêter dans une ultime secousse. Kate regarda sa montre. Une heure cinq de retard, au bas mot. Et il restait encore quatre arrêts. *Putain*. Elle était toujours en retard, pour tout. Impatiente, elle se leva et se rapprocha des portes de sortie, peu à peu envahie par le doute.

Ces derniers temps, Amelia s'était montrée distraite, voire légèrement caractérielle. Elle avait quinze ans et les sautes d'humeur étaient propres à cet âge, mais il lui avait semblé qu'il y avait plus que ça. Les questions au sujet de son père, par exemple. Apparemment, l'explication habituelle de Kate concernant l'absence paternelle – après une seule et unique brève rencontre, il était allé enseigner aux enfants du Ghana et n'était jamais revenu – ne tenait plus la route. Et puis, le matin précédent, Amelia avait demandé à participer à ce stupide programme d'études à l'étranger pendant un semestre.

« Maman, tu ne pourrais pas m'écouter, là, juste une minute ? »

Amelia, bras croisés, était appuyée contre le plan de travail de la cuisine, dans leur étroite maison en grès brun. Avec ses longs cheveux blonds qui tombaient en vagues sur ses épaules et ses yeux miraculeux – un bleu, un noisette – qui brillaient dans la lumière chaude du matin, elle paraissait tellement plus âgée, tellement plus grande qu'un petit jour plus tôt. Avec ses pommettes hautes et son visage en forme de cœur hérités de sa mère, c'était une belle fille. Et sexy qui plus est, dans le pantalon taille basse et le débardeur moulant qu'elle portait ce jour-là. Heureusement, elle restait encore un peu garçon manqué.

« Oui, Amelia, je peux t'écouter une minute », avait répondu Kate en s'efforçant à la patience.

À en croire l'air affligé de sa fille, la proposition de voyage aux Bermudes que Kate venait de suggérer pour Thanksgiving l'enchantait autant qu'une invitation à passer un week-end chez le dentiste.

« Je suis toujours là pour t'écouter.

— Je veux passer le prochain semestre à Paris, avait décrété Amelia.

— Paris ? »

Kate avait enfoncé son ordinateur portable et trois ou quatre dossiers dans son sac avant de se remettre à la recherche de son téléphone, qu'elle avait cru laisser sur le plan de travail. Elle s'était passé une main dans les cheveux, sous le regard insistant de sa fille. Ils étaient encore mouillés, et pourtant elle aurait pu jurer se les être séchés.

« Pendant tout un semestre ? Et Paris est si loin. »

Malgré ses efforts, l'agacement la gagnait. Il était difficile de ne pas se dire qu'Amelia insistait pour avoir cette discussion justement parce qu'elle savait sa mère déjà en retard. Kate se demandait parfois si sa fille ne se montrait pas plus stratégique que ce qu'elle voulait croire. Elle disait oui à beaucoup de choses – sorties tardives, nuits chez des amis, fêtes – parce que Amelia lui demandait l'autorisation quand elle était stressée ou pressée. Mais un semestre en Europe, c'était une autre histoire. Elle n'allait certainement pas céder simplement parce que ça aurait été plus simple. Or ça l'aurait été. Et de beaucoup.

« Je vois pas ce que ça change. » Amelia avait émis un son guttural exaspéré. « T'es jamais là, de toute façon. »

D'ordinaire, le temps que Kate consacrait à son travail n'était pas un sujet de récrimination. Kate avait toujours supposé – espéré était peut-être un meilleur terme – que cela s'expliquait dans la mesure où Amelia n'avait jamais rien connu d'autre que cette vie avec une mère célibataire à la carrière exigeante. Cependant elle se préparait toujours psychologiquement à ce que sa fille ressente tout de même des vides, malgré ses efforts désespérés pour les combler d'un amour débordant.

« Amelia, je t'en prie, ce n'est pas juste. Et puis un semestre à l'étranger, ça se fait à la fac, pas au lycée.

— Ce serait éducatif. »

Kate avait dévisagé sa fille, espérant déceler un soupçon d'humour dans son regard. Rien. Elle était parfaitement sérieuse.

« Amelia, j'aimerais vraiment pouvoir faire sauter ma réunion pour rester ici et en discuter avec toi, avait assuré Kate. Mais franchement c'est impossible. S'il te plaît, pourrait-on en parler plus longuement ce soir, quand je rentrerai à la maison ?

— Tu n'as qu'à dire oui, maman ! » avait hurlé Amelia, faisant sursauter Kate. Sa fille n'était pas du genre à crier, et certainement pas contre elle.

« C'est super facile, écoute : oui. Trop simple. »

Ça y est, avait songé Kate. *C'est officiellement une adolescente. À partir de maintenant, ce ne sera plus nous deux contre le reste du monde, mais elle contre moi.*

Le pire dans cette dispute, c'est que Kate était finalement rentrée trop tard le soir – encore trop tard, toujours trop tard – pour reparler de ce projet de séjour à l'étranger. Par contre, le lendemain matin au réveil – ce matin-là, donc –, elle s'était tenue prête. Elle s'était même levée tôt exprès – même si sa réunion avec Victor promettait fort d'être l'une des plus stressantes de sa carrière –, de façon à avoir tout le loisir de discuter de Paris avec Amelia. Elle avait décidé de camper sur son refus initial, mais de proposer d'aller y passer Noël. Elle avait aussi prévu de s'excuser de ne pas être davantage à la maison, surtout ces derniers temps. Certes, elle était parvenue à maintenir leurs dîners du vendredi et leurs soirées cinéma du dimanche. Mais leurs excursions du week-end se faisaient de plus en plus rares.

Depuis qu'Amelia était toute petite, Kate s'était toujours efforcée d'organiser au moins une sortie chaque week-end : un spectacle à Broadway, une exposition au Met, le festival des cerisiers en fleur au jardin botanique de Brooklyn, ou encore la Mermaid Parad[1] à Coney Island. Hélas, c'était devenu plus difficile depuis que l'affaire de l'Associated Mutual Bank avait commencé à se compliquer, sans compter qu'Amelia, de son côté, multipliait les activités : le hockey sur gazon, le club de français, le bénévolat, les

1. Défilé dont les participants sont déguisés sur le thème de l'océan.

amis. Depuis quelque temps, elle donnait l'impression d'avoir constamment rendez-vous quelque part.

Kate se tenait toujours près des portes du métro, examinant son reflet fatigué dans la haute vitre, quand la voix automatisée du chef de train se fit entendre dans les haut-parleurs :

« Nous sommes temporairement immobilisés suite à un encombrement sur la ligne. Merci de bien vouloir patienter. »

Finalement, après tant d'inquiétude et de préparation, il n'y avait pas eu de conversation avec Amelia au sujet de son boulot, de Paris, ni de quoi que ce soit d'autre : sa fille avait simplement descendu les escaliers d'un pas nonchalant, rayonnante, en disant qu'en fin de compte elle n'avait pas envie d'aller à Paris. Bien sûr, ce brusque changement d'avis lui avait semblé suspect. Kate ne croyait toujours pas qu'Amelia pouvait avoir fait quelque chose de suffisamment grave pour justifier une exclusion, mais, vu le comportement fantasque qu'elle avait eu ces deux derniers jours, un petit écart n'était pas impossible.

Elle regarda de nouveau sa montre. Une heure dix de retard. Merde. Elle faisait vraiment une mère épouvantable. C'était trop pour elle, de devoir jongler seule entre son boulot et son rôle de parent. Elle n'avait aucune marge d'erreur. Il existait d'autres postes de juriste qui lui auraient fourni davantage de flexibilité ; moins d'argent aussi, même si Amelia et elle auraient pu vivre avec beaucoup moins. L'argent n'était pas la véritable raison pour laquelle Kate conservait ce travail, de toute façon. Elle aimait son boulot, elle y était douée, il la faisait se sentir compétente et sereine.

La réussite – d'abord universitaire, ensuite professionnelle – lui avait toujours insufflé ce sentiment : la sécurité. Et c'était primordial vu qu'il n'y avait pas de chevalier en armure rutilante à l'horizon.

Non pas que Kate ait été à la recherche d'un sauveur. Elle ne cherchait personne tout court. Au fil des ans, elle s'était rendue à plusieurs rendez-vous, poussée par une espèce d'obligation morale. Des amis avaient aussi souvent essayé de la caser. Seulement, elle n'avait jamais eu de chance dans ses histoires de cœur, ni au lycée, ni en licence, ni à la fac de droit. De fait, sa relation la plus saine avait été avec Seth, dont le principal défaut était de s'être révélé gay. Avant lui, Kate avait eu d'autres petits amis, en général du genre distant sur le plan affectif. Au moins était-elle désormais suffisamment mûre pour reconnaître que ses goûts calamiteux en matière de partenaires étaient entièrement liés à son éducation. Hélas, elle ne pouvait rien y faire.

À cette époque, elle commençait à se demander si les hommes avec qui elle sortait n'étaient pas les bons ou si, entre Amelia et son boulot, elle n'avait pas su leur accorder assez de place. Quoi qu'il en soit, rien – personne – n'était jamais resté. Et la vie en avait presque semblé plus facile. Sauf que maintenant, à trente-huit ans, son bébé accidentel – charmante expression que sa mère employait à tout-va, même depuis qu'Amelia était en âge de comprendre – risquait fort d'être son seul bébé. L'idée d'être la mère d'un enfant unique ne lui semblait pas fondamentalement mauvaise, pour une raison essentiellement économique, et donc peu recevable.

Le temps que le métro s'arrête enfin à Grand Army Plaza, Kate avait une heure et quart de retard. Elle sauta du wagon dès l'ouverture crissante des portes et s'élança vers l'escalier de sortie, le cœur battant.

Parvenue sur le trottoir, la luminosité lui fit cligner des yeux. Une main en visière, elle marcha d'un pas vif, tournant dans Prospect Park West. Cette rue à deux voies en sens unique était calme à cette heure de la journée et les talons vertigineux que Kate réservait aux réunions clients claquaient bruyamment sur le béton. Le parc, avec ses érables aux couleurs vives de fin octobre, se trouvait sur sa gauche, de l'autre côté de la rue. Les feuilles avaient commencé à tomber, formant une épaisse crête le long du mur d'enceinte. Ça faisait une éternité qu'elle n'y avait pas mis les pieds.

Malgré quinze ans passés à Park Slope, elle se sentait toujours plus chez elle dans son bureau que dans son propre quartier de Brooklyn. Elle avait voulu un endroit douillet, amical et ouvert pour élever Amelia, critères auxquels Park Slope répondait indéniablement. Pourtant, les militants de la Food Coop[1], les tas de déchets recyclables attendant le passage des éboueurs et les tribus compactes de familles bobos rassemblées sur les aires de jeux jouxtant leurs maisons en grès à plusieurs millions de dollars n'étaient encore pour elle que les détails charmants de la vie de quelqu'un d'autre.

---

1. Sorte d'épicerie associative qui privilégie les produits biologiques et locaux, où seuls les membres de l'association (qui gèrent également le magasin) peuvent venir faire leurs courses. *(N.d.T.)*

Loin devant elle, deux mamans typiques du quartier, séduisantes et urbaines sans être ouvertement branchées, bavardaient à la sortie du parc, une main sur une poussette de jogging aux lignes épurées, l'autre tenant un bambin, une bouteille d'eau écolo trônant dans le porte-biberon. Elles riaient en marchant, sans se soucier des petits qui leur tiraient le bras. En les regardant, Kate avait l'impression de n'avoir jamais eu d'enfant.

Elle avait toujours imaginé avoir une famille. Au moins deux enfants, voire trois. Au départ elle avait espéré éviter de n'en avoir qu'un, étant donné qu'elle avait elle-même souffert d'être fille unique. Cependant, elle avait fini par prendre conscience que cela n'impliquait pas forcément de le traiter dès la naissance comme un adulte miniature. Elle avait également supposé que, quel que soit le nombre d'enfants qu'elle aurait un jour, ils viendraient plus tard. Beaucoup, beaucoup plus tard. Elle allait d'abord se concentrer sur sa carrière, prendre du galon, comme sa mère, Gretchen – professeure émérite de neurologie à la faculté de médecine de Chicago –, le lui avait inculqué. La carrière d'abord, des enfants seulement si on a le temps.

Sa vie avait pourtant pris un tour différent. Au final, elle avait rejeté toutes les « options » que Gretchen lui avait lourdement conseillées afin de « gérer » cette « situation malheureuse ». Car si Kate admirait la réussite professionnelle de sa mère, elle n'avait aucune envie de l'imiter dans les autres domaines. Non, elle avait pris sa grossesse comme un signe,

signe qu'il aurait été dangereux d'ignorer. Mais aussi comme une chance d'avoir quelque chose en plus.

La maternité, évidemment, avait été difficile : elle se retrouvait mère célibataire à l'âge de vingt-quatre ans, sans avoir encore terminé ses études de droit. Pourtant elle avait – elles avaient – survécu. Kate et Amelia avaient trouvé le véritable salut en la personne de Leelah, la nounou qui s'était occupée d'Amelia pendant quinze ans, sans interruption. La chaleur, la compassion et l'excellente cuisine de cette femme leur avaient vraiment maintenu la tête hors de l'eau. C'est avec grand regret que Kate avait réduit ses heures au seul ménage pendant qu'Amelia était en cours. Cette dernière insistait depuis l'automne précédent, disant qu'elle était trop âgée pour avoir une nounou, et Kate avait fini par céder. Cependant Leelah leur manquait à toutes les deux : à Amelia plus qu'elle ne voulait l'admettre, à Kate parfois au-delà du supportable.

Kate marqua une pause quand les deux mères devant elle traversèrent la rue, puis les suivit quand elles se dirigèrent vers Garfield. Elle observait leurs hanches étroites moulées dans leur pantalon de yoga, leurs hautes queues-de-cheval qui se balançaient à l'unisson de droite à gauche.

« Regarde tous ces camions de pompier », s'exclama l'une en s'arrêtant si brusquement à l'angle de la rue que Kate faillit percuter son postérieur sculpté à la perfection. « Ils sont au lycée ?

— Oh mon Dieu, j'espère que non, répliqua l'autre en se dressant sur la pointe des pieds pour mieux voir. En tout cas il n'y a pas de mouvement de panique. Ce doit être une fausse alerte. »

Kate porta son regard sur les camions de pompier qui bloquaient la moitié de Garfield Street. Ils étaient garés devant une entrée latérale du lycée de Grace Hall, un vieil hôtel particulier richement décoré qui ressemblait à une grande bibliothèque publique. Plusieurs voitures de police étaient rangées devant les bâtiments du collège adjacent, deux immeubles en grès brun rachetés il y a fort longtemps et restaurés dans un style similaire. Les pompiers occupaient le trottoir, bavardant en groupes, appuyés contre leurs camions.

Une ambulance se trouvait également stationnée là, gyrophares éteints, portières closes. S'il y avait effectivement eu un feu ou quelque autre urgence, c'était désormais terminé. Ou peut-être s'était-il agi d'une fausse alerte. Amelia n'aurait pas déclenché l'alarme incendie, tout de même ? Non, seuls les jeunes délinquants se livraient à ce genre d'exaction. Qu'importe l'humeur d'Amelia ces derniers temps, qu'importe ce qui se cachait derrière cette absurde idée de passer son année de première à l'étranger, et quelle que soit l'intensité de sa brusque crise existentielle au sujet de son père absent, Amelia n'était pas, et ne serait jamais, une jeune délinquante.

Kate prit une grande inspiration et expira bruyamment, ce qui fit sursauter et se retourner la plus grande des deux mères. Celle-ci serra plus fort contre elle sa fillette au visage d'angelot vêtue d'une doudoune rose. Kate eut un sourire gêné quand elle les contourna. Elle essayait de voir ce qui se passait derrière l'ambulance. Là, sur le côté, un policier en uniforme s'entretenait avec une vieille dame aux cheveux gris vêtue d'un long pull marron. Elle promenait un minuscule chien tremblotant et s'étreignait très fort les bras.

On n'interroge pas les gens pour des histoires d'alarme incendie. Kate leva les yeux vers les fenêtres des salles de classe. Où étaient les élèves ? Ceux dont les visages auraient dû être collés aux carreaux, en quête d'informations sur ce branle-bas de combat ? Kate approcha malgré elle.

« Donc c'est d'abord le cri que vous avez entendu, s'enquérait le policier auprès de la dame aux cheveux gris, ou le bruit ? »

Cri. Bruit. Kate vit deux policiers sortir du lycée par l'entrée principale, descendre les marches puis bifurquer dans la cour latérale. En les suivant du regard, elle comprit enfin que c'était là que se déroulait la véritable action. Au moins une dizaine d'agents étaient regroupés à cet endroit. Et toujours aucun mouvement d'agitation. Cela ne lui paraissait plus être bon signe. Au contraire, même.

« Madame, lui lança une voix forte, juste dans l'oreille. Je vais devoir vous demander de retourner de l'autre côté de la rue. Cette zone doit rester libre. »

Il y avait aussi une main sur son bras, dure, antipathique. Kate se retourna et vit un gigantesque policier qui la dominait de toute sa hauteur. Il avait un visage joufflu de petit garçon.

« Je suis désolé, madame, répéta-t-il avec un peu moins d'agressivité. Ce côté de la rue est fermé aux piétons.

— Mais ma fille est à l'intérieur du lycée. »

Elle se retourna vers le bâtiment. Colis piégé, alerte à l'anthrax, fusillade – où étaient passés les enfants ? Son cœur s'affolait.

« Il faut que j'aille chercher ma fille. Je suis censée le faire. On m'a appelée. Je suis déjà en retard. »

L'homme la dévisagea longuement, comme s'il avait voulu qu'elle disparaisse.

« D'accord, je dois pouvoir aller vérifier, finit-il par répondre, l'air sceptique. Mais vous devez quand même aller attendre là-bas. »

Il désigna l'autre côté de Garfield.

« Comment s'appelle votre fille ?

— Amelia. Amelia Baron. Le bureau du proviseur m'a appelée pour me dire qu'elle avait été exclue. On m'a demandé de venir la chercher. »

Kate regretta aussitôt d'en avoir dit autant. L'homme serait peut-être moins enclin à l'aider s'il pensait qu'Amelia était une fauteuse de troubles. Voire *la* fauteuse de troubles.

« Attendez, lui lança Kate, avant de partir, pourriez-vous au moins me dire ce qui s'est passé ?

— C'est ce que nous essayons de déterminer. »

Sa voix se perdit comme il se retournait pour scruter un instant le bâtiment. Puis il reporta son attention sur Kate et tendit de nouveau le doigt.

« Maintenant, allez là-bas. Je reviens tout de suite. »

Elle n'obtempéra pas. Au lieu de cela, elle se dressa sur la pointe des pieds pour essayer de savoir ce qui se tramait dans la cour. Elle constata qu'il y avait là plus d'une dizaine d'agents – certains en uniforme, d'autres en costume sombre –, regroupés près de la façade du bâtiment, leurs dos alignés formant un mur convexe. On aurait dit qu'ils dissimulaient quelque chose. Quelque chose d'affreux.

Quelqu'un avait été blessé, ou pire. Elle en avait la certitude à présent. Y avait-il eu une bagarre ? Une balle perdue ? On était dans le quartier chic de Brooklyn, mais ça restait Brooklyn. Ce genre de choses arrivait.

Dès que le policier qui l'avait arrêtée eut franchi l'entrée, elle se rua vers la barrière qui fermait la cour latérale. Des agents, une main en visière, balayaient du regard la façade du bâtiment, jusqu'au toit. Kate les imita. Elle ne voyait rien, hormis le vieux mur en pierre parfaitement entretenu.

Lorsqu'elle baissa les yeux, les policiers s'étaient déplacés. Et là, au centre de leur cercle protecteur, il y avait une bottine. Noire, à talon plat, râpée, elle gisait là sur le côté, pareille à un animal abattu. Mais il y avait aussi autre chose, quelque chose de beaucoup plus gros. Recouvert d'un drap.

Le cœur de Kate battait à tout rompre tandis qu'elle s'agrippait aux barreaux de fer forgé. Elle observa de nouveau la bottine. C'était le style de chaussures que de nombreuses ados portaient avec des jeans moulants ou des leggings. Mais celles d'Amelia étaient marron, non ? Elle aurait dû le savoir. Elle aurait dû savoir la couleur des chaussures de sa fille.

« Madame Baron ? » lança alors une voix masculine.

Kate fit volte-face, s'attendant à ce que le policier au visage poupin lui dise qu'elle n'avait pas respecté les limites qu'il lui avait indiquées. En fait, derrière elle se tenait un type séduisant du genre dur à cuire, vêtu d'un jean et d'un sweat-shirt à capuche. Il avait à peu près l'âge de Kate, un puissant visage carré, le crâne rasé de près et l'énergie contenue d'un boxeur, voire d'un criminel sur le point de prendre la tangente. Un badge pendait à une ficelle autour de son cou.

« Vous êtes Kate Baron ? » demanda-t-il en s'approchant d'un pas.

Il avait un accent de Brooklyn assez marqué, parfaitement en accord avec son allure générale. Mais il s'efforçait à la douceur. Kate n'aimait pas sa façon d'essayer de ne pas la brusquer. Ça la rendait nerveuse. Derrière lui, elle voyait le policier en uniforme auquel elle avait parlé juste avant qui se tenait sur les marches en compagnie d'une femme aux cheveux gris portant des lunettes de lecture rouges. Ils la dévisageaient.

« Où est Amelia ? » s'entendit-elle hurler.

Ou était-ce quelqu'un d'autre ? On aurait dit sa voix, mais elle n'avait pas senti les mots sortir de sa bouche.

« Que s'est-il passé ?

— Je suis l'inspecteur Molina. »

Il tendit la main mais arrêta son geste juste avant de la poser sur le bras de Kate. Un tatouage – une croix – pointait sous la manche de son sweat-shirt.

« Pouvez-vous venir avec moi s'il vous plaît, madame ? »

Quelque chose n'allait pas. Elle n'avait aucune envie de suivre cet inspecteur. Elle voulait qu'on la fasse dégager. Qu'on l'envoie rejoindre tous les autres badauds.

« Non. »

Elle fit une embardée. Son cœur battait la chamade.

« Pourquoi ?

— Tout va bien, madame », répondit-il en l'attirant vers lui, une main fermement posée sur son coude.

Sa voix était désormais plus basse, plus prudente, comme si Kate avait une horrible plaie au crâne dont elle n'avait pas conscience.

« Venez donc vous asseoir par là avec moi. »

Kate ferma les yeux et tâcha de visualiser les pieds d'Amelia ce matin quand elle avait franchi la porte d'un bond joyeux. Les mères sont censées savoir quel genre de chaussures portent leurs enfants. Elles sont censées vérifier. Kate avait la tête qui tournait.

« Je ne veux pas m'asseoir, rétorqua-t-elle, de plus en plus paniquée. Dites-moi juste ce qui ne va pas. Dites-le-moi immédiatement !

— D'accord, madame Baron, d'accord, répondit doucement l'inspecteur Molina. Il y a eu un accident.

— Mais Amelia va bien, n'est-ce pas ? » implora Kate, appuyée contre la barrière.

Pourquoi ne se dépêchaient-ils pas ? Pourquoi l'ambulance restait-elle plantée là ? Où étaient donc tous les gyrophares ?

« Il le faut. J'ai besoin de la voir. J'ai besoin d'elle. Où est-elle ? »

Kate aurait dû courir. Elle en était sûre. Il fallait qu'elle aille très loin, là où personne ne pourrait rien lui annoncer. Mais, au lieu de ça, elle sombrait, glissant jusqu'au trottoir dur et froid. Elle resta prostrée là, les genoux contre la poitrine, la bouche pressée fort sur les genoux, comme en vue d'un atterrissage catastrophe.

Cours, se disait-elle, *cours*. Mais il était trop tard. Et pendant un ultime moment interminable, il n'y eut que le bruit des battements de son cœur. La pression de son mince pantalon moulant.

« Votre fille, Amelia… »

L'inspecteur était accroupi à côté d'elle à présent.

« … elle est tombée du toit, madame Baron. Elle était… elle n'a malheureusement pas survécu à sa chute. Je suis désolé, madame Baron, mais votre fille, Amelia, est morte. »

gRaCeFULLY

12 SEPTEMBRE

Parce qu'il y a 176 définitions du mot *loser* sur urbandictionary.com. Sortez du lot

Salut les bouffons !

Me voilà avec tous les ragots que vous ne lirez jamais dans les journaux...

Ah, les clubs. C'est là où vous tous, escaladeurs désespérés de l'échelle sociale, allez peut-être enfin mettre vos mains moites sur le barreau supérieur. Souvenez-vous seulement qu'il n'y a franchement aucun honneur à ce que vos nibards ou votre zob soient comparés à ceux de l'autre bizut à côté de vous, même si ça fait je ne sais combien de centaines d'années que ça se pratique.

Enfin bon, peut-être que je dis ça juste parce que j'attends toujours d'être raccordée au réseau.

La rumeur circule que les Tudors et Devonkill essaient de booster leur image en faisant du bizutage hardcore ; cette année, chez les Magpies, il va y avoir du nouveau dans la volière, et Wolf's Gate se réserve une grande invasion britannique.

À propos d'invasion britannique, combien de personnes Ian Greene va-t-il tringler ? Ce n'est que la deuxième semaine de cours, or d'après ce que j'ai entendu il approche déjà le nombre à deux chiffres et il reste encore une longue queue de damoiselles qui attendent de se faire sauter : Sylvia Golde, Susan Dolan et Kendall Valen, nos catins à demeure, pour n'en nommer que trois.

Et Dylan Crosby ? La chère, la magnifique, la mystérieuse Dylan ? Non, elle ne fait pas partie du lot. Avec qui fricote-t-elle, je ne sais pas trop, mais c'est pas le genre à faire la queue.

D'après la rumeur, George McDonnell et Hannah Albert ont enfin consommé leur obsession mutuelle vieille de dix ans. Et Carter Rose a des vues sur une frigide de seconde. Oh, pauvre Carter, ne te plie pas en quatre. Cette ceinture de chasteté ne s'ouvre pour aucun homme.

Restez à l'écoute, mes cocos. J'ai un scoop de ouf à propos de la liste d'élèves sur la sellette… Je pense que je la publierai de A à Z dans le prochain numéro. Enfin quoi – à mon humble avis –, quand on n'est pas foutu de garder la tête hors de l'eau dans un bahut aussi peinard que celui-là, on mérite la risée publique.

Facebook
14 SEPTEMBRE

Amelia Baron
N'arrive pas à croire que sa meilleure amie l'ait persuadée de porter un jean moulant un jour de canicule

George McDonnell et **2 autres personnes** aiment ça

Sylvia Golde n'arrive pas à croire ke sa meilleure amie soit 1 nullité aussi monumentale en matière de mode ; tu devrais me remercier tu sais…

Amelia

14 SEPTEMBRE

Je n'avais pas fini de descendre les marches de notre perron que je voyais déjà Sylvia qui m'attendait à l'endroit habituel : à l'angle de Garfield et de la Huitième Avenue, le croisement le plus proche. Sylvia habitait Berkeley, entre la Septième et la Huitième Avenue, à un coin de rue du resto chinois Chez Wonton et tout près d'Ozzie's, le café où on vous ressert parfois gratos du chocolat chaud et où il y a d'énormes morceaux de biscuits en dégustation presque tous les jours. Ça faisait quatre ans que Sylvia et moi on se retrouvait tous les jours au même carrefour pour aller ensemble au bahut. Quatre ans plus tôt – on en avait onze –, la mère de Sylvia s'était résolue à la laisser aller à l'école à pied toute seule. Elle lui avait d'abord fait passer toute une batterie de tests : quoi faire en cas d'urgence, auprès de qui aller chercher de l'aide, quoi faire si quelqu'un essayait de la kidnapper.

Ma mère m'avait enfin autorisée à aller à l'école à pied toute seule la même année. Elle avait ses propres tests. Qu'elle avait eus, je crois, par la mère de Sylvia. J'adore ma mère, mais la plupart de ses idées sur la manière d'être mère, elle les tient d'autres mères. En gros, tout ce que Sylvia avait le droit de faire, j'en avais le droit aussi.

Par contre, comme Sylvia n'avait jamais eu de nounou, je n'avais pu compter que sur moi-même pour me débarrasser de Leelah. Je l'aimais bien et tout, mais quel élève de seconde a encore une nounou ? C'était ça en gros mon argument. J'étais comme dingue quand ma mère avait enfin dit oui. Maintenant que les cours avaient commencé, c'est vrai qu'elle me manquait un peu, Leelah. Jamais je ne l'aurais dit à ma mère – je n'avais pas envie qu'elle ait mauvaise conscience ou quoi –, mais ça faisait bizarre d'être seule, genre tout le temps.

J'ai fait un signe de la main à Sylvia, qui m'a adressé un de ses saluts plus cool t'as les boules, deux doigts tendus. C'était la deuxième semaine de septembre, mais il régnait encore cette chaleur new-yorkaise écœurante qui donne l'impression de marcher dans de la soupe et qui répand partout une odeur de poubelle et de pisse. Mais il fallait plus qu'un petit coup de chaud à Sylvia pour l'empêcher de parader dans son nouveau look d'automne. Les fringues étaient pour Sylvia ce que les bouquins étaient pour moi : la seule chose qui comptait vraiment. Elle était donc là, plantée au coin de la rue en jean moulant, sandales à semelles compensées et long pull sans manches. Sans manches, certes, mais un pull quand même. Elle me l'avait montré l'après-midi précédent : il avait une chouette couleur aubergine et un grand col souple. Fashion et un peu bizarre, le genre de truc dans lequel j'aurais eu l'air débile. Mais sur Sylvia, ça marchait nickel.

Je lui ai répondu d'un geste tout en fourrant *La Servante écarlate* dans mon sac – je finirais de le lire à midi. C'était la première année où on n'avait pas la même pause-déjeuner, sauf le vendredi. Je pouvais toujours m'asseoir avec Chloe ou Ainsley, ou une fille de l'équipe de hockey sur gazon. Sylvia et moi, on n'était pas des amies exclusives, mais on n'avait pas un groupe comme beaucoup d'autres ados. On ne nous avait jamais demandé de rejoindre un de ces clubs non plus. De toute façon on n'avait pas envie. Ces clubs étaient une idée stupide, avec tous leurs secrets débiles et leur bizutage à la con. Il y en avait eu à Grace Hall entre genre les années 1920 et 1980, jusqu'à ce qu'un gars de troisième en période d'intégration pour l'All-Boys Club essaie de faire du surf sur les rails bourré et se retrouve décapité. Après ça, le bahut avait interdit les clubs.

Mais il y a deux ans, quelqu'un a commencé à les réintroduire. Au début, Woodhouse, le nouveau proviseur, est devenu schizo, il disait qu'il allait renvoyer les élèves et je sais pas quoi. Et puis après ça a été genre silence radio. On racontait que certains des parents d'élèves membres des clubs avaient acheté son silence parce qu'ils craignaient que leur progéniture ait de mauvaises recommandations pour la fac à cause de mesures disciplinaires.

Mais Sylvia et moi, on avait fait le pacte de ne jamais entrer dans un club, de toute façon, du moins pas si une seule d'entre nous y était invitée, et même si on l'était toutes les deux, c'était pas sûr. Sylvia avait ses mecs, moi j'avais mes bouquins et mon nouveau pote Ben. Mais surtout on s'avait, nous. Ç'avait toujours été comme ça. Aux yeux de certains on passait peut-être pour des copines space – moi la sportive vierge intello et Sylvia la pute fashion victim – mais on se ressemblait sur les points importants, surtout à l'âge de cinq ans, quand on avait commencé à être amies pour la vie. On était devenues copines à la maternelle, en grande partie parce qu'on détestait toutes les deux jouer à se déguiser. Moi, dans l'ensemble, c'était le genre de truc de fille que je trouvais plutôt cucul. Sylvia, elle, détestait se déguiser parce que les fringues à disposition étaient toujours minables. C'était nous, ça. On finissait toujours au même endroit, mais pour des raisons différentes. Sans compter qu'on avait des dossiers. Et pas qu'un peu.

À l'angle de la rue, Sylvia s'est mise à tirer sur le col de son pull en faisant mine de regarder une montre qu'elle n'avait pas et m'a fait signe de me dépêcher. Elle devait suer à mort dans ce pull à la con. Mais elle aurait été super vexée si je lui avais fait remarquer qu'elle avait l'air un peu cruche à porter ce truc par une chaleur pareille. Et après elle m'aurait sorti une vacherie. C'était sa crabe attitude : quand on la titillait au mauvais endroit, elle vous pinçait direct.

En plus, il lui allait vraiment bien, ce pull. Elle n'avait peut-être pas trop le sens pratique, mais elle était toujours stylée. Elle lisait le *Vogue* britannique et des blogs de mode comme *Style Rookie,* et à quinze ans elle rêvait de devenir le prochain phénomène de mode. Gerbant, c'était mon avis général sur tous ces trucs autour de la mode. Quant à Sylvia, elle pensait que les bouquins que je lisais pour m'amuser étaient prétentieux, et elle n'avait pas tout à fait tort. Tout bien considéré, il valait mieux que je me la ferme et que je balaie devant ma porte.

J'ai essayé d'accélérer le mouvement avant que Sylvia nous fasse une rupture d'anévrisme, mais, entre mon matos de hockey, mon sac à dos et le fait que mes jambes commençaient à transpirer dans mon propre futal moulant, c'était pas simple de se grouiller.

« Putain, qu'est-ce que t'es lente, a lâché Sylvia quand je l'ai enfin rejointe.

— C'est ce jean, ai-je répliqué en pinçant le tissu collant. Qui – faut-il te le rappeler – était ton idée. »

Elle a souri.

« Il te ralentit à mort, mais il rend super bien. »

Sur ce, elle a froncé les sourcils et a pointé mon T-shirt du doigt.

« Mais c'est quoi, ce haut hideux ? C'est pas ça que je t'avais dit de porter avec.

— La chemise ne m'allait pas bien. »

Mensonge. Je ne l'avais même pas essayée. Quand Sylvia me l'avait laissée, je savais qu'il n'y aurait pas moyen que je la mette.

« Elle avait ces épaules bouffantes, là, qui me donnaient l'air, je sais pas, de…

— D'une fille ? »

Elle a croisé les bras.

« J'allais dire d'un napperon.

— Le problème avec toi, c'est que tu confonds être féministe et être mal fagotée. T'as déjà vu des photos de Betty Friedan ? Elle était vraiment, genre, fabuleuse.

— Déjà, comment tu connais Betty Friedan ?

— Je ne suis pas débile. »

Elle a levé les yeux au ciel et s'est mise à marcher en direction du lycée.

« J'aime quand l'activisme social a de la classe, c'est tout. »

Elle a repositionné ses livres sur sa hanche étroite. Ils étaient tenus ensemble par leur éternel ruban en satin marron. Elle refusait de les porter dans un sac, question de look. Je crois qu'elle espérait secrètement lancer une mode. Elle avait essayé d'en faire décoller tout un tas. Jusqu'à maintenant, aucune n'avait encore pris. Pourtant personne à Grace Hall ne se moquait de ses déclarations fashion à la mords-moi le nœud – ni de ses chapeaux de ouf, ni de ses gigantesques lunettes de soleil, ni de ses sacs à main couverts de pin's –, ce qui était déjà une victoire en soi. J'étais peut-être meilleure à l'école et en sport, mais Sylvia avait toujours été largement meilleure pour être elle-même.

Quand on a tourné dans Prospect Park West, on s'est retrouvées sur un trottoir bondé. C'était tous les matins pareil sur le chemin du lycée. Et se battre tous les matins pour tracer sa route, ça craint grave. Il y a les parents d'écoliers stressés qui vous balancent leurs mômes de trois ans dans les chevilles ou ceux qui vous soufflent dans les oreilles en traînant leurs gosses à la crèche. Il y a les collégiens en trottinette qui vous rentrent dedans, et toute la clique de lycéens qui s'interpellent d'un bout à l'autre de la rue, la plupart du temps pour s'injurier. Comme si ça pouvait les faire passer du statut de gosse de riche inscrit dans le privé à celui tant convoité de racaille de Brooklyn.

C'était surtout sur cette portion de Prospect Park West qui menait à la porte principale du bahut que se jouait le véritable théâtre du lycée. C'est là qu'on cassait, qu'on se battait, qu'on se donnait rencard. Et chaque fois qu'il se passait quelque chose de vraiment grave – comme quand George McDonnell avait fait saigner du nez une gamine de CP en la cognant sans faire exprès alors qu'il pourchassait je ne sais quel autre abruti sur le trottoir –, Mme Pearl sautait aussitôt sur le micro et se mettait à beugler, comme si elle n'attendait qu'une excuse pour cracher son venin sur tout le monde.

« Mal se conduire sur le chemin de l'école revient au même que mal se conduire à l'école, gueulait-elle, comme si ça allait nous rendre plus attentifs. Une fois que vous avez quitté la tutelle de vos parents, vous êtes considérés comme étant sous la responsabilité de Grace Hall. Les bagarres ne seront pas tolérées, pas plus que le chahut impliquant des contacts physiques violents. Un tel comportement entraînera des punitions, conformément au code de conduite de l'élève de Grace Hall. »

Je n'étais pas une experte, mais ça ne semblait même pas constitutionnel. La première fois que j'avais entendu Mme Pearl lancer cette déclaration, j'avais essayé de veiller assez tard pour demander à ma mère son opinion de professionnelle, mais je m'étais endormie avant qu'elle rentre à la maison.

« Aie ! » ai-je crié alors qu'une rue nous séparait encore du lycée.

J'ai porté une main à l'arrière de ma tête, là où on m'avait percutée.

Quand j'ai levé les yeux, Carter Rose me souriait. Il a pointé un doigt sur moi avant de partir en courant vers le lycée. C'était comme ça que les mecs de seconde flirtaient : en vous assommant.

« Carter vient-il vraiment de me mettre une claque à l'arrière du crâne ? ai-je demandé alors que ma tête résonnait encore.

— Il t'aime bien. »

Sylvia souriait de toutes ses dents alors qu'on le regardait plonger dans le bourbier de la foule qui ralentissait devant nous.

« Tu devrais lui laisser une chance. Il est super mignon et c'est un joueur de crosse. Vous avez trop de points communs.

— Je joue au hockey sur gazon. Ce sont deux sports complètement différents. T'es au courant, non ? »

Sylvia était toujours à me pousser vers les mecs, n'importe lesquels.

« En plus, Carter est une espèce de bouledogue surexcité. Non merci.

— Certes, mais dans le genre bouledogue surexcité, il est plutôt mignon. »

Avec sa silhouette élancée, ses cheveux blonds en bataille et ses pommettes hautes, Carter en faisait baver plus d'une. Pas moi. Je n'étais pas encore sûre de ce qu'était mon type de mec, mais en tout cas ce n'était pas lui.

« Ouais, non merci, ai-je marmonné. Quand j'aurai besoin d'une entremetteuse, je te le ferai savoir.

— C'est toi qui vois. »

Elle a haussé les épaules, on voyait enfin les marches du lycée, la masse des élèves rassemblée en un gros tas à leur pied.

Au sommet des escaliers, le gardien, Will, faisait signe à tout le monde d'entrer de ses grosses mains potelées. Alors qu'on était forcées de s'arrêter en bordure de la meute, Sylvia m'a violemment agrippé le bras et m'a attirée vers les buissons.

« Aïe ! Sylvia, qu'est-ce que tu fais ?

— Désolée. »

Elle avait une voix bizarre tout à coup et elle regardait de tous les côtés, comme pour s'assurer que personne n'écoutait.

« Je voulais garder le secret, histoire de ne pas me porter la poisse, mais je tiens plus. Il faut que je te le dise.

— Que tu me dises quoi ? »

C'était une bonne entrée en matière, il fallait bien le reconnaître. En même temps, je savais qu'il valait mieux ne pas trop s'emballer. Sylvia pouvait se faire un film de malade juste en voyant la façon dont quelqu'un s'arrêtait pour lacer ses chaussures.

« Je lui ai dit salut hier, a-t-elle déclaré en s'approchant encore plus. Et tu ne croiras jamais ce qui s'est passé !

— Lui qui ? »

Je voyais bien que j'étais censée savoir. Pourtant je commençais à avoir des doutes. Elle avait grave l'air d'avoir pété les plombs tout à coup. La dernière fois que c'était arrivé, ç'avait été pour une très mauvaise raison.

« T'as quand même pas repris un des Temesta de ta mère, Sylvia ? Tu ne devrais pas aller en cours si…

— J'ai rien pris ! »

Elle a crié si fort que tout un tas de gens, en majorité des mères, se sont tournés vers nous.

« Ouais bon… désolée », ai-je marmonné.

J'ai croisé les bras hors de sa portée, histoire qu'elle ne puisse plus m'empoigner.

« J'essayais juste de t'aider.

— J'ai pas besoin de ton aide, d'accord ? J'ai une mère, moi, tu te rappelles ?

— OK, touchée. »

C'était du Sylvia tout craché. Elle n'avait aucune limite. Elle disait des trucs vraiment dégueulasses : sur mon père qui pointait aux abonnés absents, ma mère qui n'était jamais à la maison. Amelia sans famille, elle m'avait même appelée une fois. Elle le faisait quand elle avait l'impression que c'est vous qui l'aviez blessée en premier. Ce n'était pas son meilleur côté. Et c'était parfois source d'engueulades. Mais j'essayais de ne pas faire attention aux trucs qu'elle déblatérait sur ma mère parce qu'à mon avis, en réalité, elle était jalouse. Ma mère était tout ce que j'avais, et certes elle n'était pas souvent à la maison, mais le temps qu'on passait ensemble était génial, et quand elle n'était pas là je savais qu'elle le regrettait. Il nous arrivait de nous disputer pour des conneries, mais j'étais toujours consciente qu'elle m'aimait. Vraiment, je le savais. Julia, la mère de Sylvia, me paraissait super, pourtant Sylvia la détestait plus ou moins. Je n'ai jamais vraiment compris pourquoi.

« J'essayais juste de te raconter un truc. »

Elle était grave vexée maintenant.

« C'était important pour moi, mais si tu t'en fous…

— Je ne m'en fous pas », ai-je dit, encaissant sa pique au sujet de ma mère.

Car Sylvia ne pouvait pas s'empêcher d'être Sylvia.

« Allez, dis-moi. Je suis tout ouïe maintenant. »

Elle a regardé autour d'elle encore une minute, la mine renfrognée, comme s'il y avait eu la moindre chance qu'elle ne me révèle pas son secret. À qui d'autre aurait-elle été le raconter ?

« D'accord, très bien, a-t-elle fini par lancer, son visage recouvrant un sourire malicieux. Ian Greene, a-t-elle soufflé. Je lui ai enfin dit salut hier, et devine ce qui s'est passé. »

Elle était grave plus obsédée par Ian Greene qu'elle ne l'avait jamais été par n'importe quel autre mec. Et c'était pas peu dire.

La première fois qu'on l'avait vu, c'était la semaine avant la rentrée. Étalées côte à côte sur mon lit, mon ordinateur portable posé sur mes genoux, on faisait défiler la liste des nouvelles recrues de Grace Hall, qui venait juste d'être mise en ligne. Ian Greene en faisait partie. Avec sa coiffure d'une parfaite imperfection et ses yeux noirs ombrageux, il était sexy, c'est clair. Même moi je le voyais. En plus c'était écrit « Hampstead Heath, GB », sous son nom, ce qui signifiait qu'il allait aussi avoir un accent. Et puis Hampstead Heath, ça claquait. C'était noble, même. Si ça se trouve, Ian Greene était de la famille royale.

« Arrête tes conneries », avait rétorqué Sylvia quand j'avais émis cette suggestion.

Elle avait été en Angleterre plusieurs fois.

« Hampstead Heath, c'est genre le Brooklyn de Londres, sauf qu'ils habitent tous dans des minichâteaux à what mille dollars. »

Elle s'était tournée vers moi avec un sourire.

« Mais on ne sait jamais, il pourrait être genre comte, ou quoi. »

Évidemment, Sylvia n'était pas la seule que l'arrivée de Ian Greene faisait monter aux rideaux. Avant même le premier jour de cours, la moitié des nanas du lycée de Grace Hall avaient des vues sur lui. Faut dire qu'en chair et en os, même moi je devais reconnaître que c'était du lourd. Il avait le charisme naturel du bad boy et un petit sourire en coin qui faisait qu'on avait du mal à le lâcher des yeux. Il jouait de la guitare sèche, composait des morceaux, mais son vrai talent, c'était la photo, comme son père, dont les œuvres étaient censément exposées au MoMA. La famille Greene avait emménagé dans le quartier car la mère de Ian avait pris le poste de conservateur en chef du musée de Brooklyn.

Ian, de son côté, n'avait pas non plus traîné à profiter de toute cette attention féminine. Mais bizarrement, la modestie avec laquelle il s'était mis à coucher avec toutes les filles qui se trouvaient sur son passage donnait à toute cette affaire un air civilisé.

« Alors, tu vas même pas poser la question ? s'est impatientée Sylvia en jetant un œil vers l'escalier de Grace Hall.

— Quelle question ? »

J'avais complètement perdu le fil de la conversation.

« Ce qui s'est passé quand j'ai dit salut à Ian, a-t-elle trépigné.

— Ah ouais, carrément. Qu'est-ce qui s'est passé ? »

Elle m'a dévisagée un instant d'un air suspicieux.

« Il est venu chez moi, a-t-elle enfin lâché. Et… »

Elle a de nouveau regardé alentour, mais sur le trottoir l'attroupement avait diminué vu que la plupart des élèves – ceux qui étaient à l'heure – s'étaient engouffrés dans le bâtiment. Les yeux écarquillés, elle a posé une main sur ses lèvres.

« Et on s'est carrément embrassés.

— Sérieux ? »

Je m'efforçais d'avoir l'air excitée mais, franchement, j'étais plutôt exaspérée. Sans trop savoir pourquoi.

« Incroyable ! »

Pour Sylvia, je me devais de jouer le jeu. Il lui arrivait souvent d'exagérer, mais ça, c'était énorme. Ian Greene pouvait se taper n'importe quelle fille, or c'est Sylvia qu'il avait choisie, du moins le temps d'un après-midi et d'un baiser. En réalité ce n'était pas tellement surprenant qu'elle ait capté son attention. Les mecs l'avaient toujours adorée. Elle était jolie et avait des formes juste là où il fallait, cela dit, c'était le cas de beaucoup de filles à Grace Hall. Sylvia, elle avait un truc en plus. Un côté extravagant bien ancré qui la faisait paraître drôle, imprévisible et un tantinet dangereuse. Évidemment, c'était ça aussi qui au bout d'un moment finissait par faire fuir les mecs. Après tout, la frontière est mince entre l'extravagance et le pétage de plombs.

Alors si ce qu'elle venait de me dire était vrai, pourquoi étais-je aussi agacée ? Oh putain, j'étais jalouse ou quoi ? Pas jalouse qu'elle ait embrassé Ian Greene, cela dit. C'était plus le fait qu'elle ait voulu l'embrasser et qu'elle l'avait fait. Je n'arrivais pas à m'imaginer éprouver de tels sentiments envers quelqu'un, et encore moins avoir un comportement suffisamment normal pour réussir mon coup.

« Je sais, c'est dingue, non ? »

Elle a rapidement hoché la tête en se mordant la lèvre. Elle avait l'air nerveuse à présent.

« Sauf que maintenant je ne sais pas quoi faire quand je vais le voir. Est-ce que je fais genre il ne s'est rien passé ? Si je suis trop gentille, il va croire que je suis une loseuse. Mais j'ai pas envie qu'il me prenne pour une salope non plus. »

Elle avait l'air de souffrir.

« Je sais que t'es complètement à côté de la plaque sur ce genre de questions, mais est-ce que tu crois que je devrais aller le voir ?

— Euh, je ne crois pas que tu devrais le harceler, ai-je répondu, m'efforçant d'avoir l'air sûre de moi. Mais ne l'ignore pas non plus. Ian est le genre de type qui trouvera ça débile aussi.

— Tu m'aides grave pas, Amelia. Il me faut des exemples précis. »

Elle s'approchait, je reculais. J'avais peur qu'elle m'arrache encore un bras.

« Il faut que tu me dises exactement ce que je dois faire.

— Respire, déjà. »

Cette espèce de jalousie bizarre qui avait surgi en moi avait disparu aussi vite qu'elle était venue. Désormais j'étais là à fond pour aider Sylvia. J'ai posé mes mains sur ses épaules en attendant qu'elle prenne une grande inspiration, puis une autre.

« C'est cool ce qui t'arrive, OK ? Ian ne t'aurait pas embrassée s'il ne t'aimait pas. »

Sylvia a baissé les yeux, elle bougeait les pieds d'avant en arrière. Il commençait à se faire tard. Il ne restait plus que quelques personnes sur le trottoir. Will se tenait toujours à côté de la porte d'entrée ouverte, mais il allait la laisser se refermer d'un instant à l'autre. À ce moment-là, on serait officiellement en retard. Je pouvais certainement me permettre de l'être six semaines d'affilée sans que le lycée songe à intenter quoi que ce soit. J'essayais donc de me la jouer cool. Mais rien à faire, j'étais pas cool du tout. Surtout qu'en réalité, je n'étais même pas en retard.

« Et si c'était moi qui l'avais embrassé ? a-t-elle demandé. Enfin, il m'a raccompagnée chez moi, on parlait photo, après on s'est assis sur le perron et on a parlé de musique et de mode, bien sûr, et puis… j'ai juste… »

Elle s'est de nouveau couvert la bouche et m'a dévisagée avec ce regard de dingue tout exorbité.

« Oh putain. Je crois que je l'ai fait. C'est moi qui l'ai embrassé.

— Il a suivi le mouvement, non ?

— Et si c'était pas le cas ? »

Sa voix partait dans des grincements stridents.

« Mais enfin tu l'aurais remarqué s'il ne t'avait pas embrassée à son tour.

— Qu'est-ce que t'en sais, toi ? a-t-elle rétorqué avant de baisser les yeux. Désolée, mais c'est vrai. De toute façon, même s'il m'a embrassée, peut-être qu'il se montrait juste poli. »

Ça commençait à être vraiment pénible. Je savais que la seule façon de m'en sortir était de donner à Sylvia ce qu'elle voulait vraiment : qu'on lui regonfle son ego. En gros, c'est toujours ce qu'elle voulait dans la vie, en général.

« Ian Greene ne m'a pas l'air d'être un con. Je suis sûre qu'il voit à quel point tu es exceptionnelle. Maintenant, tout ce que tu as à faire, c'est de ne pas te comporter comme une cinglée avec lui. »

J'ai passé mon bras sous le sien, la tirant vers le lycée. Will nous a regardées, yeux plissés. Je lui ai fait signe dans l'espoir qu'il attende. Il s'est penché en avant, une main en visière. Puis il a secoué la tête et s'est mis à parler tout seul. J'ai tiré Sylvia un peu plus fort.

« Désolée ! On arrive ! ai-je lancé avant de me retourner pour fusiller Sylvia du regard. Allez, être en retard ne fera pas avancer les choses.

— C'est pas être en retard une fois qui t'empêchera d'intégrer Harvard, m'a-t-elle répliqué d'un air exaspéré. En plus, le week-end dernier au Harvest Festival tu maquillais pas les gamins ou quoi ? Ça a dû te rapporter, genre, un laissez-passer au bahut pendant au moins une semaine.

— J'ai aidé à installer, c'est tout », ai-je rétorqué, même si j'avais effectivement maquillé un gamin. Au final c'était moins fun que ça en avait l'air. « Et puis de toute façon, Harvard ? Gerbant, qui a parlé de… »

La sonnerie de mon téléphone m'a alors indiqué que j'avais un message. Je continuais à marcher tout en essayant de repêcher mon portable dans mon sac. C'était Ben.

G oublié 2 te dire. Je te trouve géniale. Juste comme tu es.

« Oh, ça craint », a commenté Sylvia par-dessus mon épaule.

Elle regardait l'écran de mon téléphone.

« Sérieux, tu continues à écrire à ce type chelou ? »

Je n'aurais jamais dû parler de Ben à Sylvia à la base. D'ailleurs, je ne lui en avais pas parlé. Deux semaines avant, elle avait chopé mon portable – carrément sans mon accord – et avait lu un texto de lui pendant que j'étais aux toilettes.

« Ooooh, alors on fait des cachotteries ? » avait-elle lancé en roulant sur mon lit, mon téléphone brandi au-dessus de la tête. « "J'ai l'impression que personne ne me comprend comme toi" ? Je dois dire que je me sens plutôt personnellement insultée sur ce coup, Amelia. À moins bien sûr que tu ne te fasses sauter par le Ben en question, auquel cas gloire à toi. Mais en même temps, je suis vexée que tu ne m'aies rien dit. »

Debout sur le seuil de la porte, bras croisés, je serrais les dents si fort que j'avais l'impression qu'elles allaient casser. Je m'étais bien gardée de parler de Ben à Sylvia. Je savais qu'elle me ferait me sentir débile. Elle s'était assise toute droite sur mon lit.

« J'hallucine ! Tu l'as fait ! T'as fait l'amour avec ce type !

— Non, Sylvia. Arrête, sérieux.

— J'hallucine, tu l'as carrément fait. C'est qui ? Il ressemble à quoi ? J'y crois pas : ma choupinette devenue femme, et toi qui me laisses en dehors de tout. »

En réalité elle avait surtout l'air hyper contente pour moi.

« OK, je veux bien te pardonner de ne pas me l'avoir dit plus tôt, à condition que tu me racontes tout, tout de suite. En commençant par une photo de ce M. Ben. Tu as bien une photo du garçon qui t'a déflorée, non ? C'est ce type de Packard que t'avais rencontré à ce match de hockey sur gazon, c'est ça ? »

Je m'étais précipitée vers elle et lui avais arraché le téléphone des mains.

« Non, ce n'est pas ce type de Packard, avais-je rétorqué en fourrant mon portable dans ma poche arrière. « Et il ne m'a pas déflorée, ce qui est, en passant, le truc genre le plus répugnant que t'aies jamais dit.

— Répugnant ? avait répété Sylvia, interloquée, les mains serrées sur la poitrine en battant des cils. Perdre ta virginité est une chose magnifique. Oh, ma choupinette.

— Sylvia, arrête ! C'est pas parce que t'es une pute que tout le monde doit l'être. »

Je n'en revenais pas d'avoir sorti un truc pareil.

« Une pute ? »

On aurait dit que je venais de la gifler.

« Sympa. Merci l'amie. »

Le pire, c'est que c'était vrai : Sylvia avait couché avec neuf types depuis qu'elle avait perdu sa virginité en cinquième. La plupart du temps elle faisait comme si de rien n'était. Mais je la connaissais. J'étais sa meilleure amie. Elle avait beau passer son temps à me sortir des saloperies, ça ne voulait pas dire qu'elle-même pouvait encaisser le genre de trucs qu'elle balançait.

« Tu sais bien que je ne le pense pas, avais-je dit. Seulement… Je n'ai vraiment pas envie que tu te foutes de moi sur ce coup-là.

— Je ne me foutais pas de toi, avait-elle rétorqué en croisant les bras, vexée. Mais je n'arrive pas à croire que tu te fasses la totale avec un type sans même m'en parler. Moi je te raconte tout.

— C'est juste un pote. »

Elle avait levé les yeux au ciel.

« Sérieux. Je ne l'ai même jamais vu en vrai.

— Comment ça ?

— Il s'est aussi inscrit à ce programme de Princeton, avais-je expliqué en me préparant déjà à sa réaction. On s'envoie des mails, des textos et tout. Point barre.

— Point barre ? avait-elle répété, sidérée. Est-ce que t'envoies des mails à d'autres gens qui se sont inscrits à ce festival de geeks ?

— Non, m'étais-je agacée. Ben est le seul à m'avoir contactée. Je crois qu'il a demandé au programme le nom des autres personnes de New York à s'être inscrites.

— C'est ça, oui, avait répliqué Sylvia avec un sourire en coin. Et combien tu paries qu'il n'envoie des mails à aucun des mecs de cette liste ? »

Le pire, c'est qu'au début j'avais en effet vaguement espéré que Ben et moi, on pourrait sortir ensemble. Je n'avais jamais été capable de parler à un garçon comme j'arrivais à lui parler, et j'avais commencé à me dire : *Waouh, ça y est, c'est ça. Je suis normale finalement. Il fallait simplement que je rencontre la bonne personne.* Mais, comme s'il avait lu dans mes pensées, Ben m'avait justement annoncé le lendemain qu'il était gay.

« Sylvia, arrête. »

Je commençais à avoir les nerfs. Jamais elle ne lâchait l'affaire.

« Sérieux. »

J'aurais pu lui dire tout de suite que Ben était gay. Ça aurait probablement mis un point final à cette conversation. Mais ça me plaisait assez qu'elle croie ne pas tout savoir sur moi.

« C'est ça, oui. Et où ce M. Ben va-t-il au lycée ? »

Elle semblait éventuellement prête à envisager que Ben ferait un bon pote, à condition qu'il remplisse certains critères. Genre fréquenter un lycée potable. Pour elle, Packer, Trinity et St Anne's, c'était la classe. Mais tous les élèves de Collegiate et de Dalton étaient des connards – autrement dit elle avait couché avec un certain nombre de types de ces lycées et ils l'avaient plaquée.

« Il est dans un lycée privé, à Albany.

— Il habite à Albany ? s'était-elle exclamée comme s'il s'agissait d'herpès. Tu plaisantes ? On peut même pas dire que ça fasse partie de New York. J'arrive pas à croire que tu vas avoir, genre, une liaison longue distance avec je ne sais quel abruti d'Albany.

— Pour la dernière fois, Sylvia, on est juste potes ! Pourquoi je pourrais pas juste être amie avec quelqu'un et que ça s'arrête là ? Peut-être que j'ai même pas envie de sortir avec un mec. »

Ce n'est que lorsque ces mots avaient franchi mes lèvres que j'avais pris conscience de leur profonde véracité.

Deux semaines plus tard, je ne voulais toujours pas sortir avec un mec. Et il n'y avait rien de bizarre à ce qu'une ado de quinze ans n'en ait pas envie. Comme Ben me l'avait dit, j'étais on ne peut plus normale. Le fait que Sylvia soit nympho n'y changeait rien. C'est elle qui avait un problème. Pas moi.

« Pour la trois centième fois, Ben est mon *pote*, Sylvia, ai-je dit en m'arrêtant au pied des marches de Grace Hall pour répondre à son texto. Et comme je te l'ai également répété trois cents fois, il est *gay*, tu te souviens ? »

Parce qu'à ce moment-là, elle était au courant. Elle m'avait rendue trop dingue avec cette histoire pour que je puisse me retenir.

« Je vais fermer cette porte dans trente secondes ! » s'est alors écrié Will.

Mais je pouvais me permettre d'être en retard, Sylvia avait raison. Et si je ne répondais pas maintenant, je ne pourrais plus le faire de toute la journée. J'ai tapé mon texto sous les ricanements de Sylvia, qui s'est ensuite mise à gravir les marches. Elle était jalouse. Et plutôt pour une bonne raison. Ce n'était pas que je lui préférais Ben – Sylvia serait toujours ma meilleure amie –, mais parfois l'amitié était beaucoup plus simple avec lui.

« Pour lui tu veux bien être en retard, hein ? Quand je pense que tu crois que je fais passer les mecs avant toi. »

Elle a secoué la tête sans s'arrêter de monter.

« Bon ben à plus. Peut-être que tout à l'heure t'auras davantage de temps pour moi et ma pauvre histoire de Ian Greene sans intérêt. Et au fait, y a pas moyen que ce Ben soit gay. Y peut bien t'envoyer une photo de lui en train de se taper un mec, ça changera rien. »

Elle s'est faufilée à l'intérieur juste au moment où Will laissait retomber la porte. Je l'ai regardée se refermer dans un cliquetis. Il n'y avait plus de raison de se presser maintenant. J'étais déjà officiellement en retard, ce qui bizarrement était libérateur.

Merci, ai-je répondu à Ben. Je sais pas ce ke je ferais sans toi.

J'ai appuyé sur « Envoyer », puis j'ai attendu.

Quand mon portable a de nouveau sonné, j'ai regardé la réponse de Ben. Le texto n'était pas de lui. Il venait d'un numéro masqué.

Prospect Park Long Meadow, 15 h 00. Sois là. Mais si tu ne veux pas que l'oiseau s'envole, viens seule, ou ne viens pas.

Kate

5 SEPTEMBRE 1997

J'ai fait huit tests en tout.

Mais le petit signe « plus » dans la fenêtre n'a jamais changé. Peu importait que je le fasse tard le soir. Ou tôt le matin. Ou après trois verres de vin. À chaque fois, le test était positif.

Aujourd'hui, le médecin du campus a confirmé les tests d'urine par un autre test d'urine. Une part de moi – cette part ridicule qui avait fait tous les choix qui m'avaient conduite ici – se disait que le numéro neuf serait le bon. Mais non. Le médecin m'a dirigée vers un gynéco.

Le gynéco a confirmé la « grossesse » à l'aide d'une écho. Les médecins ne disent pas « bébé » quand ils pensent qu'on n'a peut-être pas envie d'être enceinte. On pourrait décider de ne pas le rester.

J'en suis à neuf semaines à peu près. Ils ne peuvent pas l'affirmer avec certitude, et moi non plus.

Parce qu'il n'y a pas eu qu'une seule erreur, une seule fois. Il y a eu tout un été de mauvaises décisions, conséquence d'une vie entière à avoir pris trop souvent les bonnes. Manifestement je ne connais qu'une seule façon de me foutre dans la merde : en beauté.

Petite, je répétais mon piano sans qu'on me le demande et je prenais toujours des options en plus. J'étais major de promo de mon lycée privé chic de Chicago. J'ai obtenu ma licence avec mention à Duke avant d'intégrer la faculté de droit de Columbia. Je suis l'assistante de rédaction du magazine Law Review *de Columbia, bordel.*

Évidemment, ceci est un CV, pas une personne. Une personne, c'est ce qui est en train de pousser en moi. Et ce minusculissime germe de il ou de elle se fichera royalement de mon curriculum. Tout ce qu'il voudra, c'est que je l'aime.

Et comment pourrais-je ne pas l'aimer, quand c'est aussi la seule chose que j'aie jamais vraiment voulue ? Bien sûr, à vingt-quatre ans, l'amour est la seule chose que je n'ai pas encore réussi à décrocher.

Alors peut-être ne puis-je pas promettre d'aimer correctement ce bébé. Mais je peux promettre d'essayer.

Kate

26 NOVEMBRE

Il n'était que huit heures et demie du matin quand Kate sortit de l'ascenseur à l'étage de son bureau. La plupart des lumières étaient éteintes, il régnait un calme absolu. Seul un plafonnier éclairait le dessus du comptoir vide de la réceptionniste, projetant un halo sinistre sur le gigantesque vase de lys qui y trônait. Que ces fleurs soient la première chose que Kate ait vue le jour de son retour au travail, c'était une blague affreuse. Sa mère, Gretchen – dans son seul et très symbolique effort de l'aider –, avait choisi des lys pour l'enterrement d'Amelia. Ravissants, de très bon goût. Terribles.

En les regardant, Kate sentit jaillir du fond de sa gorge cette brûlure familière. Celle qui ces derniers temps annonçait toujours un sprint aux toilettes, où Kate passait les dix minutes suivantes prostrée au-dessus de la cuvette à vomir, ou, le plus souvent, à faire passer un haut-le-cœur. Ces accès de nausée pouvaient être déclenchés par presque n'importe quoi : la vue des céréales préférées d'Amelia à l'épicerie, l'arrivée dans la boîte aux lettres d'un catalogue de matériel de hockey sur gazon, les bottines d'une adolescente. Éviter toute nourriture semblait être le seul remède efficace. Durant le mois suivant la mort d'Amelia, Kate avait perdu six kilos. Elle s'était mise à porter des vêtements amples afin de dissimuler sa silhouette squelettique.

« Comment arrivez-vous à rester si svelte, ma chère ? » lui avait demandé une charmante vieille dame l'autre jour à la pharmacie.

C'est simple, aurait voulu répondre Kate. *Je suis déjà morte.*

Au lieu de cela, elle avait serré si fort les lèvres en s'emparant de ses médicaments qu'elle en avait eu les larmes aux yeux. D'après son thérapeute, ce traitement était censé l'aider à combattre les nausées et les insomnies. En réalité il n'avait eu d'autre effet que de lui donner l'impression d'avoir la tête sous l'eau. Elle continuait à le prendre dans l'espoir de finir par couler.

Revenir travailler avait été une mauvaise idée. Il fallait au moins qu'elle sorte du vestibule et qu'elle arrive jusqu'à son bureau. Seulement elle ne parvenait pas à détacher son regard des fleurs. Pétrifiée sur le seuil de l'ascenseur, elle pouvait au moins se féliciter d'avoir décidé d'arriver tôt. Comme ça, si elle vomissait par terre, elle aurait le temps de nettoyer. Et peut-être qu'elle n'aurait même pas besoin de voir qui que ce soit. C'était ça son idée : rester cloîtrée dans son bureau toute la journée, rassurée de savoir qu'il y avait des gens – des gens qui vivaient, qui respiraient – bien à l'abri de l'autre côté de sa porte verrouillée.

Elle n'aurait certainement pas pu échanger des politesses avec qui que ce soit. Qu'est-ce qu'on aurait bien pu lui dire de toute façon ? Désolé ? Désolé que ta fille soit morte. Désolé que ta fille ait sauté du toit de son lycée alors que tu étais en route pour aller la chercher. Désolé que tu aies été en retard. Quel dommage qu'il faille que tu revives cet échec pendant le reste de ta pitoyable vie.

Si Kate n'avait aucune envie d'échanger des banalités, les gens avaient certainement tout autant à cœur de l'éviter. Personne n'a envie d'adresser la parole à une mère dont la seule enfant vient de se suicider. Kate aurait pu épargner cette gêne à tous en restant chez elle beaucoup plus longtemps.

« Prends au moins trois mois, et passes-en ensuite encore deux autres à travailler de chez toi », lui avait conseillé Jeremy à l'enterrement. Devant ses yeux humides et rougis, Kate avait eu pour la première fois la certitude que, durant toutes ces années, ses avances amicales n'avaient pas été une simple comédie. Personne ne pouvait être aussi bon acteur. Vera, sa magnifique épouse, les yeux baignés de larmes, et ses trois grands fils, le nez baissé sur leurs chaussures, l'avaient accompagné. Les voir ensemble comme ça – beaux, bien assortis, au complet – l'avait presque mise à genoux. « Tu sais à quel point tout le monde t'adore au bureau, Kate. Mais nous pourrons assurer la permanence sans toi le temps qu'il faudra. »

Quand Vera s'était avancée pour l'étreindre, Kate s'était agrippée à elle, enfouissant son visage dans sa longue chevelure parfumée. Geste de trop, déplacé même, étant donné que les deux femmes se connaissaient en réalité très peu. Mais il y avait tant de vie autour de Vera. Kate avait été terrifiée à l'idée de ce qui se passerait quand elle aurait desserré les bras.

Rester chez elle s'était révélé plus facile à dire qu'à faire. Elle avait passé les premiers jours qui avaient suivi la mort d'Amelia entourée par ses trois amis de fac les plus proches. Ils avaient accouru pour la remettre sur pied, veillé à ce qu'elle mange, qu'elle se lave, qu'elle respire. Mais tous avaient une famille à eux, auprès de laquelle ils avaient dû retourner peu après l'enterrement. Même Seth – son ex-petit ami de la fac de droit, désormais *de facto* son meilleur ami, qui s'était montré si attentionné, si merveilleux – avait fini par passer de moins en moins souvent. Kate avait insisté. L'époque de leur confortable couple impossible était depuis longtemps révolue. Seth avait un mari à présent, Thomas, et une fille qui avait besoin de lui.

Le père et la mère de Kate aussi avaient été présents. Très stratégiquement, ils étaient arrivés légèrement plus tard, ne se montrant qu'à la veille des funérailles. Ils espéraient ainsi s'épargner la partie la plus larmoyante du chagrin de Kate. Ils avaient toujours méprisé les grandes démonstrations de tout type d'émotion – colère, désespoir, joie, amour – de la part de quiconque. Mais particulièrement celles de leur enfant unique. Kate avait appris très tôt l'intérêt de ravaler l'intégralité de ses sentiments. Avec la mort d'Amelia, cependant, ses parents avaient dû se douter qu'il n'y aurait aucun contrôle possible cette fois-ci, et ils avaient donc prudemment attendu quelques jours avant d'arriver à Brooklyn. Ils avaient ainsi raté le moment où Kate s'était griffé les bras jusqu'au sang et avait pleuré si fort que des vaisseaux capillaires de son visage s'étaient rompus. Ils étaient également vite repartis, probablement dès qu'il était devenu manifeste que Kate ne se ressaisirait pas de sitôt.

Après le départ de ses parents et le retour de tous ses amis à leurs vies bien remplies, Kate s'était retrouvée seule. À nouveau. Comme elle l'avait toujours été avant Amelia.

Elle était restée deux semaines durant dans le silence morbide de sa maison en grès, drapée dans sa culpabilité et son chagrin, en proie à l'impression que sa peau se détachait par bandes entières, comme des feuilles de cellophane usées. Elle avait contemplé le plafond et sangloté jusqu'à ce que ses entrailles ne soient plus qu'une coque carbonisée. Elle avait songé à sa vie qui sans Amelia ne serait rien d'autre qu'un vide inexplicable. Rien d'autre qu'elle. Seule. Pour toujours.

Les nuits où Kate parvenait à s'endormir, elle rêvait qu'elle tombait – du toit de Grace Hall, par la fenêtre de son bureau, du haut des escaliers –, se réveillant en sursaut juste avant de percuter le trottoir. Et chaque matin au réveil le dernier étage de sa maison l'attirait inexorablement : là-haut elle ouvrait une fenêtre et se penchait à l'extérieur, les mains pressées contre le montant, les yeux rivés au sol. Non pas que se forcer à voir ce qu'avait vu Amelia durant les dernières secondes de sa vie constituerait jamais un châtiment suffisant. Rien ne constituerait jamais un châtiment suffisant.

Car c'était la faute de Kate, évidemment, si Amelia était morte. Si elle s'était suicidée. C'est le travail d'une mère de protéger son enfant, y compris de lui-même. Or Kate avait échoué, entièrement, complètement, affreusement.

Elle songeait souvent à se suicider elle aussi. Comment : en ingurgitant sa batterie de calmants. Où : dans son lit. Quand : immédiatement. L'idée de devoir payer ses échecs catastrophiques en vivant avec sa culpabilité était la seule raison qui l'avait empêchée d'aller jusqu'au bout. Elle était retournée travailler quand elle n'avait plus pu supporter de rester assise là, à attendre lentement la décomposition.

Voilà pourquoi elle se trouvait dans l'une des nombreuses zones de réception du célèbre cabinet Slone, Thayer – quatre semaines, deux jours et seize heures depuis qu'Amelia s'était jetée du toit de Grace Hall –, à se demander comment elle avait jamais pu accorder de l'importance à ce qui s'y passait. Car cela n'en avait pas. Plus maintenant. Plus le moins du monde. Elle n'accordait plus d'importance à rien.

Derrière elle, l'arrivée d'un ascenseur se signala par un tintement : elle se rua au bout du couloir en direction de son bureau avant que quiconque ne puisse apparaître derrière les portes. Parvenue à l'angle, elle accéléra le pas en voyant au fond s'allumer la lumière d'un bureau. Elle aurait dû savoir qu'il y aurait déjà quelqu'un sur place, peu importe l'heure matinale à laquelle elle arriverait. Dans un cabinet comme Slone, Thayer, il y avait toujours quelqu'un.

« Hé ! » lança-t-on juste au moment où elle s'apprêtait à ouvrir sa porte. Kate sursauta et laissa tomber ses clefs. Daniel Moore, c'était le pompon. Elle savait que c'était lui sans même lever les yeux. C'était bien la dernière personne qu'elle avait envie de voir à ce moment-là. Il s'empressa de lui ramasser ses clefs avant qu'elle puisse esquisser le moindre geste.

« Je ne voulais pas te faire peur. J'étais simplement… je suis surpris de te voir. Je croyais que tu allais bosser de chez toi pendant un temps. »

Il essayait de dissimuler sa déception. Kate n'en fut pas étonnée. Pour Daniel, un associé junior de moins, c'était un rival de moins. Non pas que leurs relations se soient bornées à être celles de coassociés. Depuis qu'ils s'étaient rencontrés lors de leur première semaine à la faculté de droit de Columbia, ils avaient oscillé entre respect distant, franche hostilité et autre chose encore – quelque chose de bien plus humiliant – que Kate s'était pendant longtemps efforcée d'oublier. Étonnamment, peut-être, elle avait souvent réussi. Cependant maintenant l'ombre menaçante de cette vilaine histoire ancienne se dessinait.

« Passer toutes mes journées seule chez moi… il fallait que je sorte », expliqua Kate en croisant pour la première fois le regard de Daniel quand il lui tendit ses clefs.

Il portait une cravate desserrée au niveau du col et une chemise froissée. Pas rasé, les yeux injectés de sang, on aurait dit qu'il était resté debout toute la nuit. Chez Daniel, cependant, l'effet était flatteur. Pour Kate, ses cheveux blonds coupés à la perfection et ses vêtements méticuleusement BCBG avaient toujours fait partie de ce qui était le moins attirant chez lui. Mais ce n'était pas le moins attirant. Le moins attirant chez Daniel, c'était son manque total de compassion.

« On dirait que tu as passé la nuit ici. »

Il baissa les yeux sur sa tenue et eut un sourire penaud.

« Cette affaire Associated a quelque peu explosé. »

On aurait dit à sa voix qu'il essayait de faire passer cette nouvelle comme une mauvaise chose, mais la lueur de ses yeux le contredisait. Les carrières de Kate et de Daniel chez Slone, Thayer avaient avancé au même rythme depuis qu'ils avaient intégré le cabinet en tant que stagiaires. Quinze ans plus tard, ils étaient devenus deux associés respectés du pôle contentieux. Pourtant, seule Kate comptait parmi les disciples de Jeremy, et cette inégalité semblait, discrètement mais sûrement, rendre Daniel fou. S'occuper de l'affaire Associated en l'absence de Kate avait constitué une énorme opportunité pour lui.

Kate voyait bien qu'il mourait d'envie qu'elle lui demande davantage d'informations à ce sujet. Mais le scoop pouvait bien être que la SEC leur était tombée dessus et avait soumis Victor Starke à une fouille anale, ça lui était égal. Jeremy lui avait assuré cent fois qu'elle n'avait pas à s'inquiéter de Victor ni de l'Associated Mutual Bank pendant son congé, et de fait elle ne s'en était pas inquiétée. Maintenant qu'elle était de retour, quand bien même elle s'y serait forcée, elle ne serait pas parvenue à y accorder d'importance.

« Explosé », s'entendit répéter Kate.

C'était plus une affirmation qu'une question. Mais elle redoutait d'avoir donné à Daniel ne serait-ce que la satisfaction d'avoir cru percevoir dans sa voix une note de curiosité.

« Pas dans un mauvais sens, embraya-t-il aussitôt. Il se trouve qu'on a réussi à casser l'assignation, finalement. Évidemment, la SEC a fait appel. »

Il haussa les épaules comme si ç'avait été l'affaire d'une journée de travail.

« Les débats auront lieu dans la journée. J'ai passé la moitié de la nuit à briefer Jeremy au téléphone. Tu le connais, il est assez intelligent pour passer sa nuit blanche chez lui histoire de n'avoir pas une tête à chier en arrivant au bureau. À ce propos, je ferais peut-être bien d'aller prendre une douche. Jeremy m'a dit que je pouvais défendre une partie du dossier. Je n'ai pas envie de lui donner la moindre excuse pour me laisser à la porte du tribunal.

— D'accord. »

Kate s'efforça de sourire, en vain. Elle voulait s'éloigner de Daniel, immédiatement.

« Ne me laisse pas te retarder. Je ferais probablement mieux de rester dans mon bureau de toute façon. Je ne suis pas franchement en état de communiquer avec d'autres êtres humains.

— OK. »

Il étrécit légèrement les yeux, comme s'il envisageait d'ajouter quelque chose, puis se ravisa.

« Ça fait plaisir de te voir, Kate. Je suis content que tu aies pu revenir. Tu nous… tu as manqué au cabinet. N'hésite pas si je peux faire quoi que ce soit. »

Il faisait de son mieux pour être gentil, elle le voyait bien. Et il était animé de bonnes intentions – ou du moins pas trop horribles –, même s'il n'y avait strictement rien que Daniel, lui encore moins qu'un autre, aurait pu faire pour elle.

« Ça me touche beaucoup, Daniel. Tu devrais y aller maintenant. Bonne chance.

— Merci, répondit-il en expulsant un peu d'air de ses joues gonflées. M'est avis que je pourrais en avoir besoin. »

Kate ferma la porte de son bureau et s'y adossa une minute avant de se redresser et de laisser tomber ses affaires sur sa table. Elle mit un point d'honneur à ne pas regarder par sa vaste fenêtre le paysage urbain confus, tout en bas. Son bureau se trouvait au vingt-huitième étage, non loin de l'angle du bâtiment, si bien qu'en se penchant par la fenêtre, elle voyait à la fois la Quarante-troisième Rue et la Septième Avenue. Mais regarder en bas depuis cette hauteur, en imaginant – comme elle n'aurait pas manqué de le faire – la sensation qu'avait dû ressentir Amelia en tombant, aurait eu pour seul effet de déclencher aussitôt une nouvelle nausée.

Son ordinateur ne s'était pas encore complètement allumé quand le téléphone fixe sonna. « University of Chicago » apparut sur l'écran, suivi par le numéro principal du campus. En théorie, ç'aurait pu être l'un ou l'autre de ses parents. Reconnus pour les travaux de recherche qu'ils effectuaient depuis de nombreuses années dans leurs disciplines respectives, Gretchen Deal et Robert Baron étaient tous deux professeurs, sa mère à la faculté de médecine, son père à l'école de commerce. Sauf que Robert – le plus distant mais comparativement le plus chaleureux des deux – n'appelait jamais Kate. Il lui envoyait de temps à autre des mails et ils avaient des conversations agréables quand ils se voyaient une fois l'an à Noël, mais, pour Robert, le téléphone était bien trop intime et beaucoup trop prémédité.

Kate regardait fixement le combiné, hésitant à laisser se déclencher la messagerie. Seulement Gretchen était impitoyable. Si elle tenait à dire quelque chose à sa fille, elle la débusquerait et lui ferait entendre jusqu'à la lie ses sentences d'une mordante perspicacité. Kate se résigna, prit une grande inspiration et décrocha.

« Kate Baron », annonça-t-elle doucement, en faisant mine de ne pas savoir qui était à l'autre bout du fil, comme si cela avait pu, comme par magie, changer l'identité de son interlocuteur.

« Tu es là ! s'écria joyeusement sa mère. J'espérais que tu y arriverais. »

Gretchen avait été la plus fervente partisane d'un retour au travail le plus tôt possible. Immédiatement, de préférence. Et ce uniquement, avait-elle tenu à expliquer, parce que cela lui semblait être dans le meilleur intérêt de Kate de sortir de chez elle, de se changer les idées. Mais Kate ne s'y trompait pas. En réalité, sa mère s'inquiétait probablement davantage de la voir rater d'importantes opportunités de promotion professionnelle.

« Oui, je suis là, soupira Kate. J'ai réussi.

— Vraiment, je pense que c'était la meilleure chose à faire, Katherine », commenta Gretchen dans son staccato mitraillette habituel, celui qui donnait toujours l'impression à Kate qu'un minuteur était sur le point de sonner.

« Je suis sûre que tu leur as manqué là-bas. Surtout à Jeremy. Il se repose plus sur toi que ce que tu crois.

— Il travaille avec une vingtaine d'associés juniors. Il se repose sur nous tous », répliqua Kate platement.

Elle était agacée que sa mère l'appelle pour ça. Et encore plus agacée d'être agacée. Elle aurait dû avoir l'habitude désormais de cette obsession maternelle du travail. Gretchen avait appelé tous les deux jours depuis la mort d'Amelia, et dans chaque conversation elle s'était bien davantage souciée de l'état de la carrière de sa fille que de son chagrin.

« Je suis sûre qu'il s'en est très bien sorti sans moi.

— À ta place je n'en serais pas si sûre, rétorqua Gretchen, sa voix adoptant la tonalité chantante du "je te l'avais bien dit". De toute façon, c'est un gros progrès. Une dynamique positive. Une tentative pour voir le bon côté des choses. »

Kate sentit son estomac se contracter.

« Le bon côté ?

— Oui, Katherine, celui de toute cette saleté.

— Saleté ? »

Comme si le souvenir d'Amelia était quelque chose qu'on pouvait balayer puis jeter dans une poubelle.

« Tu vas m'en vouloir de te dire ça, mais il faut bien que quelqu'un le fasse. »

Gretchen avait le don de se poser à la fois en héroïne et en martyre, y compris dans des situations qui n'avaient rien à voir avec elle.

« Me dire quoi ? s'entendit demander Kate, même si elle ne voulait pas le savoir.

— Amelia n'est plus là, Katherine, et c'est une épouvantable tragédie, répondit vivement Gretchen.

Mais ça fait partie de la vie. Et, aux dernières nouvelles, toi aussi. Personnellement, je pense qu'il te serait plus facile d'aller de l'avant si tu profitais un peu de ta toute nouvelle liberté.

— Liberté ? »

Dans sa bouche, ce mot avait quelque chose de poisseux.

« Voyons, ma chérie, ne fais pas exprès de ne pas comprendre. Moi aussi j'ai été une mère active, tu te rappelles ? Je connais ce stress d'être en permanence déchirée entre la maison et le travail. Liberté par rapport à ça, c'est ce que je veux dire. Qui sait, peut-être même auras-tu le temps de rencontrer quelqu'un, à présent. On a déjà vu plus étrange. Tu pourrais recommencer à zéro. Et c'est ce qu'Amelia voudrait pour toi. Elle voudrait que tu sois heureuse. »

Kate entendait son cœur battre dans ses oreilles. Certes elle aurait pu s'imaginer que, dans un recoin sombre du cœur de sa mère, la mort d'Amelia apparaisse comme une chance pour sa fille de reprendre le droit chemin. Mais l'exprimer ainsi sans complexe était monstrueux, même de la part de Gretchen. Kate serrait si fort le combiné qu'elle craignait de le briser en deux.

« Maman ?

— Oui, ma chérie ? »

Gretchen avait l'air si contente d'elle. Comme si avoir présenté à Kate cette perspective violente avait été un superbe geste de charité désintéressée.

« Oh attends, ne quitte pas. »

À l'autre bout de la ligne, on entendait des voix en fond sonore.

« Lee vient de passer. Il y a un journaliste du *Times* sur l'autre ligne pour moi. Apparemment j'ai accepté je ne sais quelle interview. Je ne me rappelle même pas sur quoi elle porte. »

Elle eut un rire jovial.

« Enfin bref, qu'est-ce que tu voulais me dire ?

— Va te faire foutre, maman, répondit posément Kate. C'est ça que je voulais te dire : va te faire foutre. »

Elle reposa délicatement le combiné sur son support et le contempla fixement. Elle s'attendait à ce que l'appareil explose. Mais non. Rien ne se passa. C'était à la fois libérateur et vaguement embarrassant qu'il lui ait fallu tout ce temps pour tenir tête à Gretchen, pour dire à sa mère le fond de sa pensée. Elle en avait assez de contenter les gens, de bien se tenir, d'être polie. Elle en avait assez d'être une gentille fille.

Elle expira longuement, ses épaules se relâchèrent. Son ordinateur s'était enfin allumé, la messagerie de sa boîte mail s'ouvrit devant elle. Il n'y avait qu'une poignée de nouveaux messages depuis qu'elle l'avait consultée chez elle la veille au soir, beaucoup moins qu'il y en aurait eu à l'époque, avant le décès d'Amelia. Cela dit les gens considéreraient probablement son retour au bureau comme une invitation à cesser de retenir leurs coups. Une part d'elle avait hâte d'être engloutie par son travail quotidien, même si ce travail ne signifiait plus rien à ses yeux. Elle contemplait encore sa boîte de réception quand son téléphone portable l'informa qu'elle venait de recevoir un texto.

« Et c'est parti », marmonna-t-elle en fouillant dans son sac.

Gretchen n'aurait jamais encaissé sans broncher qu'on lui dise d'aller se faire foutre.

Kate réussit enfin à mettre la main sur son portable et le sortit de son sac. Elle lut le message affiché sur l'écran.

Amelia n'a pas sauté.

Kate ferma convulsivement les yeux. Non, elle avait forcément mal lu. Ça ne pouvait pas être ça. Elle serra encore plus fort les paupières avant de se décider à les rouvrir. Lorsqu'elle regarda de nouveau l'écran, le message était toujours là. Amelia n'a pas sauté. Elle le lut encore trois fois, les mots restaient les mêmes. Son cœur battait à tout rompre quand elle déposa délicatement son portable au centre de son bureau. Puis elle recula lentement son fauteuil à roulettes de façon à pouvoir étudier le texto à bonne distance.

Une seule pensée lui venait à l'esprit : *S'il vous plaît. S'il vous plaît ne me faites pas ça. S'il vous plaît ne me torturez pas*.

Pourquoi quelqu'un se serait-il amusé à lui jouer une blague aussi malsaine ? Et qui ? Sa surprise avait été telle qu'elle n'avait même pas regardé qui lui avait envoyé ce message. Penchée sur son bureau, elle scrutait son téléphone en quête de l'identité de l'expéditeur quand la porte s'ouvrit. Kate se redressa aussi sec.

« Doux Jésus ! » s'exclama Beatrice, sa secrétaire.

Elle dévisageait sa chef comme si elle avait perdu la tête.

« J'ai failli appeler la sécurité quand j'ai vu votre bureau allumé. Qu'est-ce que vous faites là ?

— Beatrice, vous m'avez fait une peur bleue, pantela Kate, une main sur la poitrine.

— Je vois ça. »

Beatrice toisa Kate de la tête aux pieds avec de gros yeux désapprobateurs. Mère de six enfants, elle traitait Kate et l'autre avocat pour qui elle travaillait comme s'ils avaient été ses septième et huitième.

« Je croyais que nous nous étions mis d'accord pour que vous travailliez de chez vous au moins six semaines encore. Jeremy ne vous a pas fait le coup du "Oh s'il te plaît, tu es si douée, tu es la seule et l'unique", quand même ? Parce que je vous jure, je vais…

— Jeremy ne m'a pas rappelée, coupa Kate en secouant la tête. Il fallait que je sorte de chez moi.

— Donc vous êtes venue là ? Vous êtes retournée travailler ?

— Je n'avais nulle part où aller. »

Kate jeta un œil à son téléphone. Elle envisagea un instant de parler à Beatrice du message, mais elle craignait que ce soit prématuré. Elle espérait encore l'avoir imaginé.

« Vous feriez mieux de fermer votre porte, dit Beatrice. Sinon d'ici midi ces vautours auront dépouillé votre carcasse. »

Le visage de la secrétaire se figea aussitôt, comme si elle voulait ravaler cette référence à la mort qui lui avait échappé. Kate aurait voulu lui dire de ne pas s'en faire, que ce n'était pas grave. Mais elle ne pensait qu'à une chose : ce texto.

Amelia n'a pas sauté.

C'était d'autant plus cruel que Kate avait mis énormément de temps à accepter qu'Amelia s'était bel et bien suicidée. L'idée que sa fille avait été surprise à tricher – sur une dissertation en anglais, qui plus est – était particulièrement ridicule. L'inspecteur Molina avait beau lui avoir signifié que toutes les preuves matérielles préliminaires convergeaient vers le suicide, elle n'avait pas vraiment été convaincue, du moins au début.

Non, Kate avait cherché un bouc émissaire, et le lycée avait été le candidat numéro un : une serrure défectueuse sur le toit, une surveillance mal adaptée, des équipements dangereux. Elle avait également envisagé la possibilité qu'Amelia ait pu être poussée, mais pas très sérieusement. L'idée que quelqu'un puisse vouloir du mal à Amelia était presque aussi incroyable que celle d'Amelia se voulant du mal à elle-même.

Et puis l'inspecteur Molina avait mené l'enquête : il avait fouillé la chambre d'Amelia, s'était entretenu avec ses professeurs et ses amis, avait consulté son ordinateur et son portable, avait cherché si quelque chose aurait pu entraîner une chute, une déclivité du toit, un objet sur lequel Amelia aurait pu buter. Il avait aussi cherché des traces de lutte. Mais il n'avait rien trouvé, hormis le mot « pardon » écrit sur le mur. Une semaine plus tard, il avait téléphoné à Kate pour l'informer que le médecin légiste avait confirmé l'hypothèse préliminaire du suicide. Et c'en était resté là : Amelia s'était suicidée.

En tout, l'enquête avait duré neuf jours. Neuf jours pour s'entendre dire que sa fille, qui avait été sa meilleure amie, sa fille dont elle s'était occupée, avec qui elle avait ri et qu'elle avait chérie, elle ne la connaissait finalement pas vraiment. Ce jeune cœur était empli d'un chagrin si grand qu'il lui avait pris son dernier souffle et pourtant, étrangement, Kate avait raté tous les signes.

À cet égard aussi on lui avait fourni une explication fort commode : suicide impulsif. C'était plus fréquent qu'on le croyait, du moins c'est ce que disait le Dr Lipton, la psychologue du lycée de Grace Hall. Apparemment, il arrivait couramment que des gens décident de se suicider et passent à l'action en l'espace de quelques heures. Pas de distribution des biens chers à leur cœur, pas de lettre de suicide comme dans ces émissions que Kate regardait dans sa jeunesse, le soir après les cours. Selon le Dr Lipton, avoir été prise en train de tricher aurait très bien pu être le déclencheur, surtout si Amelia se sentait déjà submergée émotionnellement par un conflit avec une amie, une rupture, des problèmes à la maison. Le simple stress ordinaire induit par l'adolescence aurait pu suffire à préparer le terrain. Contredire ce point ne faisait qu'augmenter la culpabilité de Kate.

« Vous êtes sûre que c'est une bonne idée d'être là ? » s'enquit Beatrice.

Elle semblait encore plus inquiète à présent, probablement parce que Kate était restée plantée là, les yeux rivés au sol, pendant Dieu sait combien de temps.

« Vous n'avez vraiment pas l'air d'aller bien. »

On frappa à la porte du bureau, sans laisser à Beatrice le temps d'obtenir une réponse. Sur le seuil, derrière la secrétaire, se tenait Jeremy. Il portait un costume bleu marine bien taillé et une cravate rayée qui faisait ressortir ses yeux bleus. Kate ne l'avait pas revu depuis l'enterrement, en revanche ils s'étaient parlé deux fois au téléphone et il lui avait envoyé plusieurs mails – brefs, mais d'une gentillesse sans défaut – afin de prendre de ses nouvelles.

« Salut, dit-il doucement, en restant à côté de la porte.

— Salut, répondit Kate, s'efforçant de se ressaisir.

— Tu es de retour.

— Eh oui. »

Alors qu'ils se dévisageaient, Kate sentit peser sur eux le regard de Beatrice qui glissait de l'un à l'autre. Kate savait que sa secrétaire fronçait les sourcils sans même avoir besoin de la regarder. Des rumeurs circulaient au sujet de Jeremy, sur tout ce qu'il faisait et sur les femmes avec qui il le faisait. Il y en avait toujours eu. Ces ragots étaient dus tout autant aux trop nombreuses affaires assignées à certaines qu'aux trop nombreux dîners pris derrière des portes closes avec d'autres. Certains étaient peut-être vrais – une partie l'était sans aucun doute –, mais la plupart ne l'étaient certainement pas.

C'est alors que le portable de Kate vibra de nouveau, tremblant bruyamment sur le bureau. Un deuxième message. Kate prit une courte inspiration en se penchant timidement pour jeter un œil.

Amelia n'a pas sauté. Vous le savez et je le sais.

Une main plaquée contre la bouche, Kate s'efforça de ne pas crier.

« Oh là, que se passe-t-il ? » demanda Jeremy en entrant dans la pièce.

Il se dirigea droit vers le bureau et s'empara du téléphone. Il fronça les sourcils en découvrant le message.

« Qui t'a envoyé ça ? »

Recevoir ces messages était déjà suffisamment dur, mais voir Jeremy planté là à la regarder comme si elle était quelque animal estropié, c'était la goutte d'eau.

« Je n'en ai aucune idée, répliqua-t-elle en tâchant de ravaler ses larmes. J'en ai reçu un autre il y a deux minutes. Quelqu'un qui cherche à rigoler un coup j'imagine.

— Rigoler un coup ? Ça ne rime à rien. Tu ne penses pas qu'il pourrait y avoir une part de vérité, dis-moi ?

— De vérité ? Non, je ne pense pas. La police… »

Elle secoua la tête. Malgré ses efforts, les larmes étaient parvenues à s'insinuer dans ses yeux. Elle baissa la tête dans l'espoir que personne ne les remarquerait. Le pire était qu'elle n'avait même pas vraiment envisagé que ce message puisse, de fait, être légitime. Elle avait supposé qu'il s'agissait simplement de harcèlement.

« Mais j'imagine… Franchement, je ne sais pas.

— Ma foi, c'est un numéro masqué, commenta Jeremy en regardant de nouveau le portable de Kate. On devrait au minimum essayer de découvrir qui l'a envoyé. »

Il se tourna vers Beatrice, à qui il tendit le téléphone.

« Ça vous ennuierait de le porter à Duncan au service informatique ? Je suis sûr qu'il pourra nous aider à obtenir le numéro de l'expéditeur.

— Bonne idée », dit la secrétaire en lui arrachant l'appareil des mains avant de se diriger prestement vers la porte. « Numéro masqué, mon cul. »

Jeremy la regarda partir puis baissa les yeux. Kate avait l'impression qu'il cherchait un moyen de s'éclipser avec tact.

« Merci. Mais je ne veux pas que cette histoire te retienne. Je suis sûre que ce n'est rien et, de toute façon, ne dois-tu pas te rendre au tribunal ? lui demanda-t-elle afin de lui fournir une voie de sortie. Daniel m'a dit que l'assignation avait été annulée. Victor doit être ravi.

— Victor, ravi ? Je n'irais pas jusque-là », finit-il par répondre en regardant Kate.

Le soleil matinal qui entrait par les fenêtres derrière elle avait donné une triste teinte aqueuse aux yeux de Jeremy.

« Entre nous, j'étais d'accord avec toi au sujet de l'inutilité de requérir une annulation. Tu donnais à ton client un bon conseil. J'étais d'avis qu'en faire la demande risquait même de nous exposer à des sanctions. Mais Daniel… »

Il secoua la tête et serra les dents.

« Tu le connais, c'est un petit roquet teigneux. Il m'a eu à l'usure. Mais je lui ai dit que s'il y avait la moindre sanction, il la paierait de sa poche. La perspective de cette éventualité est peut-être la seule raison pour laquelle j'ai donné le feu vert. Ça, et le fait que nous ayons emménagé dans notre nouvel appartement la même semaine. L'épuisement m'a rendu vulnérable. »

Jeremy n'avait jamais aimé Daniel, et ce depuis l'époque où ce dernier avait été stagiaire dans la même promotion que Kate, à bourdonner autour de Jeremy comme une mouche têtue. L'ambition éhontée était un défaut que ne supportait pas Jeremy, probablement parce qu'il était extrêmement habile à camoufler la sienne. Mais le mépris qu'il ressentait envers Daniel semblait avoir des racines plus profondes. Lesquelles au juste, Kate ne s'aventurait pas à trop y réfléchir. Sans compter qu'il se pouvait très bien qu'elle s'imagine des choses. En tout cas, Daniel n'était pas près d'aller voir ailleurs de sitôt. Nonobstant l'opinion personnelle de Jeremy, c'était un avocat exceptionnel, l'un des meilleurs du cabinet. Or, faire gagner le cabinet était plus important pour Jeremy que son aversion envers Daniel.

« Les choses ont bien tourné, on dirait, commenta Kate.

— Le fait que ça ait bien tourné ne signifie pas que la mise en cause de l'assignation était la voie de la prudence. Bonne étoile et conseil avisé sont deux choses différentes. À ce propos, nous allons perdre aujourd'hui en appel, c'est garanti. À ton avis, pourquoi ai-je laissé Daniel défendre la seconde moitié du dossier ? »

Il sourit, l'air très content de lui. Puis son visage changea, redevint sérieux.

« Écoute, c'est peut-être déplacé de ma part de te poser cette question – d'ailleurs, ça l'est, c'est sûr. Mais avec ce texto et tout, es-tu sûre que la mort d'Amelia était un suicide ? Je sais que la police a parlé de ce "message" qu'elle est censée avoir écrit sur ce mur à côté de l'endroit où elle est tombée. Mais en réalité ce n'était qu'un mot, non ?

— Ouais : "pardon". C'est tout. Je n'ai pas arrêté de dire à la police combien Amelia prenait l'écriture et les mots au sérieux. Que si elle avait laissé une lettre de suicide, ç'aurait été épique. »

Elle haussa les épaules, puis secoua la tête.

« Mais peut-être que je me berce d'illusions. C'est l'avis de la police en tout cas.

— Ils ont confirmé qu'il s'agissait de son écriture ? »

Kate le regarda en clignant des yeux. Cette question était d'une simplicité enfantine. Pourquoi n'avait-elle pas songé à faire analyser l'écriture ? Elle s'était retrouvée si accablée, si bouleversée, si vulnérable. Si seule. Et l'inspecteur Molina avait réagi comme si elle avait un problème à chaque fois qu'elle lui avait posé une question de trop. C'était déjà assez dur d'être la mère d'une enfant qui s'était suicidée. Être considérée comme une mère en plein déni était simplement insupportable.

« Mon Dieu, que je suis bête, soupira Kate. J'ai pris ça comme argent comptant quand on m'a affirmé que c'était celle d'Amelia. Tu as raison. J'aurais dû la faire analyser moi-même.

— Prendre la police au mot n'est pas bête, c'est raisonnable, répliqua Jeremy avec son aisance habituelle.

Mais à présent, avec ce texto, il est peut-être temps de regarder de plus près… l'ensemble de cette affaire.

— Je crois que j'ai dû avoir peur tout ce temps-là de remettre trop de choses en question. J'ai peut-être peur de ce que je pourrais trouver. Je ne sais pas.

— Amelia était une bonne gamine. Et tu étais une bonne mère. Rien de ce que tu trouveras ne changera ces faits. »

Kate eut un sourire triste, ses yeux s'emplirent de nouveau de larmes. Jeremy avait le don de dire exactement ce qu'il fallait, à tout le monde, à n'importe quel sujet. Il ne pouvait pas s'en empêcher.

« Écoute, je connais le commissaire divisionnaire. Enfin “connaître” est peut-être un bien grand mot, mais nous siégeons tous les deux au conseil du club Boys and Girls. Je vais passer quelques coups de fil, voir s'il y aurait moyen de faire analyser cette écriture. Commençons par là, nous verrons bien où ça nous mène. »

Kate hocha la tête. Une part d'elle s'inquiétait de laisser Jeremy s'occuper de ça. De le laisser trop s'impliquer, surtout quand elle en avait si désespérément envie.

« Ce serait génial, merci. »

Elle avait l'impression de trahir quelqu'un. Qui, elle n'en était pas sûre.

« C'est… J'ai été… merci. »

Parvenu à la porte, Jeremy se retourna.

« Je t'en prie. »

Son sourire était teinté de mélancolie.

« C'est la moindre des choses. »

Amelia

14 SEPTEMBRE, 12 H 16

AMELIA
j vais ?
BEN
où ça ?
AMELIA
à ce truc o parc, tu sais, si tu ne veux pas que l'oiseau s'envole
BEN
je sais pas, y aller seule ? ça m'a l'air d'1 piège
AMELIA
ms je suis curieuse
BEN
la fouine aussi…
AMELIA
et on sait ce qui lui arrive
BEN
ton lycée est bourré de dingos
AMELIA
tu me fous les jetons

BEN
parfait. vaut mieux avoir peur
AMELIA
super. merci
BEN
demande à Sylvia 2 venir
AMELIA
l a pas été invitée
BEN
oh oh
AMELIA
ouaip. oh oh
BEN
l va être VNR
AMELIA
ouaip
BEN
merde et sois prudente
AMELIA
je le serai… bisous !
BEN
bisous, envoie-moi 1 texto après. ciao

Facebook
14 SEPTEMBRE

Amelia Baron
flirte avec le désastre

Carter Rose torride

Sylvia Golde flirte ? arrête ton char

Carter Rose langue de pute

Sylvia Golde va te faire f. carter

Amelia

14 SEPTEMBRE

Quand j'ai zieuté hors du sentier qui débouchait à la Picnic House de Prospect Park, je les ai vues qui formaient un grand groupe en bordure d'un bosquet. Du moins j'ai supposé que c'était elles, et de fait j'étais plutôt surprise de les trouver là. J'étais quasi sûre de m'être cassé le cul à mentir à Sylvia sur l'endroit où j'allais et de m'être tapé le chemin jusqu'au parc pour découvrir qu'il n'y aurait personne nulle part. La grosse blague, quoi. Mais elles étaient bien là, rien que des filles, à première vue, qui attendaient, squattant sous les vieux arbres tordus.

Les Magpies. C'était elles, obligé.

Quatre clubs avaient été réintroduits : les Magpies, c'était que des nanas ; Wolf's Gate, que des mecs ; et Devonkill et les Tudors étaient mixtes. Leur trip, c'était de garder le secret sur leurs membres et ce qu'ils faisaient. Mais des rumeurs circulaient dans les couloirs et sur Facebook, et on lisait aussi des trucs à ce sujet sur *gRaCeFULLY*. On disait que les

Maggies organisaient des concours pour savoir qui suçait le plus de queues et que les mecs de Wolf's Gate étaient entrés par effraction dans le lycée pour voler des iPads. Mais les gens faisaient gaffe à ce qu'ils disaient. Personne ne voulait se mettre les clubs à dos. Il y avait aussi des bruits qui couraient sur ce qui se passait quand c'était le cas.

Y avait moyen que la moitié soit vraie. La moitié, c'était déjà bien suffisant. En gros, les gens des clubs faisaient soi-disant plus ou moins ce à quoi on s'attend : traîner ensemble, faire des fêtes, baiser et décider qui peut être des leurs ou non. D'ailleurs, ils semblaient passer le plus clair de leur temps à ça. Wolf's Gate et les Maggies, c'était les joueurs de foot et les pom-pom girls version Grace Hall : ils étaient cools de chez cool. Les Devonkill et les Tudors étaient plus genre cools tout court.

Ce n'était pas comme si j'avais attendu une invitation pour rejoindre un de ces clubs. Ceux qui y étaient, au fond, c'était des moutons, enfin la plupart, et puis Sylvia et moi, on avait notre pacte comme quoi on n'irait pas. À moins et seulement à moins qu'on change d'avis ensemble, et encore uniquement si on était toutes les deux, invitées. Parce qu'un club qui ne voulait pas de nous deux, c'était un club dont ni l'une ni l'autre n'avions envie de faire partie. Ma curiosité et le fait de me pointer n'y changeaient rien.

De toute façon, jamais de la vie je n'aurais pensé que *moi* je serais raccordée au réseau – enfin si c'était bien de ça qu'il s'agissait. Et encore moins à celui des Maggies. Autre raison pour laquelle je n'avais pas trop mauvaise conscience d'aller mettre au clair cette histoire. J'avais beau être quasi sûre que tout ça n'était qu'une sale blague, il fallait que j'en aie le cœur net. Être cool, je m'en fichais, mais en même temps je n'avais encore jamais eu l'occasion de l'être. Et puis ça faisait plutôt plaisir d'être choisie pour quelque chose qui n'avait rien à voir avec mon QI ni la vitesse à laquelle je courais. Si les Maggies me voulaient moi, ce serait juste parce que j'étais moi.

Sans compter que c'était pas comme si Sylvia m'emmenait avec elle chaque fois qu'elle avait un nouveau mec, et je ne lui en voulais pas. Mais je n'étais pas non plus obligée de poireauter dans mon coin sans rien faire jusqu'à ce qu'elle se fasse plaquer. Parce que Sylvia finissait toujours par se faire plaquer. Et moi j'étais toujours là à ramasser les morceaux.

J'ai plissé les yeux dans la lumière aveuglante du soleil au moment de contourner la Picnic House, puis j'ai glissé mes mains tout au fond de mes poches. Elles tremblaient. Je ne savais pas pourquoi. C'était pas comme si j'étais grave nerveuse ni rien.

Une fois arrivée un peu plus près, j'ai enfin discerné ce qui ressemblait à une vingtaine de filles – rien que des meufs, c'est bien ce que je pensais – appuyées contre les troncs ou accroupies à l'ombre du bosquet. Elles étaient encore trop loin pour que je puisse distinguer aucun de leur visage, mais j'en ai vu une pointer un doigt dans ma direction. Quelques autres se sont tournées vers moi. Une a levé la main. Ce n'était pas tant un salut qu'un signal, genre. Aucun doute, elles m'attendaient. Les Magpies, les pies : ces beaux oiseaux cruels réputés pour arracher les yeux des gens à coups de bec.

J'ai tâché de ne pas accélérer. Je ne voulais pas avoir l'air d'être pressée de faire ce qu'elles attendaient de moi. Non, j'étais relax, cool, pas stressée par la situation. Laisser les Maggies essayer de se foutre de moi, OK. Mais y avait pas moyen que je me jette en courant dans la gueule du loup.

Parvenue à peu près à mi-chemin, j'ai vu deux autres filles arriver dans la direction opposée. C'était un soulagement – et un genre de déception – de voir que tout ce bordel ne m'était pas uniquement destiné. L'avantage, c'est que si c'était une blague, au moins il n'y aurait pas que moi qui serais victime des Magpies.

J'y étais presque, mais la lumière était si intense que je n'arrivais toujours pas trop à distinguer qui se trouvait sous les arbres, à part qu'il y en avait cinq debout. J'en ai reconnu une grâce à sa tignasse de longues boucles orangées. Dans un lycée bourré d'élèves qui se fondaient dans la masse, cette crinière sautait aux yeux, et elle appartenait à Dylan Crosby : une élève de première, belle et populaire. Dylan était le style de fille qu'on se serait attendu à trouver chez les Magpies, sauf qu'elle était tellement ultra cool qu'elle était, genre, au-dessus des cools. Premier rôle dans presque toutes les pièces de théâtre de Grace Hall que je me rappelais, elle semblait se foutre de l'opinion des autres, et du coup, évidemment, tout le monde voulait être sa meilleure amie. C'était exactement comme ça qu'on se voyait, Sylvia et moi. Sauf que quand on débordait du cadre, personne n'essayait de suivre.

Dylan n'avait jamais eu de copain à Grace Hall. Or, une fille comme elle était trop mignonne pour ne pas en avoir. La moitié du bahut pensait qu'elle était frigide, l'autre se disait qu'elle devait avoir un copain secret quelque part – un type plus vieux, peut-être même marié. Ou célèbre. Pendant un moment, il y avait même eu une rubrique dans *gRaCeFULLY* qui s'appelait « Dis-nous Dylan » : tout le monde retenait son souffle pour voir à qui elle allait enfin décider de donner le feu vert. Cette colonne avait fini par tomber à l'eau vu qu'aucune saloperie n'avait jamais été déterrée sur son compte. Pendant un temps, il y avait même eu des rumeurs comme quoi elle était encore vierge – perso, je considérais ça comme un encouragement personnel. Mais ensuite les gens ont eu l'air de se dire que c'était tellement con que ça valait même pas le coup d'en rire.

J'ai fini par déboucher sur un bout de sentier ombragé et j'ai alors pu discerner le visage des quatre autres filles qui se tenaient debout : Zadie, Bethany, Rachel et Heather. Avec Dylan, elles cinq semblaient être les leaders. Logique. C'était la bande principale des terminales populaires, à part Dylan, qui s'était imposée alors qu'elle était en première. Sûrement parce que c'était la meilleure amie de Zadie – un duo presque aussi bizarre que le nôtre, à Sylvia et moi. Ces cinq filles étaient celles avec qui tous les mecs de Grace Hall rêvaient de coucher et que toutes les nanas rêvaient d'être. Et puis elles traînaient toujours ensemble, même si elles ne semblaient pas forcément s'apprécier des masses.

Je connaissais Rachel et Heather par l'équipe de hockey sur gazon. Elles étaient cocapitaines. Heather, c'était une aristo réac du privé, côté style c'était le Mayflower, côté fric c'était Rockefeller. Elle passait ses étés à Nantucket et ses vacances d'hiver aux concours hippiques de West Palm Beach. Le plus curieux chez elle, c'est qu'elle habitait à Brooklyn et pas dans l'Upper East Side. Rachel était originaire de Paris et jurait en français, ce qui suffisait en gros à lui conférer une cool attitude. Elles avaient toutes les deux des cheveux blonds épais et raides – ceux d'Heather lui arrivaient au menton, ceux de Rachel étaient beaucoup plus longs –, on aurait pu les prendre pour des jumelles. Elles étaient vraiment salopes avec toutes les autres joueuses de l'équipe de hockey. Jusque-là, elles m'avaient *grosso modo* foutu la paix. Il faut dire aussi que, même en troisième, je jouais déjà deux fois mieux qu'elles en seraient jamais capables.

Sans connaître personnellement Bethany, je savais que c'était la comique du groupe. Elle se débrouillait pour que tout le bahut soit au courant. Gonflée et un poil lourdingue, elle se faisait sans arrêt exclure à cause de ses gros canulars d'écolier. Et puis elle avait l'humour méchant. Elle faisait tout le temps chialer les autres. C'était probablement en partie pour ça qu'elle avait intégré les Magpies : elles avaient trop peur de la laisser à l'écart. Et puis on disait aussi qu'elle était prête à coucher avec n'importe qui, n'importe où. Dans l'univers de Grace Hall peuplé de squelettes décharnés, ça aurait pu l'aider à compenser ses kilos en trop.

Et tout le monde connaissait Zadie. La meilleure amie de Dylan et l'élève la plus ouf de Grace Hall. Pâle et maigre, elle avait des cheveux noirs broussailleux qui voilaient ses yeux bleu pétant, et un piercing sur une narine. Elle avait aussi une large mèche de cheveux blancs sur un côté du crâne, un peu comme une mouffette. Je n'étais pas la seule à me demander si elle se l'était faite exprès. Je n'étais pas non plus la seule à être trop flippée pour poser la question. Elle portait toujours des jeans moulants et une veste de camouflage froissée qui faisait plus haute couture que tenue de combat. Elle avait même un petit tatouage sur l'avant-bras : « Caveat Emptor ». On disait que ses parents étaient grave laxistes – enfin quoi, à dix-sept ans elle avait un tatouage –, qu'ils la laissaient même boire à la maison et qu'ils sortaient parfois avec elle en boîte. J'étais hyper surprise et trop pas préparée à la voir ici. Je l'aurais crue bien au-dessus de ces clubs de lycée à la con.

Quand je me suis arrêtée, j'ai enfin pu voir le visage des deux filles qui venaient de la colline d'en face : Charlie Kugler et Tempest Bain. Elles aussi étaient en seconde, et elles semblaient aussi nerveuses que moi. Ni l'une ni l'autre n'étaient vraiment du genre mainstream populaire non plus. Tempest, danseuse classique, était nouvelle. Une asperge tout en muscles, avec des mèches violettes qui striaient ses cheveux noir corbeau. Charlie était une nana menue avec de beaux yeux tristes, des fringues larges et, d'après la rumeur, un fonds en fidéicommis de cinquante millions de dollars, qui comprenait un original de Warhol accroché dans sa chambre.

Charlie, Tempest et moi, on s'est toisées avec la même expression interloquée un peu flippée, haussant les épaules en nous rejoignant devant la meute affalée sous les arbres. Manifestement, le seul point commun qu'on aurait pu avoir, c'était qu'on avait toutes été assez curieuses – ou assez connes – pour nous pointer.

« C'est pas trop tôt, putain », s'est exclamé Zadie en frappant dans les mains.

Elle a regardé sa grosse montre noire.

« Vous avez intérêt à pas recommencer à être en retard, putain. »

J'ai regardé à mon tour ma montre : 15 h 02, deux minutes de retard par rapport à l'heure du rendez-vous.

« C'est quoi ce bordel de toute façon ? » a aussitôt aboyé Tempest, bougeant la tête comme si elle se foutait royalement de qui étaient Zadie et ses potes et qu'elles lui faisaient juste perdre son temps. « Et si vous commenciez par m'expliquer à quoi je suis censée être en retard. »

Zadie a fermé les yeux en battant des paupières, puis a inspiré longuement d'un air satisfait, comme si elle inhalait un parfum délicieux.

« Vous voyez, a-t-elle lancé en regardant les autres filles par-dessus son épaule. Qu'est-ce que je vous disais ? Une terreur en tutu. C'est pas génial, ça, putain ?

— Qu'est-ce que tu racontes, une terreur en t…

— Tssst. »

Zadie a fait glisser son index sous le nez de Tempest.

« Ta gueule, putain. Je t'aime bien, mais pas à ce point-là. »

Mon cœur s'affolait grave. Je n'avais rien à faire ici. Je n'étais une terreur en rien du tout. Tout ça c'était juste… ce n'était pas moi. J'aurais voulu courir me cacher bien à l'abri dans mon petit monde avec Sylvia. Certes ces derniers temps elle semblait me traiter avec considération uniquement quand elle se faisait plaquer, et alors ? C'était pas grave. On était copines depuis longtemps. Tôt ou tard elle redeviendrait l'amie qu'elle avait été. Et puis j'avais Ben à présent. Je n'avais besoin de personne d'autre.

Seulement maintenant je les avais vues. J'avais vu les Maggies. Elles n'allaient pas me laisser partir comme ça. Il y aurait un prix à payer. Lequel, je n'en savais rien. Mais ce n'était pas un prix que j'étais prête à verser, ça j'en étais sûre.

À ce moment-là, Dylan s'est avancée.

« Venez donc vous asseoir, les filles. »

Elle avait une jolie voix et un sourire sympathique.

« Je sais bien que toutes ces cachotteries, c'est un peu zarbi. Mais au final, ça fait partie du délire, je vous promets. »

Elle nous a décoché un grand sourire et nous a fait signe d'avancer. Avec son visage éclairé par le soleil, ses yeux chaleureux et pétillants, elle était encore plus jolie que ce que je pensais. Quand elle a souri pour la deuxième fois, son sourire m'était directement adressé.

« Viens. »

J'ai bougé avant même de l'avoir pleinement décidé. Je me suis dirigée vers l'enchevêtrement lourd et bas des arbres, où le reste des filles étaient adossées contre des grosses branches, assises sur leur sac ou allongées de tout leur long sur des couvertures. Je connaissais la plupart de leurs noms. J'avais fréquenté Grace Hall avec elles presque toute ma vie.

À part une ou deux surprises, elles étaient exactement celles que je me serais attendue à trouver chez les Maggies : mignonnes, populaires, bien fringuées et avec un gros réseau. Leur présence à toutes paraissait logique – même celle de Tempest et de Charlie, à leur manière un peu décalée. Toutes sauf la mienne. Cela dit, le fait de n'être pas raccord était beaucoup moins bizarre que mon violent désir de l'être, tout à coup. Je le désirais vraiment. Je savais que j'aurais dû partir. Je me comportais mal vis-à-vis de Sylvia en restant. Je me comportais mal vis-à-vis de moi-même. Mais je n'avais pas envie de partir. Je ne pouvais pas. Pas encore.

Zadie et Dylan se tenaient toujours debout au soleil, échangeant des messes basses. Zadie avait l'air vénère. Dylan un peu à l'ouest et vaguement triste tout à coup. Au bahut on parlait beaucoup d'elles deux, Dylan et Zadie, de la façon dont Zadie tournait toujours autour de Dylan comme un bouledogue. On trouvait ça flippant. Et ça l'était. C'était bizarre.

« Sérieux, a conclu Zadie en pointant un doigt rageur sur Dylan. Arrête. »

Dylan s'est alors éloignée doucement et s'est assise sous les arbres, sur une grosse pierre plate, sourire aux lèvres et yeux papillotants. Elle s'efforçait vainement d'avoir l'air heureuse. Zadie est restée encore une minute sur le sentier en plein soleil, puis elle a croisé les bras et a froncé les sourcils. Elle a parcouru du regard les deux allées qui sinuaient de part et d'autre à travers le parc, comme si elle envisageait éventuellement de se barrer en empruntant l'une d'elles. Mais non, elle a fini par aller prendre la place qui lui était réservée devant le groupe sous les arbres. Heather, Rachel et Bethany se sont postées à ses côtés.

Quand Zadie s'est enfin tournée vers nous trois, son regard n'était pas des plus tendres. D'ailleurs elle avait l'air plutôt dégoûtée. J'étais obnubilée par cette histoire que j'avais entendue un jour, selon laquelle elle avait fait avaler un bouchon de bouteille à une fille pendant une fête. Du coup je me demandais ce que ces nanas faisaient au juste pour que toutes les meufs du club la mettent en veilleuse. Parce que, vu leur nombre, on aurait pu croire que l'une d'elles aurait parlé. À moins qu'elles aient une *très* bonne raison de la fermer.

« C'est nous les Magpies, le club le plus ancien et le plus cool de ce bahut de ringards, putain, s'est emballée Zadie. Fondé y a des plombes en mille neuf cent et quelque, putain, sa devise était "soutien, solidarité féminine, sang-froid". Maintenant qu'on l'a fait renaître de ses cendres, j'ai ajouté "ou suce-moi". Vous en avez entendu parler, non ? »

Elle nous fusillait du regard. L'une d'entre nous s'est mise à hocher la tête – je ne sais pas laquelle – et on a toutes suivi.

« Bien, a dit Zadie. Parce que sinon, faudrait direct que je vous expédie sur le trottoir à coups de pied au cul, putain. »

J'ai vu le corps de Tempest se bander comme si elle s'apprêtait à dire à Zadie d'aller se faire foutre, mais elle n'a pas prononcé un mot et s'est même tassée un peu quand le regard de Zadie l'a foudroyée.

« Mais pourquoi nous ? a demandé Charlie d'une petite voix. Enfin, nous trois, on est complètement différentes. »

Si elles classaient par catégories, à tous les coups j'étais l'intello du groupe.

« Enfin, Charlie, tu sais bien que c'est juste une blague à la con », a rétorqué Tempest, qui avait retrouvé du mordant.

Elle s'est redressée de l'arbre contre lequel elle était appuyée.

« Elles nous font dire qu'on a envie d'intégrer le club, ensuite elles nous font bouffer genre quarante litres de vodka en gelée, et pour finir elles nous mitraillent en train de gerber ou quoi. Après on est admises et elles continuent à nous infliger des trucs encore plus dégueux. »

Zadie a eu un sourire haineux.

« En gros, ouais. »

Dylan s'est avancée et a posé une main sur l'épaule de Zadie.

« Non, a-t-elle protesté, ce n'est pas ce qu'on fait. Je vous promets. Ce club est censé être fun. Et il l'est.

— Attends un peu. Je sais pas pourquoi tu leur lèches le cul. C'est pas comme si elles étaient déjà admises, putain. »

Zadie a fusillé Dylan du regard avant de se retourner vers nous.

« Vous avez de la merde au cul, vous trois aussi, si vous croyez qu'on va vous supplier de venir, putain. Si vous avez pas envie d'être là, barrez-vous, putain. *Hasta la vista*. »

Elle n'avait pas l'air de sous-entendre qu'il nous arriverait malheur si on partait, autrement dit il fallait que je prenne la tangente, tout de suite. Que je saisisse au vol sa proposition. J'ai attendu que mon corps veuille bien se ruer dans l'allée. Rien. Quelque chose en moi n'était toujours pas prêt à décoller.

« Écoutez, je sais que ça a sûrement l'air un peu zarbi, a enchaîné Dylan en se mettant devant Zadie. On sait bien qu'il y a d'autres secondes qui sont, genre, plus populaires ou quoi. Mais on les trouve chiantes, ces meufs. Vous, on trouve que vous avez, je sais pas, de la personnalité. Vous n'essayez pas trop d'être ou de faire semblant d'être ce que vous n'êtes pas. C'est pas une obsession chez vous d'être cool, parce que ça, c'est grave pas cool. »

Quand soudain Zadie a fait pivoter vers moi ses yeux soulignés au crayon noir, j'ai arrêté net de respirer.

« Mais je le répète. Si vous n'avez pas envie d'être là, a-t-elle sifflé à mon adresse, cassez-vous tout de suite. Foutez le camp, putain. Sans rancune. »

Elle s'est approchée de nous, a sorti une clope, l'a allumée et a pris une grande taffe, qu'elle nous a recrachée au visage en une longue volute régulière.

« Parce que si vous restez et qu'on décide de vous mettre à l'essai, après y aura plus moyen de partir. Du moins plus aucun moyen facile. »

Mon cœur battait si vite que je flippais que Zadie le remarque. Et me saute dessus. J'aurais pu partir à ce moment-là. Elle avait dit que je pouvais et que ce serait comme s'il ne s'était rien passé. Comme si je n'avais jamais trahi Sylvia ni failli envers moi-même.

Partir, voilà ce que je devais faire. Je le savais. Aucun doute. Sauf que la simple idée de mettre les voiles me déprimait carrément.

Alors je suis restée plantée là. J'observais Dylan qui retournait s'asseoir sur sa grosse pierre plate. Décontractée, insouciante, à l'aise, elle a tendu les jambes et les a croisées au niveau des chevilles. Elle a alors levé les yeux vers moi comme si elle m'avait entendue penser à elle. Elle a souri une fois, ses joues formant deux pommes rouges toutes chaudes.

« Ça va », a-t-elle articulé sans bruit. Elle a encore souri et a hoché la tête une fois. « Reste. »

« Alors, mesdames, quelle est votre décision ? a demandé Zadie en se collant la cigarette entre les lèvres avant de taper fort dans ses mains. Parlez maintenant, ou taisez-vous à jamais, putain. »

AMELIA

14 SEPTEMBRE, 19 H 36

BEN

ça pue la société secrète

AMELIA

1 peu, ouais ; je peux même pas dire leurs noms ds les textos, faut ke je les appelle Maggie n° 1 & n° 2, etc., c dingue

BEN

ouais, dingue. y a 1 club informatique à mon bahut

AMELIA

ha, ha

BEN

1 club 2 français aussi. ça c cool, non ?

AMELIA

mouais

BEN

pour albany

AMELIA

j'imagine

BEN

y a 1 salut secret ?

AMELIA

non

BEN

vs portez des masques, genre, et vs faites des trucs zarbi flippants

AMELIA

pas encore

BEN

ct 1 blague, tu ris pas toi, c du sérieux aujourd'hui...

AMELIA

je me sens encore + débile maintenant

BEN

désolé

AMELIA

c ça

BEN

sérieux. ça a l'air cool. je suis jaloux, c tt

AMELIA

cool ?

BEN

allez, tu sais bien ke c cool. t'habites à New York. tt est cool là-bas

AMELIA

brooklyn

BEN

vu de notre cambrousse c pareil

14 SEPTEMBRE 19 H 41

SYLVIA

Allô ??? t'étais fourrée où après les cours ?

AMELIA

désolée ! rab d'entraînement 2 hockey

SYLVIA

bon Dieu 7 meuf se reposera-t-elle jamais ?

AMELIA

bientôt les nationales

SYLVIA

les nationales ? tu parles comme 1 sportif, ça craint

AMELIA

ouais, c tt moi, on se voit 2main a.m. comme d'hab ?

SYLVIA

ouais, peut-ê ke LÀ j'arriverai enfin à te faire 1 mise à jour sur Ian

14 SEPTEMBRE, 20 H 03

NUMÉRO MASQUÉ

2main, ni culotte ni soutif les novices, on checkera. Et mettez 1 jupe. RV même heure, même endroit

14 SEPTEMBRE, 20 H 07

NUMÉRO MASQUÉ

t'inquiète pas pr Maggie n° 1 : l aboie ms l mord pas. Xoxo Maggie n° 2

AMELIA

merci, j'en avais besoin

NUMÉRO MASQUÉ

pas de pb, suis passée par là, moi aussi g joué les sans-culottes. le truc c 1 jupe trèèèèèèèèèèèès longue

14 SEPTEMBRE, 20 H 11

NUMÉRO MASQUÉ

c qui ton papa ?

Facebook
15 SEPTEMBRE

Amelia Baron
est prudemment optimiste

Ainsley Brown et **4 autres personnes** aiment ça

Kate

26 NOVEMBRE

Quand Kate rentra chez elle, elle monta directement dans la chambre d'Amelia. Elle espérait que cette accélération soudaine des événements l'aiderait à dépasser ses angoisses. Depuis la mort de sa fille, elle avait été incapable de mettre un pied dans sa chambre. C'est Seth qui avait choisi les vêtements d'Amelia pour les funérailles. Il avait même mis un peu d'ordre – jeté une pomme à demi entamée, rassemblé le linge sale et fait le lit – de façon que Kate n'ait pas besoin de se rendre dans cette pièce tant qu'elle n'y était pas prête. Depuis lors, la porte de sa fille morte était restée close. Et Kate ne se sentait toujours pas le courage de l'ouvrir. Elle était donc plantée là, la main sur la poignée, l'estomac noué.

Depuis qu'elle avait reçu ce texto qui disait qu'Amelia n'avait pas sauté, elle n'avait pensé qu'à une chose : elle aurait dû dès le départ s'impliquer davantage dans l'enquête. Comment avait-elle pu faire confiance à je ne sais quel inspecteur qu'elle soupçonnait de se préoccuper plus de classer les affaires que de découvrir la vérité ? Elle aurait dû fouiller elle-même dans les affaires de sa fille. Elle aurait dû réfléchir davantage aux bonnes questions à poser et avoir le courage de les poser, malgré les gens qui voulaient qu'elle reste sagement sans rien dire. Malgré son sentiment de culpabilité. Au lieu de cela, elle s'était repliée sur elle-même et sur son chagrin, acceptant une explication sur la mort de sa fille qu'elle n'avait jamais totalement crue. Parce que le refoulement avait été plus simple que la lutte. Ç'avait été sa seule et unique façon de survivre.

Or à présent elle pouvait le faire. Elle était plus forte qu'au lendemain de la mort d'Amelia. Pas beaucoup plus, mais un peu. Et il lui faudrait l'être. Car essayer d'accepter le suicide de sa fille avait beau avoir été horrible, elle savait que le pire pouvait être à venir.

Elle prit une grande inspiration et s'apprêtait à tourner la poignée quand le téléphone fixe se mit à sonner. Elle poussa un soupir de soulagement et chercha des yeux le récepteur de l'étage : il n'était pas sur son support. À la deuxième sonnerie, elle se rendit compte que le bruit venait d'en bas, où elle devait avoir laissé le combiné. Elle descendit l'escalier quatre à quatre, contente de s'éloigner de la chambre de sa fille. Quand elle mit enfin la main sur le téléphone dans la cuisine, il lui fallut un moment pour arriver à croire qu'elle lisait bien NYPD sur l'écran. Cela faisait une éternité qu'ils ne l'avaient pas contactée, et cela arrivait justement aujourd'hui ?

Ça ne pouvait pas être une coïncidence. Peut-être la police avait-elle aussi reçu quelque message.

« Allô ?

— Madame Baron ? Inspecteur Molina à l'appareil.

— Bonjour, oui, c'est moi, Kate. »

Elle se préparait déjà au pire. Certes elle espérait ardemment que Molina ait des nouvelles au sujet d'Amelia, mais elle en redoutait la teneur.

« Y a-t-il… avez-vous des… Comment allez-vous ?

— Franchement, ça a déjà été mieux. En ce moment par exemple, je me demande pourquoi il y a des plaintes qui tombent du ciel concernant mon travail sur l'affaire de votre fille. Si ma façon de faire vous posait problème, vous aviez mon numéro de téléphone. »

Jeremy avait déjà appelé le commissaire divisionnaire ? Kate ne savait pas pourquoi elle s'en étonnait. Son supérieur n'était pas du genre à faire des promesses en l'air. Cependant elle ne s'attendait pas à ce qu'il y ait des résultats, et certainement pas en l'espace de quelques heures.

« Oh, hum, désolée. Je crois que c'est mon patron. Il voulait rendre service.

— Rendre service à qui ? marmonna Molina comme s'il se parlait à moitié à lui-même. Ce qui aurait été bien, c'est de me la poser à moi, cette question à laquelle j'aurais très bien pu répondre. C'était pas exactement comme ça que j'envisageais de me retrouver dans le radar du commissaire, si vous voyez ce que je veux dire. »

Il s'inquiétait pour l'avenir de sa carrière ? Cette conversation faisait remonter tout ce que Kate n'avait pas aimé chez lui. Cette façon agressive qu'il avait eue de la bombarder de questions les premiers jours. Il l'avait littéralement mitraillée. Si bien que Kate était constamment restée sur la défensive, laissant de côté les interrogations qui la taraudaient pour se concentrer sur la meilleure façon de battre en retraite et se mettre à l'abri. Elle avait désespérément attendu que le masque de bad boy de Molina se brise enfin pour révéler un cœur d'or. En vain.

« Je suis désolée que vous ayez été incommodé. »

Kate n'avait pas réalisé combien elle était en colère avant de l'entendre dans sa propre voix.

« Seulement aujourd'hui j'ai reçu un message me disant que ma fille n'avait pas sauté. Comme vous pouvez l'imaginer, cela soulève des questions auxquelles j'aimerais franchement trouver des réponses. Immédiatement.

— Ah ouais ? Un message de qui ?

— Je ne sais pas. C'était un texto anonyme. »

Quand Duncan lui avait ramené son portable, il avait juste pu lui dire que le message avait été envoyé par l'intermédiaire du site Internet d'un opérateur de téléphone, ce qui de fait le rendait impossible à tracer.

« Ah oui, anonyme, hein ? »

Son sarcasme était palpable.

« Ouais, anonyme. Ce qui ne signifie pas que ce n'est pas vrai », rétorqua Kate, regrettant de ne pas avoir l'air plus ferme et moins sur la défensive. Il était hors de question qu'elle se laisse malmener par Molina. Pas cette fois-ci.

« Je veux que ce texto soit examiné. Et je veux que quelqu'un fasse une analyse graphologique du seul mot qui était inscrit sur ce mur. J'imagine que vous en avez une photo ? Parce que ça n'avait rien d'une lettre de suicide, et ce n'est pas Amelia qui l'a écrit. Je l'ai su dès le début. Et elle ne s'est pas suicidée non plus. Ça aussi, je l'ai toujours su. »

Jusqu'alors, Kate n'avait encore jamais pris conscience de la profonde vérité de cette affirmation. Amelia ne s'était pas suicidée. Amelia n'avait pas sauté. Il n'y avait plus aucun doute là-dessus.

« Donc je présume que le fait que le rapport officiel du légiste indique le contraire n'a plus aucune importance à vos yeux ?

— Je connaissais ma fille. Je sais qu'elle ne s'est pas suicidée. »

Elle s'efforçait désespérément de garder une voix posée, mais les vannes étaient ouvertes à présent et tous les doutes qu'elle avait enfermés à double tour affluaient.

« Je vais découvrir la personne ou la chose qui l'a tuée, inspecteur. Soit vous m'aidez, soit vous dégagez le passage. Mais je vous promets que je ne me tairai pas pour votre bon plaisir. C'est fini.

— Ah c'est comme ça ? »

On entendait son sourire.

« Alors pourquoi vous ne… »

Kate raccrocha puis envoya violemment valser le combiné sur la grande table rustique. Il glissa dessus et alla s'écraser au sol, où elle l'entendit se briser en mille morceaux.

« Et merde. »

Elle s'effondra en larmes sur l'un des bancs qui courait sur toute la longueur de la table et s'enfouit la tête dans les mains.

« Fais chier. »

Qu'est-ce qu'elle était en train de faire ? Elle n'aurait pas dû infliger à Molina son nouveau style « bye bye la gentille fifille ». Elle avait besoin de lui. C'est lui qui avait le dossier d'Amelia entre les mains. Lui seul savait ce qu'il avait trouvé ou pas. Et maintenant il n'y aurait plus moyen qu'il l'aide.

Elle posa la tête sur la surface rugueuse du bois, puis se retourna pour jeter un coup d'œil circulaire à la cuisine : murs en briques, placards encastrés, pierre polie, équipement en inox. Kate ne cuisinait jamais et pourtant ces gigantesques appareils électroménagers n'auraient pas déparé dans un petit restaurant. Elle avait acheté tout ça pour Amelia. Amelia, qui n'avait pas eu de père et pas assez de mère. Kate s'était dit que, pour tout le reste au moins, elle aurait le meilleur de ce qui se faisait. Quelle bêtise. En quoi Amelia avait-elle besoin d'une cuisinière à quatre mille dollars ? Et maintenant Kate devrait la contempler pendant le restant de ses jours en mangeant seule dans cette cuisine ses repas à emporter. Soudain, tel un signal, elle sentit une remontée d'acide dans sa gorge.

Elle déglutit bruyamment, se leva d'un coup et retourna vers les escaliers pour monter à la chambre d'Amelia. Elle avait un travail à finir, et elle comptait bien le faire. Elle devait au moins ça à sa fille.

À l'étage, elle prit une grande inspiration en ouvrant la porte de la chambre. Lorsqu'elle y pénétra et alluma la lumière, il régnait une odeur fétide. Comme la mort. Comme si Amelia était morte ici même, dans cette pièce, et qu'on avait laissé pourrir son cadavre.

Cette fois-ci, Kate était sûre qu'elle allait vomir. Elle traversa précipitamment la pièce et ouvrit brutalement la fenêtre, passant vite la tête dehors en quête d'air frais.

Cette puanteur sortait tout droit de son imagination. Elle avait beau le savoir, beau se raisonner, ça ne changeait rien. Il lui fallut inspirer une bonne dizaine de fois pour que la nausée reflue. Après quoi, elle se retourna et appuya les coudes sur le rebord de la fenêtre, les bras cisaillés par l'air mordant de novembre qui s'engouffrait de part et d'autre.

Se retrouver dans la chambre d'Amelia était encore pire que ce qu'elle avait imaginé. Là, sa fille lui manquait tellement qu'elle avait mal dans tout le corps : aux jambes, aux mains, aux paupières. Comme elle balayait du regard les étagères pleines à craquer de livres qui masquaient presque tous les murs de la pièce, elle avait l'impression d'être couverte de bleus.

Amelia avait appris à lire à l'âge de quatre ans et, depuis lors, elle avait toujours eu un livre entre les mains. Elle lisait aux toilettes, en marchant sur le trottoir, dans l'obscurité de la nuit à l'aide d'une lampe torche. Toutes ses étagères n'avaient même pas suffi à contenir sa bibliothèque et le surplus formait de hautes piles adossées à chaque mur. Il était arrivé à Kate de craindre que cette obsession livresque soit un signe de solitude. Que si Amelia avait eu un frère ou une sœur, voire un père – si Kate n'avait pas passé son temps à travailler –, elle se serait peut-être davantage focalisée sur des personnes réelles plutôt que fictives.

Cette inquiétude lui parut alors parfaitement stupide, surtout quand elle détacha son regard des livres pour le fixer sur le seul mur dépourvu d'étagères. Il était tapissé de photos : Amelia petite avec Leelah, avec son équipe de hockey, avec ses copines de colo. Avec Kate. Il y avait un agrandissement qui les montrait, elle et Sylvia, lors d'un voyage de sixième à Washington, que Kate avait accompagné. Ç'avait été l'une des rares fois où Kate avait pu s'échapper du travail pour s'impliquer un peu dans la vie du collège. Et tout s'était passé à la perfection, si ce n'est que Kate avait eu après coup le sentiment que la majorité des autres parents présents – même ceux qui travaillaient à plein temps – avaient déjà encadré ce genre de voyage à plusieurs reprises.

Cela dit, ce qui comptait maintenant, c'était qu'Amelia était heureuse sur toutes ces photos. Sans exception. Leur petite famille n'avait peut-être pas été celle que Kate avait prévue, mais cela n'avait jamais posé problème à Amelia. Du moins jusqu'à deux semaines avant sa mort, où elle s'était brusquement mise à poser des questions sur son père.

« Sérieux, tu ne lui as jamais parlé de moi ? avait-elle demandé, réveillant Kate à l'aube un samedi. Enfin, est-ce que tu as essayé de le trouver, au moins ?

— Trouver qui ?

— Allô, mon père. »

Amelia avait croisé les bras.

« Tu sais, le hippie à la guitare en route pour l'Afrique ? Celui que tu es censée avoir rencontré par une sombre soirée orageuse dans un rade pas loin de Columbia ? Y avait-il seulement des bars dans ce coin à l'époque ? C'était pas une espèce de zone de guerre là-bas ? »

Kate, les yeux mi-clos, avait regardé le réveil, puis Amelia, puis de nouveau le réveil. Sept heures et quart un samedi matin. Elle aurait voulu que ce ne soit pas en train de se passer, que sa fille ne soit pas en train de lui poser ces questions, pas maintenant. Elle avait toujours su qu'un jour, quand Amelia serait suffisamment grande, l'histoire sommaire qu'elle lui avait racontée au sujet de son père nécessiterait un développement. Mais il était trop tôt. Elle n'avait pas encore réfléchi à ce qu'elle allait dire. La vérité semblait toujours hors de question. Cependant un vague mensonge raconté à une enfant et perpétué au fil des ans par le silence était bien différent d'un mensonge tout neuf débité froidement à sa fille adolescente.

« Qu'est-ce que tu fais debout à cette heure-là de toute façon, Amelia ? avait répliqué Kate pour gagner du temps. Parlons de ça plus tard. Je suis vraiment épuisée, et tu dois l'être aussi.

— C'est ça, plus tard. »

La voix d'Amelia trahissait sa colère, mais il y avait autre chose dans ses yeux : de la peur, de l'inquiétude. Kate en avait eu l'estomac retourné.

« Amelia, qu'est-ce qui ne va pas ? lui avait-elle demandé en se redressant dans son lit. Il s'est passé quelque chose ?

— Non », avait répondu Amelia en croisant les bras.

Elle avait tourné la tête en faisant la moue, scrutant l'angle le plus éloigné de la pièce. Kate ne la quittait pas des yeux, dans l'espoir que le poids de son regard l'amènerait à confesser ce qui l'avait conduite ici aux premières lueurs du jour avec des questions aussi pressantes.

« Il ne s'est rien passé. Enfin, à part que j'en ai marre d'attendre que tu me dises la vérité. »

Mais il y avait autre chose. Kate le voyait bien. Était-elle sûre de vouloir savoir quoi ? À vrai dire, non. Elle n'en avait pas envie.

« Amelia, je ne sais pas ce que tu t'imagines…

— Allez, maman », avait insisté Amelia d'une voix brisée.

Elle s'était alors mise à regarder par la fenêtre. N'importe où, semblait-il, sauf vers Kate.

« Toi, toute seule, dans un bar ? À te brancher avec le premier type qui passe ? Un accident qui a été "la meilleure chose qui te soit jamais arrivée" ? »

Amelia avait secoué la tête, puis avait fini par poser les yeux sur Kate. Ils brillaient.

« Pas moyen, maman. Tu ne me feras pas avaler ça. Ça ne te ressemble pas. »

Kate l'avait dévisagée un moment avant de se laisser retomber sur le lit, la moitié du visage enfouie dans l'oreiller afin de dissimuler ses propres yeux embués.

« Je n'ai jamais dit que ça me ressemblait, Amelia. C'est bien là le problème. Je n'ai jamais dit non plus que j'étais parfaite. À l'époque je faisais tout un tas de choses qui n'étaient pas franchement réfléchies, avait-elle expliqué doucement, veillant bien à ne pas laisser entendre qu'Amelia avait été une erreur. Enfin bref, si tu as des questions sur ton père, tu peux les poser. Je t'ai toujours dit que tu pouvais me demander tout ce que tu voulais, Amelia.

— Et tu me diras la vérité ?

— Oui, Amelia, avait-elle répondu, son petit cœur de menteuse battant fort dans sa poitrine. Je te dirai la vérité. »

Et à ce moment-là, Kate avait décidé qu'elle le ferait. Qu'elle raconterait tout à sa fille à propos de sa conception, des erreurs qu'elle avait commises et de ce qu'elle avait fait pour les dissimuler. Parce que Amelia méritait la vérité. Elle avait le droit de connaître son passé, quel qu'en soit le prix. Seulement pas tout de suite. Kate avait besoin de temps, de préparation.

« Je veux le rencontrer », avait déclaré Amelia.

Kate lui avait jeté un regard interloqué, s'efforçant de ne pas perdre contenance.

« D'accord », avait-elle fini par répondre.

Et là elle avait décidé de mentir encore un peu.

« On peut essayer. Seulement… Je ne peux pas te promettre qu'on le trouvera. »

Quatre jours plus tard, Amelia était morte. Kate ne pensait pas que ses questions sur son père aient eu le moindre rapport avec sa mort. Et le fait de ne pas connaître son père n'aurait jamais été un motif de suicide pour Amelia. Mais la proximité temporelle de ces brusques soupçons était troublante. Pire encore était la possibilité qu'Amelia ait pu mourir en pensant que sa mère lui avait menti.

Kate s'arracha du rebord de la fenêtre pour se diriger vers les étagères de livres. Elle fit courir sa main sur les tranches abîmées – *L'Odyssée, Le Bruit et la fureur, Lolita* et, bien sûr, tous ces romans écrits par Virginia Woolf. Virginia Woolf – suicidée hors du commun – était l'écrivain préférée de sa fille. Cette coïncidence ne lui avait pas échappé. Toutefois Amelia aurait considéré comme un cliché pathétique le fait de copier ainsi son héroïne littéraire, Kate en était persuadée.

Elle recula et s'assit lourdement sur le lit, puis laissa tomber sa tête dans ses mains. Elle était toujours prostrée quand elle entendit la porte s'ouvrir dans un grincement. Elle crut un instant que c'était le vent – jusqu'à ce qu'elle voie une grosse main glisser sur le battant afin d'ouvrir en grand. Il fallait qu'elle se cache, qu'elle plonge sous le lit, qu'elle se rue à la fenêtre…

Elle était pétrifiée.

« Qui est là ! hurla-t-elle à pleins poumons. Barrez-vous de chez moi !

— Tu n'es pas armée, dis-moi ? » demanda une voix derrière la porte.

La voix de Seth.

« Nom de Dieu, Seth, qu'est-ce qui te prend de rentrer chez moi comme ça sans prévenir ? ! »

Lentement, le visage de Seth apparut dans l'entrebâillement. Il avait les yeux écarquillés, les mains levées au-dessus de la tête.

« J'ai sonné à la porte », répondit-il d'un ton penaud.

Il entra dans la pièce en traînant les pieds. Il était vêtu d'un pantalon kaki et d'une chemise dans les tons pastel à col boutonné : l'uniforme d'une insignifiante simplicité qui avait toujours remporté ses faveurs, même à présent qu'il occupait le poste très influent de haut conseiller juridique auprès du sénateur Schumer. C'était probablement le genre de tenue qui donnait de l'urticaire à Thomas – son séduisant mari toujours à la pointe de la mode.

« Je n'ai pas eu de réponse et la porte d'entrée n'était pas fermée à clef. Tu sais, tu devrais vraiment la verrouiller. N'importe quel cinglé qui passe dans la rue pourrait entrer.

— Je vois ça », répliqua sèchement Kate.

Elle avait toujours le cœur qui battait la chamade.

« Oui bon, celle-là, tu n'étais peut-être pas obligée.

— Désolée », marmonna-t-elle en laissant retomber son visage dans ses mains.

Elle n'aurait pas dû lui aboyer dessus. Il s'était montré si attentionné, et ce n'était pas comme si elle avait des amis à la pelle, du moins pas en ville. Entre ses horaires de travail et le temps qu'elle passait avec Amelia, elle n'avait pas noué beaucoup de nouvelles relations. Tous ses amis proches – hormis Seth –, elle se les était faits des années auparavant à la fac ou au lycée. Et aucun d'eux ne vivait à proximité. Elle regarda Seth et tapota le lit à côté d'elle. Il vint s'asseoir et jeta un œil à la pièce, son visage se figeant tandis qu'il semblait se rendre enfin compte de l'endroit où ils se trouvaient.

« On ferait peut-être mieux de descendre, suggéra-t-il d'un ton inquiet. Histoire que tu respires un peu.

— J'ai reçu un texto aujourd'hui au sujet d'Amelia, deux, même, expliqua Kate, ignorant sa tentative de lui faire quitter la chambre. Ils disaient qu'elle n'avait pas sauté.

— C'est vrai ? »

Seth écarquilla momentanément les yeux avant de les plisser d'un air suspicieux.

« Attends, des textos de qui ?

— Je ne sais pas. Ils étaient anonymes. »

Il haussa les sourcils.

« Anony…

— Tu ne vas pas t'y mettre toi aussi, murmura Kate en le regardant droit dans les yeux. S'il te plaît ? »

Il la dévisagea longuement d'un air sévère, puis se radoucit.

« D'accord. »

D'un bras, il enlaça ses épaules étroites et posa le menton au sommet de son crâne.

« D'accord.

— C'est peut-être une bonne chose, poursuivit Kate. Au fond, je n'ai jamais vraiment cru à la thèse du suicide. Mais je savais que ce serait simplement interprété comme du déni.

— Ouais, mais la police n'a-t-elle pas…

— Il arrive à la police de commettre des erreurs, aboya-t-elle. Alors pourquoi pas justement cette fois-ci ?

— D'accord », répéta Seth, les mains levées.

Il la ménageait. C'était évident. Mais Kate s'en fichait royalement. Elle jeta un œil à la pièce. Fouiller dans les affaires d'Amelia, d'accord, cependant il aurait été moins difficile de ne pas avoir à le faire dans cette chambre, pleine à craquer des souvenirs de sa fille et de l'odeur de la mort.

« La première chose dont je dois m'assurer, c'est que la police n'a rien raté ici.

— Comme quoi ? Que s'est-il vraiment passé à ton avis ? »

Elle haussa les épaules.

« Je ne sais pas. »

Elle prit une grande inspiration, tâchant de ne pas laisser son imagination l'entraîner vers les hypothèses les plus affreuses.

« Mais il faut que je le découvre. Est-ce que tu crois que tu pourrais fouiner ici, sur son bureau, dans ses tiroirs, pour voir si tu trouves quelque chose ? Je m'apprêtais à descendre son sac. C'est juste que… je préférerais ne plus être ici.

— Bien sûr, répondit Seth, même s'il n'avait guère l'air enthousiaste. Mais qu'est-ce que je cherche ?

— Quelque chose qui prouve qu'Amelia ne s'est pas suicidée, murmura-t-elle. Ou qui prouve qu'elle l'a fait. »

Kate descendit les escaliers chargée du sac en bandoulière d'Amelia. Loin de la chambre de sa fille, elle se rendit compte qu'il lui était possible de passer en revue le contenu de son téléphone et de son ordinateur. Cependant, assise à la table de la cuisine, le sac sur les genoux, elle redoutait encore que quelque indice crucial s'envole dès qu'elle l'aurait ouvert.

Elle se força enfin à soulever le rabat. À l'intérieur se trouvaient deux cahiers, le petit ordinateur portable d'Amelia, une barre de céréales, un stick à lèvres, des chewing-gums, son iPhone et son portefeuille. Kate les sortit l'un après l'autre et les déposa délicatement sur la table. L'attirail ordinaire d'une ado bel et bien vivante s'était mué en mémorial funéraire.

Kate s'empara d'abord de l'iPhone. Lui aussi était mort – cette ironie sinistre lui arracha une grimace. Quand elle eut trouvé le chargeur dans une poche extérieure du sac, elle découvrit rapidement que l'appareil était protégé par un mot de passe. Elle aurait pu jurer que Molina lui avait dit explicitement avoir consulté l'iPhone d'Amelia. Or sans le mot de passe – qu'elle-même ignorait –, c'était impossible. Il lui fallut deux essais pour trouver la bonne combinaison de chiffres : l'anniversaire d'Amelia et le sien. Elle en eut les larmes aux yeux.

Quand elle parvint enfin à dénicher les textos, elle fut sidérée. Il y avait des centaines et des centaines de messages sauvegardés, provenant d'une dizaine d'expéditeurs différents : certains étaient nommés, d'autres n'étaient que de simples numéros de téléphone, beaucoup étaient répertoriés sous le label inconnu ou numéro masqué. Certains étaient de Kate. Certains constituaient de longs pans de conversation. D'autres de simples messages isolés. Comment Amelia – entre ses cours, ses activités extrascolaires et le sport – trouvait-elle le temps d'envoyer autant de textos ? Plus important encore, Kate n'aurait-elle pas dû être au courant ?

Peut-être aurait-elle même dû les lire depuis le début. Certaines mères d'adolescents ne se privaient pas de lire tout le trafic électronique de leurs gamins : textos, mails, pages Facebook. Kate était suffisamment connectée au monde maternel – en grande partie grâce à ses collègues de travail qui avaient des enfants – pour savoir que certaines mères prévenaient leur progéniture qu'elles contrôleraient régulièrement leurs correspondances, tandis que d'autres sautaient sur l'occasion d'un smartphone délaissé momentanément par leur enfant pour espionner en toute discrétion.

Kate n'avait fait ni l'un ni l'autre. Non, elle avait choisi de faire confiance à Amelia.

Du moins c'est ce qu'elle se disait. Car assise là, les yeux rivés sur toute cette ribambelle de messages, elle avait soudain l'impression que cette absence de surveillance constituait moins une philosophie éducative réfléchie qu'une conséquence de son emploi du temps serré. En tout cas, ç'avait été une négligence particulièrement stupide. Amelia n'avait que quinze ans. Et quand bien même sa fille s'était-elle efforcée de ne pas s'attirer d'ennuis, ça aurait dû être à Kate de s'assurer qu'elle y parvenait.

Elle retint son souffle et se mit à faire défiler les messages au hasard. La plupart étaient des échanges insignifiants d'ados au sujet de la pause-déjeuner, de l'entraînement sportif ou des devoirs. Et puis il y en avait un vers la fin, la veille de la mort d'Amelia. C'était une conversation avec un numéro de téléphone non identifié qui se révéla être celui d'un garçon prénommé Ben.

AMELIA
qui est-ce ?
NUMÉRO INCONNU
Ben, c le tel 2 mon frère
AMELIA
oh, salut, G failli pas répondre

NUMÉRO INCONNU
t'as demandé pr Paris ?
AMELIA
ouais. pas moyen
NUMÉRO INCONNU
l changera peut-ê d'avis ?
AMELIA
je pense pas. d'autres ID ?
NUMÉRO INCONNU
pas vraiment. c ta mère
AMELIA
je sais. rien qu'à moi. quelle chance

Kate ferma les yeux et se plia en deux, foudroyée par une douleur à l'estomac. En vouloir à ses parents est le droit fondamental de tout adolescent. Kate le savait. Elle en voulait encore aux siens. Mais pour une bonne raison. Ils étaient froids, distants et bornés. Kate avait cru en toute honnêteté être une bien meilleure mère que Gretchen l'avait jamais été ; en même temps, la barre n'était pas très haute. Et si ses relations avec Amelia n'avaient pas été aussi bonnes qu'elle l'avait cru ? Et si en réalité elle n'avait pas connu Amelia si bien que ça, après tout ?

Elle pressa le téléphone contre sa poitrine et ferma convulsivement les yeux, comme si ce simple geste avait pu retenir ses larmes. Il n'en fut rien. Elle se laissa aller. Sa colonne vertébrale s'affaissa tandis que ses joues ruisselaient, et elle pleura jusqu'à n'en plus pouvoir.

Elle finit par renifler bruyamment avant d'essuyer d'un revers de la main son nez et sa bouche mouillés.

Elle reposa délicatement le téléphone sur la table. Elle savait qu'il lui faudrait un jour ou l'autre se plonger dans tous ces textos. Il lui faudrait draguer les affluents inextricables des conversations d'Amelia en espérant ne pas trop se heurter à d'autres écueils blessants. Mais pas tout de suite. Pour l'instant, savoir qu'il y avait là des choses qu'il lui faudrait regarder de plus près suffisait.

Elle s'essuya le visage à l'aide d'une poignée de kleenex puis se mit à feuilleter les cahiers. Elle faisait courir ses doigts sur les pattes de mouche d'Amelia, suivant les traces que sa fille avait laissées sur le papier. Elle essayait de se l'imaginer les y déposer. Alors qu'elle refermait d'un coup sec le cahier d'anglais, quelques pages agrafées glissèrent au sol. Elle se pencha pour les ramasser.

Les représentations du temps : Vers le phare, par Amelia Baron. C'était la dissertation pour laquelle elle était censée avoir triché. Peut-être une chance pour elle de laver le nom de sa fille. Pas toute seule, évidemment. Elle aurait beau étudier chaque page, elle serait bien incapable de déterminer si Amelia en avait copié des fragments. Seulement la partie de l'histoire qui suggérait qu'Amelia avait triché lui avait toujours paru la plus tirée par les cheveux. Amelia savait tout ce qu'il y avait à savoir sur Virginia Woolf. Elle avait lu *Vers le phare* un nombre incalculable de fois et c'est toujours en anglais qu'elle avait obtenu les meilleures notes, ce qui n'était pas peu dire, étant donné l'excellence générale de ses résultats. Jamais elle n'aurait eu besoin de plagier quoi que ce soit. Sans compter qu'elle n'avait jamais été une menteuse. Qu'elle était même plutôt du genre à suivre compulsivement les règles, qu'elle vouait un culte à sa professeure d'anglais, Liv, et que tout ça ne rimait absolument à rien. Cependant savoir qu'Amelia n'avait pas triché et le prouver étaient deux choses très différentes.

Kate déposa la dissertation sur la table et sortit du sac l'ordinateur d'Amelia. Elle eut tôt fait de l'allumer et de parcourir les fichiers extrêmement bien organisés. Les documents Word étaient classés dans des dossiers sous lesquels étaient précisés l'intitulé du cours et le semestre correspondant. Il n'y avait que quatre fichiers indépendants, tous nommés *gRaCeFULLY*, avec des dates différentes. Kate en ouvrit un au hasard. Le document affichait une mise en page luxueuse – bordures professionnelles, bandeaux de couleur, police sophistiquée – qui lui donnait un air de bulletin d'information scolaire officiel.

gRaCeFULLY

19 SEPTEMBRE

Parce qu'il y a 176 définitions du mot *loser* sur urbandictionary.com. Sortez du lot

---

Salut les bouffons !

Eh oui, nous revoilà avec tous les ragots que vous ne lirez jamais dans les journaux…

Beaucoup d'infos à annoncer aujourd'hui. Tout d'abord, nous avons appris qu'un certain prof de chimie tirait un bon paquet de ses questions pour les premières années Labo des Évaluations de Californie. Questions qui, mesdames et messieurs, sont consultables EN LIGNE. Enfin quoi, jusqu'où va la flemme, putain ? Ce type n'est même pas foutu de pondre ses propres interros ?... On n'y peut rien, nous, si c'est un gros branleur. Alors moi je dis, lâchez-vous – voilà le lien vers les évaluations : caedu/standardtests/chemistry.com.

Apparemment il y a encore eu une teuf arc-en-ciel en sixième le week-end dernier. Pitié, quelqu'un pourrait-il leur dire que c'est so 2008 ? Et carrément à gerber d'ailleurs.

Et quelqu'un d'autre pourrait-il dire à Tempest Bain de porter des sous-vêtements ? Enfin quoi, on sait que cette meuf est danseuse, qu'elle est gaulée un truc de ouf et tout, mais est-ce qu'on a vraiment besoin de voir sa chatte ?

La rumeur circule que Bethany Kane attend les cuisses grandes ouvertes. Oh, attendez, pardon, ça date. Elle s'est DÉJÀ empalée sur la moitié des sportifs du bahut.

Ces derniers temps, Sylvia Golde s'est elle aussi encore une fois fait défoncer le ticket de métro. On ignore pour l'instant l'identité de l'heureux élu, mais vu que gamine elle faisait partie de l'équipe de gymnastique, aucun doute – qui que ce soit –, il en a pour sa thune. Avis à la population, les Maggies ont commencé les raccordements cette semaine, alors les autres clubs doivent pas être loin derrière. Si vous n'avez pas encore reçu votre invit, rien n'est perdu. Mais pour la plupart d'entre vous, bande de gros losers, inutile de retenir votre respiration.

Une teuf arc-en-ciel[1] ? En *sixième* qui plus est ? Kate avait entendu cette expression une fois dans la bouche de Beatrice, qui avait vu quelque chose à ce sujet dans l'émission d'Oprah Winfrey. Mais Kate s'était dit qu'il s'agissait sûrement d'une exagération ayant pour but de faire grimper l'audimat, voire d'une pure invention. Et ce machin *gRaCeFULLY* avait bel et bien traité la meilleure amie d'Amelia de pute. Y avait-il un fond de vérité là-dedans ? Tout à coup le fait qu'Amelia n'ait *jamais* parlé de garçons semblait suspect. Quelqu'un qui se donne autant de mal à ne *pas* parler de quelque chose a certainement trop à dire.

Kate ouvrit et referma presque aussitôt deux autres fichiers *gRaCeFULLY*. L'un contenait une nouvelle pique sur Sylvia – un truc concernant le fait qu'elle prenait la pilule –, et la raison pour laquelle le dernier numéro avait été conservé ne faisait aucun doute.

Amelia Baron est des nôtres, mesdames et messieurs. Mais oui, depuis deux nuits, elle est officiellement une femme. Alors pour tous ceux d'entre vous qui espéraient décrocher la timbale, c'est mort Hector : quelqu'un a frappé avant vous. Et vous ne croirez jamais qui est l'heureux gagnant. Mais vous ne l'apprendrez pas ici. Il est des choses que même moi je me garde bien d'écrire.

---

1. Légende urbaine (ou réalité ?) : pendant ce type de fêtes, les filles s'appliquent toutes un rouge à lèvres de couleur différente et font des fellations aux garçons, qui finissent la soirée avec un pénis aux couleurs de l'arc-en-ciel. *(N.d.T.)*

Kate contemplait fixement l'écran, le fond de sa gorge recommençait à la brûler. Elle n'était pas contrariée qu'Amelia ait pu avoir des relations sexuelles – enfin peut-être que ça la contrariait quand même un peu –, ce qui la blessait vraiment, c'était le silence de sa fille. Elle s'était toujours imaginé qu'elle et Amelia en parleraient avant. Des années durant, Kate avait préparé des discours sur l'amour, la protection et la confiance. Sur l'importance de rester fidèle à soi-même quand on se lie à une autre personne. Sur le choix capital du moment où l'on décide de se consacrer à quelqu'un et du degré d'investissement dans la relation. Elle avait prévu de dire à Amelia toutes ces choses, choses dont elle aurait dû elle-même prendre de la graine. Alors pourquoi n'en avait-elle rien fait ? Qu'avait-elle attendu ?

« Hé. »

Kate sursauta et regarda vers les escaliers. Seth descendait à pas lents dans la cuisine. Comme s'il espérait qu'on l'empêcherait d'arriver jusque-là.

« Tu as trouvé quelque chose », dit Kate.

Elle le voyait à l'expression de son visage. Et, quoi que ce soit, ce n'était pas bon.

Il hocha la tête tout en allant s'asseoir en face d'elle. Il sortit un bout de papier plié qu'il avait fourré dans sa poche de chemise. Il le posa sur la table puis le fit glisser vers Kate sans toutefois enlever sa main.

« Je l'ai trouvé dans le tiroir de son bureau. »

Kate essaya de libérer le bout de papier, mais Seth renforça la pression de ses doigts.

« Tu es sûre de devoir faire ça ? Et si tu trouvais des choses que tu ferais mieux de ne pas savoir ?

— Si c'est arrivé à Amelia, il faut que je le sache. Il faut que je sache tout, Seth. »

Il finit par hocher la tête et retira sa main. Kate déplia le carré de papier.

JE TE HAIS !!!

Ces trois petits mots hurlaient au centre de ce fragment de feuille de cahier ligné. Elle sentit sa poitrine se contracter. Quelqu'un avait écrit ça à Amelia ? Les lettres avaient l'air tellement rageuses elles aussi – épaisses et irrégulières, comme si l'auteur s'était appuyé de tout son poids sur le crayon.

Ça ne rimait à rien. Amelia n'était pas le genre de fille qu'on détestait. Elle était intelligente, jolie, sportive. Une fille dont on aurait pu être jaloux si elle n'avait pas été aussi foncièrement modeste. Contrairement à Sylvia, elle n'était pas là à essayer d'attirer l'attention sur elle. Comment diable quelqu'un pouvait-il la haïr ?

« Je ne comprends pas, dit Kate plus pour elle que pour Seth. Qui aurait pu lui écrire une chose pareille ? »

Seth fit la moue, les yeux rivés sur le dessus de la table. Puis il finit par secouer la tête et glissa la main dans sa poche arrière, d'où il sortit un paquet d'une vingtaine de carrés de papier plus ou moins pliés de la même manière. Quand il ouvrit les doigts, ils tombèrent en pluie sur la table, formant un horrible tas branlant.

« Ils disent tous la même chose, expliqua-t-il d'une voix teintée de tristesse et de colère. Tous les vingt-deux. Je crois qu'ils proviennent de différentes personnes. L'écriture n'est pas la même. »

Kate fit planer ses mains au-dessus du tas, les doigts tremblant d'incrédulité.

« Oh mon Dieu, murmura-t-elle, incapable de détacher son regard des bouts de papier.

— Je sais, dit Seth. C'est grave. Mais peut-être qu'il ne faut pas se fier aux apparences.

— Une espèce de gang harcelait Amelia. »

Kate se tourna vers lui, les yeux tellement écarquillés qu'ils commençaient à la brûler.

« Qu'est-ce que ça pourrait être d'autre ? »

Seth secoua la tête et baissa les yeux.

« Je ne sais pas. Je n'en ai pas la moindre foutue idée. Pour être franc, tout ce que j'ai envie de faire là, tout de suite, c'est d'aller dans ce lycée claquer des gamins. Je n'imagine même pas ce que tu ressens.

— Moi non plus, dit Kate en pressant ses mains contre sa poitrine afin de vérifier si son cœur battait toujours. Je ne sens rien.

— Je n'ai pas trouvé de message d'Amelia ni rien. Pas grand-chose d'autre, en fait, si ce n'est une boîte sous son lit remplie d'un paquet de tes vieux journaux intimes et albums photo.

— Les miens ? »

Kate avait tenu religieusement un journal depuis le collège jusqu'à l'obtention de son diplôme en fac de droit, puis les exigences de l'éducation d'un bébé et d'une carrière avaient rendu la perspective de nourrir des réflexions sur sa vie – les coucher sur le papier à la fin de la journée, n'en parlons pas – parfaitement caduque. Cela faisait des années qu'elle n'avait pas vu ces journaux.

« Sous son lit ?

— J'en suis presque sûr. Certains d'entre eux sont ces carnets moleskine noirs que tu trimballais partout à la fac. Je ne les ai pas ouverts ni rien, mais il y en avait un qui portait ton nom sur la couverture.

— Qu'est-ce qu'elle fabriquait avec mes journaux ? »

Peut-être Amelia n'avait-elle jamais reposé de questions sur son père parce qu'elle avait été chercher les réponses toute seule. Qu'y avait-il d'autre là-dedans que Kate n'aurait pas voulu que sa fille lise ? Sa valse-hésitation quant à savoir si elle allait la garder ? Comment elle avait d'abord décidé que oui pour finir ensuite par se pointer à la porte d'une clinique pas moins de quatre fois avec la ferme intention d'avorter ? Amelia avait-elle également lu la partie où les doutes de Kate, après l'accouchement, s'étaient brièvement mués en regrets ? Parce que ces regrets avaient très vite été éclipsés par son amour maternel. Un amour profond, déchirant, bouleversant. Mais Amelia aurait-elle poursuivi sa lecture assez longtemps pour arriver à cette partie-là ?

« Je ne sais pas ce qu'elle fabriquait avec, répondit Seth, mais je sais que rien de ce qu'elle aurait pu lire n'aurait changé tout l'amour qu'elle avait pour toi. Et elle t'aimait, Kate. Vraiment.

— Alors pourquoi est-ce que je me sens encore plus mal ? »

Seth posa une main sur la sienne.

« Parce qu'elle n'en est pas moins partie. »

Après que Seth se fut résigné à rentrer chez lui, Kate s'empara de nouveau du téléphone d'Amelia afin d'en consulter le répertoire. 367 noms et numéros y étaient enregistrés. Kate, elle, en avait une vingtaine à tout casser, dont ceux de tous les membres de sa famille, de leurs médecins et dentistes à elles deux, et de leurs trois dernières femmes de ménage. Comment Amelia avait-elle pu connaître autant de gens ?

Elle parcourut des yeux la liste de ces noms inconnus. Beaucoup étaient des filles, peut-être même la plupart. Mais il y avait aussi pas mal de garçons : Adam, Aikin, Aiden, Arden – à moins que ce soit une fille. Kate n'en reconnut que deux ou trois. Bennett Weiss était un garçon avec qui Amelia avait joué au foot à l'époque où elle était encore suffisamment jeune pour faire partie d'une équipe mixte. George McDonnell, voilà un autre nom qu'Amelia avait mentionné une ou deux fois auparavant, *idem* pour Carter Rose.

Mais ensuite il y en avait tellement d'autres. La plupart étaient des numéros locaux, parmi lesquels étaient disséminés quelques préfixes de Manhattan. D'autres cependant avaient des indicatifs que Kate ne reconnaissait pas. Elle fit défiler les noms pour atteindre les B, en quête d'un Ben, et il était là, en tête de liste : 518-555-0119.

Elle était toujours en train d'étudier le répertoire quand on frappa sèchement aux fenêtres de la cuisine. Elle sursauta, se cognant le genou contre le pied de table.

« Désolée ! » lança une voix féminine à travers les carreaux.

Dans l'obscurité qui régnait dehors, on ne discernait guère que de longs cheveux noirs. La femme désigna la porte puis son visage disparut.

Kate se dirigea lentement vers l'entrée du rez-de-chaussée. Elle n'était pas d'humeur à parler à qui que ce soit. Mais vu l'assurance avec laquelle cette femme avait désigné la porte, Kate craignait qu'il ne suffise pas de l'ignorer pour qu'elle parte, du moins pas de sitôt. Après avoir pris une grande inspiration, elle ouvrit lentement.

La femme se tenait quelques marches au-dessus de la cuisine surbaissée, éclairée par le halo du lampadaire. Avec ses longs cheveux noirs, ses yeux noirs gigantesques et son visage pâle et délicat, elle était d'une beauté exceptionnelle, presque déconcertante. Elle tendit une main parfaitement manucurée.

« Je suis navrée de vous avoir fait sursauter », dit-elle avec un sourire.

Son rouge à lèvres, grenat, était lui aussi impeccable. Elle désigna l'escalier au-dessus d'elle, qui menait à la porte d'entrée donnant sur le salon à l'étage.

« J'ai sonné là-haut. Je crois que la sonnette ne marche pas, d'ailleurs. Ensuite j'ai vu de la lumière en dessous. Et maintenant vous aimeriez probablement que je me présente et que je vous dise ce que je fabrique à rôder autour de votre maison. Adele Goodwin, je suis membre de l'association parents-profs de Grace Hall.

— Bonsoir. »

Quand elle lui tendit la main, Kate remarqua l'énorme bague de diamant et l'alliance assortie sur l'annulaire de la femme, ainsi que le bracelet aux pierres étincelantes qu'elle portait au poignet. Adele frissonna alors en se frictionnant les bras. C'était la première nuit vraiment froide de l'année.

« Je suis désolée, entrez, dit Kate à contrecœur. On gèle dehors.

— Oh, vous êtes sûre ? Je ne veux pas m'imposer. Je me rends compte à présent que j'aurais dû téléphoner avant. Moi-même je déteste les visites surprise. »

Non, je ne suis pas sûre, aurait voulu répondre Kate. Car si elle se sentait mal à l'aise avec à peu près tous les parents de Grace Hall, après l'aperçu qu'elle avait eu de leurs représentants lors des réunions de rentrée, elle s'était carrément dit que c'était bien les dernières personnes qu'elle aurait voulu voir chez elle. Et puis ce n'étaient pas les déléguées de son enfance non plus, avec des jeans hideux, des assiettes de biscuits et des tonnes de temps libre pour confectionner des déguisements d'Halloween. Non, la plupart de ces femmes étaient des « créatives » : architectes, designers ou écrivains, jouissant parfois de carrières flexibles, toujours extrêmement lucratives. Elles étaient habillées à la pointe de la mode et résolument antipathiques. Des pom-pom girls adultes dotées de CV impressionnants et de gigantesques comptes en banque.

« Oh non, pas de problème », répliqua Kate sans grande conviction.

Alors qu'elle retournait vers la table de la cuisine, elle aperçut tous ces horribles petits mots restés empilés au centre. Elle s'empressa de les ramasser et de les jeter dans le tiroir le plus proche. Geste gauche et suspect, mais elle n'avait pas le choix. Elle désigna la table en évitant de croiser le regard de la visiteuse.

« Asseyez-vous, je vous en prie. Je faisais juste… Puis-je vous offrir quelque chose à boire ?

— Non merci, je vous ai déjà assez importunée. »

Le manteau d'Adele était désormais ouvert, révélant une jolie robe portefeuille émeraude et des escarpins vertigineux très tendance. Plusieurs colliers lourds étaient élégamment passés autour de son cou. Elle contemplait ouvertement la pièce afin de se faire une opinion, laquelle, en revanche, impossible de le déterminer.

« Je ne veux vraiment pas vous prendre trop de temps. Nous voulions simplement vous parler d'une manifestation que l'association parents-profs aimerait organiser en l'honneur d'Amelia. Nous ne voulions rien entreprendre sans en avoir d'abord discuté avec vous.

— Une manifestation ? »

Cette idée ne lui disait rien qui vaille. Manifestation signifiait fête. Une fête à laquelle sa présence risquait d'être requise. Kate signait des chèques modestes sans être honteux à Grace Hall quand on lui demandait une contribution, mais elle avait toujours évité autant que possible les manifestations. N'appartenant pas au cercle fermé des parents du lycée, elle aurait eu trop peur de faire tache. Y assister maintenant, alors qu'elle n'était plus parent, était simplement impensable.

Adele agita une main et secoua la tête en grimaçant.

« Une manifestation, je suis désolée, le terme était effectivement malheureux. »

Elle avait sincèrement l'air gênée. Cependant sa voix trahissait autre chose, une détermination qui désarmait Kate.

« Il faut m'excuser, la journée a été longue. J'ai enchaîné les réunions, mon cerveau s'est liquéfié. »

Adele sourit de nouveau. Un sourire plus tendu.

« Nous aimerions honorer la mémoire d'Amelia lors de la vente aux enchères en lui dédiant un mémorial.

— Oh. »

Elle aurait voulu dire non. Elle aurait voulu dire : *Je vous en prie, partez.*

« J'ai bien peur de ne pas pouvoir vous être très utile. Mon travail… J'ai de très grosses journées. J'ai toujours eu du mal à me libérer pour assister aux manifestations scolaires comme la vente aux enchères. »

Cette excuse en valait une autre. Habituelle, socialement acceptable.

« Tout ce dont nous aurions besoin, ce serait de quelques photos d'enfance et de votre permission, bien entendu », répliqua Adele, le sourire désormais moins crispé, plus chaleureux.

Peut-être le fait d'aborder le sujet avec Kate l'avait-elle rendue nerveuse et mal à l'aise.

« Et croyez-moi, je comprends parfaitement votre problème de travail. Vous êtes avocate, c'est ça ? Associée dans un cabinet ?

— Oui », répondit Kate en se demandant si cela faisait désormais partie du récit qui entourait la mort d'Amelia : sa mère, l'avocate.

« Je le suis aussi, avocate je veux dire. Je travaille actuellement au service de Time Warner. Mais il fut un temps où j'étais associée au pôle commercial de Dechter, Weiss. »

Adele secoua la tête, son expression se figeait.

« Mon travail n'est pas franchement aussi stimulant que celui d'associée dans un grand cabinet, mais au moins les horaires sont humains. Surtout en ayant Zadie. Je ne sais pas comment vous avez fait pour arriver à jongler entre… »

Elle s'interrompit brusquement, semblant prendre conscience du faux pas qu'elle s'apprêtait à commettre. Car à l'évidence, Kate n'était pas complètement arrivée à jongler. Sa fille étant morte, on ne pouvait guère parler de brillant succès en matière d'éducation. Adele croisa les doigts sur ses genoux, puis s'agita sur sa chaise.

« Bref. »

Elle semblait vouloir à tout prix changer de sujet.

« Dans quel cabinet êtes-vous ?

— Slone, Thayer », répondit Kate en cherchant désespérément une excuse qui pousserait Adele à partir, tout de suite.

Nous ne sommes pas obligées de faire ça, aurait-elle voulu lui dire. *Vous pouvez partir.* Elle priait pour que son téléphone sonne, pour que l'alarme incendie se déclenche.

« Je suis associée au pôle contentieux.

— Ah, Slone, Thayer. Oui, sacré cabinet. Ce doit être… intéressant de travailler là-bas. »

Adele grimaça. Le cabinet avait en effet la réputation d'être particulièrement agressif.

« Je connais quelques personnes qui y sont allées directement après la fac de droit. Ils ratissent large, on dirait. Je connais encore quelques avocats qui y travaillent, d'ailleurs. Vous les connaissez peut-être ?

— Le cabinet est gigantesque », répliqua Kate.

Elle avait encore moins envie de s'adonner à ce petit jeu des connaissances avec Adele que d'endurer des prolongations de banalités.

« Nous sommes des centaines au siège de New York. S'ils ne sont pas au contentieux, je ne risque pas de les connaître.

— Évidemment. »

Adele sourit et battit des paupières. Elle avait compris le message.

« Enfin, je ferais mieux de vous laisser tranquille. Vous n'aurez qu'à nous envoyer les photos quand vous aurez le temps. Oh, une dernière chose. Nous ne voulons pas en faire trop, bien sûr, mais plusieurs enfants ont également manifesté le désir de financer une action de sensibilisation au suicide à la mémoire d'Amelia. Ils voudraient réunir des fonds en faveur du numéro d'écoute national. Il semblerait que cela constitue pour eux une part importante du travail de deuil. Nous espérions que…

— Non », coupa Kate.

Elle avait trop levé la voix, on aurait presque dit un aboiement.

« Non ? »

Adele, d'abord surprise, eut ensuite l'air troublée, puis quelque peu agacée.

« J'ai peur de ne pas comprendre.

— Je suis désolée, je ne voulais pas… seulement… »

Kate hésita. Que pouvait-elle dire d'autre à présent, sinon la vérité ?

« Je ne suis pas sûre qu'Amelia se soit suicidée.

— Comment ? »

Adele enroula ses doigts autour de sa gorge dans un geste protecteur. Elle semblait effrayée.

« Non, non. »

Kate agita les mains. Elle aurait mieux fait de se taire. La dernière chose qu'elle voulait, c'était bien que ses doutes arrivent aux oreilles de l'association parents-profs. Elle ne rentrerait pas dans les bonnes grâces de la police en déclenchant l'afflux d'une horde de parents de Grace Hall paniqués à la porte du commissariat.

« Je veux dire qu'il aurait pu s'agir d'un accident ou je ne sais quoi. Il reste des interrogations, c'est tout. Si vous pouviez attendre que je parvienne à obtenir des réponses avant d'organiser toute action, du moins toute action à la mémoire d'Amelia, je vous en saurais gré.

— Quel genre d'interrogations ? »

Adele ouvrait des yeux grands comme des soucoupes. On ne lui faisait pas lâcher prise aussi facilement.

« Vraiment, je ne peux pas… la police… Je suis sûre que vous comprenez », répondit-elle dans l'espoir qu'Adele n'insisterait pas davantage.

Mais celle-ci la regardait toujours droit dans les yeux. Elle ne bougerait pas avant qu'on lui ait jeté au moins un os.

« Il s'est passé quelque chose aujourd'hui. Ce n'est peut-être rien, mais ça…

— Pourrait être quelque chose », murmura Adele. Elle scrutait la table avec un regard vide, comme si elle y étudiait quelque inscription.

« Bien sûr, oui, je vois.

— Alors vous comprenez ? »

Kate avait du mal à croire qu'elle ne cherche pas à obtenir plus de détails.

« Vous attendrez pour cette action de sensibilisation au suicide ?

— Oh oui, oui. Bien sûr. Vous nous ferez signe pour nous donner le feu vert. »

Adele se leva brusquement, puis se dirigea à grands pas vers la porte.

« Merci de m'avoir accordé du temps, madame Baron », dit-elle en ouvrant le battant.

Elle se retourna alors et lui serra la main en lui adressant un sourire mielleux.

« Votre fille était adorable, madame Baron. Je l'avais rencontrée au début de l'année quand elle s'était portée volontaire pour le Harvest Festival. Elle était si polie, si sérieuse. Vous deviez être très fière. Et puis elle avait des yeux aussi inhabituels qu'exquis. C'est un trait de famille ? Deux couleurs différentes comme ça ?

— Non, c'était une maladie génétique », répondit Kate en essayant de comprendre comment elles en étaient venues à cette conversation alors qu'elle avait été à deux doigts de congédier Adele. « Le syndrome de Waardenburg. Aucun cas n'est recensé dans la famille, mais il arrive qu'il se déclenche de façon aléatoire.

— Oh, je vois, comme c'est curieux », commenta Adele en toisant Kate d'un regard étrange et troublant.

Elle finit enfin par tourner les talons et s'éloigna sur le trottoir avec un signe de la main.

« Eh bien, ils étaient juste ravissants. Tout simplement ravissants. »

gRaCeFULLY

26 SEPTEMBRE

Parce qu'il y a 176 définitions du mot *loser* sur urbandictionary.com. Sortez du lot

Salut les bouffons !

La rumeur circule que Charlie Kugler fait aussi partie des nouvelles Maggies, mais mon petit doigt me dit que son mec de Yale essaie de la convaincre de se barrer. J'imagine qu'il préfère les riches héritières qui portent culotte et tutti quanti.

Oh, et du côté des marie-lèche-la-moi : d'après la rumeur, Tempest Bain a rendez-vous à Renfrew. Preuve une fois encore que personne ne peut mesurer près d'un mètre quatre-vingt-cinq pour quarante-cinq kilos sans avoir un problème avec la bouffe.

On dirait que George McDonnell est de nouveau au régime sec. J'imagine que c'est parce qu'il s'est fait choper par les gars en bleu ce week-end pour avoir fumé du shit dans la rue à côté du musée The Old Stone House. Hé, George, petit message personnel, tes parents aussi, c'est des accros au joint... fume CHEZ TOI.

Dernière nouvelle de la salle des profs, Liv s'est ENCORE fait poser un lapin ce week-end. Vous y croyez, vous ? Je suis pas de la jaquette, mais si c'était le cas, jamais je te poserais de lapin, Livy. Faut que tu te mettes à fréquenter des types mieux que ça, Liv. Tu devrais jeter un œil à certains papas. Crois-moi, ils te reluquent tous.

Facebook
30 SEPTEMBRE

Amelia Baron
espère ne pas se faire choper

Chloe Frankel et **2 autres personnes** aiment ça

Sylvia Golde à faire quoi ? trop de lèche ?

Amelia

30 SEPTEMBRE, 22 H 12

DYLAN
salut
AMELIA
quoi 2 neuf ?
DYLAN
t'as checké Zaritski ?
AMELIA
ouais, je crois ke ça va aller
DYLAN
t'as l'air grave relax
AMELIA
ah ouais ?
DYLAN
en général les gens sont en panique
AMELIA
peut-ê ke je devrais l'ê
DYLAN
trop pas, j'aime ta coolitude, à +
AMELIA
sweet dreams

30 SEPTEMBRE, 22 H 14

AMELIA
tu dors ?
BEN
ouais
AMELIA
Dylan vient 2 m'envoyer 1 texto
BEN
non !! ? I dit quoi ?
AMELIA
pas gd-chose
BEN
trop bien
AMELIA
c ça, laisse tomber
BEN
allez, I doit bien avoir dit 1 truc
AMELIA
juste salut genre
BEN
de nouveaux petits jeux en perspective ?
AMELIA
c quoi ce 3e degré ?
BEN
g pas envie ke tu te fasses piquer par la reine des abeilles
AMELIA
arrête
BEN
sérieux, tu veux juste ê sa pote parce ke tu sais pas si I veut ê la tienne ?

AMELIA

joue pas les psys ce soir. je suis stressée

BEN

ah ouais mission menottes 2main ?

AMELIA

ouais

BEN

te fais pas pécho, gentille fille qui a viré racaille

AMELIA

grave, merci. faut ke j aille

1er OCTOBRE, 7 H 18

BEN

désolé, je voulais pas te chambrer hier soir d'ê pote avec Dylan

AMELIA

pas de pb

BEN

g pas envie qu'il t'arrive du mal. l me fait flipper 7 meuf

AMELIA

moi aussi

BEN

ça me rassure, fais gaffe à toi

1er OCTOBRE, 7 H 37

NUMÉRO MASQUÉ

mais où est donc passé ton petit papa ?

AMELIA

1er OCTOBRE

M. Woodhouse était encore en train d'étudier le mot de M. Zaritski. Il m'avait forcée à l'apporter avec moi dans le bureau du proviseur, comme si c'était une espèce de reçu de colis indésirable. À moins que ce soit la procédure habituelle. Qu'est-ce que j'en savais ? C'était la première fois qu'on m'envoyait dans le bureau du dirlo. J'étais plutôt nerveuse d'être là, mais aussi plutôt soulagée. Ne jamais faire un pet de travers, c'est trop de pression, des fois.

Woodhouse, la tête dans une main, les paupières baissées, lisait. Les vieux, c'était pas mon truc, mais il était mignon. Plus que la moyenne même, avec ses lunettes noires design et ses cheveux poivre et sel décoiffés juste ce qu'il fallait pour lui donner le look downtown. Il dégageait aussi un truc, ce truc puissant du mec songeur. Ça aurait dû me plaire. Ça me plaisait dans les bouquins. Dans la poésie et les photos aussi. Même que j'aimais bien l'idée d'un mec avec ce style. Mais dans la vraie vie, rien.

J'étais à peu près la seule à qui il ne faisait pas d'effet. La plupart des filles à Grace Hall bavaient devant M. Woodhouse. Il y avait même des paris en cours sur la fille avec qui il coucherait en premier. La question, c'était pas *si* mais quand. Dylan figurait sur la liste. Personne n'arrivait à savoir avec qui elle couchait, alors pourquoi pas Woodhouse ? Zadie aussi était candidate, et s'il y avait quelqu'un qui avait les couilles de conclure l'affaire avec Woodhouse, c'était bien elle.

J'avais même entendu balancer le nom de Sylvia, ce qui me faisait de la peine pour elle vu que c'était fondé juste sur le nombre de types qu'elle s'était tapés. J'avais un peu de peine pour Woodhouse aussi. C'était un désastre en puissance, ce type.

« C'est vrai, ce qui est écrit ici ? » a-t-il demandé en levant enfin les yeux du papier.

Il se tenait toujours la tête dans la main.

« Je ne sais pas. Ce mot vous était adressé. J'ai pas violé votre intimité en le lisant ou quoi. »

Je me l'étais jouée beaucoup plus petite conne que prévu. J'étais censée m'en tenir aux faits et en dire le moins possible. C'était la phase I de l'opération Évite-la-punition-si-tu-te-fais-choper des Magpies. Bien sûr, ce qu'elles voulaient vraiment, c'était que nous autres les novices, on n'aille pas balancer quoi que ce soit sur elles si on se faisait pincer. Je le savais. Je n'étais pas débile. Le truc le plus important pour elles, c'était que personne ne découvre qui elles étaient. On n'avait même pas le droit d'enregistrer leurs noms et leurs numéros de portable dans notre répertoire au cas où quelqu'un aurait essayé de les identifier à partir de leurs textos. Et puis, pour se désigner mutuellement, elles disaient Maggie n° 1 (Zadie), Maggie n° 2 (Dylan) et ainsi de suite au lieu d'utiliser leurs prénoms. Ça faisait un peu parano tout ça, mais ça marchait. Jusque-là personne ne semblait savoir qui elles étaient. Évidemment, j'avais déjà enfreint un poil les règles en enregistrant le nom de Dylan dans mon répertoire. Je ne savais même pas trop pourquoi. Je ne demandais pas non plus à Ben d'employer les numéros des Maggies pour parler d'elles. Il se serait foutu de moi sinon.

« Il est écrit que tu as attaché le sac de M. Zaritski à son bureau avec des scellés en plastique, a énoncé M. Woodhouse. C'est vrai, Amelia ?

— Qu'est-ce qui est vrai ? »

Réponds à toutes les questions par une question.

Woodhouse m'a dévisagée un bon moment avant de pousser un gros soupir fatigué.

« Écoute, Amelia, je sais qu'on ne se connaît pas très bien tous les deux, et pour cause. J'ai étudié ton dossier avant ton arrivée, il est exemplaire : excellents résultats, deux prix, première du club de français, quatre matières renforcées. Tu n'as même jamais été notée en retard. Et maintenant ça ? Pourquoi ? »

J'ai songé un instant à ce fameux matin deux semaines plus tôt où Sylvia m'avait raconté pour Ian Greene et où j'avais reçu cette première invitation des Maggies. Ce jour-là j'avais été en retard, c'est sûr. Will avait noté mon nom et tout. Mais quelqu'un dans le bureau devait avoir décidé de ne pas le mentionner dans mon dossier. Sylvia avait raison. Quand on est un élève brillant et bien sage, Grace Hall fait le ménage derrière vous.

« Est-ce que ça veut dire que je vais bénéficier de la clémence pour première infraction ? » ai-je demandé.

Je me suis forcée à sourire, mais je voyais bien que je ne donnais pas vraiment le change. Jouer la comédie ne me transformerait pas en nana qui fait des conneries et qui blague après s'être fait choper.

« Et puis j'ai une interro d'algèbre dans dix minutes, j'aimerais bien ne pas la rater. Je peux y aller ?

— Non. Tu ne peux pas y aller, Amelia. On ne va pas passer l'éponge comme ça. Pas avant que tu m'expliques ce qui se passe. Le mot de M. Zaritski explique qu'il s'est fait une hernie discale en tirant sur son sac. Apparemment, il a déjà trois disques déplacés.

— Mais bien sûr », ai-je rétorqué en levant les yeux au ciel.

Qui était cette personne qui s'exprimait par ma bouche ? Zadie peut-être ? Ses « putain » en cascade étaient assez contagieux, et une petite partie de moi avait envie de lui ressembler, ou du moins d'être traitée comme elle. Les profs, l'administration, tout le monde restait à bonne distance de Zadie, fermait les yeux sur ses petits écarts, et pas parce qu'ils pensaient qu'elle était incapable de mal agir. Ils avaient peur d'elle. Personne n'avait jamais peur de moi.

« Amelia, M. Zaritski n'est peut-être pas une personne très facile », a dit M. Woodhouse.

Il n'aimait pas ce prof. Il avait beau essayer de ne pas le montrer, je le voyais bien.

« Mais il reste une personne, dont tu as attaché le sac à un pied de son bureau. Pourquoi maintenant et pourquoi lui ? Jusqu'ici tu n'avais eu qu'une seule évaluation dans son cours, et elle était excellente. »

J'ai haussé les épaules. Le coup des scellés en plastique, c'était une idée des Maggies, pas la mienne. C'était la première des trois blagues d'écolier que je devais faire en guise de bizutage avant de devenir officiellement une Maggie. J'avais tiré mes missions d'un chapeau lors de la dernière réunion. Réunions qui se tenaient deux fois par semaine et une fois le week-end, toujours à une heure et dans un lieu différents. C'était coton d'inventer autant d'excuses à sortir à Sylvia et à ma mère concernant mes obligations, mais c'était aussi plutôt fun d'avoir un secret. Et puis ces réunions n'étaient pas si mal, c'était pas exactement des fêtes, mais presque. En général quelqu'un apportait une bouteille de vin et les filles étaient toujours fourrées dehors pour cloper. Parfois un joint tournait, je n'avais encore jamais tiré dessus les fois où il était arrivé jusqu'à moi. Mais j'avais failli. Je n'étais toujours pas sûre de vouloir devenir une Maggie pure et dure, cela dit jusque-là je m'étais surprise à me rendre à toutes les réunions et à obéir aux ordres. D'une je craignais ce que Zadie ferait si j'arrêtais, de deux j'appréciais cette occasion de passer plus de temps avec Dylan.

En fait elle et moi, on devenait assez proches. Et j'aimais bien l'idée d'avoir une amie distincte de Sylvia. Elle aurait trouvé ça débile que j'aime bien Dylan, mais ce n'était pas parce qu'elle était belle ou populaire. Du moins ce n'était pas les seules raisons.

Peut-être que ça en faisait un tout petit peu partie – et je n'en étais pas fière –, mais il y avait aussi juste que j'aimais vraiment passer du temps avec elle. Elle avait cette espèce d'énergie mystérieuse. C'était peut-être parce qu'elle était actrice ou quoi, mais des fois tu parlais avec elle et la seconde qui suivait, c'était comme si elle venait de disparaître dans je ne sais quel monde à elle. Elle réapparaissait toujours quand tu craignais de l'avoir perdue pour de bon. Du coup, le temps que tu passais avec elle devenait, je sais pas, précieux.

En plus, Dylan et moi, on avait des points communs, pas tant au niveau de ce qu'on aimait que de notre manière de l'aimer. Moi, j'étais obsédée par les bouquins et l'écriture. Dylan, elle, c'était les chiffres. C'était franchement pas ce à quoi on se serait attendu vu comme elle était mignonne, mais c'était une crack en maths. Et elle aimait ça. Chaque fois que je me plongeais dans un roman, elle ouvrait ses petits livrets de problèmes mathématiques et ses grilles de sudoku niveau expert. Dans le genre geek, on était âmes sœurs, elle et moi. Seulement sa geek attitude passait beaucoup plus inaperçue que la mienne. Je n'avais encore jamais rencontré quelqu'un qui me ressemblait de cette façon-là. Je voulais apprendre à la connaître davantage, ce qui aurait été impossible, j'en étais quasi sûre, si je me faisais virer des Magpies pour avoir désobéi aux ordres.

Sans compter qu'attacher le sac d'un prof à son bureau, c'était pas non plus la mort, surtout quand il s'agissait de mon prof de bio, M. Zaritski. C'était censé être un génie, du coup les parents l'adoraient, mais pour nous c'était juste un gros salopard aimable comme une porte de prison. Il avait grave l'air de détester les élèves, et puis il passait son temps à geindre : la météo, le pollen, ses sinus, ses genoux, la mauvaise place de parking qu'il avait mis quarante-cinq minutes à dégotter. Il déblatérait en boucle sur toutes les merdes qui lui arrivaient. Comme si quelqu'un allait plaindre un type qui passe ses week-ends à décrocher les panneaux qui annoncent des vide-greniers et qui essaie d'interdire les trottoirs aux poussettes doubles. Si j'avais choisi M. Zaritski pour la mission du sac scellé, c'est parce qu'il le méritait.

La deuxième blague – badigeonner de vaseline une poignée de porte – était censée tomber sur un membre de l'admin. Qui et quand, j'avais déjà un plan. Mme Pearl méritait de se retrouver avec la main gluante autant que Zaritski méritait de se faire sceller son sac.

La troisième et dernière épreuve en revanche… je n'étais pas sûre d'être capable d'aller jusqu'au bout. J'étais censée trouver un mec vraiment teubé – le genre à être blanc de chez blanc parce qu'il passe le plus clair de son temps tout seul dans son appart à jouer à la Xbox – et faire semblant via Internet d'être une nana qui le kiffe. Le scénario, écrit à l'avance, devait se terminer avec moi qui le persuade de m'envoyer par texto des photos de lui à poil. Je ne savais pas comment j'allais pouvoir y échapper sans que Zadie me démonte la tête, mais j'avais l'impression d'avoir bien trop en commun avec ces cachets d'aspirine pour faire un coup pareil.

En même temps, j'aurais juré que jamais je ne ferais ce que je venais de faire à Zaritski. N'empêche, ç'avait été trop simple, tant au niveau conscience qu'exécution. Je l'avais vu aller aux toilettes avec ses mots croisés. Sa petite balade du matin, comme on disait pour rire, chaque jour exactement à la même heure, et toujours pendant au moins dix minutes. Ça s'était passé pendant le deuxième service du déjeuner, les couloirs étaient donc déserts. Pourtant quelqu'un, quelque part, devait m'avoir vue. Il n'avait pas fallu longtemps à Zaritski pour me coller l'affaire sur le dos.

Woodhouse, les yeux toujours rivés sur moi, attendait que je dise quelque chose. D'après les Maggies, je n'étais censée passer à la phase II de l'opération Évite-la-punition-si-tu-te-fais-choper – chialer comme une hystérique – seulement si me la fermer se révélait être un bide total. Vu comment les sourcils de M. Woodhouse lui arrivaient à la racine des cheveux, la phase I n'avait pas l'air d'être une franche réussite. Mais j'étais quasi sûre que je serais incapable de jouer les hystériques. Je n'étais pas d'humeur, quoi. Pourtant, deux semaines plus tôt, j'aurais juré que j'aurais chouiné à me retrouver assise dans le bureau du dirlo.

« Et puis de toute façon, qu'est-ce qui prouve que c'est moi qui l'ai fait ? ai-je demandé, imitant ma mère. Vous n'avez pas besoin de preuve ou ce genre de choses ?

— Laisse-moi te poser une question, Amelia, a répliqué Woodhouse en zieutant mon sac en bandoulière. Si je regarde là-dedans, vais-je trouver des scellés en plastique ? »

Pourquoi ne les avais-je pas balancés ? Je m'étais dit que ça pourrait me resservir. Quelle abrutie finie. Ma vie de criminelle était sur le point de se terminer avant même d'avoir commencé.

« Non », ai-je répondu en serrant plus fort mon sac.

J'essayais de déterminer ce que j'allais bien pouvoir faire quand il essayerait de s'en emparer.

« Écoute, Amelia, qu'importe ce qui me semble juste, mais, au vu des circonstances, M. Zaritski n'est pas prêt à laisser passer ça. »

Il a calé son menton dans son autre main. Il avait l'air certain que j'allais lui balancer tout ce qu'il voulait savoir. Que ce n'était qu'une question de temps.

« Nous allons devoir trouver un moyen pour que tu te fasses pardonner auprès de lui. Et ça commencera obligatoirement par le grand déballage. »

Phase III : hara-kiri, prends l'entière responsabilité et accepte la punition. Et jamais ô grand jamais tu ne mentionnes le nom des Magpies. Sinon, nous avait-on dit, cela nous vaudrait d'être expulsées du club, ce qui semblait impliquer des conséquences bien pires que de ne simplement plus en faire partie.

« Bon très bien, je dirai à Zaritski que je suis genre désolée.

— C'est un début, a commenté M. Woodhouse comme s'il n'avait même pas saisi que j'endossais la responsabilité. Mais, Amelia, ça ne te ressemble pas. Tu n'as pas eu cette idée toute seule. Je le sais. »

Je n'aimais pas le tour que prenait cette conversation.

« Ah ouais ?

— Ouais. Je ne te demande pas de trahir je ne sais quelles confidences. Je comprends combien cela pourrait être difficile. Mais je veux que tu te demandes si les filles qui t'ont mise sur ce coup sont vraiment tes amies. Si elles ont vraiment à cœur tes meilleurs intérêts.

— OK. »

J'avais fait court, histoire de ne pas confirmer sans le vouloir l'existence des Maggies.

Woodhouse me dévisageait soudain comme un psy. Comme si j'étais au bord de l'abîme. C'est ça la vie quand on est bien sage. D'abord on ne vous croit pas capable de faire la moindre connerie, et après, quand on se rend compte que si, on pense que vous faites une dépression nerveuse.

« Écoute, je comprends que tu passes beaucoup de temps seule, que ta mère doit beaucoup travailler et qu'il n'y a que vous deux. Ces groupes choisissent des gens qui cherchent quelque chose en sachant qu'ils seront plus faciles à manipuler.

— Je ne cherche rien du tout. »

Et c'était vrai, sauf que, je ne sais pas pourquoi, j'avais l'impression que c'était un gros bobard.

Woodhouse a froncé les sourcils, hoché la tête et baissé les yeux.

« Très bien, Amelia », a-t-il fini par dire.

Il avait presque l'air triste, genre.

« Tu sais, j'ai enseigné dans de nombreux lycées, dans beaucoup d'endroits différents, et c'est toujours la même chose. Les chances sont faibles que les élèves disciplinés comme toi restent disciplinés. Et c'est vrai même dans un établissement comme Grace Hall. »

Maintenant je commençais à être énervée. Je n'avais pas besoin que Woodhouse essaie de s'insinuer dans ma tête. J'avais envie de lui dire de me foutre la paix, mais le moyen le plus rapide pour en finir et évacuer les lieux était d'acquiescer.

« Bien sûr, ouais, j'imagine. »

J'ai haussé les épaules.

« Enfin bref, je voulais juste dire que les Magpies n'étaient pas la bonne réponse. Certaines de ces filles… »

Il a hésité. Il a levé les mains comme s'il capitulait, puis son visage s'est radouci.

« Ce sont toutes de gentilles filles prises individuellement. La plupart, du moins. Mais quand elles sont ensemble, leur jugement est… »

Il s'est interrompu, comme pour chercher le mot juste.

« … brouillé. Je tiens à m'assurer que tu en prennes conscience avant qu'il ne soit trop tard. »

Woodhouse avait joué au con. Au final il savait tout de l'existence des Magpies. On aurait même dit qu'il savait qui appartenait au groupe. Ça sentait le piège.

« Faut vraiment que je retourne en cours maintenant. Enfin, c'est vrai, non ? Je peux m'excuser auprès de M. Zaritski – je ferai la colle, la punition ou je sais pas quoi – mais je ne vois pas ce que je peux faire d'autre.

— D'accord, Amelia, tu peux y aller. »

Il avait l'air abattu. Je tenais ma sortie. Il fallait que je me barre de là avant qu'il change d'avis. Je me suis levée d'un bond.

« Je parlerai à Zaritski. Des excuses ne suffiront peut-être pas, mais ce sera certainement un bon début. Pour cette fois, nous n'inscrirons pas cet incident dans ton dossier, mais la prochaine fois, Amelia, ce sera une autre histoire.

— Merci, monsieur Woodhouse, ai-je dit en me ruant vers la porte.

— Et, Amelia, a-t-il lancé, je suis sérieux quand je te dis de faire attention. Parfois on n'arrive à évaluer la vitesse d'un courant que lorsqu'on est sur le point de basculer dans une chute d'eau. »

Après les cours, assise dans un box poisseux du Roma Pizza presque vide, j'attendais que Sylvia revienne avec nos parts. J'étais encore un peu excitée à cause de cette histoire avec Zaritski, surtout après m'être tirée du bureau de Woodhouse, mission accomplie et patin couffin. Toutes ces années passées le nez plongé dans les bouquins m'avaient vraiment donné une espèce d'immunité grace-hallienne.

L'arrivée d'un texto a fait vibrer mon portable au moment où Sylvia prenait le chemin de notre box avec nos deux parts. Je l'ai sorti à toute vitesse de mon sac, essayant de le lire avant qu'elle m'ait rejointe. Numéro masqué, autrement dit c'était l'une des Maggies.

Party @ Maggie 2. Lâche ta pizza, plante la catin. On va te faire sauter la pastille.

Zadie, j'avais même pas besoin de voir le numéro. C'était pas la première fois qu'elle traitait Sylvia de catin. Merde alors, comment savait-elle que j'étais vierge ? Minute, attends un peu, c'était impossible. Elle en savait rien. Elle voulait probablement parler de ma première fête mixte. Il fallait que je me calme. Elle nous avait dit qu'on irait à une fête Magpies-Wolf's Gate une fois que nous autres novices, on aurait réussi notre première mission. Et Maggie 2, c'était Dylan. Une fête chez Dylan, c'était pas un truc à louper. J'ai fourré mon portable dans mon sac.

« Pourquoi il faut toujours qu'ils la fassent brûlante ? a râlé Sylvia en déposant sur la table les deux assiettes en papier grasses avant de secouer les mains. Sûr, c'est la meilleure pizza du coin, mais tu dis "pas trop chaud" et eux, genre, ils te la font ultra chaude. »

Heureusement, elle n'avait pas eu l'air de remarquer que j'avais maté mon téléphone. Et maintenant qu'elle était assise, elle était concentrée à se servir de ses ongles bleu pétant pour organiser les petits carrés couverts de fromage qu'elle leur demandait toujours de lui couper comme si elle avait trois ans. Derrière elle, à travers les fleurs peintes sur la devanture du Roma, j'observais le magasin Yogo Monster et le caviste de l'autre côté de la Septième Avenue. Je m'attendais à voir Zadie en train de m'espionner, mais il n'y avait qu'un peloton de mamans flanquées de poussettes et de gamins.

« Alors je sais bien que quand Ian dit qu'il veut traîner avec moi, c'est pas pareil que s'il disait qu'il voulait, genre, sortir avec moi ou quoi », a soliloqué

Sylvia en reprenant pile là où elle s'était arrêtée quand elle s'était levée pour aller nous chercher nos assiettes.

Elle a enfourné une nouvelle bouchée avant de regarder à son tour si elle avait reçu des messages. Vu son air déçu, ça devait pas être le cas.

« Seulement, une fois il m'avait dit qu'il ne donnait jamais plus d'un rencart aux meufs qui fréquentaient son bahut. Or vu qu'on en a eu un paquet, ça doit bien vouloir dire quelque chose, non ? »

J'ai vite détourné les yeux de la fenêtre en sentant son regard peser sur moi.

« Euh, ouais. »

Vu la tronche qu'elle tirait, je n'avais pas dû me montrer assez enthousiaste. Et c'est vrai qu'Ian Greene semblait grave accro. À l'évidence, ce côté extravagant de Sylvia qui faisait craquer tous les mecs ne s'était pas encore transformé en pétage de plombs.

« Enfin je veux dire, oui, carrément. Absolument. »

Son visage s'est un peu détendu.

« Tu crois vraiment ?

— Grave. Personne ne donne plus d'une fois rencart à quelqu'un du même lycée à moins de penser que ça pourrait être une vraie relation, ai-je répondu, comme si toutes mes infos sur ce genre de sujet ne venaient pas en fait de *gRaCeFULLY*. C'est trop merdique. Surtout pour quelqu'un comme Ian. Pourquoi il se prendrait la tête ? Il pourrait rencontrer des meufs carrément n'importe où. »

Sylvia a hoché la tête, l'air toujours un peu soucieuse. Et là mon téléphone a de nouveau vibré : encore un texto. J'ai essayé de le lire discret, mais Sylvia avait les yeux braqués sur moi.

Ne sois pas en retard, disait-il.

« C'est qui ? Ton super pote Ben ? a demandé Sylvia en levant les yeux au ciel. Crois-moi, ce mec a beaucoup trop de temps libre pour t'envoyer tous ces textos. Dis *loser* pour voir.

— J'ai le temps de lui répondre. Est-ce que je suis une loseuse pour autant ? »

Sylvia a haussé les épaules :

« C'est celui qui le dit qui… »

Je l'ai fusillée du regard.

« Écoute, ne t'en prends pas à moi, a-t-elle repris. C'est toi qui as choisi le cybersexe. »

Je mourais d'envie de lui fourrer mon portable sous le nez. De lui dire que c'était elle, la loseuse, pas moi. Parce que moi, j'avais été raccordée au réseau des Maggies, or les Maggies ne raccordent pas les loseuses. Sauf que, bien sûr, je ne pouvais rien lui dire. Et je me sentais coupable. Je me sentais même coupable de me vanter mentalement d'appartenir à ce club. Et puis Sylvia, c'était Sylvia. Elle, quand elle se sentait coupable, elle s'en prenait à moi. Elle était comme ça, point barre, d'ailleurs ça m'a rappelé ces textos débiles au sujet de mon père : ça devait être une blague à elle, j'en étais quasi sûre.

« Au fait, qu'est-ce qui te prend de m'envoyer des textos sur mon père ? » ai-je demandé.

Aborder ce sujet me mettait encore plus la rage. Ça craignait grave, cette blague.

« Comment t'as pu croire une seule seconde que ce serait drôle ?

— Qu'est-ce que tu racontes ? »

Elle essayait de se la jouer innocente et elle était assez convaincante.

« Allez, Sylvia. Je sais que c'est toi.

— Fais voir. »

Elle a tendu la main pour prendre mon portable.

« Parce que franchement, jamais je t'ai envoyé de textos sur ton père. »

J'ai aussitôt laissé mon téléphone retomber dans mon sac, puis j'ai fait comme si ça me coûtait trop d'aller le repêcher. Y avait pas moyen que je la laisse mettre la main dessus. Et si un autre texto de Zadie arrivait ?

« C'est pas des conneries, j'ai insisté.

— C'est pas ce que j'ai dit.

— Le dernier, c'était : "Ton père n'est pas celui que tu crois."

— Et il venait de mon numéro ?

— Non, c'était un numéro masqué.

— Mais tu as quand même cru que c'était moi qui te l'avais envoyé ? »

Elle avait l'air super vexée.

« Merci.

— J'imagine que j'espérais que c'était toi. »

Ce qui était plus vrai que ce que je pensais.

Hélas, ce n'était définitivement pas Sylvia. Sûr. Parce qu'elle mentait comme un pied. Si elle n'avait pas dit la vérité, je l'aurais su direct. Ce texto aurait pu venir de Zadie ou d'une autre Maggie. Ce n'était pas un secret que je ne vivais pas avec mon père, par contre le fait que je ne l'avais même pas rencontré une seule fois en était plutôt un. Sylvia était presque la seule au courant.

« Elle a dit quoi, ta mère ?

— Sur quoi ?

— Ben, le texto, a répondu Sylvia en me regardant comme si je faisais exprès de jouer les débiles.

— Je ne lui en ai pas parlé. »

Je me sentais un peu coupable.

« Pourquoi ça ? »

J'y avais pensé, évidemment, mais je voulais d'abord découvrir de qui ils venaient. S'ils avaient été de Sylvia, ma mère aurait sûrement voulu avoir je ne sais quelle discussion humiliante avec sa mère. Et s'ils n'avaient pas été de Sylvia, ma mère aurait appelé le lycée pour leur dire que quelqu'un me harcelait. Il ne lui aurait pas fallu longtemps pour finir par parler à Woodhouse et il lui aurait tout balancé au sujet des Maggies.

« Je n'ai rien dit à ma mère parce que je croyais que c'était toi.

— Ah ouais, j'avais oublié. Sympa.

— Enfin bref, le texto que je viens de recevoir, c'était mon coach. J'ai laissé mes crampons sur le terrain. Faut que j'aille les récupérer. »

Elle a eu l'air un peu blessée.

« Mais tu reviens, hein ? »

J'ai regardé l'heure sur mon portable.

« J'ai un contrôle de bio demain. Alors y a peu de chances.

— Oh, bon, d'accord. Mais avant que tu t'en ailles, est-ce que tu pourrais au moins… après j'arrête : tu crois pas que je devrais rappeler Ian, par hasard ? Je veux dire, est-ce que je dois attendre qu'il réponde à mon texto ? »

Dylan habitait dans la Deuxième Rue, à côté du parc, dans une maison en grès qui ressemblait beaucoup à la nôtre, à part que la pierre était blanche et pas rouge, et qu'il y avait devant une espèce de sculpture moitié classe moitié flippante d'un arbuste dont l'extrémité des branches portait des mains au lieu de feuilles. J'étais au bas des marches du perron à la regarder quand la porte s'est violemment ouverte. Dylan est apparue, pieds nus, vêtue d'une robe ample et de plusieurs colliers. Elle avait une cigarette à la main, qui lui donnait un air bizarre. On aurait dit un accessoire de théâtre.

« Allez, viens, a-t-elle lancé en me faisant signe de monter. Tu fais partie des invités d'honneur. »

Quand je suis parvenue au sommet de l'escalier, elle a écrasé sa cigarette sur le perron, passé son bras sous le mien et m'a conduite à l'intérieur. Son salon était plein à craquer de meubles, de babioles et de corps : mecs et filles empilés sur des canaps et étalés par terre. La pièce était aussi complètement enfumée. Shit, cigarettes. Presque tous avaient une bière à la main. J'avais dû m'arrêter car Dylan m'a doucement tirée en direction de la cuisine.

« T'as jamais vu de bringue, ou quoi ? » s'est-elle esclaffée en se dirigeant vers le frigo, d'où elle a sorti une bière blonde de Brooklyn.

Si, j'avais déjà été à des bringues : bringues pyjamas, bringues ciné, bringues d'anniversaire et même bringues garçons-filles. Jamais à une bringue comme ça.

Dylan a décapsulé la bouteille d'un coup sec et me l'a tendue comme s'il s'agissait d'un chewing-gum.

Je l'ai prise. Du moins je crois, vu que la bouteille était là, dans ma main. Elle était froide, visqueuse et plus lourde que ce que j'aurais cru. J'ai serré fort les doigts pour ne pas qu'elle m'échappe. J'avais déjà bu du vin à Noël, et Sylvia et moi, on s'était enfilé une fois un shot du whisky dégueu de son père. Mais je n'avais encore jamais bu de bière, et certainement pas une à moi toute seule à une bringue bourrée de gens coolissimes. Je contemplais fixement ma bouteille quand Zadie a fait irruption dans la cuisine. Elle avait déjà l'air bourrée, ou peut-être juste plus vénère que d'habitude.

« Eurk ! s'est-elle exclamée en me voyant, une main en visière comme si je lui faisais mal aux yeux. Ma parole, c'est Crazy Eyes[1]. Merveilleux.

— Sois sympa, Zadie, a répliqué Dylan sans se donner la peine de la regarder. Tu avais promis. »

Zadie a chopé deux bières dans le frigo, qu'elle a refermé violemment d'un coup de hanche. À ce bruit, Dylan s'est tendue, mais ne s'est pas retournée.

« Sympa ? » a grogné Zadie qui me fusillait toujours du regard.

J'ai avalé une grande gorgée de bière et j'ai tâché de refouler la nausée.

« Oui, sympa, a répété Dylan. Tu avais promis.

— On n'a jamais dit "sympa", on a dit "pas salope". »

---

1. Surnom d'un personnage d'un roman de Piper Kerman, *Orange Is the New Black : My Year in a Women's Prison.* Ce roman d'inspiration autobiographique a été adapté en série télévisée aux États-Unis en 2013. *(N.d.T.)*

Zadie est venue se poster à côté de Dylan. Elle se penchait pour lui murmurer à l'oreille, mais Dylan n'arrêtait pas de reculer la tête.

« Et vu ce que je pense vraiment de Crazy Eyes ici présente, m'est avis que je suis aimable comme jamais, putain. »

Crazy Eyes ? Zadie me détestait à mort, mais pourquoi ? On ne se connaissait même pas. Pourtant, à chaque réunion des Magpies, l'intensité de son mépris devenait de plus en plus évidente. Ce n'est que lorsque Dylan, pour compenser, s'était mise à être méga sympa que j'avais décidé de rester. Elle m'avait même dit que je lui rappelais comment elle était en seconde. C'était peut-être juste une parole en l'air, mais bon, ça faisait quand même plaisir de se dire que Dylan voyait nos points communs.

J'ai avalé une nouvelle gorgée de bière en retenant ma respiration, histoire de ne pas sentir le goût.

« Je ne suis pas franchement fan de ta terreur en tutu, tu sais », a marmonné Dylan en croisant les bras.

Elle avait l'air agacée maintenant.

« Pourtant je m'en prends pas à elle. »

Ta terreur en tutu… Cela voulait-il dire que j'étais *sa* Crazy Eyes ? Justement je me demandais qui avait bien pu me choisir à la base pour rejoindre les Magpies.

Zadie était toujours plantée à côté de Dylan. Elle a tendu lentement le bras vers elle et lui a repoussé quelques mèches de cheveux derrière l'oreille.

« Ne me touche pas, a aboyé Dylan en lui giflant la main.

— On se calme », a dit Zadie avec un vilain sourire. Puis elle a levé les mains – une bière dans chaque – avant de glisser vers la porte.

« Fais gaffe, Crazy Eyes, elle mord. »

Carter est apparu à ce moment-là sur le seuil de la cuisine, l'air perdu et agité. C'était un soulagement de voir un visage familier, mais il n'a même pas lancé un regard dans ma direction avant que Zadie le charge.

« Ah, te voilà ! » s'est-elle écriée en se pressant contre lui, hanches en avant, avant de coller sa bouche sur la sienne.

Carter avait l'air dans les vapes quand Zadie s'est écartée pour reprendre sa respiration. Elle l'a chopé par la main et l'a entraîné brusquement vers le salon en nous adressant un sourire par-dessus son épaule.

« À plus, mesdames. »

Après son départ, Dylan a commenté sans conviction :

« Elle n'est pas aussi méchante qu'elle en a l'air. Il faut vraiment bien la connaître. C'est ma meilleure amie. J'ai souvent eu l'impression que c'était ma seule amie.

— Comment ça ? »

J'ai un peu ri, même si elle n'avait carrément pas l'air de blaguer.

« Des amis, t'en as un million.

— Ils ne connaissent pas ma vraie personnalité, a-t-elle répliqué, le regard soudain vide. Pas comme Zadie me connaît.

— J'aimerais bien la connaître, moi, ta vraie personnalité. »

Je me suis sentie rougir, mais j'étais quand même contente de l'avoir dit.

« Viens, m'a enjoint Dylan en passant son bras sous le mien. Je veux te montrer quelque chose à l'étage. »

On a traversé le salon enfumé rempli d'antiquités et on s'est dirigées vers l'escalier sombre et grinçant. Sa maison, qui ressemblait tellement à la nôtre de l'extérieur, n'aurait pas pu être plus différente à l'intérieur. Étouffante et encombrée, mais d'une manière pas complètement horrible. On aurait dit le décor d'un film adapté de Jane Austen. J'ai jeté un œil par-dessus mon épaule en attaquant la montée des escaliers. J'ai alors aperçu Ian Greene installé sur un canapé. Mais qui était donc assis à côté de lui ? Une fille, sûr. J'aurais pu jurer qu'il s'agissait de Zadie. J'avais cru reconnaître ses bottines pointues et sa minijupe plissée. Était-ce la main de Ian sur sa cuisse ? Pourtant elle était à l'instant dans la cuisine avec Carter. Elle n'aurait pas pu changer de partenaire aussi vite. Cela dit, il était trop tard pour retourner vérifier : Dylan me tirait hors de vue.

« Viens, a-t-elle dit d'un ton mi-joueur, mi-gagné par l'impatience. Dépêche-toi. »

Quand je me suis retournée, Ian était parti, il avait disparu, tout comme le reste du salon.

« Est-ce que tous les mecs ici sont au Wolf's Gate ? » ai-je demandé une fois sur le palier.

J'essayais de paraître détachée.

« Ouais. La plupart sont sympas. Mais certains, c'est des vrais connards. »

Elle avait l'air blasée. Elle m'a désigné une porte au milieu du couloir.

« On va là-dedans. »

On est entrées dans un cabinet meublé d'un gros bureau en acajou et d'un fauteuil en cuir très solennel. Les murs étaient couverts de livres du genre vieux bouquins reliés en cuir avec de belles lettres dorées et de fines pages gaufrées. Et c'était pas juste des bouquins neufs auxquels on avait donné une apparence de vieux. C'était vraiment de très vieux livres.

« Waouh ! » je me suis exclamée en m'approchant.

Tous les classiques étaient là : *L'Odyssée, Moby Dick, L'Enfer* de Dante.

« Incroyable.

— Personne ne les lit, a expliqué Dylan, comme si elle ne voulait pas que je me fasse de fausses idées. Mon père se contente de les collectionner. Y a aussi des originaux. »

Elle s'est emparée d'un livre exposé seul sur une petite étagère.

« Comme celui-là. »

J'ai pris le livre de mauvaise grâce, craignant de renverser dessus ce qui restait de ma bière. C'était une première édition de *Le soleil se lève aussi*.

« Waouh ! » ai-je répété.

Je me rendais bien compte du ton complètement débile de ma voix, mais j'arrivais pas à faire autrement. Ce bouquin était grave impressionnant.

« Enfin bref, je me disais que ce serait peut-être ton truc », a lâché Dylan en me reprenant le roman des mains pour le remettre à sa place.

Elle était devenue distante tout à coup, ce sourire chaleureux qui m'avait guidée en haut des escaliers avait disparu. J'avais dû la vexer, mais quand, ça, je n'en savais foutre rien.

« Il faut que j'y aille, là, a-t-elle déclaré en se tournant précipitamment vers la porte. Tu peux rester jeter un œil si tu veux, moi j'ai un truc à faire. On se retrouve en bas dans quelques minutes. »

Et elle avait disparu. J'étais plantée là, seule dans sa bibliothèque, une bière quasi vide à la main et un paquet de questions dans la tête. Je n'avais aucune idée de ce qui venait de se passer et encore moins de la manière d'y remédier. Pas facile quand je ne comprenais déjà pas vraiment ce qui se passait entre Dylan et moi.

J'ai envoyé un texto à Ben dès mon retour chez moi.

AMELIA
  je suis allée à ma première teuf mixte aujourd'hui
BEN
  ct la débauche ?
AMELIA
  assez
BEN
  sexe, drogue
AMELIA
  assez
BEN
  ms pas pr toi j'imagine
AMELIA
  pas vraiment ; ms Dylan était super sympa ac moi

BEN

c cool

AMELIA

et puis d'1 coup l c fermée

BEN

pas cool. pourquoi ?

AMELIA

j'en sais rien, je te pose la question

BEN

qu'est-ce que j connais en filles ? pr moi, vs êtes toutes dingues. c pr ça ke je m'en tiens aux mecs

AMELIA

tu sers à rien

BEN

:)

J'ai lâché mon téléphone, je me suis retournée dans mon lit et j'ai pris *Vers le phare*. C'est pas comme si j'avais besoin de le relire pour écrire ma dissert d'anglais. Je le connaissais quasi par cœur. Virginia Woolf, c'était un peu mon héroïne. Pas parce qu'elle était entrée dans un fleuve avec des cailloux dans les poches – même si en matière de suicide, ça avait franchement de la gueule –, mais parce qu'elle avait un talent dingue et qu'elle avait été celle qu'elle voulait être, malgré la pression de la société qui voulait qu'elle soit autrement.

Elle se sentait bien peu de chose auprès de Paul ! Lui, rayonnant, brûlant d'ardeur ; elle, distante, narquoise ; lui, en partance pour l'aventure ; elle, amarrée au rivage...

J'ai reposé le roman et regardé l'heure. Presque vingt-deux heures. J'avais reçu un texto de ma mère un peu après vingt heures qui me disait qu'elle rentrerait bientôt à la maison, mais que je n'avais qu'à manger sans elle. J'avais commandé suffisamment de sushis pour qu'il lui en reste. Si je ne lui commandais pas son dîner, elle irait se coucher sans rien avaler.

Leelah n'étant plus là, je mangeais souvent toute seule, en général trois ou quatre fois par semaine : japonais, chinois, thaï. Jamais indien. Sinon la cuisine de Leelah m'aurait trop manqué. En général, c'était assez bon. Les gens des restos à emporter connaissaient mon adresse par cœur et disaient des trucs du genre « Pour toi, tout ce que tu veux ».

Je n'en voulais pas à ma mère de devoir travailler. Elle avait un boulot et elle devait le faire bien. La plupart du temps j'étais même fière d'elle. Certes, je me sentais un peu seule des fois, mais ça ne voulait pas dire que je « cherchais quelque chose », comme avait dit Woodhouse. Cette situation m'allait très bien.

Sans compter qu'on avait nos rendez-vous dîner du vendredi soir, que ni l'une ni l'autre n'avions le droit d'annuler, jamais. On essayait de bruncher ensemble le samedi, et le dimanche soir, pelotonnées sur le canapé, on regardait un film. Le week-end, on faisait aussi d'autres trucs en fonction de mes devoirs, de mon emploi du temps de hockey sur gazon et de la quantité de boulot de ma mère. Et de mes réunions de Maggies, maintenant. On allait au musée ou bien on se payait une manucure. Une fois, on avait participé à une promenade dans Manhattan : la tournée des cupcakes. L'été, on passait toujours une semaine quelque part à la plage : Fire Island, Block Island, Nantucket. Je savais qu'elle aurait passé encore plus de temps avec moi si elle avait pu.

J'ai entendu la porte d'entrée s'ouvrir au rez-de-chaussée quelques minutes plus tard. Puis ma mère était dans l'escalier, montant à pas de loup, craignant probablement de me réveiller. Quand elle a enfin ouvert la porte de ma chambre et passé la tête dans l'entrebâillement, j'ai vu ses longs cheveux blond foncé rassemblés en une queue-de-cheval basse, et ses lunettes en écaille de tortue, celles que je trouvais classe pour une mère. Elle avait l'air crevée, de grands cernes s'étalaient sous ses yeux bleus. Mais elle était quand même jolie. Ma mère était toujours jolie. Pas dans le genre chaudasse, ç'aurait été humiliant. C'était juste une mère normale, mais jolie.

J'ai agité la main, la tête toujours sur l'oreiller, histoire qu'elle voie que j'étais réveillée.

« Oh, salut. »

Elle a souri, l'air agréablement surprise.

« Je ne t'ai pas réveillée, au moins ?

— Non. »

Je me suis redressée et j'ai posé mon livre sur la table de nuit.

« Je lisais.

— Tu ne l'as pas déjà lu trente-six fois, *Vers le phare* ? »

Elle était comme ça, ma mère. Elle aurait pu être bien plus souvent à la maison et remarquer vachement moins de choses. Chez nous, c'était peut-être pas la petite maison dans la prairie ou quoi, mais ce qu'on avait, ça marchait.

« Ouais, dix fois, genre. Mais on est censés faire une dissert dessus en anglais. Je jetais juste un œil pour me décider sur un sujet.

— Ne devrais-tu pas être dans une autre classe en anglais ? Je sais qu'on s'était dit qu'une autre matière renforcée, ça ferait trop. Mais ce n'est pas bon non plus de s'ennuyer. »

Elle semblait soucieuse.

« Ce lycée nous coûte un bras. Ils pourraient au moins s'adapter à tes besoins.

— Maman, il est très bien, ce cours, sérieux. Liv, c'est genre ma prof préférée. »

J'ai haussé les épaules. Ma mère était comme ça : elle partait sur ses grands chevaux pour des trucs qui ne comptaient pas tant que ça. C'est parce qu'elle se sentait coupable de ne pas être souvent là. Ça la démangeait toujours d'intercéder en ma faveur, sur n'importe quel sujet. Y compris des trucs pour lesquels je n'avais pas besoin d'aide.

« En plus, j'ai des idées pour rendre cette dissert plus intéressante.

— Tu promets de me le dire si au final ça ne va pas ? En cours, je veux dire, ou dans n'importe quel autre domaine. »

Alors j'ai pensé à mon père. À mon avis, la personne qui avait écrit ces textos débiles ne savait rien à son sujet, ni sur moi. Mais elle m'avait amenée à me demander qui et où était réellement mon père.

C'était censé être un type que ma mère avait rencontré un soir il y a quinze ans. « Un garçon dans un bar », qu'elle disait, un genre de bon Samaritain qui était en route pour l'Afrique quand leurs chemins s'étaient croisés. C'était génial et tout de penser que mon père était cette personne-là, sauf qu'il n'avait pas du tout l'air d'un type vers qui ma mère irait. Son genre, c'était plutôt Seth – super sympa, intelligent, coincé –, version hétéro. D'ailleurs, c'est tout le scénario qui ne tenait pas debout. Ma mère ne traînait pas dans les bars, jamais. Elle ne buvait presque jamais. Je ne sais pas quand j'avais arrêté de croire à cette histoire. Progressivement, genre, avec le temps, et jusque-là je ne m'étais jamais vraiment souciée de découvrir la vérité. Je me disais que si mon père avait valu le coup que je le retrouve, il se serait mis à ma recherche depuis longtemps.

Seulement il y avait eu les textos.

J'avais beau ne pas vouloir me prendre la tête avec ça, ils me titillaient. Ça me titillait. J'avais envie de dire à ma mère qu'elle n'avait plus besoin de me protéger, que je pourrais supporter de savoir la vérité au sujet de mon père. Mais en voyant ses yeux fatigués, cette façon qu'elle avait de me sourire comme si elle essayait de me faire ressentir son amour de toutes ses dents, je n'ai pas pu. Je ne pouvais pas tout déballer. Je ne voulais pas qu'elle pense qu'elle ne me suffisait pas. Et puis je craignais aussi un peu que ses aveux me mettent la rage. Contre elle.

Sans compter qu'il y avait d'autres choses plus importantes dont j'avais besoin de lui parler. J'avais besoin de conseils. Bien sûr, je ne pouvais pas raconter n'importe quelle connerie sur un club secret. Elle aurait foncé à Grace Hall en plein milieu de la nuit et démoli le bahut brique par brique. Elle aurait aussi réembauché Leelah direct. Et ça aurait été la fin des Magpies, et de Dylan. J'allais devoir poser mes questions par un chemin détourné.

« Est-ce que tu appartenais à une sororité quand tu étais à la fac ? » lui ai-je demandé.

Sororité, club secret. C'était un moyen sûr de poser la plupart de mes questions.

« Une sororité ? »

Elle a semblé un instant perplexe, puis quelque peu gênée.

« Oui, j'ai bien peur que oui. Pour ma défense, à Duke, presque tout le monde était dans une sororité. On n'avait pas l'impression d'avoir trop le choix.

— C'était marrant ? Enfin, tu étais contente d'y être ?

— Contente ? »

Elle a plissé le front et s'est tapoté les lèvres d'un doigt.

« Je ne crois pas que c'est le terme que j'emploierais. J'ai survécu, disons les choses comme ça. »

C'était fendard d'imaginer ma mère à un truc genre réunion de Maggies. Car si j'étais un modèle de vertu, ma mère était une sainte.

« Quel genre de missions de bizutage tu devais faire ? »

Un étrange lien secret nous reliait à présent.

« Attends, c'est quoi toutes ces questions sur les sororités, Amelia ? »

Elle m'a regardée, les yeux plissés.

« Tu n'aurais pas l'intention d'aller à la fac en avance, dis-moi ?

— Non, ai-je répondu en me creusant la tête en quête d'une excuse. J'écris une dissert sur les sororités pour mon cours sur la controverse morale aux États-Unis. »

Waouh, d'où je l'avais sortie, celle-là ? Je m'améliorais grave en bobards.

« La controverse morale aux États-Unis ? Tu m'avais déjà parlé de ce cours avant ?

— Oui, tu étais là quand je l'ai choisi.

— Ah bon ? s'est-elle étonnée. Est-ce que tu vas aussi toujours à des cours normaux, maths par exemple ? »

J'ai levé les yeux au ciel.

« Arrête, maman.

— Ma foi, si c'est pour une dissert, alors je te répondrai franchement qu'à mon avis les sororités sont une mauvaise chose. C'est même terrible, en fait. Sous couvert de solidarité féminine, elles donnent un sentiment d'infériorité aux filles. »

Aïe. Et elle n'en rajoutait même pas pour essayer de me dissuader de quoi que ce soit. C'était sa véritable opinion objective. Cela dit, un club secret, c'est pas exactement la même chose qu'une sororité. Rien à voir. Zéro point commun. Le lycée et la fac, c'est deux mondes à part.

« Mais entre nous, si tu devais finir dans une sororité, je ne t'en voudrais pas. »

Elle a posé une main sur mon front.

« Tu es sûre que ça va ? Tu es toute pâle.

— Ça va, ai-je répondu en me dégageant. Et tu avais quel âge la première fois que tu es sortie avec des garçons ?

— Alors là… Que j'ai eu envie ou que je l'ai vraiment fait ? Parce que j'ai toujours passé beaucoup plus de temps à penser aux garçons qu'à vraiment sortir avec eux. Comme tu le sais, les histoires d'amour, ça n'a jamais été mon fort.

— Quand as-tu commencé à aimer les garçons ? »

Ces derniers temps, je me demandais si mon retard à l'allumage pouvait être d'origine génétique.

« Avant que je réponde à cette question, est-ce que tu sors déjà avec quelqu'un ? Parce qu'on s'était mises d'accord sur quinze ans, mais seulement après qu'on en aurait discuté. Enfin, je ne me mettrai pas en colère, promis. Tu pourras toujours me dire la vérité, quoi qu'il arrive.

— Je ne sors avec personne, maman, ai-je répondu en veillant à bien la regarder dans les yeux. Je te le dirais, je te le jure. C'est juste de la recherche, toujours pour la même dissert.

— La même dissert ? »

Ses sourcils se touchaient presque. Il était nul, ce mensonge. Y avait même pas vraiment de logique.

« Ouais, c'est en deux parties. »

Elle avait toujours l'air sceptique.

« Hum, hum. OK, voyons, je crois que je devais avoir treize ans, a-t-elle dit en agitant la main comme si ça aurait même pu être encore avant. Difficile de se rappeler précisément. En revanche, je suis sûre de n'avoir jamais embrassé personne avant quinze ans, au moins. Peut-être même vingt. »

Elle m'a dévisagée comme pour s'assurer qu'elle se faisait bien comprendre, puis elle a souri. Un des trucs géniaux chez ma mère, en tant que mère, c'était qu'elle savait toujours quand elle était un peu ridicule.

« Ah, d'accord », ai-je dit, me sentant soudain un poil seule.

Treize ans, c'était plus jeune que quinze. De deux ans seulement, mais c'était des années qui paraissaient énormes. Peut-être que j'avais un problème. Mais je ne pouvais pas franchement m'attendre à ce que ma mère me rassure alors que je ne lui expliquais même pas de quoi on parlait vraiment.

« Merci. C'est tout ce que j'avais besoin de savoir. »

Elle s'est penchée pour m'enlacer en parlant dans mes cheveux.

« Je suis désolée de ne pas être rentrée à temps pour le dîner, Amelia. Je m'apprêtais à quitter le bureau quand j'ai été coincée au téléphone et…

— Ça va, maman. C'est pas comme si tu avais envie de rester bosser, je le sais bien. »

Et c'est vrai que je le savais, même si des fois c'était quand même chiant. Ma mère avait le regard embué quand elle s'est reculée pour me sourire. Quand elle était vraiment crevée, elle chialait pour un rien. Elle m'a caressé la joue.

« Tu es une fille adorable, Amelia. »

Elle m'a embrassée sur le front puis s'est soulevée du lit et s'est dirigée vers la porte. Elle y était presque quand je me suis rendu compte que je n'avais vraiment pas envie qu'elle s'en aille. Il fallait que je lui parle davantage. Il fallait que je lui raconte tout.

« Maman ! »

Elle s'est retournée sur le seuil.

« Quoi, ma chérie ?

— J'ai été raccordée au réseau par… »

Son portable s'est alors mis à sonner, elle a palpé les poches de son manteau pour le trouver. Quand elle est enfin parvenue à le sortir, l'identité de l'appelant a eu l'air de l'exaspérer.

« Zut, désolée, m'a-t-elle dit en se détournant pour répondre. Allô, oui, un instant s'il te plaît. »

Elle m'a alors regardée, la main couvrant le micro.

« Victor est à Tokyo, et il a l'air de penser que le monde entier partage son fuseau horaire. Mais je ferais sans doute mieux de répondre. Ça fait quatre fois qu'il m'appelle aujourd'hui. Est-ce que ça peut attendre, Amelia ? »

Je regardais fixement le téléphone dans sa main et son expression du genre je fais tout ce que je peux. Si je lui avais dit que j'avais besoin qu'elle raccroche direct, elle l'aurait fait. Je le savais. Je savais aussi qu'elle ferait n'importe quoi pour s'assurer que ni les Maggies ni Dylan ne me fassent du mal. Et je savais que je pouvais lui faire confiance pour tout. Mais peut-être que je n'étais simplement pas prête, finalement. Pas encore. Pas avant que je comprenne ce qu'il y avait à raconter.

« Ça peut attendre, ai-je répondu.

— Tu es sûre ? C'est ton moment à toi, pas le leur.

— Je sais, maman. »

Et c'était très important qu'elle ait dit ça. C'était capital. « Je suis sûre. »

Kate

30 AVRIL 1998

Trois semaines, quatre jours et cinq heures. Voilà le temps qui s'est écoulé depuis la naissance d'Amelia.

J'ai l'impression que les choses devraient être plus faciles. Mais non.

Cela dit, ce sont les premiers jours qui ont été les plus rudes. À l'hôpital, livrée à moi-même, en train d'essayer de comprendre comment allaiter au beau milieu de la nuit. Rien que me lever du lit, c'était dur. J'avais mal partout. Et puis il fallait la sortir de son petit berceau en plastique.

Elle si petite, si molle. Ses os pareils à de l'éponge. C'est une mauvaise blague que la nature les ait faits si vulnérables.

Au moins la nounou payée par Gretchen arrive aujourd'hui. Je serai contente de la voir, même si ma mère l'a embauchée uniquement pour pouvoir quitter vite fait la ville après avoir passé trois petites nuits à l'hôtel Essex House. Elle a quand même eu le culot de verser sa petite larme en partant, cela dit. Une larme de déception, sans aucun doute.

Ah, les mères. J'en suis une à présent. C'est ça, le plus fou. Moi : mère. D'une véritable personne vivante en chair et en os.

À l'hôpital, les infirmières n'arrêtaient pas de me conseiller d'envoyer Amelia à la nurserie, histoire que je puisse me reposer. Elles promettaient de me la ramener pour que je la nourrisse. Je sais qu'elles insistaient parce que j'étais seule. Ma voisine de chambre, dont le mari était là à longueur de journée pour l'aider, n'y envoyait pas son bébé.

Alors je ne l'avais pas fait non plus. Il n'est pas question qu'Amelia soit défavorisée parce qu'il n'y a que moi. Pas encore. Jamais.

Kate

30 JUIN 1997

Aujourd'hui, il m'a convoquée dans son bureau pour me dire que mon mémo sur la préclusion accessoire était le meilleur qui lui ait jamais été rendu par un stagiaire. C'est un peu comme si le président sortait du Bureau ovale pour vous donner une bourrade dans le dos. Ça n'arrive jamais.

Je sais déjà que le meilleur moyen d'oublier Seth ne sera pas un autre garçon, ce sera d'être la meilleure stagiaire que Slone, Thayer ait jamais vue.

Kate

27 NOVEMBRE

Kate se trouvait dans la cuisine, le doigt prêt à allumer la cafetière, quand on frappa à la porte. Il faisait à peine jour, tout juste sept heures passées de quelques minutes. Elle appuya sur le bouton et se dirigea vers les fenêtres. Elle regarda dehors : sur le seuil, sa plus proche voisine, Kelsey, sautillait d'un pied sur l'autre, vêtue d'un collant de course à pied, d'une veste de survêtement Nike jaune vif et d'un bonnet bien enfoncé sur sa jolie coupe courte.

Kelsey, femme au foyer, avait des jumeaux de six ans et un mari brésilien à tomber par terre, qui lui était manifestement aussi dévoué qu'elle l'était à ses enfants. L'image idéalisée de la maternité que renvoyait Kelsey avait toujours donné à Kate un sentiment d'incompétence. Ce n'était pas une question d'attitude, mais de sérénité. Sa voisine désirait être mère à plein temps, et elle l'était. Il n'y avait pas de tiraillement, pas de compromis bancal où quelqu'un était toujours perdant : Amelia, Kate, son travail.

Lors des semaines qui s'étaient écoulées depuis que les amis de Kate étaient rentrés chez eux, Kelsey avait été une véritable samaritaine. Elle lui avait apporté des plats mijotés, fait les courses et la lessive, le tout sans qu'on lui ait rien demandé et sans attendre de remerciements. Elle avait presque paru déçue quand Kate lui avait annoncé qu'elle allait reprendre le travail et qu'elle n'aurait plus besoin de son aide.

« Vous vous êtes enfermée dehors ? demanda Kate en ouvrant la porte.

— Non, non, tout va bien », répondit Kelsey avec un geste de la main.

Elle continuait de sautiller sur ses jambes toniques.

« Je voulais juste savoir comment s'était passée la reprise du travail.

— Ah oui, c'était… »

Kate hésita, soudain incapable de se rappeler quoi que ce soit de ce premier jour au bureau.

Depuis qu'elle avait reçu ce message lui disant qu'Amelia n'avait pas sauté, tout avait été flou, difficile à mémoriser. Le fait qu'elle ait veillé la moitié de la nuit à lire les textos d'Amelia n'avait pas aidé. Elle avait commencé par ceux que sa fille avait échangés avec Sylvia, pensant qu'ils étaient moins susceptibles de la bouleverser. Elle était restée stupéfaite devant la complexité des menus détails de leurs conversations. Un bouton d'acné, le choix de chaussures malheureux d'une de leurs camarades, le frôlement accidentel avec tel garçon dans un couloir, les détails du rêve étrange que l'une d'elles avait fait la veille : autant de sujets dignes d'êtres analysés à la loupe dans le flot manifestement continu de messages qui circulaient entre les deux filles. Ces textos étaient si nombreux qu'on avait peine à croire que les deux copines se trouvaient jamais dans la même pièce. Et pourtant elles l'avaient été, presque jusqu'à la toute fin.

Barre-toi, je te couvre était le dernier texto que Sylvia avait envoyé à Amelia quand celle-ci se trouvait dans le bureau de M. Woodhouse.

Sylvia avait avoué à Molina qu'elle avait aidé Amelia à s'éclipser du bureau du proviseur quelques minutes avant sa mort. Mais ensuite, quand Sylvia s'était réfugiée dans les toilettes, Amelia avait disparu. Comme tous les autres, elle n'avait aucune idée de ce qui aurait pu pousser son amie à monter sur le toit, ni à en sauter.

« Ça va, Kate ? » demanda Kelsey.

Elle avait arrêté de sautiller et dévisageait sa voisine d'un air inquiet.

« Oui, désolée. Je suis dans la lune, c'est tout. »

Elle s'ébroua.

« J'étais en train de faire du café. Vous voulez venir en prendre un ? »

Elle avait lancé cette invitation sur un coup de tête, un coup de tête inhabituel. Malgré toute l'aide que Kelsey lui avait apportée récemment, elles n'avaient jamais pris un café seules ensemble. Or Kate en avait envie à présent. Elle avait envie de s'asseoir avec cette femme et de faire comme si elles étaient proches.

« Oh, oui, bien sûr », répondit sa voisine, l'air surprise.

Elle regarda sa montre.

« Mais il ne faudra pas que je traîne. Gabriel est avec les garçons et il va devoir partir au travail d'ici quelques minutes. »

Kate alla chercher le café tandis que Kelsey s'asseyait à la table de la cuisine. À son retour, Kate déposa un mug devant chacune, sans cesser de se dire que c'était comme ça qu'on s'y prenait. Une invitation au pied levé, une conversation informelle. C'est ainsi que les gens sans conjoint ni enfant survivent à leur solitude absolue. Peut-être était-elle aussi censée proposer des muffins, des biscuits, etc. Elle n'avait rien. Elle sentait que Kelsey la dévisageait.

« Je suis désolée, je sais que j'ai un comportement étrange…

— Non, non, pas du tout, s'empressa de dire Kelsey sans grande conviction. C'est moi qui suis venue frapper à votre porte à sept heures du matin. »

Kate sourit, la tête baissée sur sa tasse, et s'efforça de ne pas pleurer. Kelsey était tellement gentille, tellement généreuse. C'était le genre de femme faite pour être mère, contrairement à Kate, qui avait été trop distraite par sa propre ambition. Si elle avait été moins occupée, si elle avait fait plus attention, peut-être aurait-elle pu empêcher ce qui était arrivé à Amelia, quoi qu'il soit arrivé.

« Hier j'ai reçu un texto anonyme disant qu'Amelia n'avait pas sauté. Ça m'a, je ne sais pas, ébranlée.

— Oh mon Dieu ! s'exclama Kelsey, une main sur la bouche. C'est affreux. Qui pourrait bien faire une chose pareille ?

— Je ne sais pas. Mais à mon avis cette personne, qu'importe son identité, pourrait fort bien dire la vérité.

— Vraiment ? Je croyais que la police… »

Elle s'interrompit.

« Oh, je ne connais pas les détails, bien sûr. Seulement je ne pensais pas qu'il y avait jamais eu de doute.

— Il n'y en avait pas. »

Kate but une gorgée de café.

« D'après la police, du moins. Mais l'inspecteur qui s'est chargé de l'enquête ne m'a jamais inspiré grande confiance. Il avait l'air tellement pressé de passer à une affaire plus excitante ou je ne sais quoi. »

Kate détestait son ton défensif, accusateur, désespéré.

« Et puis au fond, je n'ai jamais cru qu'Amelia aurait pu se suicider. Et maintenant avec ce texto. Hier soir, j'ai aussi trouvé des messages suspects dans sa chambre. »

Kate haussa les épaules.

« Tout ça réuni… il semblerait qu'il ait pu se passer quelque chose dans la vie d'Amelia dont je n'étais pas au courant. Alors que j'aurais sûrement dû l'être. Quelque chose de malsain.

— Oh. »

Kelsey, les yeux rivés à la table, mal à l'aise, s'agita sur le banc.

« Écoutez, je ne vous l'ai pas dit avant parce que ça me semblait inutile. Mais à présent, je ne sais pas. »

L'estomac de Kate se noua.

« Quoi ? »

Kelsey prit une grande inspiration avant d'agripper son mug à deux mains.

« J'ai vu Amelia avec un garçon environ une semaine avant sa mort. Ici, ils entraient dans la maison.

— C'est vrai ? »

Les battements du cœur de Kate s'accélérèrent.

« Un garçon, ici ? »

Ils allaient dans la maison pour fricoter, à tous les coups. Certes il ne s'agissait pas forcément de cela, mais jusqu'où Kate allait-elle s'aveugler ? Combien de temps allait-elle se bercer de l'illusion qu'avoir des bonnes notes et être une sportive talentueuse signifiait ne pas avoir de relations sexuelles ? Quelques semaines avant sa mort, Amelia lui avait demandé ouvertement quand elle avait commencé à s'intéresser aux garçons. Kate avait pris pour argent comptant l'excuse de la « recherche scolaire ». Ce n'est pas tant qu'elle y ait vraiment cru à l'époque, cette question l'avait tout de même alertée. Mais peut-être s'étaitelle autorisée à y croire parce que c'était plus facile ainsi.

« Si ça se trouve, c'était juste un ami. Je ne sais pas », ajouta Kelsey.

Cependant il était évident qu'elle n'y croyait pas une seconde. Elle se tut, baissa les yeux et prit une nouvelle inspiration.

« Je ne les ai vus que sur les marches du perron au moment où ils sont entrés, puis de nouveau quand ils sont sortis.

— Amelia qui traîne après les cours dans notre maison vide avec un garçon, ça ne m'évoque pas franchement de l'amitié. J'ai honte de ma naïveté.

Mais Amelia était une gamine si sage. J'ai pris mes rêves pour des…

— Ce n'était pas après les cours, Kate.

— Quoi ? Que voulez-vous dire ?

— C'était au milieu d'une journée d'école, murmura Kelsey. Je suis désolée. Je ne veux pas retourner le couteau dans la plaie. Peut-être que ça n'a même aucune importance, mais j'ai l'impression que ça pourrait en avoir.

— Au milieu de la journée ? » s'emporta Kate malgré elle.

Amelia qui séchait les cours ? Elle ne l'aurait pas cru davantage qu'elle ne croyait qu'Amelia avait triché si Kelsey ne l'avait pas vu de ses propres yeux.

« Je suis désolée de n'avoir rien dit avant… seulement… »

Sa voix chevrotait. Elle avait l'air folle d'inquiétude.

« Je ne voulais pas vous contrarier pour rien. Mais maintenant que vous dites qu'il se pourrait qu'Amelia n'ait pas sauté. Et puis ce garçon dégageait quelque chose de bizarre. Je ne sais pas, il m'a mise mal à l'aise.

— Il vous a mise mal à l'aise ?

— Pas tant lui que l'attitude d'Amelia avec lui. Elle était nerveuse, ou triste, je ne sais pas trop. Je ne les ai vus ensemble que quelques secondes, alors c'est difficile à dire. Mais elle n'avait pas un comportement naturel.

— Vous avez vu Amelia sécher les cours et entrer dans notre maison vide en compagnie d'un garçon qui vous mettait, elle et vous, mal à l'aise, et vous n'avez pas cru bon m'en parler ?

— Je m'étais dit que j'interrogerais Amelia à ce sujet la prochaine fois qu'elle viendrait faire du baby-sitting. Que je l'encouragerais à vous en parler. Hélas, il n'y a pas eu de prochaine fois. Je craignais qu'en vous le disant directement vous puissiez avoir l'impression que je portais un jugement sur la façon dont vous éleviez votre fille. Je suis vraiment désolée, Kate. »

Sa voix se brisa, puis elle écarquilla les yeux.

« Oh mon Dieu, et si ce garçon avait quelque chose à voir avec ce qui est arrivé à Amelia ? »

Quand Kate descendit de la ligne F à Bryant Park, il y avait de la brume et il faisait sombre, comme si le soleil ne s'était jamais complètement levé. Alors qu'elle traversait en direction de la Quarante-deuxième Rue, la brume se mua en crachin. Quand elle posa le pied sur le trottoir, Kate entendit son téléphone la prévenir de l'arrivée d'un texto. Elle s'arrêta sous la pluie pour le lire, se préparant à un autre message au sujet d'Amelia.

Je connais ton petit secret. Et bientôt, tout le monde le connaîtra.

Ses mains tremblaient encore quand elle arriva au travail et trouva le chemin du service informatique. De fait, c'était la première fois qu'elle s'y rendait. Quand elle avait un problème d'ordinateur, c'était les techniciens qui venaient à elle. Il se révéla que les fonctions informatiques cruciales de Slone, Thayer étaient confinées à un petit bureau fort quelconque au premier étage, à côté de la salle de reprographie.

Kate frappa sur la porte entrebâillée, personne ne répondit. Elle attendit encore une minute avant de réitérer son geste, puis ouvrit complètement le battant. Comme attendu, Duncan était là, face à la fenêtre, son casque Bose sur les oreilles, jouant sur une batterie imaginaire dans un total abandon. Kate l'observa un moment sans qu'il la remarque. Elle n'eut d'autre choix que d'aller lui taper sur l'épaule.

« Putain ! s'écria-t-il en se levant si brusquement qu'il se cogna les cuisses contre son bureau. Aïe !

— Oh, excusez-moi, souffla Kate. Je ne voulais pas vous faire peur.

— C'est bon, ça va, répliqua Duncan de son ton habituel aigu et crispé de mec défoncé. Juste, recommencez jamais ça, genre, sérieux. Ça foutrait mon chi en l'air à vie. On n'a pas des masses de visites ici. C'est pas possible de débarquer comme ça par surprise. »

Il ferma les yeux et inspira plusieurs fois profondément par le nez. Puis il finit par les ouvrir et expira à fond. Comme par magie, il était redevenu le surfer relax max que Kate avait toujours connu. Elle brandit son portable.

« J'ai reçu un autre texto comme celui dont Beatrice vous avait demandé de retrouver l'expéditeur. Vous ne pouvez vraiment pas me dire qui me les envoie ? »

Duncan s'empara du téléphone et regarda le message.

« Ça craint grave, commenta-t-il après l'avoir lu.

— Ouais merci, je le vois bien. C'est pour la partie de-qui-ça-vient que j'espérais votre aide.

— Ah ouais, OK. »

Il appuya sur plusieurs boutons du téléphone et fronça les sourcils.

« L'acheminement du texto s'est fait via le site du même opérateur téléphonique.

— Alors c'est tout ? Vous croyez que la police pourrait en savoir davantage ? »

Il haussa les épaules.

« En général, j'essaie de ne pas trop me frotter aux poulets. Je sais pas ce qu'ils peuvent faire en tant que flics. Mais l'opérateur téléphonique doit avoir gardé une trace de qui s'est connecté d'où pour envoyer ce texto, alors peut-être qu'ils peuvent lui lancer une assignation. J'imagine qu'ils auront besoin d'un mobile vraisemblable ou je sais pas quoi. Tout ce que je peux dire, c'est que techniquement parlant, juste avec ce portable, ils pourront rien faire de plus que moi. »

Il rendit l'appareil à Kate.

« Désolé.

— Merci quand même. Est-ce que vous croyez que vous pourriez m'aider pour d'autres choses, comme sortir tout le contenu de l'ordinateur portable de ma fille et imprimer les textos qui se trouvent sur son téléphone ?

— Sans problème », répondit Duncan un ton plus bas.

Ses lèvres dessinèrent une moue triste quand Kate déposa le téléphone et l'ordinateur d'Amelia ainsi que les différentes prises et chargeurs sur son bureau.

« Mais vous êtes sûre que vous voulez vraiment tout, genre ses pages Facebook, Twitter et tout ? Ce serait peut-être plus simple de consulter certaines choses en ligne. »

Facebook. Kate s'était dit que jamais elle ne se rendrait sur la page d'Amelia. Sa fille y serait encore tellement vivante. Les amis d'Amelia, elle le savait déjà, s'en étaient servis comme d'un mémorial de fortune, s'y rendant pour lui laisser des messages d'affection. La simple idée de les voir était parfaitement insupportable.

« Je ne crois pas qu'Amelia avait un compte Twitter. Elle ne m'en a jamais parlé.

— Vous êtes sûre ? La plupart des lycéens sont sur Twitter au moins de temps en temps et ils s'envoient sans arrêt des textos. Et puis il y a Facebook. Maintenant le mail est à Facebook ce que la Poste était au mail. Je sais pas si elle se serait donné la peine de vous parler de Twitter. C'est comme une seconde nature pour eux. Genre, évidemment qu'ils l'ont. »

Kate le dévisageait. C'était trop. Il y avait tellement d'endroits où pouvaient se nicher des horreurs sur la vie de sa fille. Elle songea de nouveau à ce texto qu'elle avait vu adressé à un certain Ben. « Quelle chance », avait commenté Amelia, sarcastique, sur le fait d'avoir Kate pour mère. Lire cette phrase avait été terrible, et ça pouvait devenir encore bien pire.

« Et si on coupait la poire en deux ? demanda soudain Duncan, sauvant Kate de son silence hébété. Je vais imprimer tous les documents Word plus tout le reste du contenu de son disque dur, et je vous donnerai son historique de navigation. Pour ce qui est des autres comptes comme Facebook, je vous filerai les mots de passe. Comme ça vous pourrez, ben, jeter un petit coup d'œil, quoi. »

Il posa une main sur l'ordinateur d'Amelia.

« Parce que vaut mieux pas que vous plongiez dans les détails de la page Facebook de votre gamine, croyez-moi. Enfin, j'ai vingt-quatre ans, je suis un gars assez clean et tout, mais mes darons feraient une attaque s'ils voyaient toute ma page. Pour papa et maman, faut filtrer. Enfin quoi, qui aurait envie de voir son gosse faire des body shots, genre ?

— Des body shots ?

— Allez, quoi, vous êtes pas si vieille. »

Duncan leva les yeux au ciel.

« C'est juste qu'y avait pas Facebook à l'époque où vous preniez du bon temps.

— Ce sera long tout ça ? »

Duncan jeta un œil à l'horloge.

« Deux heures max. Je vous enverrai un texto quand j'aurai la totale. »

Kate montait à son bureau quand son portable se mit à sonner. Numéro masqué. Elle s'arrêta dans une portion tranquille de couloir à l'écart de l'ascenseur et répondit, nauséeuse.

« Allô ?

— Inspecteur Lewis Thompson de la soixante-dix-huitième circonscription. »

La voix avait le même accent prononcé de Brooklyn que Molina, mais semblait en revanche extrêmement prudente et polie.

« Je parle bien à madame Kate Baron ?

— Oui ?

— On m'a confié l'affaire de votre fille et…

— Qu'est-il arrivé à l'inspecteur Molina ? »

Kate regretta aussitôt sa question. Ce n'est pas comme si elle avait souhaité son retour. Elle s'accommoderait parfaitement de cet inspecteur Thompson. N'importe qui plutôt que l'autre.

« Il ne fait plus partie de notre service.

— Il s'est fait virer ? »

Soupçonner Molina d'incompétence, c'était une chose, mais avoir raison à ce point aurait été presque terrifiant.

« Départ volontaire. Il a trouvé un boulot dans la sécurité privée. Il a fait son dernier jour hier.

— Oh, je vois. »

Non, elle ne voyait pas. Pas du tout. Elle l'avait eu au téléphone seulement la veille.

« En revanche nous avons les résultats de l'analyse graphologique…

— Attendez, vous en avez fait une ?

— C'est à cause de ces résultats que j'ai hérité de l'affaire.

— Comment a-t-on pu procéder à une analyse sans même avoir un échantillon de l'écriture d'Amelia ? »

Kate se préparait déjà à entendre que ce « pardon » écrit sur le mur était sans conteste de sa fille. Mais c'était fini, elle ne considérait plus comme allant de soi la probité de la police.

« On avait un échantillon de l'écriture de votre fille, enfin, *a priori*. Je l'ai entre les mains. C'est un mot adressé à un certain Jeremy pour le remercier de l'avoir parrainée. Il est signé “Amelia”. Ça vous dit quelque chose ? »

Jeremy, évidemment. Amelia l'avait remercié par écrit de lui avoir rédigé une recommandation pour participer au programme de journalisme estival de Princeton destiné aux lycéens. Jeremy était un ancien élève, et quand il avait appris qu'Amelia envoyait sa candidature, il lui avait généreusement proposé de l'appuyer, sans même que Kate ait besoin de le demander. Apparemment il ne s'était pas contenté d'appeler le commissaire divisionnaire, il avait fait en sorte que cette analyse graphologique soit menée à bien.

« Si vous pensez qu'il y a une chance que ce message ne vienne pas de votre fille, poursuivit l'inspecteur, refaisons l'analyse avec un échantillon que vous nous procurerez vous. Je veux être sûr à cent pour cent que nous ne commettons pas d'erreur cette fois-ci.

— Donc l'écriture correspond ? demanda Kate, se préparant toujours à la mauvaise nouvelle. C'est Amelia qui a écrit “pardon” sur ce mur ?

— Pouvez-vous d'abord répondre à ma question, madame ? insista l'inspecteur, sans impatience mais avec fermeté. Ce message vient-il bien de votre fille ?

— Oui, tout à fait.

— Alors il semblerait que la personne qui a écrit sur ce mur, quelle qu'elle soit, ne soit pas votre fille.

— L'écriture n'est pas celle d'Amelia ?

— Rien à voir. »

Kate se rua dans son bureau pour récupérer ses affaires et informer Beatrice qu'elle serait sortie tout le reste de la journée. Elle avait donné rendez-vous à l'inspecteur Thompson à Park Slope, au Dizzy's, une heure plus tard. Et elle devait faire un arrêt avant de s'y rendre.

Elle descendit quatre à quatre deux étages, puis tourna au bout du couloir en direction du gigantesque bureau de Jeremy. Lorsqu'elle s'arrêta brutalement devant sa porte ouverte, il lui tournait le dos dans son fauteuil, sûrement afin de dissimuler le fait qu'il lisait les pages sport du *New York Post*.

Kate frappa, il sursauta.

« Je voulais juste te remercier, expliqua-t-elle quand il se retourna. D'avoir parlé au commissaire divisionnaire et d'avoir organisé l'analyse graphologique. C'est incroyable, que tu aies gardé ce message.

— Il était gentil, ce mot. L'écriture correspondait-elle ? »

Kate secoua la tête.

« Non.

— C'est vrai ? »

Jeremy avait l'air abasourdi.

« Waouh.

— Je sais. Je ne croyais pas qu'Amelia l'avait écrit, mais en avoir la confirmation… Ça reste un choc. Bref, la police a aussi chargé quelqu'un d'autre de l'affaire. Je vais de ce pas le rencontrer.

— Je suis content d'apprendre qu'ils prennent cette histoire au sérieux. Peut-être qu'à présent tu pourras obtenir de vraies réponses.

— J'espère. »

Les yeux fixés sur lui, elle envisagea un instant de lui en dire plus, mais elle savait déjà qu'elle n'en ferait rien.

« Enfin bref, merci pour ton aide.

— Avec plaisir. Si je peux faire quoi que ce soit d'autre, n'hésite pas. Tu continueras à me tenir au courant ? Tu me diras ce que tu découvres ?

— Bien sûr, répondit-elle en se tournant vers la porte.

— Oh, une dernière chose, lança Jeremy. Je sais bien que ce n'est pas au centre de tes préoccupations en ce moment – et ça ne doit pas l'être –, mais je voulais te dire que j'avais retiré le dossier d'Associated à Daniel. Quand tu reviendras, tu seras la seule associée sur cette affaire. Il n'y a pas le feu. Vraiment. Entre les associés principaux et moi, on se débrouillera en attendant ton retour. Seulement je devais agir. Daniel a eu un coup de bol avec cette assignation et il a écrit un bon rapport pour la cour d'appel, et cela sera du meilleur effet sur son CV, mais toi, tu as bossé six ans sur cette affaire. C'est la tienne, et elle doit le rester. Je vous crève peut-être tous à la tâche, mais je crois en la loyauté. Ça compte. C'est là un message que les autres associés subalternes ont besoin d'entendre. À ton retour, je me retirerai aussi du dossier. »

Jeremy était l'associé principal dans presque toutes les affaires majeures de contentieux dont s'occupait le cabinet. C'est lui qui avait apporté, directement ou indirectement, la plupart des clients, lesquels restaient donc les siens, même s'il ne faisait aucune part du travail. C'était une question à la fois honorifique et économique.

« Qu'est-ce que tu veux dire ?

— Je veux dire que c'est ton affaire : les factures, les profits, le client. »

Il avait l'expression enthousiaste de celui qui offre un cadeau précieux, un cadeau qu'il a créé de ses propres mains.

« Ce sera comme si tu les avais fait venir toi-même au cabinet. Victor est aussi à fond sur le dossier. D'ailleurs il semblait ravi de me voir partir. »

Au fil des ans, Kate avait entendu des rumeurs selon lesquelles Jeremy « donnait des affaires » à des associés, affaires qui déterminaient ensuite leur avenir professionnel. Qu'un client gigantesque comme Associated Mutual Bank soit considéré comme le sien jouerait exactement ce rôle-là pour Kate. C'était le genre d'opportunité qui l'aurait réjouie avant la mort d'Amelia. Mais aujourd'hui ça lui donnait vaguement la nausée. Cependant elle ne voulait pas décevoir Jeremy. Il essayait de l'aider de la seule manière qu'il connaissait : en donnant un coup de pouce à sa carrière.

« Merci, dit-elle, parce qu'elle était censée le faire et parce qu'elle le pensait. Pour tout ce que tu as fait. »

Le Dizzy's était presque vide quand Kate entra. Elle balaya du regard les box rouges vieillissants et le méli-mélo de photos éclectiques sur les murs, jusqu'à repérer enfin un homme menu d'une soixantaine d'années aux cheveux gris bouclés, assis tout au fond. Vêtu d'une veste de costume et d'une cravate, il discutait avec une jolie serveuse arborant un piercing à la narine et un bandana rouge autour de la tête. Il ajouta quelque chose et la serveuse, la tête renversée en arrière, partit d'un grand rire. Kate se décida enfin à se diriger vers sa table. Il était la seule personne non accompagnée. Même s'il n'avait pas franchement la tête de l'emploi, Kate se dit qu'il devait s'agir de l'inspecteur Lewis Thompson.

« Inspecteur Thompson ? demanda-t-elle d'une voix hésitante, une fois parvenue à sa hauteur.

— Vous pouvez m'appeler Lew, comme dans Lewis. »

Il tendit la main. De près il paraissait encore plus petit ; ses lunettes à fine monture métallique abritaient des yeux bleus délavés.

« Asseyez-vous.

— Désolée d'être en retard », s'excusa Kate en s'efforçant de ne pas se laisser abattre par l'apparence de cet homme.

Seulement il était difficile de se le représenter en train de pourchasser des méchants, et encore plus de les attraper.

L'inspecteur fit signe à la serveuse derrière Kate.

« Vous savez ce que vous voulez manger ? Désolé, je n'ai pas pu attendre. »

Il désigna son assiette : un fruit, une omelette végétarienne et une tartine de pain complet grillé. Même son repas ne faisait pas flic. Cela dit, Molina, qui avait semblé être le flic par excellence, ne l'avait menée nulle part.

« Qu'est-ce que je peux vous apporter, mon chou ? demanda la serveuse à Lew, qui à son tour désigna Kate.

— Un café, ça ira très bien, répondit-elle malgré sa faim.

— Vous êtes sûre ? demanda Lew quand la serveuse eut disparu. Rien n'est plus important que de bien se nourrir.

— À quel service appartenez-vous, déjà ? s'enquit Kate, craignant qu'il ne réponde quelque chose comme police de la circulation. Il me semble que vous me l'avez dit au téléphone, mais je n'ai pas retenu.

— Soixante-dix-huitième circonscription, Homicides, répondit-il en mastiquant soigneusement une bouchée.

— Homicides ?

— Homicides, comme dans cadavre, répondit-il, lisant dans les pensées de Kate. Je n'ai pas encore de nouveaux indices concernant l'affaire de votre fille, mise à part l'analyse graphologique. Je suis là pour écouter, pas pour parler. Alors expliquez-moi donc ce qui vous fait croire que votre fille ne s'est pas suicidée. »

Tout en buvant deux tasses de café, Kate parla. Elle lui raconta quel genre d'élève et de fille Amelia avait été. Elle parla de ses doutes quant au fait qu'Amelia aurait triché. De ses doutes quant au fait qu'elle s'était suicidée. Ce faisant, elle ne cessait de se répéter que ce n'était pas juste son déni qu'elle exprimait ainsi, que ce n'était pas simplement le fait qu'elle ne pouvait pas vivre avec l'idée que son enfant s'était donné la mort. Pourtant, une minuscule part d'elle redoutait que son déni soit précisément la raison pour laquelle elle était assise là, en face de ce petit inspecteur. Malgré tout elle persistait, décrivant le mystérieux garçon que Kelsey avait aperçu et tous ces petits mots qui disaient « Je te hais ». Elle raconta à l'inspecteur Thompson les textos qu'elle avait reçus, désormais au nombre de trois.

« Quel est donc ce secret que cette personne pense connaître ?

— Je n'en ai aucune idée, répondit Kate, couvrant la petite voix en elle qui criait *À moins que ! À moins que !* Franchement, je n'en sais rien.

— Et vous n'avez aucune idée de qui pourrait envoyer ces textos ? »

Kate secoua la tête.

« J'ai demandé au service informatique de mon cabinet de vérifier. Les textos proviennent du même site d'opérateur téléphonique, mais c'est tout ce qu'on a pu me dire. On va aussi me sortir tous les textos et les mails du téléphone et de l'ordinateur portable d'Amelia. Je ne suis pas sûre que Molina ait passé tout ça en revue la première fois. »

Elle résista à la tentation de révéler que Molina lui avait carrément menti, mais le sous-entendre ne pouvait pas nuire.

« Il m'a dit qu'il l'avait fait, mais comme il ne connaissait pas le mot de passe de son téléphone, je ne vois pas comment c'est possible. Il n'a pas vu non plus ces petits mots dans sa chambre.

— Humm. Très bien, nous mettrons nos hommes sur ces textos. Ce ne sont pas des flèches, mais ils arriveront peut-être à obtenir des détails supplémentaires. On peut aussi lancer une assignation à l'opérateur téléphonique. Malheureusement, en général, ils ne sont pas très vifs non plus. En revanche j'ai compulsé le dossier de votre fille.

— Et ?

— Il est peut-être un peu mince.

— Peut-être ?

— Écoutez, il existe un tas de façons d'être un bon flic qui fait du bon boulot. Il y a tout un panel. »

De ses mains, il signifia l'ampleur de la chose.

« Mais dans un cas comme celui-ci, on s'attendrait à avoir plus d'interrogatoires de témoins, plus de notes détaillées. Il y en a un peu des deux, probablement pas assez, et puis il y a aussi le rapport d'autopsie. »

Kate ne l'avait jamais vu. Elle n'avait pas demandé et on ne lui avait pas proposé.

« Eh bien ?

— Pour commencer, il ne se trouvait pas dans le dossier de l'enquête, répondit-il. Je suis allé en récupérer une copie à Manhattan, or tout ce qu'il y avait au bureau central du légiste, c'était des photos. Je ne suis pas un expert en matière d'analyse de photos d'autopsie, mais il y a au moins une chose qui ne semble pas coller avec une chute volontaire. »

Ça y est, c'était ce que Kate voulait : une vraie preuve qu'Amelia ne s'était pas suicidée. Pourtant elle sentit soudain la panique monter en elle.

« Que voulez-vous dire ?

— Il y avait des éraflures sur les avant-bras d'Amelia, très longues. Comme provoquées par des ongles, peut-être. »

Il s'interrompit en voyant Kate tressaillir.

« Vous êtes sûre que vous avez envie d'entendre ça ? Vous n'avez pas forcément besoin de connaître tous les détails.

— J'ai envie de savoir, répliqua-t-elle en s'efforçant de respirer. Il le faut. Continuez.

— La position du corps, aussi. Elle n'invalide pas le suicide comme pourrait le faire, par exemple, un atterrissage loin du bâtiment. Cependant elle soulève des questions. Des questions auxquelles quelqu'un aurait dû apporter des réponses.

— Peut-on appeler Molina pour lui demander ?

— Je l'ai déjà fait. »

Lew repositionna son couteau et sa fourchette de façon qu'ils soient parfaitement parallèles de part et d'autre de l'assiette.

« En ce moment il est apparemment injoignable : quelque part sur un bateau de pêche au large de l'archipel des Keys, en Floride. Il ne rentrera pas avant une semaine.

— Ne m'aviez-vous pas dit qu'il allait être vigile ? »

Cette fonction la renvoyait plus à quelqu'un qui avait été rétrogradé qu'à quelqu'un qui aurait eu les moyens de se payer une grande excursion de pêche.

« Oui, mais pas payé huit dollars de l'heure chez Best Buy informatique ou quoi. Il travaille pour Carmon Industries, il assure la sécurité au sein de l'entreprise. Ils embauchent des flics, des gars du FBI, ce genre de profil. D'après ce que j'ai entendu, c'est un boulot en or quand on aime ça.

— Tout cela n'est-il pas horriblement commode ? Le rapport d'autopsie qui manque à l'appel, Molina qui quitte les forces de police juste quand je commence à poser des questions.

— Le moment est mal choisi, j'en conviens.

— Mal choisi ? »

Maintenant elle commençait à être agacée. Allait-il sérieusement se montrer aussi négligent que Molina ?

« C'est tout ? C'est tout ce que vous avez à dire, que c'est mal choisi ? »

Lew avala une dernière gorgée de café avant de hocher la tête.

« Pour l'instant.

— Alors on va rester plantés là à attendre que Molina rentre de vacances ? » s'emporta-t-elle malgré elle.

Elle sentit le regard de la serveuse et d'un aide peser sur elle. Qu'importe. Elle en avait assez. Elle avait déjà été repoussée, réduite au silence et méprisée une première fois. On l'avait forcée à accepter une chose à laquelle elle ne croyait pas. Il était hors de question qu'elle laisse cette situation se reproduire.

« Non », répondit calmement Lew.

Il se leva et aplatit soigneusement plusieurs billets qu'il glissa sous la salière et la poivrière.

« Nous allons recommencer à zéro, revenir sur les pas de Molina. Nous tailler une nouvelle piste là où ce sera nécessaire. Votre fille est morte et nous avons sur le mur près de l'endroit où c'est arrivé le mot "pardon" écrit par une main qui n'est pas la sienne. Nous avons des conclusions médicales discutables et un message anonyme affirmant qu'elle ne s'est pas suicidée. C'est plus que suffisant pour rouvrir le dossier, à mon avis.

— Oh. »

Kate était à la fois soulagée et quelque peu effrayée à l'idée qu'ils venaient de franchir un seuil dont elle ignorait jusqu'à l'existence.

« D'accord, très bien.

— Donc, nous avons des questions, poursuivit Lew. D'après vous, qui détient les réponses ?

— Je ne sais pas, répondit Kate d'une voix brisée. Vraiment, je ne sais pas.

— Bien sûr que si. »

Il lui fit signe de sortir avec lui.

« Vous en savez beaucoup plus que ce que vous croyez. »

C'était Kate qui avait eu l'idée d'aller parler en premier lieu à Sylvia. Molina l'avait déjà interrogée, mais elle s'était toujours dit que l'adolescente devait en savoir davantage. Et Lew avait trouvé que ce point de départ en valait un autre.

La mère de Sylvia, Julia, ouvrit vivement la porte, vêtue d'un pantalon cigarette bouffant au niveau des hanches, d'un débardeur moulant et de ballerines rouges. C'était le genre de tenue typiquement peu flatteuse que Kate n'aurait jamais pu se permettre. Pourtant sur Julia l'effet était véritablement charmant. Il est vrai que sa beauté naturelle, sa mince silhouette tonique et la forme exotique de son visage ne la desservaient pas. Avec ses cheveux noués négligemment en queue-de-cheval, elle semblait beaucoup plus jeune qu'elle ne pouvait l'être en réalité au vu de l'âge de ses enfants. Son fils aîné était étudiant en deuxième année à Stanford.

« Oh, bonjour », lança-t-elle.

Son léger accent néerlandais semblait plus prononcé que d'habitude. Elle avait l'air surprise, perplexe, son regard passait alternativement de Kate à Lew. Avant que Kate puisse expliquer la raison de leur présence, un petit terrier accourut à la porte, vif comme l'éclair, en jappant comme un forcené.

« Non, Beeper ! »

Julia réprimanda le petit chien en le repoussant gentiment d'un pied sur le plancher ciré.

« Excusez-moi, je vais juste sortir le chien à l'arrière de la maison. »

Elle revint quelques secondes plus tard, après avoir mis le terrier sur la terrasse attenante à la cuisine.

« Entrez, entrez, dit-elle en accompagnant sa phrase d'un geste. Quelle belle surprise. »

Elle avait beau s'efforcer d'avoir l'air contente de voir Kate, de toute évidence elle ne l'était pas. Kate ne lui en voulait pas : Julia était la mère d'une fille dont la meilleure amie venait de se suicider. Elle voulait oublier, et ne souhaitait aucunement passer du temps avec la mère de la défunte.

« Je te présente l'inspecteur Thompson, dit Kate. Il m'aide à y voir clair dans ce qui est arrivé à Amelia. »

Julia tendit une main, que Lew serra vigoureusement. Il en imposait un peu plus à présent, mais guère plus.

« Ravie de vous rencontrer, inspecteur, répondit Julia, même si elle semblait plutôt tendue. Le fait que la police revienne sur le terrain signifie-t-il qu'il y a eu du nouveau ?

— Nous effectuons un simple suivi des interrogatoires initiaux. Afin de vérifier que rien n'a été oublié.

— C'est une bonne idée. Personnellement, je n'ai jamais cru au suicide, dit Julia.

— Pourquoi ça ? demanda Lew.

— Amelia était comme une fille adoptive pour moi, répondit-elle d'une voix ferme. Elle avait toujours tellement les pieds sur terre, je ne pouvais qu'espérer que mes propres enfants suivent son exemple. »

Ce n'était pas facile de l'entendre parler d'Amelia de cette façon, comme si elle avait eu un droit sur elle. Le pire, c'est qu'elle l'avait, vu le nombre d'heures qu'Amelia avait passées chez eux, sans compter que Julia était femme au foyer.

« Appelez ça l'instinct maternel. Certes, ce n'est pas très scientifique, mais ça n'en est pas moins juste.

— Merci, dit Kate avec un sentiment de soulagement mêlé de jalousie. Et merci de toute l'affection que tu portes à Amelia. Ici, pour elle, c'était sa deuxième maison. »

Julia la dévisagea, les yeux désormais brillants. Elle sembla un instant sur le point d'ajouter quelque chose, puis se ravisa.

« Nous avons une ou deux questions à poser à votre fille, déclara Lew derrière elles. Ça ne sera pas long.

— Oh, je vois. »

Elle paraissait surprise. Pourtant elle pouvait difficilement croire qu'ils étaient uniquement venus lui parler à elle.

« Euh, d'accord. Suivez-moi. »

Elle les guida à pas hésitants au sein de sa maison en grès, joyeux mélange d'équipements à la pointe de la technologie et de résidus d'adolescence. Ce désordre avait quelque chose de plaisant, de rassurant.

« Asseyez-vous », enjoignit Julia une fois qu'ils furent dans le salon, une pièce lumineuse au plafond haut, meublée de canapés blancs rembourrés.

Un bouquet de tulipes orange ornait la lourde table basse en bois.

« Il faut juste… Je vais aller chercher Sylvia à l'étage, ajouta-t-elle en jetant un regard méfiant vers les escaliers. Il faut que vous sachiez qu'elle n'est plus la même depuis ce qui est arrivé à Amelia. Je crois qu'elle se sent responsable. C'est peut-être en partie pour ça que je ne crois pas au suicide. Je ne veux plus qu'elle se sente coupable. »

Lew et Kate restèrent assis en silence pendant un moment qui leur parut très long, à attendre que Julia redescende les escaliers. Les marches craquèrent enfin sous des pas lourds et, un instant après, Julia apparut, le sourire crispé. Sylvia se tenait derrière elle, pâle, les traits tirés, vêtue d'un jean moulant et d'un T-shirt noir informe si grand qu'il aurait facilement pu servir de robe. Elle avait noué ses cheveux noirs en queue-de-cheval, comme sa mère, mais d'une façon bien plus brouillonne. Sylvia avait toujours tellement accordé d'importance à son apparence que ça faisait partie de ce qui la définissait. Et maintenant elle avait tout simplement l'air affreuse. C'était déchirant.

« Viens, ma chérie, lança Julia d'une voix mielleuse qui montait dans les aigus. Assieds-toi ici sur le canapé. Kate et le policier ont besoin de te poser quelques questions. »

Julia s'assit en premier et tapota la place à côté d'elle avant de regarder sa fille.

Sylvia ne bougea pas.

« Arrête de me parler comme si j'étais neuneu, maman. »

Julia sourit à Kate, à la fois gênée et triste, semblait-il, pour toutes les personnes impliquées.

« Sylvia, nous voulons juste te poser quelques questions au sujet d'Amelia, ensuite on te fichera la paix, expliqua posément Lew. Mais il va falloir que tu te montres patiente car nous te poserons probablement des questions auxquelles tu as déjà répondu.

— OK, n'importe, allez-y, répondit-elle en levant les yeux au ciel. Enfin, j'ai pas le choix de toute façon, hein ?

— Non, en effet, répondit Lew. Amelia et toi étiez meilleures amies ?

— Ouais, soi-disant depuis la maternelle, genre.

— Amelia était-elle déprimée ou contrariée par quelque chose ?

— On est des ados. On est *tous* déprimés. »

Kate sourit. C'était le genre de réponse qu'Amelia aurait donné.

« Mais rien qui sorte de l'ordinaire ? insista Lew sans prêter attention à son sarcasme.

— Elle était un peu à vouloir savoir qui était son père ces derniers temps, je crois. Elle avait reçu des textos bizarres là-dessus. Un truc du genre "Qui est ton papa ?". Je connais pas les détails parce qu'elle a refusé de me les montrer. Et je crois que ça venait d'un numéro masqué. Mais ça l'a pas contrariée du genre je vais me foutre en l'air. »

Elle jeta furtivement un œil à Kate avant de fixer le sol.

« Par contre elle disait qu'elle ne croyait plus à ce que vous lui aviez raconté au sujet de son père. Elle parlait de découvrir la vérité toute seule s'il le fallait. »

Des textos au sujet de son père ? Voilà qui expliquait les questions soudaines d'Amelia. Mais pourquoi ne lui en avait-elle pas parlé ? Et qui les avait envoyés ?

« Sais-tu si elle avait avancé dans ses recherches ? » demanda Lew.

Sylvia secoua la tête.

« Elle m'avait dit qu'elle savait où se trouvaient les vieux journaux intimes de sa mère, qu'elle allait les feuilleter.

— Et elle l'a fait ? demanda Kate, se préparant au pire.

— Je ne sais pas. Elle n'en a jamais reparlé. Je voulais lui poser la question, mais après, vous savez, tout est arrivé.

— Aurait-il pu y avoir une relation amoureuse ? demanda Lew. Un garçon, peut-être ?

— Un garçon, sûrement pas.

— Ma voisine a vu Amelia entrer chez nous au beau milieu de la journée avec un garçon quelques jours avant sa mort, expliqua Kate. Tu ne sais rien là-dessus ?

— C'était peut-être ce Ben, là. »

Sylvia semblait soudain nerveuse.

« Leur histoire était vraiment zarbi. Et puis Amelia m'a menti sur ce coup, alors qui sait ?

— Oui, j'ai vu quelques textos envoyés par un certain Ben, commenta Kate, son estomac se nouant alors qu'elle se remémorait de nouveau cette phrase : quelle chance. Il est avec vous au lycée ?

— Non, il s'est inscrit à ce même truc d'été à Princeton là, Geekland. »

Elle semblait dégoûtée, ou peut-être jalouse. Difficile à dire, avec elle.

« Ils passaient leur temps à s'envoyer des textos et Amelia faisait toujours genre "Il est gay, il habite à Albany, il est seul". Sauf que leur truc, là, ça foutait les jetons, je trouve. »

Lew prenait des notes.

« C'est Amelia qui lui a écrit ?

— Elle m'a dit qu'il avait eu son mail par quelqu'un à Princeton. »

Elle haussa les épaules.

« Comme je disais, tout ça, c'était zarbi. Il était même censé venir ici le jour où elle est morte. Vous êtes au courant, non ? Amelia s'étalait jamais dans les détails quand il s'agissait de lui. Je crois qu'elle était gênée et, franchement, elle pouvait l'être.

— Donc tu n'as aucune idée de l'endroit où nous pourrions trouver Ben, un numéro de téléphone, un nom de famille, une adresse mail ? demanda Lew. Peut-être le nom d'un lycée ? »

Sylvia secoua la tête.

« Mais ça doit être dans son téléphone, elle passait sa vie à lui envoyer des textos.

— En effet, confirma Kate. Je l'ai vu.

— OK, très bien. Y avait-il des désaccords, des problèmes avec qui que ce soit d'autre ? s'enquit Lew. Peut-être des filles avec qui elle avait un souci ?

— Non.

— Sylvia, j'ai trouvé tout un tas de petits mots dans sa chambre, insista Kate, qui ne pouvait se défaire de l'impression que la jeune fille leur cachait des choses. Ils disaient tous "Je te hais". Ils semblaient avoir été écrits par différentes personnes. Sais-tu de quoi il pourrait s'agir ? »

Sylvia fit la moue et secoua la tête.

« Personne n'écrit plus de mots, maintenant. Vous êtes sûre que ce n'était pas juste à Amelia ? Elle bossait toujours sur des projets dingos.

— C'est vrai. »

Kate sourit en pensant à l'époque où, à sept ans, Amelia avait découpé l'un de ses deux exemplaires de *L'Arbre généreux* afin de faire un mobile avec les phrases.

Cependant l'attitude impassible de Sylvia vis-à-vis de ces « Je te hais » semblait étrange. Kate avait été choquée en apprenant leur existence. Et elle s'attendait à ce que Sylvia le soit aussi. Ou du moins à une plus grande curiosité. Sauf si, bien sûr, elle savait déjà tout au sujet de ces mots.

« Et cette lettre d'information du lycée ? demanda Lew.

— Oui, qui s'appelle *gRaCeFULLY*, précisa Kate. Tu sais qui l'écrit, Sylvia ? »

La jeune fille, les yeux rivés sur ses mains, secouait la tête.

« De quoi parle-t-elle, cette lettre d'information ? demanda Julia qui, penchée sur sa fille, cherchait son regard. Pourquoi as-tu l'air inquiète tout d'un coup ?

— Je ne suis pas inquiète, maman.

— C'est un blog à potins, une lettre d'information ou je ne sais quoi, expliqua Kate. C'était… Il contient des choses assez crues.

— Crues ? s'exclama Julia. Pourquoi n'en ai-je jamais entendu parler ?

— Parce que c'est débile, répliqua Sylvia. Et ça fait que deux ans, genre, que ça tourne. »

Kate regrettait à présent d'avoir évoqué ce sujet. Ce n'était probablement pas si important et elle ne voulait pas que Julia recherche *gRaCeFULLY* sur Internet et découvre ce qui y avait été écrit au sujet de Sylvia. Elle ne souhaitait ça à personne.

« Qui a lancé cette histoire de *gRaCeFULLY* ? » demanda Lew.

Sylvia haussa les épaules.

« Quelqu'un de débile qui n'a rien de mieux à faire.

— Amelia a-t-elle été blessée par des choses qui y avaient été écrites sur elle ? insista Lew. Certains passages étaient très personnels.

— Attendez un peu, intervint Julia. Je suis désolée de vous interrompre, mais vous dites qu'un beug à potins mesquins qui parle des élèves est affiché quelque part au lycée ?

— C'est un blog, maman. Pas un beug. Ça se lit sur un ordi, s'agaça Sylvia. Et je ne vois pas pourquoi on parle de ça. Amelia s'était désabonnée. Fin de la discussion.

— Sylvia ! gronda Julia. Je sais que ce n'est pas facile pour toi, mais pense à ce que peut ressentir Kate, bon sang ! Elle essaie simplement de s'assurer qu'ils ont bien compris ce qui est arrivé à Amelia.

— Elle a sauté d'un toit, rétorqua Sylvia en articulant à l'excès. Qu'est-ce qu'il y a d'autre à savoir ?

— Pourquoi, dit Kate en essayant de ne pas laisser Sylvia la mettre à cran, car la jeune fille l'était aussi, et Kate le comprenait bien. Je veux savoir pourquoi. Je veux savoir ce qui s'est passé dans la vie d'Amelia pour qu'elle en arrive là. Parce que je n'y crois pas. Je ne crois pas qu'elle l'aurait fait.

— Et cette dissert à laquelle, d'après le lycée, elle aurait triché ? demanda Lew. Selon l'administration, c'est pour ça qu'elle aurait sauté. Elle était vexée d'avoir été attrapée. Amelia t'a-t-elle parlé de cette dissert, Sylvia ?

— Pff… Amelia était bien trop intelligente pour avoir besoin de tricher à quoi que ce soit. Et si jamais elle avait dû tricher, ça n'aurait certainement pas été à une dissert d'anglais. Elle aurait pu l'enseigner, ce cours. Ce qui la vexait, c'était qu'on l'accuse d'avoir triché et tout. Mais elle savait bien que c'était faux. La vérité serait sortie à un moment donné.

— Alors si ce n'étaient ni les garçons, ni la drogue, ni d'avoir été surprise à tricher, reprit Lew, pourquoi donc se serait-elle suicidée à ton avis ?

— Parce qu'elle était débile ! »

Sylvia croisa ses bras osseux sur son gigantesque T-shirt, si bien qu'il se resserra sur la minuscule silhouette cachée à l'intérieur. Elle retourna vers les escaliers.

« Et égoïste, et je regrette de l'avoir connue. »

gRaCeFULLY

3 OCTOBRE

Parce qu'il y a 176 définitions du mot *loser* sur urbandictionary.com. Sortez du lot

Salut les bouffons !

Les mecs, vous êtes vraiment cons. La rumeur court qu'une poignée de secondes se sont fait piéger en envoyant des photos de leur « matos » à diverses Maggies à l'essai qui faisaient semblant d'être des admiratrices secrètes. Apparemment les photos desdits matos ont été envoyées par texto à toutes les meufs de leur classe. Un petit conseil, les gars : si vous recevez un texto d'une fille qui dit qu'elle veut voir votre machin, C'EST UN MYTHO ! Aucune meuf n'a envie de voir une photo de votre saucisse.

On dirait que notre chère et mal nommée Jessica DEALER est sur le point de se faire virer pour avoir filé des cachetons aux beaux désenchantés de Grace Hall. Trois lycées privés en trois mois, Jessica ? Tu sais, ton nom de famille malheureux n'a pas à être ta destinée.

La rumeur court que le beau-père blindé de fric (et creux du CV) d'une terminale – comment dire ? – à la scolarité douteuse s'est lancé dans une campagne pour qu'elle intègre l'Ivy League. Et quand je dis campagne, croyez-moi, y a rien de plus ravageur qu'un membre du CA avec un bon gros chéquier et du réseau chez les racailles. La rumeur court qu'il envisage de mettre sur écoute le bureau des admissions ou de péter quelques rotules, au choix.

Toute l'équipe de crosse s'est fait éjecter de la Kale's Tavern le week-end dernier, non pas parce qu'ils étaient mineurs et défoncés mais parce que l'un de ces abrutis a PISSÉ PAR TERRE ! Hé, bande de crétins, si quelqu'un est assez débile pour vous servir, le moins que vous puissiez faire, c'est d'avoir la politesse de localiser le pot de chambre.

Amelia

5 OCTOBRE, 23 H 34

AMELIA

y a encore du zarbi

BEN

oh-oh, ké ce qui c passé ?

AMELIA

l a tellement des hauts et des bas, l est tellement zarbi ke des fois g l'impression qu'l a pas envie d'ê ma pote

BEN

désolé, ms vs les meufs, vs êtes toutes cinglées ; t'as fini tes devoirs pr les Maggies ?

AMELIA

oui

BEN

même…

AMELIA

oui

BEN

je croyais

AMELIA
je sais, j'avais dit ke je le ferais pas, ms c pas comme si j'avais eu le choix
BEN
ouais, c ça
AMELIA
ne juge pas. C mesquin
BEN
bref, le type sait ke ct 1 arnaque ?
AMELIA
2main
BEN
oh, putain
AMELIA
je sais, je crains, à + je dois y aller

5 OCTOBRE, 23 H 41

SYLVIA
c quoi qui me fait 1 + joli cul : mon jean noir James ou 7 robe rétro ke g achetée ds le West Village ?
AMELIA
question piège ?
SYLVIA
ha ha
AMELIA
rétro
SYLVIA
je le savais ! merci !!! xoxo

5 OCTOBRE, 23 H 47

DYLAN
je pensais à toi

AMELIA
moi aussi
DYLAN
des pensées positives ?
AMELIA
carrément
DYLAN
super, à 2main
AMELIA
ciao

5 OCTOBRE, 23 H 52

CARTER
hé, fallait faire quoi en bio ?
AMELIA
exos 127-47 + labo
CARTER
fait chier, cimer. tu vas à la fête 2 Chloe vendredi ?
AMELIA
je sais pas
CARTER
viens, ce sera cool
AMELIA
peut-ê, à +

6 OCTOBRE, 1 H 02

NUMÉRO MASQUÉ
ta mère te ment. tu vas la laisser te faire ça ?

Facebook
6 OCTOBRE

Amelia Baron
est prête à s'extasier

Carter Rose j'habite au 322 Garfield, viens qd tu veux

Sylvia Golde vs me faites gerber tous les 2

Amelia

6 OCTOBRE

Installées au Tea Lounge sur la première table venue, Sylvia et moi, on faisait nos devoirs. Les baristas tatoués avaient mis à donf un groupe de rock indé qui passait à la radio, et le café était bondé : écrivains, étudiants et mères qui papotaient avec leurs copines sans s'occuper de leurs braillards. Le Tea Lounge était toujours blindé, les meubles dépareillés tout droit sortis des vide-greniers étaient plutôt en sale état, mais c'était quand même top. À chaque fois qu'on pouvait, Sylvia et moi, on venait là après les cours faire nos devoirs. Elle se commandait un expresso qu'elle arrivait à peine à avaler, moi un chaï latte, et on faisait comme si on était à la fac.

« "Ce qu'on fait par amour s'accomplit toujours par-delà le bien et le mal", a déclamé Sylvia en lisant son manuel.

— Ah ouais ? ai-je dit, n'écoutant que d'une oreille. C'est des conneries. »

Les yeux rivés sur mon ordinateur portable, je terminais ma dissert sur *Vers le phare*. Au début j'avais été assez énervée par les sujets que Liv nous avait donnés. C'est pas que j'étais un génie de malade ou quoi, mais ils étaient tous franchement trop simples. Simplets même. Mais elle m'avait retenue à la fin du cours pour me dire que je pouvais écrire sur ce que je voulais et j'avais fini par trouver une idée trop intéressante. Je me disais que Liv aussi serait épatée. Je voulais qu'elle le soit.

Je l'aimais bien, Liv, et pas juste parce qu'elle était jeune, jolie, qu'elle portait des bijoux fantaisie et avait un tatouage mystérieux dont on apercevait une fraction quand elle se faisait une queue-de-cheval. C'était aussi la prof la plus passionnée que j'aie jamais eue. Et puis elle était aussi écrivain, comme moi. Elle m'avait même montré deux nouvelles qu'elle avait publiées dans de petits magazines littéraires, et elles étaient très bonnes. Enfin, c'était pas digne du *New Yorker* mais c'était pas moitié moins bon.

Liv m'encourageait aussi comme une dingue dans mon projet d'écriture de fiction. Elle insistait pour que j'en fasse quelque chose, genre soumettre quelques histoires à une bourse d'écriture. Participer à ce programme estival de journalisme à Princeton, OK. Des articles sur des sujets précis, c'était pas pareil que les histoires que j'inventais. Celles-ci, je n'étais pas prête à ce que le monde les décortique, pas encore.

« Qui aurait cru que ce bon vieux Nietzsche était si romantique ? » a commenté Sylvia.

Je sentais son regard peser sur moi, elle attendait que je m'intéresse à ce qu'elle disait. Ça ne m'intéressait pas.

« Tu ne risques pas de le savoir, Amelia, mais quand on est amoureux, c'est exactement comme ça : *par-delà le bien et le mal.* »

Elle ne plaisantait qu'à moitié avec son grand mélo à la Shakespeare. Tout ce qui touchait aux mecs, c'était comme ça pour elle : une histoire de vie et de mort, de hauts et de bas, et une overdose de potion magique.

« Je sais bien que j'ai déjà eu des sentiments pour d'autres gars… »

Elle était super sérieuse maintenant.

« … mais avec Ian, c'est du solide. Au début je l'aimais bien juste parce qu'il était mignon, qu'il avait ce petit accent trop craquant et tout – et aussi parce que je me disais qu'un jour je finirais peut-être duchesse –, mais maintenant c'est genre, je sais pas, c'est une personne tellement incroyable. Il m'a vraiment ouvert les yeux. »

Elle me dévisageait comme si j'étais censée avoir des millions de questions à lui poser au sujet de son amoureux. J'en avais pas. Ç'aurait été plus facile de trouver un truc à dire si elle ne m'avait pas sorti plus ou moins exactement le même discours à propos de trois types différents. Et le truc vraiment dingue, c'est qu'elle ne mentait même pas. Elle y croyait dur comme fer. C'était ça aussi qui la rendait si géniale. Elle avait un cœur gigantesque et incontrôlable qui gobait tout sur son passage. C'était chouette d'être à côté, surtout que des fois je sentais à peine les battements du mien sous le poids de mon cerveau hyperactif.

Et puis, qui sait, peut-être que, cette fois-ci, avec Ian c'était enfin du solide. Peu probable, mais pas complètement impossible.

« Oh merde, me suis-je exclamée en regardant l'heure. Je suis à la bourre. Je fais du baby-sitting pour Kelsey cet après-midi. »

Il ne me restait que dix minutes pour sortir du Tea Lounge et aller à la réunion des Magpies chez Zadie, qui habitait super loin dans la Huitième Rue. Or je n'avais pas le droit d'être à la bourre. Zadie était censée avoir une grosse déclaration à nous faire à toutes les trois au sujet de notre dernière mission à accomplir avant de devenir des Maggies en chair et en plumes. Ce dont, en passant, je n'étais toujours pas sûre d'avoir envie. En revanche j'étais sûre d'être prête à tout pour rester pote avec Dylan.

« Tu ne m'écoutes même pas, hein ? » a demandé Sylvia en feuilletant distraitement son manuel d'*Introduction à la philosophie*.

Elle a brusquement arrêté son geste et m'a lancé un regard soupçonneux.

« Et puis qu'est-ce qui t'arrive, à toi, en ce moment ? T'es jamais là, et quand t'es là, t'as l'air complètement à la masse. Et c'est quoi ces statuts Facebook genre mauvaise poésie complètement allumée ? "Amelia Baron est prête à s'extasier." Tu sais que c'est ma bête noire, les gens qui essaient de se la jouer artistes sur Facebook. On dirait que t'es amoureuse ou je sais pas. »

J'ai aussitôt levé les yeux de mon écran. Ç'avait été plus fort que moi.

« Putain mais c'est ça ! a-t-elle hurlé en claquant si violemment son livre sur la table que j'ai cru que le scénariste dépenaillé derrière nous allait lui en coller une.

— Ta gueule, ai-je sifflé. Tu vas nous faire virer.

— J'hallucine, c'est qui ? »

Sylvia avait le sourire jusqu'aux oreilles, les yeux en feu.

« Amelia Baron, tu tombes enfin amoureuse d'un mec et tu ne prends même pas la peine de me le dire ? Je suis ta meilleure amie. Tu as l'obligation morale de me dire ce genre de choses. »

Elle avait l'air plus excitée que furieuse.

« J'exige que tu commences par le début et que tu me racontes absolument tout. Peut-être qu'ensuite je te pardonnerai. Il est vieux, c'est ça ? J'hallucine, il est pas chauve au moins ? »

Et voilà pourquoi Sylvia restait ma meilleure amie. On aurait dit qu'elle ne souhaitait rien de plus que de me voir amoureuse. Quatre-vingt-dix pour cent du temps, elle se regardait le nombril, mais, dans les dix pour cent restants, c'était une super pote.

« Te voilà, bébé ! » a lancé derrière nous une voix avec un accent avant que je puisse dire quoi que ce soit.

Le visage de Sylvia s'est illuminé : Ian Greene se frayait un passage jusqu'à nous dans la mer loqueteuse de chaises du Tea Lounge. Il portait un jean serré, un T-shirt noir ajusté, et avait relevé ses cheveux couleur sable en une crête déstructurée. Il portait également des espèces de baskets européennes bizarres, qui ressemblaient à des pompes de bowling. L'ensemble donnait un style très rock star anglaise qui se fout de tout, ou loser total. Au choix. Sur Ian ça rendait bien. Il était mignon, ça crevait les yeux, je le matais donc, m'attendant à ressentir à mon tour un picotement. Rien. Je voyais bien qu'il était sexy, n'importe qui l'aurait vu. Mais ça ne me faisait aucun effet.

Lui et moi, on s'était croisés à une autre fête mixte le week-end précédent. Elle s'était déroulée chez l'un des mecs et avait été bien plus dingue : je n'étais pas rentrée chez moi avant deux heures du mat', heure à laquelle, par chance, ma mère dormait profondément. Il y avait eu tout un tas de drogues beaucoup plus dures, et les gens faisaient quasi l'amour dans les couloirs. Cette fois-ci non plus on ne s'était pas adressé la parole, Ian et moi. À un moment donné je l'avais vu avec Zadie, mais *a priori* il essayait de s'en débarrasser. On n'avait pas parlé de la fête après non plus. D'ailleurs, on n'avait pas évoqué du tout nos affiliations respectives à des clubs. Non, c'était un secret qu'on avait tacitement convenu de garder entre nous et hors de portée de Sylvia. Du coup, il y avait cette étrange boule de tension. Je détestais savoir quelque chose que Sylvia ignorait sur son mec. Ça jouait sûrement en sa faveur que je sois là pour garder un œil sur lui, surtout avec Zadie qui lui tournait autour, mais j'avais quand même l'impression de la trahir. Trahison que Sylvia, j'en étais quasi sûre, ne m'aurait jamais pardonnée.

Ian lui a passé un bras autour du cou en l'embrassant. Même ce geste désinvolte semblait crispé chez lui. Quand ils se sont décollés, Sylvia lui souriait tellement qu'on aurait dit qu'elle allait prendre feu.

« Je t'ai cherchée partout », lui a-t-il dit.

Il a adressé un signe de tête viril au scénariste grincheux installé à côté de nous, lui a piqué sa chaise libre sans lui demander l'autorisation et s'est assis dessus à califourchon.

« Je croyais qu'on devait aller au parc prendre quelques photos cet aprèm. »

Sylvia m'a adressé un sourire rayonnant.

« Il aime me prendre en photo, a-t-elle expliqué avec fausse modestie. C'est pas adorable, ça ? »

Elle s'est tournée vers Ian.

« Je croyais que tu avais entraînement d'aviron jusqu'à quatre heures. Je comptais t'envoyer un texto d'ici quelques minutes. Amelia doit partir de toute façon.

— T'es sûre ? m'a demandé Ian avec respect. Je la charriais juste. Je veux pas faire capoter vos plans. Elle et moi, on peut s'organiser pour se voir plus tard. »

Il essayait de me mettre dans sa poche. J'espérais pour Sylvia que ce n'était pas parce qu'il croyait que j'avais déjà un dossier sur lui.

« Non, Sylvia a raison », ai-je répondu en jetant un œil à ma montre.

Je me suis levée, j'ai rassemblé mes affaires, puis j'ai fait signe à Ian de prendre ma place.

« J'ai un rendez-vous à quatre heures. »

Sylvia a incliné la tête sur le côté en mode flirt tandis qu'Ian se collait à elle. Elle balançait d'avant en arrière sa jambe croisée en équilibre sur son genou.

Tout le reste de son corps avait l'air en coton. Ian aussi la dévorait des yeux. À les voir, je me sentais mieux vis-à-vis de leur histoire. Je n'avais jamais vu Ian regarder Zadie ou n'importe quelle autre fille comme ça. Sylvia allait s'en tirer. Leur affection était complètement mutuelle.

« Bon, ben à plus, alors », ai-je lancé, même si ni l'un ni l'autre ne m'écoutaient.

J'ai attendu encore une seconde avant de tourner les talons. J'étais presque arrivée à la porte quand Sylvia a fini par me lancer : « Hé, meilleure pote ! »

Je me suis retournée, ils se tenaient par la main.

« Au fait, t'es toujours sur le gril, ma poule. Je sais que t'as des petits secrets. Tu vas devoir cracher le morceau. »

En sortant du Tea Lounge, j'ai remonté Union en direction de la Septième Avenue. La température avait baissé pendant qu'on était à l'intérieur, le soleil était désormais caché par une lourde couche de nuages couleur acier. Le vent s'était levé, aussi. C'était la première semaine d'octobre et on avait enfin vraiment l'impression d'être en automne. J'ai remonté la fermeture éclair de mon sweatshirt et j'ai mis ma capuche. Quand j'ai bifurqué vers le sud dans la Septième Avenue, le vent s'est encore renforcé, balayant la rue, j'ai donc rentré les épaules et marché tête baissée, en espérant que la mer grouillante de la Septième Avenue s'ouvre par magie.

Que dalle. À Park Slope après les cours, les trottoirs sont toujours bondés de tonnes de gamins avec leur mère et de toutes ces espèces de types écrivains/

artistes – pas tout à fait cool, pas tout à fait SDF – qui traînent toujours dans le quartier pendant que les autres vrais adultes bossent.

Je suis passée devant le supermarché Ace, où les gars de Grace Hall fauchent des bonbecs, et devant La Bagel Delight, qui sert des bagels tout chauds sortis du four. Puis devant PS 321. Cette école, c'est le gag de la bagnole du clown : quand y en a plus, y en a encore. Quand je voyais la cour de récré bondée, je ne comprenais pas comment ce bâtiment minuscule pouvait contenir tous ces mômes.

Quand je suis passée devant Pino's, il y avait un groupe de collégiens de Grace Hall qui traînaient encore à l'intérieur et, deux rues plus loin, il y en avait encore d'autres assis sur un banc devant le Cocoa Bar, un lieu bien trop joli et bien trop calme pour qu'y entrent les élèves après les cours. En face du Cocoa Bar, de l'autre côté de la rue, se trouvait le lycée John Jay, mais à cette heure-là les flics avaient ramené la plupart des élèves chez eux.

Pendant la dizaine de rues qu'il me restait à traverser, j'ai gardé la tête baissée pour me protéger du vent. Dans ce coin-là, j'avais pas à flipper de tomber sur quelqu'un comme notre voisine Kelsey ou sur Julia, la mère de Sylvia. Je les aimais bien toutes les deux. Elles étaient toujours sympas avec moi. Le truc, c'est qu'elles m'auraient posé des questions auxquelles je n'aurais pas eu envie de répondre. Je pensais à Sylvia qui croyait que j'étais amoureuse.

Je me demandais ce que ça signifiait que j'aie un peu l'impression que c'était vrai.

Le temps d'arriver dans la Huitième Rue, je tremblais comme une dingue. J'ai vite tourné à gauche en direction de chez Zadie, espérant que le vent serait un peu moins violent si je changeais de cap. Au contraire, ça a empiré. Le menton rentré, j'ai croisé fort les bras sur ma poitrine.

J'avais à peine fait trois pas dans la rue que j'ai été percutée, fort. Puis une main s'est posée sur mon bras. J'ai baissé les yeux : elle était là qui me touchait. Une grosse main d'homme. *Merde, merde, merde, je vais me faire agresser. Ou violer.* Il fallait bouger, courir, se barrer. Hurler.

« Lâche-moi, espèce de connard ! »

J'ai beuglé le plus fort que je pouvais en essayant de tordre mon bras pour le dégager.

« Lâche-moi !

— Amelia, c'est moi ! »

Il connaissait mon nom. Comment c'était possible, putain ?

« Désolé, je suis vraiment, vraiment désolé. Je n'ai pas réfléchi. Je ne voulais pas te faire peur. »

J'ai de nouveau tiré violemment sur mon bras, mais l'homme ne me tenait même plus. J'ai reculé d'un ou deux mètres et levé les yeux : M. Woodhouse se tenait là, en collant de course à pied, baskets et K-way. Avec son bonnet noir, on l'aurait plutôt imaginé sur un skateboard. Il avait l'air complètement en panique.

« Je suis vraiment désolé, Amelia. »

Il a levé les mains, scrutant le trottoir les yeux écarquillés. À son tour il a reculé d'un pas, sûrement au cas où quelqu'un aurait envisagé d'appeler les flics.

« Je t'ai appelée plusieurs fois. J'imagine que tu ne m'as pas entendu avec ta capuche. Je n'aurais pas dû te toucher comme ça. Je m'excuse sincèrement. »

Mon cœur battait tellement vite que je le sentais jusqu'au bout de mes doigts.

« Ouais, vous auriez pas dû, ai-je répliqué en essayant de reprendre mon souffle. Je suis pas super à l'aise avec les types qui me chopent dans la rue.

— Ma foi, je crois que j'ai enseigné trop longtemps dans le nord du Connecticut. On oublie qu'en ville les gens sont sur leurs gardes.

— Si j'étais vous, je m'amuserais nulle part à choper des filles.

— Très juste », a-t-il dit dans un sourire.

Puis il a balayé la rue du regard d'un air perplexe.

« Tu n'habites pas dans le coin, si ? »

Il commençait à me foutre un poil les chocottes. Il avait appris mon dossier par cœur ou quoi ? Sans compter que je n'étais pas ravie qu'il ait ne serait-ce qu'une vague idée de l'endroit où je me rendais. J'étais déjà assez stressée d'avoir pris le risque d'enregistrer le numéro de Dylan dans mon téléphone. Filer un tuyau au proviseur concernant le lieu d'une réunion Magpies m'aurait sûrement coûté un doigt.

« Je vais voir ma tante. Elle habite par là. »

Pourquoi n'avais-je pas dit « copine » ? Je n'avais même pas de tante. Et Woodhouse le savait sûrement aussi.

« Ça doit être agréable de pouvoir aller chez elle à pied », a-t-il commenté.

Je n'arrivais pas à déterminer si c'était une pique à cause de mon mensonge ou non.

Il s'est tu pendant un long moment, c'était super bizarre. Il hochait légèrement la tête, comme s'il réfléchissait à ce qu'il voulait dire. Finalement, les yeux plissés, il a observé le soleil couchant.

« Il va bientôt faire nuit. Sois prudente en rentrant chez toi. On ne peut jamais prévoir quand je ne sais quel imbécile va nous sauter dessus. »

Il a souri puis a pointé le menton dans la direction où je me rendais.

« Et dis à Zadie et au reste des filles qu'elles ont intérêt à bien se tenir. »

Zadie a ouvert sèchement la grande porte en fer avant même que je sonne. Je priais pour qu'elle ne m'ait pas vue discuter avec M. Woodhouse.

« T'es à la bourre », a-t-elle aboyé en observant le trottoir par-dessus mon épaule comme pour vérifier que je n'avais pas été suivie.

Sur ce, elle m'a attrapée par le sweat-shirt et m'a entraînée à l'intérieur.

« Bordel, mais reste pas plantée là comme une conne, putain. »

J'ai d'abord cru qu'elle m'avait fait entrer dans son immeuble, pas dans son appart. À l'intérieur c'était un gigantesque espace ouvert avec d'un côté des fenêtres de la hauteur des murs et de l'autre des briques nues. Le sol ressemblait à un trottoir, sauf qu'il était ciré, et le peu de mobilier qu'il y avait était supra bas, froid et moderne. À l'exception d'une étagère chargée de photos et de deux vases qui avaient l'air hors de prix, l'endroit ressemblait davantage à un magasin de meubles qu'à une maison vraiment habitée par des gens.

« Ramène-toi, bon Dieu. »

Zadie m'a frôlée en se dirigeant vers des escaliers suspendus en acier.

« Tout le monde est déjà en bas. »

Je l'ai suivie et me suis retrouvée dans un sous-sol aménagé. Devant moi il y avait une petite pièce avec des bibliothèques vides et plusieurs fauteuils de lecture, d'où partait un gigantesque couloir recouvert d'une moquette aux motifs modernes : des bleus, des rouges et des verts formaient une spirale sur toute la longueur.

Zadie avait dit que tout le monde était déjà là, non ? Et pourtant il régnait un calme super étrange en bas. Il n'y avait pas un bruit, d'ailleurs. Et s'il n'y avait personne d'autre ? Et si cette histoire de réunion n'avait été qu'un coup fourré ? Zadie me détestait méchant. Je ne savais pas pourquoi, mais j'en étais sûre. Et maintenant je me retrouvais piégée dans son sous-sol calfeutré, séparée du monde où personne ne m'entendrait jamais crier.

« T'attends quoi ? a-t-elle demandé avec un geste sec de la main.

— C'est tellement calme ici. »

Quelle conne je faisais.

« Euh, c'est parce que c'est insonorisé, espèce de cinglée », a répliqué Zadie, comme si tout le monde avait chez soi des pièces pareilles.

Elle me fusillait du regard, aussi.

« La salle télé de mon beau-père est en bas et il aime bien quand c'est calme. Bon, tu veux un descriptif complet de la baraque avant de bouger ton cul ?

— Pourquoi tu me détestes autant ? » me suis-je entendue demander.

Une part de moi était contente de l'avoir fait. L'autre, plus futée, aurait voulu étrangler la première.

« Explique-moi ce que je fais et j'essaierai d'arrêter, je te jure », ai-je ajouté.

Ses yeux se sont réduits à deux fentes bleues alors qu'elle rapprochait son visage du mien. Ses cheveux sentaient la clope. Je voyais aussi de près sa fameuse mèche blanche. Complètement incolore, elle formait une bande parfaitement géométrique. On aurait dit qu'elle l'avait passée à la javel avec une règle.

« Tu peux arrêter d'être toi ? » a-t-elle murmuré.

Son visage était super près, là. Tellement près qu'on aurait pu s'embrasser.

« Je veux dire, si tu peux, ce serait fantastique. Sinon, j'imagine qu'on va devoir s'en tenir à ce que je te déteste. »

C'est alors que Dylan, venue du bout du long couloir, a surgi dans la pièce.

« Te voilà ! »

Elle a souri. Mon cœur s'est arrêté à l'idée qu'elle puisse s'adresser à moi. Mais non, elle s'est tournée vers Zadie.

« Les gens en ont marre d'attendre, Zad. Y a quelques filles qui ont dit à leurs parents qu'elles seraient rentrées à cette heure-là.

— D'accord, a répondu Zadie sans me lâcher des yeux. J'arrive. Mais fais en sorte que Crazy Eyes s'installe très loin de moi. La puanteur de sa perfection me fout la gerbe. »

Sur ce, elle a pivoté et a tracé la route à travers le couloir. Les yeux baissés, j'ai esquissé un pas pour la suivre. Je craignais de me mettre à pleurer en regardant Dylan. Je ne pouvais plus faire ça. Je ne pouvais pas supporter cette haine démentielle juste pour traîner avec Dylan.

« Désolée d'être en retard, ai-je marmonné à Dylan en passant à côté d'elle. Je ne voulais pas faire attendre tout le monde. Je suis tombée sur quelqu'un dans la rue et…

— Chuut », a-t-elle murmuré en portant un doigt à ses lèvres.

Elle s'est penchée, comme pour vérifier que Zadie était bien partie.

« Pourquoi m'a-t-elle laissée entrer dans le club si elle me déteste autant ? ai-je demandé. Franchement, je ne comprends pas.

— Laissée entrer ? » a murmuré Dylan.

Elle avait l'air perplexe.

« C'est elle qui t'a choisie.

— Choisie ? Qu'est-ce que tu racontes ?

— Dylan ! a beuglé Zadie du bout du couloir. Ramène ta fraise, putain ! »

Dylan m'a regardée en souriant – calmement, gentiment.

« On pourrait l'ignorer. »

Son sourire s'est fait malicieux.

« Mais je crois qu'aujourd'hui elle pourrait vraiment tuer quelqu'un.

— Ne prenons pas le risque. »

J'ai secoué la tête et parcouru des yeux le long couloir qui me donnait l'impression de mener tout droit à la chaise électrique. Je n'en revenais pas que ce soit Zadie qui m'ait raccordée au réseau, mais ce n'était pas le moment d'essayer d'obtenir des détails.

« Je suis quasi sûre que je serai la première à y passer », ai-je ajouté.

Dylan a eu un sourire joueur.

« Probablement. »

Elle est restée immobile un long moment à me sourire. Avec sa peau lisse, ses pommettes saillantes et ses épaisses boucles auburn, Dylan était la personne la plus parfaite que j'aie jamais vue. Admirable. Irréprochable. C'était difficile de la regarder, comme si elle risquait… comme si je risquais… de voler en éclats si je posais trop longtemps les yeux sur elle.

Elle m'a souri une dernière fois avant de se retourner et de prendre la même direction que Zadie. Je l'observais qui s'éloignait, le souffle coupé. Mais à peine avait-elle fait quelques pas qu'elle est revenue et a entremêlé solidement ses doigts aux miens.

Alors qu'elle m'entraînait dans le long couloir sombre, je n'arrivais pas à quitter des yeux nos mains enlacées. Des voix me parvenaient à présent. De la lumière filtrait, aussi, et je percevais au loin les mouvements de corps rassemblés. J'aurais voulu que ce couloir ne se termine jamais. J'aurais voulu que les doigts de Dylan restent mêlés aux miens. J'aurais voulu qu'elle reste toujours près de moi.

Dylan s'est figée à la limite du rectangle de lumière diffusé par la pièce du fond et qui se reflétait sur la moquette. Elle m'a lâché la main. Elle me tournait le dos, les bras légèrement écartés, quand je l'ai percutée.

« Alors, le jeu, ai-je entendu dire Zadie.

— Qu'est-ce que tu attends ? » ai-je murmuré à l'oreille de Dylan.

Zadie allait péter un câble quand elle finirait par se rendre compte que je n'étais toujours pas dans la pièce.

Dylan n'a pas répondu. Non, elle s'est retournée lentement. Son visage n'était qu'à quelques centimètres du mien. Je sentais son haleine sur ma peau. Je sentais les battements de mon cœur. J'étais sûre que Dylan les sentait aussi. Seule nous parvenait la voix de Zadie, qui s'éloignait en volutes.

« Et c'est pas un jeu fait pour les coincées du cul, les complexées ou je ne sais quoi, disait-elle. Alors parlez maintenant ou cassez-vous, bande de feignasses. »

Soudain la bouche de Dylan était sur la mienne. Ses lèvres étaient si menues, si douces, si délicates quand je me suis enfin mise à lui rendre son baiser. Rien à voir avec la salinité rêche de ce sauveteur à Chatham que j'avais embrassé deux étés plus tôt.

Alors que nos bouches étaient pressées l'une contre l'autre, Dylan a posé sa main sur ma joue. Et à cet instant, j'en ai eu la certitude. Je ne voulais pas simplement être son amie. Je ne voulais pas simplement lui ressembler. Je voulais l'embrasser.

Et puis brusquement, une inspiration, une saccade, et Dylan était partie. Je restais plantée là, seule dans l'obscurité, à la limite de ce petit rectangle de lumière.

Il m'a fallu une seconde pour reprendre mon souffle. Mon cœur jouait encore du djembé quand je me suis glissée dans la pièce où tout le monde était rassemblé. Je gardais les yeux baissés, espérant que mes joues ne soient pas aussi rouges que je le craignais. J'ai appuyé le dos de mes mains sur mes lèvres en prenant garde de ne pas les essuyer. Les doigts pressés contre ma bouche, j'essayais de retenir ce baiser.

J'ai jeté un œil alentour pour voir si quelqu'un m'observait. Mais les filles – certaines affalées sur les fauteuils en cuir genre fauteuils de cinéma, d'autres adossées aux murs ou assises par terre en tailleur – avaient toutes les yeux rivés sur Zadie, qui se trouvait sur le devant de la pièce, avec derrière elle du matériel électronique aux lignes épurées et un gigantesque écran plat.

Je cherchais Dylan des yeux en me laissant tomber contre le mur le plus proche. J'étais terrifiée à l'idée qu'elle soit partie, qu'elle se soit débrouillée pour s'éclipser et disparaître. Mais lorsque j'ai de nouveau regardé Zadie, Dylan était là, assise à sa droite sur une chaise. Elle me dévisageait, sans vraiment froncer les sourcils, sans sourire non plus. Elle avait plutôt l'air étonnée, peut-être gênée.

Pourtant elle m'a embrassée, me suis-je répété en me rappelant combien cela m'avait semblé absurde quand Sylvia avait douté que ça ait été le cas avec Ian. *Non ? Pourquoi est-elle étonnée ?*

« On a un blog : *Vol d'oiseau*, il s'appelle. »

Elle avait l'air fière d'elle.

« C'est une idée à moi. Bref, chacune a une page avec des photos d'elle. Le but du jeu, c'est d'avoir le plus de monde possible qui "like" vos photos, vous voyez. »

Elle a parlé pendant des plombes des photos et de comment faire pour qu'il y ait un max de gens qui vous « like ». Je n'écoutais pas vraiment. Je ne pensais qu'à ce baiser et à son incroyable justesse. Une seconde plus tard, j'ai ressenti une douleur dans le pied. Il m'a fallu un moment pour me rendre compte que Zadie m'écrasait les orteils.

« Putain, t'écoutes, ma salope ?

— Euh, euh, ouais. »

Les mots sont sortis de ma bouche en un gazouillis visqueux. Je sentais aussi le regard des autres filles peser sur moi.

« J'écoute. »

Zadie a croisé les bras et a eu un sourire à faire peur. Elle s'était rapprochée et elle se penchait au-dessus de moi.

« T'en es ? »

Fallait-il encore que j'en sois ? Après ce qui venait de se passer avec Dylan, ce n'était peut-être pas la peine. Je n'avais pas vraiment écouté, mais le peu que j'avais entendu sur ce jeu – blog, photos, inconnus – ne me plaisait pas. Je n'avais aucune envie d'être mêlée à ça.

J'essayais d'apercevoir Dylan par-dessus Zadie, histoire de voir si elle m'enverrait je ne sais quel signe. Mais, penchée en avant, elle parlait à Bethany. Apparemment elle n'avait pas remarqué, et se fichait royalement, que Zadie soit en train de me gueuler dessus. Elle avait complètement disparu, encore une fois.

Si elle pouvait se lasser de moi aussi rapidement, comment pourrais-je conserver son attention quand je ne serais même plus une Maggie ? Quand on ne se verrait plus tout le temps aux réunions et aux fêtes ?

Peut-être qu'elle ferait comme si elle ne me connaissait plus. Peut-être qu'elle le prendrait comme une espèce d'insulte que je ne sois pas restée dans le club pour elle. Peut-être qu'elle serait vénère. Si seulement elle me regardait, je saurais. Je repensais à notre baiser, à la façon dont sa main douce avait enveloppé ma joue.

« Alors ? »

Zadie m'a tapoté la jambe avec le pied.

« C'est quoi ta réponse, Crazy Eyes ? T'es prête à faire tes valoches ? »

J'ai regardé une dernière fois Dylan. Elle ne discutait plus avec Bethany. Les yeux rivés au sol, elle avait l'air tristoune. Et si elle désirait secrètement que je m'en aille ? Non, impossible. Ça n'aurait pas été logique. Elle venait juste de m'embrasser. Non ?

« Je veux rester », ai-je miaulé avant de me racler la gorge.

Je me suis forcée à soutenir le regard mauvais de Zadie.

« Je joue. »

Elle m'a lancé un long regard haineux, comme pour essayer de me faire changer d'avis.

« Je reste, ai-je répété d'une voix chevrotante.

— Zadie, ça suffit ! » a fini par crier Dylan de l'autre côté de la pièce.

Elle s'était levée. Bras croisés, déhanchée, genre ramène-toi si tu l'oses, comme jamais je ne l'avais vue avant.

« Sérieux, fous-lui la paix, putain ! »

C'était la première fois que je l'entendais parler comme ça : avec la rage, en jouant la dure. Tout ça parce qu'elle me défendait. J'avais l'impression que mon cœur allait exploser. Ce baiser avait du sens, finalement. Maintenant j'en étais sûre.

En sortant, vingt minutes plus tard – après l'exposé de deux ou trois « détails » bien trop vagues sur ce soi-disant « jeu » –, on est tombés sur le beau-père de Zadie dans la cuisine. Il était grand, d'allure sportive, avec une grosse touffe de cheveux noirs. Il portait un costume européen tape-à-l'œil et une énorme bague vulgaire. Il avait mis un paquet de fric dans ses fringues. Ça se voyait. Mais ça ne l'empêchait pas d'être un type supra ringard, contrairement aux autres pères dans Park Slope, qui pour certains étaient cools, mais la plupart BCBG et assez intellos. Pas le genre beauf européen plein aux as, même pour ceux qui venaient effectivement d'Europe.

Sur le bar trônait une bouteille de whisky ouverte et à côté un verre presque vide. Le beau-père de Zadie pianotait d'une main sur son iPhone. De l'autre il tenait un BlackBerry. Il y avait une femme dans un coin, plus âgée, avec des cheveux blond grisonnant rassemblés en un chignon souple et vêtue d'un pantalon noir délavé sous un tablier. Elle faisait bouffer les coussins sur le canapé. J'ai cru un instant que c'était la mère de Zadie, jusqu'à ce que je remarque qu'elle faisait bouffer ces coussins comme si sa vie en dépendait. Nous aussi, on avait une femme de ménage – comme la plupart des gens à Park Slope –, mais elle, elle ressemblait à une bonne traditionnelle, voire à une servante sous contrat.

« Hé ! a lancé le beau-père de Zadie d'une voix tonitruante. Regardez-moi ça ! Voilà les Maggies qui s'envolent de leur repaire secret. »

Il souriait d'un air un peu bourré, à la fois vaguement charmeur et un poil vulgaire.

« Oh, ta gueule, Frank », a rétorqué Zadie d'un ton taquin en s'approchant nonchalamment de lui pour lui chiper son verre.

Elle a avalé une gorgée, puis une autre.

« Hummm. T'ouvres toujours les bonnes bouteilles quand tu crois qu'y a personne à la maison. »

Il lui a arraché le verre des mains quand elle a essayé d'y boire encore.

« Ta mère va me tuer en rentrant si elle sent que t'as bu du whisky. Allez, présente-moi donc tes amies maintenant. »

J'étais au premier rang. J'avais essayé de sortir de cette maison le plus vite possible et à présent j'étais pile en tête de gondole. Zadie a levé les yeux au ciel et s'est penchée en avant, les coudes en appui sur le plan de travail en granit.

« Beurk ! s'est-elle exclamée en lui prenant son iPhone des mains pour faire défiler les écrans. C'est pas mes potes.

— Allons, allons. »

Son beau-père lui a passé un bras autour des épaules puis s'est adressé à nous :

« J'espère que Zadie s'est montrée une bonne hôte avec vous toutes. En ce qui me concerne, vous êtes les bienvenues chez nous quand vous voulez. Ça me plaît bien, cette histoire de club. J'étais dans un truc comme ça à l'époque. Il ne m'est jamais rien arrivé de mieux.

Ces types sont toujours mes meilleurs amis. Grâce aux clubs, la vie est mieux organisée, vous voyez.

— Je ne pense pas qu'on puisse considérer un gang comme un club, Frank. »

Zadie nous a souri. Elle se la pétait.

« Frank ici présent a grandi du mauvais côté de Brooklyn. Il croit que le truc de Skull and Bones, la société secrète de Yale, c'est de buter des gens. »

Frank lui a lancé un regard noir et a aussitôt repris son sourire décontracté. Il a haussé les épaules.

« Peut-être bien, a-t-il dit. Mais une confraternité, c'est une confraternité. Et j'ai aussi été flic, tu te rappelles ? En matière de club, c'est le fin du fin, tu peux me croire.

— Ah oui c'est vrai, ça paraît tellement incroyable que quelqu'un puisse te laisser porter un flingue que je l'oublie presque toujours. »

Zadie a fait un geste en direction de la porte.

« Enfin bref, elles allaient s'en aller.

— Parfait, tu vas pouvoir bûcher sur ces dissertations de fac, comme ça. Parce que j'ai enfin parié avec ce connard de Teddy : si t'es admise dans deux facs de l'Ivy League, ce tas de merde me devra cinq mille dollars.

— Et il est pour qui ce fric si je suis admise ?

— Tu peux bien le foutre aux chiottes, j'en ai rien à carrer. Je veux juste pouvoir dire à ce vantard de mes deux d'aller se faire enculer, passez-moi l'expression.

— Oyez, gentes dames ! a déclamé Zadie avec un geste théâtral de la main. Un père qui parie sur votre admission à la fac. Voilà ce que vous récoltez quand votre mère épouse un type qui vient du mauvais côté de Brooklyn.

— Ouais, exactement, a lâché son beau-père en balançant par terre quelques coussins retapés de frais, avant de s'asseoir sur le canapé et d'allonger ses jambes sur la table basse chicos. Vous récoltez des tonnes de blé et du putain de bon temps. »

Kate

27 NOVEMBRE

Kate et Lew étaient assis chez elle sur le canapé devant les deux boîtes désormais ouvertes qu'un coursier avait livrées peu après leur retour de chez Sylvia. Chacune était remplie à ras bord de pages et de pages de documents. Duncan les avait attachées avec des élastiques – par paquets épais de cinq ou six centimètres – et nommées : « Mails, textos, docs Word ».

« Il y en a tellement, murmura Kate tandis que Lew sortait le mot que Duncan avait joint aux colis.

— Et on dirait que ce n'est pas fini, en plus : il a établi ici une liste de mots de passe – Facebook, Twitter. Apparemment elle participait aussi à un blog. Il faudra qu'on y jette un œil. Difficile de déterminer quel est le moyen de communication privilégié de ces mômes. Gchat, Facebook, textos : dans chaque lycée c'est différent, vous savez. »

À soixante ans et quelques, Lew semblait beaucoup plus au fait des moyens de communication des adolescents que Kate. Elle comprenait tout juste l'intérêt de Twitter et savait encore moins comment suivre qui que ce soit avec.

« Donc vous avez déjà été confronté à ce genre de passé électronique dans des affaires précédentes ?

— Dans des affaires, non. »

Il sourit et secoua la tête.

« Mais j'ai six petits-enfants. Ils arrivent à m'attirer sur Facebook plus d'une fois par jour en m'envoyant des photos, des messages et tout un tas de trucs.

— Six petits-enfants ? répéta doucement Kate en essayant de ne pas se laisser aller à penser à tous ceux qu'elle n'aurait jamais.

— Et encore, il n'y a que la moitié de nos gamins qui ont démarré leur propre famille, que Dieu me vienne en aide quand ils s'y seront tous mis », déclara-t-il d'un ton faussement agacé.

Il désigna les boîtes.

« À mon avis, il faudrait diviser pour mieux régner.

— Est-ce que vous pouvez regarder ses comptes Facebook et Twitter et ce blog ? demanda Kate. Il y a un ordinateur à l'étage, dans mon bureau. »

Lew désigna d'un signe de tête les piles de pages.

« Ça va aller, vous, avec tout ça ?

— Non, répondit Kate en prenant une grande inspiration, probablement pas. »

Une fois que Lew eut disparu au sommet de l'escalier, Kate sortit la première pile de papiers : les documents Word d'Amelia. C'était ce qui semblait le moins susceptible de la faire sombrer dans l'hystérie, même si elle savait que les vrais ragots, c'est-à-dire tout ce qui serait utile, se trouveraient vraisemblablement dans les textos. Seulement elle n'était pas encore prête à y plonger tête baissée. Heureusement, à part les numéros de *gRaCeFULLY* qu'elle avait déjà lus, il n'y avait dans les documents Word que des travaux pour le lycée ou des histoires qu'Amelia avait écrites. Kate avait presque terminé de feuilleter la dernière partie de la pile quand elle arriva à une dissertation intitulée *Vers le phare : amitié et féminisme*, par Amelia Baron. C'était celle que sa fille était censée avoir plagiée. Sauf que le titre ne ressemblait pas à celui du devoir qui était tombé du cahier d'Amelia.

Kate descendit le document à la cuisine et ouvrit le tiroir où elle avait jeté tous ces petits mots haineux quand Adele s'était présentée à sa porte. Elle y avait aussi glissé la dissertation d'Amelia. Elle l'en sortit et regarda la page de titre : *Les Représentations du temps : Vers le phare*, par Amelia Baron. Strictement rien à voir.

Elle se tourna vers la table, où elle plaça les deux dissertations côte à côte. Elle les parcourut en diagonale. À première vue, ces deux devoirs n'avaient rien en commun. Pourquoi Amelia aurait-elle eu deux dissertations différentes sur exactement le même roman ? Kate les scruta, caressant les titres du doigt. C'était la preuve qu'Amelia n'avait pas triché. Elle en était certaine, même si elle ne savait pas comment l'expliquer.

Elle laissa les dissertations sur la table et remonta dans le salon au rez-de-chaussée, où étaient restées les piles de documents qui semblaient toujours aussi démesurées. Elle sortit d'abord les mails ; un Post-it collé dessus disait : « Je n'ai imprimé que les quatre derniers mois. Si vous en voulez plus, dites-le-moi. » Tous ces messages en quatre mois.

Le premier avait été envoyé par George McDonnell. Tu vas à la fête 2 Chloe ce week-end ? J'ai entendu dire ke quelqu'un apporterait de l'E. De l'E ? Comme dans ecstasy ? George McDonnell était-il le mystérieux garçon avec qui Amelia était entrée dans la maison ? Kate en était encore à digérer toute cette histoire de relations sexuelles et voilà que maintenant il y avait aussi de la drogue en jeu ?

Elle sépara en deux la pile de mails en priant pour que Duncan ait pensé à inclure les messages envoyés par Amelia. Oui, environ aux trois quarts du paquet, il y avait un marque-page et un mot : « Messages envoyés ». Kate les parcourut à toute allure jusqu'à trouver la réponse de sa fille.

De l'E ? Qu'est-ce qui t'arrive tout d'un coup, t un junky ou quoi ? avait écrit Amelia. C pas cool mon frère. De toute façon je peux pas y aller. G entraînement tôt le dimanche matin.

Kate ferma les yeux et pressa la page contre son cœur. Merci, mon Dieu. Peut-être avait-elle raison sur certains points après tout. Elle regarda le mail suivant, envoyé à son entraîneur de hockey, Mme Bing : Est-ce que le stage d'entraînement aura encore lieu aux vacances de printemps cette année ?

Peut-être que tout n'était pas mensonges et mauvaises surprises. Cependant, une dizaine de pages plus loin, elle tomba sur un mail qui l'arrêta net.

Je suis désolé, Amelia. C'était déplacé. Est-ce qu'on pourrait en parler ? S'il te plaît.

Phillip

Qu'importe qui était ce Phillip, quelque chose s'était passé entre Amelia et lui. Une sorte de dispute. Kate regarda l'adresse mail : p_woodhouse@gracehall.edu.

Phillip Woodhouse, le proviseur de Grace Hall ? Kate jeta un rapide coup d'œil au message puis reporta son attention sur l'adresse. Que fabriquait Phillip Woodhouse à envoyer des mails à Amelia sur ce genre de ton : *Je suis désolé. C'était déplacé* ? Depuis quand un proviseur s'excusait-il auprès d'un élève ? Et qu'est-ce qui avait été déplacé, au juste ?

Elle sursauta en entendant Lew dans les escaliers. Elle se retourna, il était livide.

« Qu'y a-t-il ? » demanda-t-elle.

D'abord ce mail de Woodhouse et maintenant cette expression horrible sur le visage du policier : elle était accablée. Ses mains tremblaient sous la poussée d'adrénaline.

« Qu'avez-vous trouvé ? »

Elle s'attendait à ce que Lew se déride, mais il se contenta de s'arrêter un peu à l'écart et d'agripper le dossier d'un fauteuil.

« Je crois que vous devriez monter voir par vous-même, finit-il par répondre.

— Comment… non. Pourquoi ? À l'étage ? »

Le regard tourné vers l'escalier, elle se sentait nauséeuse.

« Dites-moi juste ce que vous avez trouvé. Quelque chose sur son compte Facebook ? »

Il secoua la tête.

« Comme je disais, il faut que vous veniez voir. »

Kate avait le tournis, ses yeux faisaient le yo-yo en parcourant les mails sur ses genoux.

« Mais j'ai trouvé une autre dissertation, finit-elle par dire pour gagner du temps. Deux dissertations différentes pour le même sujet. Celui où on dit qu'elle a triché.

— Ah, dit Lew, guère captivé. Ça demande vérification.

— Et j'ai aussi trouvé ça. »

Elle se leva et lui tendit le mail. Il y jeta un œil.

« Qui est Phillip Woodhouse ? demanda-t-il. Pourrait-il s'agir de notre mystérieux petit ami ?

— C'est le proviseur de Grace Hall. »

Il fronça les sourcils, puis parcourut de nouveau le message.

« Ne paniquons pas tout de suite. Nous allons suivre cette piste, voir de quoi il s'agit. Il pourrait y avoir une explication logique. Il n'y a rien de particulièrement inconvenant. »

Kate le dévisagea en silence jusqu'à ce qu'il lève les yeux. Il hocha la tête.

« D'accord, dit-il, vous avez raison, ça demande un éclaircissement. »

À l'étage, dans son petit bureau, Kate s'installa dans le fauteuil face à l'écran d'ordinateur en veille.

« Allez-y », dit-elle en faisant signe à Lew d'allumer.

Elle avait la nausée.

« Qu'on en finisse. »

Lew déplaça la souris jusqu'à ce que l'écran reprenne vie. Et là apparut Amelia avec pour tout vêtement une culotte rose en dentelle et un soutien-gorge pigeonnant assorti. Elle était appuyée dans une pose suggestive sur le fauteuil de bureau de sa chambre, l'arrière-train dirigé vers l'objectif.

« Mon Dieu ! » s'exclama Kate en se cachant les yeux d'une main.

Elle songea un instant à regarder de nouveau afin de s'assurer de ce qu'elle avait vu. Mais impossible. Cette fille sexy qui jouait la vamp devant l'appareil était bel et bien Amelia. Aucun doute là-dessus. Kate s'ébroua, tentant ainsi d'évacuer cette image de son esprit.

« Éteignez ça ! Je vous en prie, éteignez ! »

Lew se pencha et éteignit l'écran.

« Qu'est-ce que c'était que ça ? cria Kate.

— Le blog auquel elle participait », répondit-il d'un ton abattu.

Il semblait mortifié.

« Amelia a pris cette photo et l'a ensuite postée là où n'importe qui pouvait la voir ? ! hurla-t-elle comme si c'était Lew qui avait ordonné à Amelia de le faire.

— Pas n'importe qui, répondit-il doucement. Il fallait connaître le pseudonyme de votre fille pour la trouver. »

Kate allait vomir, là, sur le clavier. Sa fille était une prostituée secrète ou quoi ? Une exhibitionniste ? Que lui était-il donc passé par la tête pour prendre des photos d'elle à moitié nue, et pire encore de les poster sur Internet ? C'était le genre de chose que… Non, personne n'aurait fait ce genre de chose.

« Combien de gens ont vu ça ? Vous pouvez le savoir ? »

Car ce n'était peut-être pas aussi terrible qu'il le paraissait. Dix, quinze : voilà les nombres qui lui venaient en tête. Ce ne serait pas génial, mais rien à voir avec un boulot d'escort girl. Peut-être était-ce aussi simplement ce à quoi s'adonnaient les ados d'aujourd'hui : se voir mutuellement en sous-vêtements. Peut-être étaient-ce les nouvelles relations sexuelles sans risque : se déshabiller sur la toile pour ne pas avoir à le faire dans la vraie vie. Enfin ça, elle n'y croyait pas trop. Il n'y avait rien de sain dans cette photo qui était désormais gravée dans sa mémoire.

« Il y a mille deux cent quatre-vingt-huit vues.

— Pardon ? »

Kate avait oublié de quoi ils étaient en train de parler.

« Vous m'avez demandé combien de personnes avaient vu ça, répondit Lew à contrecœur. C'est le nombre de personnes qui ont "liké" sa photo. Certaines ont écrit des commentaires.

— Plus de mille personnes ont vu ces photos ? demanda Kate, les yeux tellement écarquillés qu'ils la brûlaient.

— Ce truc – qu'importe ce que c'était – n'impliquait pas seulement Amelia, expliqua Lew, ignorant la question, probablement parce que la réponse était qu'il y en avait encore davantage. Il y a plus d'une vingtaine de filles dans ce groupe.

— Ce groupe ?

— Vol d'oiseau. Apparemment elles avaient mis en place une espèce de système de classement, presque comme un jeu.

— Un jeu ? Avec des photos pareilles ? Oh mon Dieu, c'est à vomir. »

Soudain Kate s'emporta.

« Il faut qu'on trouve ces filles. Il faut qu'on dise à leurs parents exactement ce qu'elles font. Ça ne va pas du tout. Ce n'était pas une idée d'Amelia. Quelqu'un l'y a poussée.

— On est d'accord, mais j'imagine que tous les noms là-dessus sont des pseudonymes. Avez-vous un genre d'annuaire scolaire ou quelque chose avec quoi on pourrait comparer les photos pour obtenir les vrais noms de ces filles ?

— Il existe un livret d'accueil avec la photo de tous les élèves. Il est sur Internet. »

Tandis que Kate allait dans sa chambre chercher son ordinateur portable afin de comparer les photos, elle n'arrêtait pas de retourner dans sa tête la possibilité qu'Amelia se soit vraiment suicidée, après tout. Si elle s'était retrouvée mêlée à un truc pareil, à poser à moitié nue, la culpabilité et la gêne avaient peut-être été telles qu'elle n'avait plus supporté de vivre avec.

Quand Kate revint dans son bureau, Lew était au téléphone.

« Ouais, d'accord, murmura-t-il en se massant le front. J'arrive le plus vite possible. »

Il raccrocha, la mâchoire serrée.

« Qu'y a-t-il ? » demanda Kate.

Elle s'était préparée à ce qu'il reçoive un appel lui signifiant d'abandonner cette affaire, que son temps serait mieux employé ailleurs. Mais pas maintenant.

Pas après avoir vu ces photos. Lew prit une profonde inspiration, la main toujours sur le front.

« Si vous me donnez l'adresse du site et le mot de passe pour accéder à ce livret d'accueil, je pourrai faire le comparatif moi-même ce soir, dit-il. De toute façon il serait sans doute préférable que vous ne voyiez pas le reste de ces photos.

— Où allez-vous ?

— Chez moi. Cet été, ma femme a eu une attaque », répondit-il doucement.

Il secoua la tête, les yeux rivés au sol. Quand il regarda de nouveau Kate, il avait les yeux embués.

« Quand elle est dans un mauvais jour, je suis le seul qu'elle accepte d'écouter. La moitié du temps, je ne suis même pas sûr qu'elle sache qui je suis, mais elle m'écoute quand même. C'est son infirmière à domicile qui vient de m'appeler. Apparemment, aujourd'hui c'était vraiment un très mauvais jour. »

Kate plissa les yeux. Elle aurait aimé être le genre de personne qui fait passer la victime d'une attaque avant sa propre angoisse. Hélas, tout ce qu'elle avait envie de faire, c'était de s'agripper à la jambe de pantalon de Lew et de le supplier de rester, de ne pas la quitter avant qu'elle sache toutes les horreurs qu'il restait à découvrir au sujet d'Amelia.

« D'accord, parvint-elle à articuler. Enfin je veux dire, oui, bien sûr. Savez-vous par hasard quand vous serez de retour ?

— À la première heure demain matin. »

Il s'arrêta devant elle sur le seuil de la porte et la regarda droit dans les yeux. Son visage s'adoucit alors, comme jamais Kate ne l'avait vu auparavant.

Elle s'imaginait que c'était la manière dont il regardait ses propres petits-enfants : de la fermeté enrobée de chaleur. Ça lui donnait envie de pleurer.

« Essayez de ne pas vous inquiéter. Nous allons réussir à comprendre ce qui lui est arrivé. »

Après le départ de Lew, Kate résista à la tentation de retourner voir le blog *Vol d'oiseau.* Ce ne fut pas difficile. Jamais elle n'aurait pu supporter de revoir ces photos.

Au lieu de cela, elle retourna à ses boîtes. Il fallait qu'elle finisse de parcourir les mails d'Amelia. Elle voulait voir en particulier s'il y en avait d'autres de Woodhouse. Un seul message de ce genre pouvait avoir une explication innocente. Peut-être. Mais pas plusieurs.

Le temps qu'elle passe en revue l'ensemble des mails, le soleil s'était couché. Le salon était plongé dans l'obscurité, à l'exception du cercle de lumière pâle projeté par le lampadaire à côté du canapé. Elle diffusait un halo flou sur la table basse où Kate avait déposé tous les mails envoyés par Woodhouse qu'elle avait trouvés.

Dix-sept au total.

Elle les avait disposés sur la table, telle une espèce d'affreuse courtepointe en patchwork et, bras croisés, elle les contemplait fixement. La plupart étaient lapidaires, une phrase ou deux, demandant à Amelia de venir le voir, de réfléchir à ce qu'il avait dit ou de réfléchir à ce qu'elle faisait. Mais dans l'un d'eux, il semblait presque la menacer. Pense à ton avenir, Amelia. Ça pourrait te coûter cher.

Amelia n'avait répondu que deux fois, par mail, et avec presque aussi peu de mots : D'accord et Quelle heure.

Se pouvait-il qu'il y ait eu quelque chose entre Amelia et Woodhouse : une liaison, du harcèlement sexuel, quelque chose ? Kate l'avait rencontré le jour de la mort d'Amelia. Il lui semblait avoir eu toute une conversation avec lui, pourtant il ne lui en restait pas le moindre souvenir. Il avait également assisté aux funérailles. Ça, elle se le rappelait, mais toute cette journée s'était déroulée dans une sorte de brouillard. Elle ferma les yeux et essaya de se représenter Woodhouse. Il était jeune, non ? Séduisant, même ? Dans un flash, elle vit des lunettes trendy et une coupe de cheveux savamment décoiffée. Si elle se représentait la bonne personne. Une chose était sûre, Woodhouse avait un curriculum impressionnant : une bourse d'excellence Fulbright et un master de politique publique et d'éducation à Harvard, qu'il avait obtenu à peu près à l'époque où elle avait passé son diplôme de droit. Elle se rappelait avoir consulté sa biographie dans le communiqué que Grace Hall avait envoyé aux parents quand il était devenu proviseur. Cela dit, rien n'empêchait un type avec un super CV d'être aussi pédophile.

C'est alors qu'on frappa un coup à la porte, puis trois plus forts. Impatients, presque agressifs. Kate se leva du canapé et, les bras serrés sur la poitrine comme pour se protéger, elle se dirigea à tâtons jusqu'à l'entrée. Elle n'alluma pas la lumière. Elle n'était pas encore prête à annoncer qu'elle était chez elle.

Boum ! Boum ! Boum ! Les coups retentirent de nouveau alors qu'elle était presque arrivée.

L'estomac noué, elle regarda par l'œil-de-bœuf. Seth se tenait sur le seuil, bras croisés, mâchoire serrée. Quand elle ouvrit, il avait la main levée, comme s'il s'apprêtait à recommencer à tambouriner. Il parut un instant soulagé, puis furieux.

« Non. Tu n'as pas le droit, pas en ce moment, tempêta-t-il en s'engouffrant dans la pièce. Tu sais combien de fois je t'ai appelée aujourd'hui ?

— Non, j'ai…

— Douze fois, aboya-t-il. Je t'ai laissé douze messages. Mais est-ce que tu prends la peine de me rappeler ? Non, bien sûr que non. J'ai dû demander à Thomas de quitter le boulot à dix-huit heures trente pour qu'il aille chez la nounou de façon que je puisse venir ici m'assurer que tu allais bien. Tu sais à quel point c'est tôt, dix-huit heures trente, chez McCann Erikson ? C'est comme prendre une demi-journée. En résumé, Thomas m'en veut à mort d'entamer son image de bourreau de travail et, par extension, il t'en veut à mort à toi aussi. Alors, quelle peut bien être ton excuse pour ne pas m'avoir rappelé ? »

Il jeta un œil au salon.

« Et qu'est-ce que tu fabriques dans le noir ? Je t'ai déjà dit que ça allait te déprimer. Il existe des études qui… »

Il se tut en voyant le visage de Kate se décomposer. Une seconde plus tard, elle sanglotait.

« Oh non, dit-il en s'avançant pour l'étreindre. D'accord, d'accord. Tu peux rester dans le noir si tu en as envie, ma puce. Et que Thomas aille se faire foutre. Lola est aussi sa fille. Une fois n'est pas coutume, il peut bien descendre de sa tour d'ivoire pour aller la chercher. Allez viens, c'est d'un remontant dont tu as besoin. »

Vingt minutes plus tard, verre de vin à la main – et Seth mis au courant de tout –, ils contemplaient les pages qui recouvraient la table basse.

« Ça fait un poil *Lolita*, commenta-t-il. Que vas-tu faire ? »

Kate secoua la tête.

« Découvrir pourquoi il les a envoyés, je suppose.

— Tu es sûre que ça compte ?

— Comment ça ? Bien sûr que ça compte.

— Écoute, Kate, tu sais que je t'aime, hein ? »

Elle le fusilla du regard, sachant qu'il s'apprêtait à dire quelque chose qu'elle n'avait pas envie d'entendre.

« Je crois, oui.

— Et tu sais que j'aimais Amelia. »

Elle hocha la tête.

« Je comprends que tu veuilles savoir que la mort d'Amelia n'était pas un suicide, dit-il. Mais si tu le sais déjà, quel besoin as-tu de le prouver ? Et à qui ? »

Cependant Kate voyait bien que Seth était toujours persuadé qu'Amelia s'était suicidée. Qu'il pensait que toute cette recherche faisait seulement partie du travail de deuil. Nécessaire, peut-être, mais en définitive vaine.

« C'était ma fille. La seule que j'aurai jamais et…

— Écoute, je sais ce que ça représente, surtout maintenant que j'ai Lola. Mais…

— Tu penses que je devrais laisser tomber. Que si quelqu'un a tué Amelia, je devrais le laisser s'en tirer ? »

Seth secoua la tête d'un air grave. Il avait mis une sourdine à son répondant habituel.

« Ce que je dis, c'est que toi, tu devrais te laisser t'en tirer, murmura-t-il. Rien de tout ça ne pourra ressusciter Amelia et ça risque de te faire péter un câble. Imagine que tu apprennes quelque chose de terriblement flippant sur son compte et celui de ce fameux Woodhouse, mais qui n'a rien à voir avec la cause de sa mort ? Alors quoi ? Je dis simplement qu'Amelia aussi voudrait que tu prennes soin de toi. Moi, je le veux. »

Il avait raison, bien sûr, quand il parlait de découvrir des choses horribles. Elle avait déjà appris des choses dont elle aurait voulu pouvoir purger sa mémoire. Son portable vibra alors sur la table basse, faisant un bruit sourd contre le bois. Ils le regardèrent puis s'observèrent mutuellement. Kate ne bougea pas.

Sans qu'elle le lui demande, Seth se leva pour aller voir.

« Ce n'est que la messagerie », dit-il en lui tendant l'appareil.

C'était Daniel.

« Je voulais juste m'assurer que tu ne t'en faisais pas au sujet de cette affaire Associated », disait sa voix enregistrée. Il essayait d'avoir l'air joyeux. C'était raté. Il ne semblait pas tant fâché que crispé. « Je le voyais venir depuis longtemps. Je n'arriverai jamais à conquérir Jeremy. C'est pour ça que je vais partir chez Meyers, Jenkins dans quelques semaines. Et puis ils m'ont fait une offre dingue de partenariat à parts égales. Alors tout va bien, crois-moi. En attendant, je vais faire du golf en Écosse, incroyable, non ? Ça fait deux ans que je n'ai pas pris de vacances. Enfin bref, on se verra bien un de ces quatre. Prends soin de toi, Kate, et félicitations. Tu le mérites. »

Kate garda le téléphone pressé contre son oreille encore une minute après la fin du message. Daniel parti pour un autre cabinet, après toutes ces années à se frayer un chemin à coups de griffes jusqu'au sommet de Slone, Thayer ? Sorti de sa vie, juste comme ça ? Elle était soulagée, mais pas seulement. Déstabilisée. *Tu le mérites*. C'était cette partie du message qu'elle n'aimait pas. Il n'était pas du genre à penser que quiconque à part lui méritait quoi que ce soit.

« C'était qui ? demanda Seth sans se laisser berner par le coup du téléphone collé à l'oreille. Jeremy veut que tu viennes lui enlever un chewing-gum collé à ses pompes ? »

Il leva les mains en l'air et les agita.

« Oh, Kate ! Aide-moi ! Aide-moi ! Je ne peux pas toucher mes semelles avec mes blanches mains.

— Tu as fini ? »

Seth avala une gorgée de vin et soupira.

« Je crois.

— C'était Daniel, de toute façon, pas Jeremy.

— Ah misère. Encore mieux. Quel exploit Captain Corporate Crusader[1] a-t-il réalisé aujourd'hui ? Il a

1. Référence à un personnage de super-héros qui apparaît dans trois bandes dessinées créées par Gary Martin. Un homme, Steve Richards, décide de jouer au super-héros afin de passer un contrat

piétiné des vieilles dames pour attraper un sac de billets ? À moins qu'il n'ait balancé des chiots à la baille dans l'espoir d'être promu avocat principal à je ne sais quel procès.

— Je croyais que tu avais fini ? »

Seth haussa les épaules.

« Il ne l'a pas volé. Tu sais, quand je l'ai croisé l'an dernier à une soirée d'anciens étudiants, il m'a dit qu'il envisageait un recours collectif en justice pour empêcher Human Rights Watch de solliciter des dons dans son quartier.

— Je suis sûre qu'il plaisantait. »

Seth haussa un sourcil.

« Tout seul, alors. Tu sais, j'ai entendu des rumeurs selon lesquelles son ex-femme, Gail, a dû se faire hospitaliser après leur divorce.

— Tu inventes, là.

— Peut-être, mais franchement. Daniel est un profiteur, y a pas à tortiller. Tu le sais mieux que personne. Il prend des libertés avec toi depuis que lui et toi…

— Est-ce que tu pourrais éviter de me le rappeler, s'il te plaît ?

— Désolé », dit Seth, l'air penaud.

Le portable de Kate se remit à vibrer dans sa main.

« Ce n'est pas Daniel qui te rappelle, quand même ?

— Ce n'est pas la messagerie, c'est un texto, répondit-elle en ayant à peine regardé son téléphone. Tu peux le lire, s'il te plaît ? »

---

de vente avec une entreprise de jouets pour commercialiser des figurines de Captain Crusader. *(N.d.T.)*

Elle tendit l'appareil à Seth. Il le lui arracha des mains et regarda l'écran comme s'il allait mettre un terme une bonne fois pour toutes à ces bêtises. Mais à la lecture du message, il se décomposa.

« Lis-le-moi.

— Kate, je ne crois pas… Il n'y a que deux mots. Qui sait ce…

— Seth, s'il te plaît. »

Il inspira et s'agita dans son fauteuil, comme pour gagner du temps.

« D'accord, d'accord, très bien », murmura-t-il en levant le téléphone devant ses yeux.

Il prit encore une courte inspiration sonore.

« "Sale pute". »

gRaCeFULLY

10 OCTOBRE

Parce qu'il y a 176 définitions du mot *loser* sur urbandictionary.com. Sortez du lot

Tenez-vous bien, il y a de l'eau dans le gaz chez les mecs du club d'échecs...

OK, OK, qui a envie d'entendre parler de ces types complètement perchés, hein ? Mais attendez, ça vaut le détour. Apparemment, une certaine jeune femme de l'équipe, connue pour son style agressif en matière de, hum, stratégie (d'accord, c'est Ainsley Brown), s'est rappliquée en retard à sa partie d'échecs à Horace Mann samedi dernier parce qu'elle était occupée dans les toilettes avec un certain adversaire de sexe masculin originaire du lycée Stuyvesant. La rumeur court que l'adversaire en question ne voyait absolument aucune objection à bazarder la partie en échange de services rendus.

Les membres du personnel de direction du lycée affirment que l'étau se resserre autour du salaud de cleptomane qui a piqué deux des nouveaux iPads du bahut. C'est soit un de ces gros bouseux de Wolf's

Gate, soit le prof de chimie, M. Hale, qui a sa carte aux Joueurs Anonymes. Auquel cas, j'espère bien qu'ils vont le virer, dans l'idéal avant qu'il corrige ma dernière interro.

Quant aux Maggies, elles refont des leurs. Cette fois-ci il y a des photos et un blog dans le coup. J'ai pas les détails, mais je parie que c'est de la balle.

On dirait aussi qu'Ian Greene et Dylan Crosby ont tous les deux l'œil baladeur. On savait bien, pauvre Sylvia, que tes heures étaient comptées. Et il semblerait que Dylan ait ENFIN des vues sur quelqu'un. À suivre.

À plus, les gens. Avec une nouvelle fournée de scoops à vous couper le souffle.

Amelia

13 OCTOBRE, 20 H 47

DYLAN
t libre 2main
AMELIA
sûr, quelle heure ?
DYLAN
après les cours
AMELIA
tu veux faire quoi ?
DYLAN
sortir, o parc peut-ê, 1 ciné
AMELIA
comme 1 rencard
DYLAN
ouais, j'imagine
AMELIA
cool à +

13 OCTOBRE, 21 H 03

BEN

quoi 2 neuf ?

AMELIA

nada et toi ça va ?

BEN

bien, t'as parlé à ta mère ?

AMELIA

pas encore, j'hésite

BEN

pourquoi ?

AMELIA

tu l'avais dit à tes parents direct ?

BEN

quasi

AMELIA

et ils l'ont bien pris ?

BEN

mon daron s'en est remis + vite ke ma reum

AMELIA

ma mère le prendrait bien, ms c qd même bizarre ; genre 1 sale conversation sur le sexe

BEN

ouais, ms tu te sentiras mieux après, crois-moi

AMELIA

peut-ê, faut ke j aille à + xo

13 OCTOBRE 21 H 11

SYLVIA

t'as vu le dernier gracefully ?

AMELIA

pas encore, pourquoi ?

SYLVIA

je viens 2 le lire, c écrit que Ian a l'œil baladeur, bordel !!!

AMELIA

y a 100 % de mythos ds ce torchon…

SYLVIA

j'espère ke t'as raison

Facebook
14 OCTOBRE

Amelia Baron
« Ils appartenaient à cet univers irréel mais pénétrant et troublant qu'est le monde vu par les yeux de l'amour. » Virginia Woolf, *Vers le phare*

Sylvia Golde oh, y en a marre des références littéraires qui se la pètent

George McDonnell ouais, sérieux ftg

Chole Frankel moi g trouvé ça adorable, Amelia. j'adore ce livre

Amelia

14 OCTOBRE

Je me suis réveillée avec le soleil dans les yeux. Il était bas dans le ciel, juste au-dessus des maisons de l'autre côté de la rue. J'ai plissé les yeux et me les suis protégés d'une main pour regarder mon réveil sur la table de nuit. Déjà presque dix-sept heures, or je devais faire du baby-sitting pour Kelsey à dix-huit heures trente. Le ciné avec Dylan, c'était mort. Mais je m'en fichais un peu. Enfin, dans l'hypothèse où Dylan ne faisait pas exprès d'éviter de sortir en public avec moi.

« T'as vraiment lu tous ces bouquins ? » m'a-t-elle demandé.

J'ai roulé dans mon lit, elle était à l'autre bout de ma chambre, occupée à regarder tous les livres entassés sur les étagères. En débardeur et culotte, elle avait noué grossièrement ses cheveux sur sa nuque et quelques boucles folles lui encadraient le visage. On aurait dit une princesse.

« Parce qu'on se croirait dans une bibliothèque ici. »

Il y avait dans sa voix un mélange d'admiration et de trouille.

« Je n'ai jamais vu autant de bouquins chez quelqu'un.

— Et la bibliothèque chez toi, alors ?

— Mon père collectionne les livres. Il ne les lit pas vraiment. Ça pourrait aussi bien être, disons, des assiettes commémoratives ou des armes. Toi, tu les as lus, non ? »

J'ai toisé les étagères encombrées. C'était effectivement un poil flippant maintenant que je les voyais avec les yeux de Dylan. En même temps, la voir se trimballer des grilles de sudoku ceinture noire comme un doudou, c'était pas franchement normal non plus.

« Pas tous, ai-je menti. Ce serait un truc de dingue. En plus y en a qui doivent être à ma mère, je crois. »

Ce mensonge m'a rendue un peu triste. Après tout ce temps passé à jouer au chat et à la souris et à faire semblant pour pouvoir intégrer les Magpies et rester proche de Dylan, ça aurait été chouette d'être moi-même à cent pour cent quand j'étais en tête à tête avec elle. Seulement j'avais comme l'impression qu'elle était toujours sur le point de me glisser entre les doigts et je ne savais pas avec laquelle de mes manies elle avait du mal. Et puis ça n'aidait pas non plus qu'elle flippe grave que les gens découvrent le pot aux roses. À croire que ça aurait été pire que la mort. Je n'avais pas envie de gueuler notre amour sur tous les toits de Brooklyn ni d'aller à la gay pride ou quoi, du moins pas encore. Mais je m'en fichais pas mal que quelqu'un le découvre. La seule chose qui comptait, c'était Dylan. L'unique fois où je lui avais demandé si notre relation la gênait, ça s'était mal passé.

« Non », avait-elle ronchonné.

On était dans ma chambre, comme d'hab.

« C'est juste que j'ai pas envie que les gens au bahut sachent quoi que ce soit sur ma vie privée, OK ? »

Vie privée. Ces mots étaient sortis de sa bouche comme s'il s'agissait d'un truc capital qu'elle avait l'habitude de dissimuler. Je m'étais alors demandé combien de mecs avaient gardé ses secrets avant moi. Si ça se trouve, il aurait très bien pu y avoir aussi des nanas. C'était là une question que je me retenais de poser depuis des semaines. J'avais peur de la réponse. N'importe comment, il y aurait des inconvénients. Cela dit, je ne perdais pas espoir qu'elle change d'avis sur le côté secret de notre relation. Certes, je ne savais pas si j'étais amoureuse d'elle, mais en tout cas je ne pensais qu'à elle. Quand on était ensemble, j'avais l'impression d'être reliée à un truc plus important et mieux que moi-même. Et ça, pour moi, ça ressemblait à l'amour.

J'avais envie qu'elle reste, de commander à manger et de faire comme si on était un vieux couple marié. J'aurais même pu téléphoner à Kelsey pour lui dire que j'étais malade. Je ne le faisais jamais. C'était irresponsable, mais pour Dylan j'aurais fait exception. Pourtant je savais déjà qu'elle ne resterait jamais, de toute façon. Elle ne passait jamais plus de deux heures chez moi après les cours. Ensuite elle disait toujours qu'il fallait qu'elle rentre chez elle dîner, faire ses devoirs, parce que sa mère voulait lui parler. C'était peut-être vrai, tout ça. Mais j'avais toujours l'impression que c'était des excuses.

Dylan était encore plantée devant mes étagères.

« C'est pas grave s'ils sont tous à toi ou quoi », a-t-elle dit.

Mythoner, ça n'a jamais été mon fort.

« Je trouve ça cool que t'aimes lire. »

Elle a reculé et est venue s'asseoir à côté de moi sur le bord du lit.

« Je crois que les gens se représentent des choses dans leur tête quand ils lisent. Ils s'imaginent tout un monde. Pour moi, ce ne sont que des mots sur une page, c'est tout.

— Sérieux, tu ne te représentes rien ? C'est super zarbi. »

Dylan a fait une moue dépitée. Zarbi. Pourquoi l'avais-je formulé comme ça ? Comme si elle avait un problème.

« Enfin je veux dire : c'est cool. »

Trop tard.

« Ouais, tu parles, trop pas. Mais je ne suis pas comme toi, Amelia. Je ne suis comme personne. »

Elle s'est brusquement levée du lit et a attrapé son jean. Elle l'a enfilé en se tortillant, le visage complètement fermé. Une fois qu'elle avait le regard ailleurs comme ça, je savais que notre rendez-vous était terminé.

« Faut que j'y aille. L'épisode où ma mère a un rôle important passe à la télé ce soir. Elle a invité des amis pour le regarder. Il faut que je l'aide à se préparer. »

On aurait dit un robot.

« Bien sûr, pas de problème. »

Je me suis redressée et j'ai enfilé ma chemise à mon tour. Soudain, les voilà qui revenaient dans ma bouche, qui poussaient de toutes leurs forces contre mes lèvres. Ces questions qui n'avaient pas de bonnes réponses. Mais cette fois-ci, je ne suis pas arrivée à les retenir.

« Est-ce que je suis la première fille avec qui tu sors ?

— Qu'est-ce que ça change ? »

Au moins ma question n'avait pas l'air de la faire flipper. J'aurais cru qu'elle se serait direct jetée sur la porte.

« Je sors avec toi, maintenant, non ? »

Elle a enfilé sa veste, ramassé son sac puis a défait d'un geste le vague chignon qui maintenait ses cheveux. Elle m'avait expliqué une fois que sa mère détestait quand elle avait les cheveux attachés. Soi-disant ça lui faisait une mâchoire trop carrée.

« C'est sûr, ça n'a pas d'importance. Mais c'est vrai alors, tu sors vraiment avec moi ? »

J'avais envie de vomir. C'était une erreur d'essayer de l'amener à me parler de ce genre de choses. J'aurais dû me contenter de ce qu'elle me donnait. Mais je n'arrivais pas à la boucler.

« Parce que des fois j'ai l'impression que t'as pas envie. »

Elle a souri, alors, et son visage s'est de nouveau illuminé. Elle est revenue sur ses pas et s'est laissée tomber sur le lit à côté de moi. La hanche collée contre ma jambe, elle a dégagé une mèche de cheveux de mon visage et me l'a glissée derrière l'oreille.

« Je t'aime bien, Amelia. Mais j'ai envie que ce qui se passe entre nous, ce soit pour nous, pas pour prouver je ne sais quoi à tout Grace Hall ou aux Maggies. Ça ne regarde personne d'autre que nous. »

Elle n'avait pas répondu à ma question, certes. Mais exprimer ses sentiments de cette façon, c'était romantique. Comme si c'était nous contre le monde. J'étais vraiment conne d'embrouiller ce qu'on avait de bien. Pourquoi avais-je tellement besoin que les gens soient au courant de notre relation ? Parce que j'étais à la masse, voilà pourquoi. J'étais pas foutue de laisser les choses se faire. Voilà ce qui arrive quand on passe autant de temps seule. On devient un vrai crampon tout chtarbé.

J'ai hoché la tête.

« Désolée, c'est juste…

— T'inquiète. Je comprends. »

Elle a souri en se penchant pour m'embrasser.

« T'es un peu en chien. La plupart du temps, c'est super mignon. »

Dylan n'était pas partie depuis plus de dix minutes quand j'ai entendu un bruit bizarre en bas. J'étais en train de finir mes exos de bio à mon bureau. Je me suis figée, aux aguets. Je devais entendre des voix. J'étais conne de ne pas avoir allumé de lampe en bas, vu qu'il faisait déjà presque nuit dehors. Et maintenant j'étais coincée dans ma piaule dans une baraque qui s'assombrissait à vue d'œil. Erreur de bleue. Le genre d'erreur que je ne faisais pas d'habitude vu que j'étais une vraie pro de la vie en solo.

J'ai retenu mon souffle et tendu l'oreille, cherchant à capter ce fameux bruit. Pendant une seconde, rien. J'allais pousser un soupir de soulagement quand ça a recommencé. Un petit tap, tap, puis un coup plus sourd. Comme si quelqu'un se cognait partout dans le noir parce qu'il ne connaissait pas les lieux. Merde alors, y avait vraiment quelqu'un chez moi, sérieux ?

J'ai chopé mon portable et composé le 911 sans appuyer sur « Appel ». Et s'il se révélait que c'était rien du tout, ce bruit – ce dont j'étais persuadée – et que ma mère découvrait que j'avais appelé les flics ? Elle serait complètement en panique de voir que j'avais paniqué. Et après, la culpabilité et l'inquiétude de me savoir seule à la maison la boufferaient. D'une façon ou d'une autre, je me retrouverais avec Leelah collée aux basques. Or, Leelah, ça voudrait dire la fin des Maggies. Et de Dylan.

Le doigt en suspens au-dessus de la touche « Appel », je me suis dirigée sans bruit vers la porte. J'ai sorti la tête et regardé en bas des escaliers. Il faisait sombre, à part une minuscule lueur en provenance du rez-de-chaussée. Quelqu'un devait avoir allumé une lumière dans la cuisine, une petite, au-dessus de la cuisinière peut-être, ou dans les toilettes. Il y avait une chance que ce soit moi qui l'ai laissée allumée, ou peut-être ma mère avant de partir au boulot. Mais ça m'aurait étonnée.

Je ne pouvais pas rester plantée là à attendre de voir s'il y avait quelqu'un en bas qui guettait la bonne occase pour, je sais pas, me trucider ou quoi. Mieux valait que je descende vérifier. Si je me faisais piéger dans ma chambre, il n'y aurait pas moyen de me tirer. J'ai attaqué la descente de l'escalier en laissant traîner ma main sur le mur. J'avais toujours le doigt sur « Appel ». J'entendais les placards s'ouvrir et se fermer à présent. Des tiroirs coulisser. C'est sûr, il y avait quelqu'un qui cherchait quelque chose. Quelqu'un qui ne savait pas où chercher.

Je ne pouvais pas risquer d'attendre plus longtemps pour appeler les secours. Une fois que je verrais qui c'était – et qu'on me verrait –, il serait beaucoup trop tard. J'étais au milieu de la deuxième volée de marches, celles qui descendaient à la cuisine, quand j'ai appuyé sur « Appel ». Et là, j'ai cessé de respirer.

« Police secours, quel est votre problème ? » a demandé une standardiste.

Le truc, c'est que la personne en bas dans la cuisine allait m'entendre si je répondais.

« Allô ? Police secours, s'agit-il d'une urgence ?

— Oui, ai-je fini par murmurer. Il y a un intrus chez moi et… »

Du coin de l'œil, j'ai vu quelqu'un, là, en bas des marches.

« Oh merde ! »

J'ai fait volte-face et je suis remontée à l'arrache. Le téléphone m'a échappé et est allé atterrir hors de ma portée.

« Amelia ! Mon Dieu, mais qu'est-ce que tu fais ? »

J'étais déjà en haut des escaliers quand je me suis enfin rendu compte que c'était la voix de ma mère. Je me suis retournée, elle se tenait en bas des marches, l'air en panique, mon portable à la main. Elle se l'est collé à l'oreille.

« Allô ? Oui, non, a-t-elle répondu à la standardiste, qui devait avoir cru que je me faisais passer à tabac. C'était ma fille. Elle m'a pris pour un intrus. Oui. Non. Bien sûr, ne quittez pas. »

Elle a brandi le téléphone, l'air complètement paumée.

« Elle veut te parler, s'assurer que tu vas bien. Est-ce que ça va, Amelia ? »

Il m'a fallu une grande force de persuasion pour arriver à convaincre la standardiste de police secours que j'allais effectivement bien et que c'était vraiment ma mère à qui elle venait de parler.

« Pourquoi tu ne m'as pas dit que tu rentrais à la maison, maman ? ! ai-je hurlé une fois le téléphone raccroché. Tu peux pas te pointer comme ça dix plombes avant l'heure habituelle ! »

Entre cette histoire avec Zadie, ces textos flippants au sujet de mon père et tout, j'étais sur les nerfs ces derniers temps.

« Je suis vraiment désolée, Amelia. Je ne voulais pas te faire peur, a répondu ma mère en me posant une main dans le dos. J'aurais dû t'envoyer un texto, tu as raison. J'étais tellement excitée à l'idée de m'échapper du boulot plus tôt. Je voulais te faire une surprise.

— Mission accomplie. »

Je faisais ma salope, c'était plus fort que moi. Ma vie entière me semblait tellement au-delà du ridicule tout à coup. Je veux dire, je passais ma vie à la maison. Oui, c'était moi qui avais pris la décision que Leelah ne vienne plus, et alors ? Avoir le choix entre être traitée comme un bébé ou vivre en cellule d'isolement, c'était injuste. J'aurais certainement eu un comportement plus normal avec Dylan si ma mère avait été davantage présente. Peut-être même que je lui aurais parlé de Dylan, des Maggies et tout, ce qui aurait été cool parce que j'avais vraiment envie de mettre quelqu'un au courant. Ma mère a bloqué un moment sur ses pompes, puis sur le plafond. Les yeux fermés, elle a secoué la tête.

« Tu as raison, Amelia. Je ne devrais jamais te faire de surprise quand tu es seule à la maison. Je ne sais pas quoi dire. Je n'avais pas réfléchi. »

Elle avait l'air tellement crevée. Complètement lessivée. Soudain ma gorge a commencé à se serrer. Jour après jour je faisais comme si ça n'avait aucune importance qu'elle ne soit pas là. Et la plupart du temps c'était vrai. Mais pas là.

« Ça va, maman, laisse tomber, ai-je dit pour nous simplifier les choses.

— Écoute, pourrait-on au moins essayer de sauver la soirée ? »

Elle a souri malgré son air toujours triste.

« Hé, on pourrait se faire une soirée vendredi un mardi, non ? On pourrait même aller manger un hibachi chez Ginza. C'est ton plat préféré.

— D'accord. »

Elle me faisait de la peine. Et puis le programme avait l'air sympa. Sans compter que je tenais peut-être ma chance. Peut-être que je pourrais enfin lui parler pendant le dîner : de Dylan, des Maggies, et même des textos au sujet de mon père. Tout ça.

« Ouais, Ginza, ce serait cool.

— Super, s'est exclamée ma mère en me passant un bras autour des épaules, et en serrant trop fort. Allons-y maintenant, je meurs de faim. »

J'avais la tête qui tournait en allant chercher mon manteau. Tout ça tombait super bien, en fait. Je détestais cacher des trucs à ma mère. Ça allait me soulager de pouvoir enfin tout déballer. Et si de son côté elle me cachait une ou deux choses – genre sur mon père –, ça pourrait aussi être l'occasion pour elle de vider son sac. Ces derniers temps, j'avais même commencé à me demander s'il y avait une chance pour qu'oncle Seth soit mon daron. Lui et ma mère – je sais, c'est dingue – étaient sortis ensemble à l'époque de ma naissance. Et s'il y avait un facteur génétique dans mon amour pour Dylan et mon retard à l'allumage de ce côté-là, ben Seth aussi avait été comme ça. Ça aurait été logique. D'ailleurs l'idée me plaisait bien. Seth était drôle, intéressant et supra intelligent. J'aurais grave kiffé de l'avoir comme père. Et j'aurais gagné une petite demi-sœur en bonus.

C'est alors qu'on a frappé à la porte.

« Qui est-ce ? a demandé ma mère.

— Je ne sais pas », ai-je répondu, craignant un peu que ce soit Dylan.

Parler d'elle à ma mère serait une chose, mais je n'étais pas prête à ce qu'elles se rencontrent.

« Oh, bonsoir, a lancé ma mère de sa voix j'essaie-d'être-un-être-sociable. Comment ça va ? »

Elle a ouvert la porte en grand, Kelsey se tenait sur le seuil dans une jolie robe cocktail rouge, le visage aux couleurs de l'arc-en-ciel.

« Bonsoir, a-t-elle répondu, perplexe. Amelia, je croyais que tu venais garder les garçons ce soir ? Est-ce que je me suis emmêlé les pinceaux ? »

Le lendemain, j'ai reçu un texto d'Heather pendant les cours. Photog. Chez toi ds 1 heure. J'avais complètement zappé que j'avais accepté de participer au jeu débile de Zadie.

« C'était qui ? » a demandé Sylvia en essayant de zieuter le message par-dessus mon épaule.

Assises dans la cour du lycée, on mangeait le Yogo Monster qu'on s'était acheté en guise de déjeuner sur la Septième Avenue. Il faisait beau et, avec nos lunettes de soleil et nos vestes légères, on essayait de faire comme s'il faisait encore assez chaud pour s'enfiler un yaourt congelé dehors. J'ai laissé tomber mon portable dans mon sac, histoire qu'elle ne puisse pas lire le texto.

« Ma mère.

— En plein milieu de sa journée de boulot ? s'est exclamée Sylvia, les yeux ronds comme des soucoupes. Apaise-toi, ô mon cœur. À ce train-là, elle va être élue meilleure mère de l'année.

— Arrête, Sylvia. Je suis pas d'humeur. »

Le sujet de ma mère était sensible depuis qu'on avait raté l'occasion de se parler la veille. Quand j'étais rentrée du baby-sitting, elle écrasait dans son lit, les lunettes encore sur le nez, un *New York Magazine* collé dans les mains. Je n'avais pas eu le cœur de la réveiller.

Et puis, après une nuit de sommeil, j'avais décidé le matin que je n'étais pas encore prête à lui parler de

Dylan, finalement. Je le ferais. Juste pas maintenant. J'adorais ma mère, on était super proches, mais rien que de penser à la fois où elle m'avait expliqué d'où venaient les bébés, ça me foutait encore les chocottes. Elle avait eu beau faire de son mieux pour rendre la conversation désinvolte et normale, c'était resté sacrément cradingue. Or là c'était moi qui avais des relations sexuelles. Même si je mettais de côté la partie sexe, il s'agissait quand même de moi avec une fille. Peut-être que ça aurait dû être pareil que si je lui avais annoncé que je sortais avec un mec, mais ça me semblait vachement plus compliqué.

Sylvia a haussé les épaules.

« Laisse tomber, j'essayais juste de t'aider. »

J'ai jeté un œil dans la cour.

« Il est où, Ian, aujourd'hui ? »

Je n'avais plus envie de lui parler, or Ian, c'était toujours la diversion garantie.

« Mais oui, où est Ian ? a grommelé Sylvia. C'est une très, très bonne question. Question dont je n'ai personnellement pas la réponse parce que ce connard ne m'a pas fait signe de toute la journée.

— Ce connard ? »

Sylvia ne parlait jamais de Ian comme ça. Même pas pour se marrer.

« Y se passe quoi, là ?

— Allô ? Je t'ai envoyé un texto à ce sujet. Tu lis même plus mes messages maintenant ?

— Ah oui, c'est vrai, ce truc dans *gRaCeFULLY* ? Allez, Sylvia. Tu vas quand même pas croire cette daube ? Tout est mythoné.

— Pas tout. Y a eu un tas de trucs sur moi là-dedans qui à mon grand désespoir étaient carrément vrais.

— N'importe, j'y crois pas. Ian est raide dingue de toi. »

Et c'est vrai que je n'y croyais pas. J'avais vu Ian à un paquet de fêtes organisées par les Maggies. Il avait eu dix mille occasions de la tromper, surtout avec Zadie, qui se pendait encore à lui chaque fois qu'elle le pouvait. Mais jusqu'à preuve du contraire, il n'avait pas répondu à l'offre. Je ne l'avais vu répondre à l'offre de personne. Sylvia a baissé le nez sur son yaourt nature à 0 % mélangé avec des morceaux de cookies Chips Ahoy ! et y a plongé rageusement sa cuiller. Elle a secoué la tête.

« Il est pas mal aux abonnés absents en ce moment, il me sort tout un tas d'excuses à la con, genre son père qui a une expo de dernière minute dans une galerie, ou le rendez-vous chez le médecin du gamin de sa sœur. Sa mère qui lui dégotte un entretien avec je ne sais quel agent artistique. Enfin quoi, est-ce que ça existe seulement, un agent artistique ?

— Si oui, Ian serait bien du genre à en avoir un. »

Sylvia a levé les yeux au ciel, puis son regard est parti dans le vague. J'observais son visage qui se délitait lentement. Sylvia vénère, c'était pas bon. Sylvia triste, c'était la cata. Elle devenait toujours toute ratatinée, comme un ballon dégonflé.

« Je sais ce que ça fait d'être trompée », a-t-elle murmuré.

Elle m'a regardée, les yeux embués.

« Ça fait ça. Et franchement, ça pue.

— Peut-être qu'il a juste besoin d'air ou je sais pas. »

Mais Sylvia avait raison. En général, sur ce genre de truc, elle avait du flair. J'ai repensé à Zadie. Avec une meuf pareille, ce n'était peut-être qu'une question de temps.

« D'air, c'est ça, s'est-elle esclaffée, amère. Pour se trouver une nouvelle meuf.

— C'est pas ce que je voulais dire.

— C'est sympa d'essayer de me remonter le moral, Amelia. Mais – le prends pas mal – genre, sérieux, qu'est-ce que t'en sais ? T'as embrassé un seul gars dans toute ta vie. Et encore, je suis pas sûre qu'un sauveteur bourré, ça compte. »

Elle m'a dévisagée un moment. J'attendais qu'elle se souvienne de notre conversation au Tea Lounge, celle au sujet de la liaison qu'elle avait reniflée. Mais c'était comme si elle n'avait jamais eu lieu. J'étais à la fois soulagée et déçue que Sylvia ne l'ait jamais remise sur le tapis.

« C'est un peu rude de recevoir des conseils amoureux de la part de quelqu'un qui l'a jamais été. Envoyer des textos à je ne sais quel type chelou à Albany, ça compte pas.

— Ben n'est pas chelou », ai-je répliqué sans trop de conviction.

Il avait un peu changé ces derniers temps. Au début, il m'avait vachement soutenue au sujet de Dylan et tout, mais ensuite, d'un coup, il avait commencé à porter des jugements bizarres. Il s'était mis à me parler comme si c'était mon grand frère ou quoi, à me dire que je devais me méfier de Dylan parce qu'une meuf comme ça, on pouvait pas compter dessus. Comme s'il la connaissait ! Je commençais à me dire qu'il était un poil jaloux ou peut-être juste qu'il en avait marre de m'entendre parler d'elle.

« Je t'aime, alors je vais te le dire comme je le pense, a lancé Sylvia. Ben est grave chelou. N'importe quel type qui veut juste parler tout le temps avec une meuf est chelou.

— Ben est gay, Sylvia. Je te l'ai déjà dit genre un million de fois. Et je suis sa pote. Je ne sais pas pourquoi tu refuses de me croire.

— C'est ça, oui. Comme si tu devais gober tout ce que raconte un type que t'as jamais vu. Si ça se trouve, il est même pas gay. Et même si tout ce qu'il t'a raconté est vrai, quelqu'un qui passe plus de temps devant son ordi qu'avec des vrais gens est zarbi, point barre.

— Laisse tomber. »

J'ai haussé les épaules. Peut-être qu'elle avait raison. Peut-être que je devrais calmer le jeu avec Ben pendant un temps. C'était déjà suffisamment compliqué de jongler entre Sylvia et Dylan sans en plus avoir à m'inquiéter de ce qui lui arrivait à lui. J'avais aussi beaucoup hésité à parler de Dylan à Sylvia. C'était trop de pression de garder ça secret en plus des Magpies. Je pensais pas non plus qu'elle serait tant en panique que ça d'apprendre que je sortais avec une fille. Elle serait sur le cul, obligé. Même moi, je l'étais encore, alors. Des fois je n'étais même pas encore sûre à cent pour cent que c'était vrai. Il y avait des chances qu'elle soit vénère que je ne lui aie pas parlé de Dylan plus tôt – cela dit, c'était pas comme si j'avais vraiment pu, vu que je cherchais encore moi-même à comprendre –, en tout cas c'est sûr qu'elle allait avoir grave plus les boules pour le coup des Maggies.

Et si je me trompais ? Et si ça lui faisait quelque chose que je sorte avec une fille ? Je veux dire, on s'était retrouvées à poil ensemble genre des centaines de fois. On avait dormi dans le même lit presque aussi souvent. C'est elle qui m'avait montré comment mettre un tampon. Elle qui m'avait expliqué – schémas à l'appui – ce qui se passait quand un gars vous limait. On avait partagé tous nos secrets jusqu'à présent. Et si rien n'était plus jamais pareil après mes aveux ?

« Mademoiselle Golde ? » a lancé quelqu'un depuis l'autre bout de la cour avant que je puisse me résoudre à tout déballer sur Dylan.

On a levé la tête : c'était la sinistre Dr Lipton, la conseillère scolaire. Avec sa peau blanche et sa robe noire à col montant, on aurait dit un vampire, comme d'habitude.

« Nous avions rendez-vous, mademoiselle Golde.

— Oh, formerdable, s'est exclamée Sylvia suffisamment fort pour que le Dr Lipton puisse l'entendre.

— Il s'est passé quelque chose ? » ai-je demandé.

Sylvia avait eu des problèmes à la fin de la troisième. Sa mère l'avait surprise deux fois à se trancher les veines. C'était pas aussi grave que ça en avait l'air, du moins d'après Sylvia. Mais sa mère avait complètement pété les plombs. Elle l'avait envoyée genre chez dix psys différents en même temps et avait fait en sorte que le Dr Lipton lui colle au cul 24/24.

Cette année, Sylvia allait très bien. Du moins c'est ce que je croyais.

« Il s'est rien passé. Ma mère fait sa pute. Comme d'hab.

— Sylvia, sérieux. T'es sûre que ça va ? »

Je culpabilisais un peu d'être passée complètement à côté de l'épisode du charcutage la première fois. Y avait pas moyen que je laisse ça se reproduire.

« Je veux dire, avec cette histoire à propos de Ian et tout.

— Mais oui ça va, bon Dieu. Les gens, des fois, a soupiré Sylvia avant de se diriger nonchalamment vers le Dr Lipton. À mon avis, une meuf qui a signé un bail avec un gars soi-disant gay, elle devrait se faire un peu plus de bile pour elle et un peu moins pour moi. »

C'était top pour moi que le Dr Lipton ait rappliqué, sinon je n'avais aucune idée de comment j'aurais pu planter Sylvia à temps pour retourner chez moi accueillir le « photog ». J'avais toujours l'intention d'esquiver ce jeu à la con, mais je n'avais pas trouvé le moyen de le faire sans vexer Dylan. Or j'étais tellement bien avec elle que je ne voulais pas tout foutre en l'air.

J'ai réintégré le bâtiment en même temps que la foule d'élèves qui rentraient de la pause-déjeuner, puis j'ai fait un virage à quatre-vingt-dix sur la droite pour rejoindre la porte latérale de l'autre côté de l'atrium. Les Maggies m'avaient appris que le meilleur moyen pour se faire la malle, c'était les escaliers de secours. De ce côté-là, il n'y avait aucun bureau administratif, aucune salle de classe. Je m'étais barrée en plein milieu de la journée par cette voie-là au moins cinq fois déjà : zéro problème. Il fallait faire gauche, gauche, franchir deux portes qui ouvraient sur l'escalier et ensuite…

« Oh, bonjour », s'est exclamée Liv en fermant d'un coup sec son ordinateur portable.

Elle était penchée dessus, assise dans les escaliers. Vu la tronche qu'elle tirait, on aurait dit que je l'avais prise la main dans le sac en train de mater du porno sur Internet. Moi aussi, je me sentais prise en flag. J'ai même songé une seconde à rebrousser chemin, mais c'était trop tard. Et à part sécher, je ne voyais pas ce que j'aurais pu faire d'autre qui aurait justifié ma présence dans cet escalier.

« Bonjour, ai-je répondu sans perdre espoir qu'une bonne excuse tombe du ciel.

— Alors comme ça on est toutes les deux prises la main dans le sac, hein ? » a-t-elle déclaré, lisant dans mes pensées.

Elle était jolie, comme d'habitude, avec son chemisier vaporeux et son énorme collier fantaisie à grosses perles.

« Je suis censée être à un CA, et tu m'as surprise cachée ici à écrire une histoire.

— Ça parle de quoi ? »

Discuter de ce qu'écrivait Liv était une meilleure option que d'expliquer ce que je trafiquais là.

« Ça parle de quoi quoi ? »

C'était elle maintenant qui avait un comportement bizarre.

« Ben, euh, votre histoire ?

— Oh, tu sais, un garçon, une fille, s'ensuit une tragédie. C'est en cours d'élaboration, a-t-elle répondu en souriant. D'ailleurs en parlant d'histoires, Amelia, je suis contente d'être tombée sur toi. Il faut que je te dise quelque chose.

— Quoi ?

— Tu as l'air nerveuse. Ne t'inquiète pas, ce n'est rien de grave, c'est… j'ai fini par soumettre ta nouvelle à cette bourse d'écriture.

— Quoi ? »

Je lui avais dit que je n'avais pas envie de m'inscrire. Qu'est-ce que c'était que cette prof ?

« Je sais, j'ai pris le risque de ne pas t'écouter, et depuis je me sens coupable. »

Elle a secoué la tête.

« Tu es une conteuse extrêmement douée, je voulais te soutenir. Mais ce n'est pas parce que j'aimerais bien personnellement obtenir une bourse d'écriture que c'est la même chose pour toi. J'étais tellement engluée dans mes propres frustrations de ne pas voir mon travail publié que j'ai… Bref, ce n'était pas à moi de prendre cette décision à ta place, je suis désolée. C'est tout ce que je peux dire. »

Les yeux rivés sur mes chaussures, j'avais un peu la rage et je me sentais bizarrement mise à nue, quand soudain je me suis rendu compte que je ne voyais pas les choses du bon côté de la lorgnette. L'initiative de Liv était agaçante, mais je pouvais peut-être tourner son malaise vis-à-vis de cette bourse à mon avantage pour franchir cette porte et arriver à temps chez moi.

« Bon, c'est pas grave, ai-je dit. Mais en fait il faut vraiment que j'y aille. J'ai un, euh, un rendez-vous chez le dentiste. Ma mère a oublié de m'écrire un mot, alors…

— Oh », a-t-elle murmuré.

Je n'aurais pas su dire si elle me croyait. En fait j'aurais plutôt dit que non.

« Le dentiste, hein ?

— J'ai une carie. »

Elle a lentement hoché la tête en se mordant la lèvre inférieure.

« Alors on va dire qu'on est quittes pour l'instant, a-t-elle souri. Va chez le dentiste, je ne dirai rien si tu promets de me pardonner d'avoir envoyé ta nouvelle. Et aussi de ne dire à personne que j'ai fait sauter un CA pour travailler sur une histoire.

— Marché conclu », ai-je répondu en ouvrant la porte.

Quand je me suis retournée vers elle, je me sentais bien, en sécurité. Dorlotée.

« Merci, Liv. »

J'ai traversé la cour latérale et me suis éloignée du bahut en courant sans me retourner. Ensuite j'ai descendu à fond Prospect Parc West en direction de la Première Rue, persuadée que d'un moment à l'autre Mme Pearl ou je ne sais qui allait aboyer mon nom. Parvenue au coin de la rue, j'ai regardé par-dessus mon épaule histoire de m'assurer que personne ne m'observait. Quand je me suis retournée, quelque chose m'a violemment percuté le front et m'a envoyée valser en arrière.

« Aïe !

— Oh, c'est ma faute, a fait quelqu'un. Ça va, beauté ? »

J'ai levé les yeux, des cymbales dans la tête.

« Je suis vraiment trop con, a dit Ian Greene. Je n'aurais pas dû envoyer un texto en marchant. Vraiment désolé.

— Ça va », ai-je dit, même si j'avais un mal de chien à l'œil.

J'avais dû me cogner contre son épaule ou je sais pas.

« T'inquiète. D'ailleurs je suis un peu à la bourre, alors… »

J'ai commencé à le contourner en essayant de me diriger avec l'œil qui me restait.

« Oui, bon, je crois que c'est peut-être bien pour moi que t'es à la bourre. »

Il a brandi son appareil photo d'un air gêné.

« Faut croire que ça fait partie de mes missions de bizutage. »

Il a haussé les épaules, penaud.

« Pour être franc, toute cette histoire m'a fait regretter de m'être mouillé dans ce club à la con. Peut-être que Sylvia avait raison. Ils sont complètement jetés. »

Le fait que Ian soit un super photographe n'était à l'évidence pas la raison pour laquelle Zadie l'avait envoyé mitrailler. Elle essayait de foutre la merde entre Sylvia et moi. Ou, qui sait, entre Sylvia et Ian.

« Ouais, ces trucs de club dérapent un peu des fois », ai-je répondu.

J'avais l'air gênée, nerveuse et coupable. Taire à Sylvia ce que je trafiquais avec les Magpies, c'était une chose, mais de là à ce que ces secrets incluent Ian ? Cela dit, je ne culpabilisais pas encore assez pour annuler tout le bazar. Je m'inquiétais toujours davantage pour Dylan et moi.

« Est-ce que tu sais au moins quel genre de photos ça doit être ? Elles ne nous ont rien dit, ai-je fait.

— Ben, pour en rajouter une couche dans le genre mystère à deux balles, ils m'ont envoyé ici avec une enveloppe scellée qui contiendrait apparemment les instructions concernant cette petite séance de pose. Je ne suis pas censé l'ouvrir avant que toi et moi, on soit à l'intérieur.

— Sérieux ?

— J'en ai peur. »

Maintenant ça devenait officiellement débile. Et plus je laisserais faire, plus je glisserais dans le piège de Zadie. Mais est-ce que j'avais le choix ? À tous les coups Zadie pariait que j'allais annuler la séance. C'était sûrement là tout l'intérêt de la chose. Ça lui donnerait enfin une bonne raison de me virer des Magpies et de m'éloigner de Dylan. J'ai pris une grande inspiration :

« OK, bon ben j'imagine qu'on devrait aller chez moi, alors. Avant que quelqu'un nous repère plantés là. »

Ian a souri. Lui aussi avait l'air soulagé de s'arracher. Il a tendu un bras et incliné la tête, grand seigneur.

« Après vous, madame. »

Une fois chez moi, j'ai laissé tomber mes sacs sur le canapé du salon.

« T'as qu'à m'attendre là, ai-je lancé. Je file juste là-haut me changer. »

Je me disais que je devais au moins faire un effort pour avoir l'air potable. Dylan allait les voir, ces photos.

« On mate pas notre feuille de route avant ?

— Ah oui, c'est vrai. À toi l'honneur. »

Il a déchiré l'enveloppe.

« Jette un œil au blog *Vol d'oiseau*, a-t-il lu. Prends le même genre de photos. »

Il m'a regardée, le front plissé.

« Une chasse au trésor. Charmant. T'as un ordi ? »

Je l'ai conduit dans ma chambre, beaucoup plus en bordel que dans mes souvenirs. J'espérais que ce n'était pas aussi cradingue quand Dylan était passée la veille. J'ai enjambé un tas de fringues, me suis assise à mon ordi et me suis mise à passer en revue les innombrables résultats de la recherche « blog *Vol d'oiseau* ». J'ai fini par cliquer sur une adresse et une photo d'Heather s'est ouverte à côté du nom d'Honey Baxter. C'était une simple photo de son visage. Il y avait un petit paragraphe en légende, qui donnait sa ville natale (New York), son âge (soi-disant dix-huit ans) et une phrase au sujet de ses « passions » (le chocolat) et de ses « aversions » (les loseurs).

J'ai ensuite cliqué sur sa photo, qui m'a conduite vers plusieurs autres. Dans la première, Heather, soutif push-up en dentelle et culotte assortie, se tenait pliée en deux, jambes écartées. Dans la suivante elle se penchait en avant, les mains sur les nichons, et dans une autre elle avait un doigt dans la bouche. Il y en avait douze au total, toutes plus ou moins du même genre : porno.

« Merde alors.

— Tu l'as dit, c'est de la merde », a lâché Ian, les yeux écarquillés.

Une fois de retour sur la page d'accueil du blog, j'ai vu qu'il y avait une page de photos pour chaque membre des Magpies, en gros du même tonneau. Toutes avaient été « likées » par des centaines, voire des milliers de gens. C'était Zadie qui avait le plus de « likes ». J'ai cliqué sur une de ses photos et plusieurs autres sont apparues à l'écran. Elles étaient particulièrement flatteuses, il fallait bien lui reconnaître ça. En noir et blanc, avec un éclairage clair-obscur très théâtral, elles étaient presque artistiques. Zadie apparaissait entièrement nue dans chacune, couverte uniquement par ses mains, une écharpe, une ombre.

« C'est quoi l'intérêt ? » a demandé Ian.

Au moins, il n'avait pas semblé particulièrement intéressé par les photos de Zadie. J'ai pris ça comme un signe, et même une preuve, qu'il ne s'était rien passé entre eux.

« Je n'en ai aucune idée, ai-je répondu. Je ne savais pas qu'elles faisaient… des trucs comme ça, quoi.

— Qu'est-ce qu'elles vont te faire ?

— Comment ça ?

— Quand tu diras non ? »

Son front s'est plissé encore davantage.

« Parce que tu peux quand même pas sérieusement envisager de participer à cette connerie.

— Non. Enfin, je crois pas.

— Tu ne crois pas ? J'aurais pensé que ça t'aurait mise mal à l'aise, ce genre de trucs. Vu ta situation, je veux dire.

— Ma situation ?

— C'est juste que t'es… »

Il semblait gêné.

« Je sais pas, plus pudique que ces nanas. Très franchement, c'est un compliment de ma part. »

Sylvia avait été raconter à Ian Greene que j'étais vierge. Oh là là, c'était pire qu'humiliant. Sans compter que ce n'était même plus d'actualité.

Je me suis détournée et j'ai reporté mon attention sur l'écran d'ordinateur. J'ai retenu mon souffle en cliquant sur le profil de Dylan. Elle était magnifique sur ces photos, évidemment. Mais il y avait autre chose qui les faisait sortir du lot. Une tristesse qui les rendait à la fois difficiles à regarder et impossibles à quitter des yeux. Elle n'avait pas plus envie de jouer le jeu que moi. C'était Zadie qui l'y avait obligée.

« Tu retournes en cours ? » a demandé Ian.

Il rassemblait ses affaires.

« Perso, j'ai pas encore trouvé comment rentrer *incognito*. Tu pourrais peut-être m'aider. »

Comme il se dirigeait vers la porte avec son énorme appareil dans les mains, j'ai senti que quelque chose était en train de m'échapper. *Coincée du cul, Crazy Eyes, coincée du cul.* Même si Zadie ne m'éjectait pas des Magpies – et c'était un grand si –, Dylan risquait de se sentir jugée si je ne postais pas mes photos à mon tour. Et si elle ne voulait plus sortir avec moi à cause de ça ?

« Attends », ai-je lancé alors qu'il était presque à la porte.

Il s'est arrêté sans me regarder.

« Je veux le faire. »

Il s'est lentement retourné.

« T'as pas besoin de ces filles, Amelia, a-t-il murmuré, l'air déçu. Sylvia a raison. C'est une montagne de conneries, ces clubs. »

J'ai haussé les épaules.

« C'est pas pour elles que je le fais.

— Et Sylvia, alors ? Je suis pas sûr qu'elle kiffe que je voie sa meilleure pote en petite culotte.

— Hum, ouais. »

Je réfléchissais. Évidemment, il avait raison.

« En plus elle te soupçonne déjà de la tromper. Tu le sais, non ?

— Oui, a-t-il répondu en hochant la tête sans me quitter des yeux. Je le sais. »

Pas : Y a pas moyen ! ou C'est complètement débile ! Juste : Je le sais. Il aurait aussi bien pu me dire avec qui il couchait. Mais ce n'était pas Zadie. Le désintérêt qu'il avait montré pour ses photos m'en avait convaincue, à moins qu'il ne s'y soit pas intéressé parce qu'il l'avait déjà vue comme ça en vrai. Pourtant il devait avoir meilleur goût que ça, obligé. Zadie était tellement prévisible.

Non mais pourquoi avais-je été lui dire ça ? Ça craignait déjà assez que je sache qu'il faisait partie des Wolf's Gate, et maintenant je savais un truc à son sujet – enfin peut-être – que je n'avais *vraiment* pas envie de savoir. J'étais tellement persuadée qu'il ne trompait pas Sylvia que ça m'avait paru une remarque parfaitement inoffensive. Je m'étais dit que lui et moi, on se serait marrés un bon coup devant la stupidité de Sylvia. Point barre. Jamais de la vie je n'aurais cru que, en gros, il allait me le confirmer.

Raison de plus pour mettre le holà à ces conneries de photos. Sauf que plus les minutes passaient, plus j'avais l'impression que c'était impossible. Aucune des raisons qui justifiaient mon passage à l'acte n'avait changé.

« Sylvia s'en foutra que tu aies pris ces photos », ai-je dit.

Record du mensonge battu. Bien sûr que non elle ne s'en foutrait pas. Je pariais juste sur le fait qu'elle ne le découvrirait jamais.

« Je suis gay, Ian. Les mecs, ça m'intéresse même pas. »

Gay. J'avais un peu le tournis. C'était la première fois que je le disais haut et fort à quelqu'un. Même Dylan et moi : on faisait ce qu'on faisait, mais on n'en parlait pas. Pas comme ça.

« Oh. »

Il a légèrement basculé la tête en arrière, puis a eu un petit sourire gêné.

« D'accord. Enfin, cool. C'est super pour toi. »

Et voilà, c'était public. Je l'avais dit à quelqu'un – Ian Greene, rien que ça – et le monde n'avait pas volé en éclats. Ma tête n'avait pas explosé et Ian n'avait pas disparu dans un nuage de fumée. Dingue. J'avais l'impression de pouvoir voler.

« Sylvia ne le sait pas encore, alors ne lui dis rien, s'il te plaît. »

Qui sait, peut-être qu'elle se foutrait effectivement de ces photos quand elle saurait que je suis gay. C'était possible.

« J'ai l'intention de lui annoncer moi-même quand j'aurai trouvé le bon moment.

— Oui. Oui, bien sûr.

— S'il te plaît, Ian, il faut que je fasse ces photos. »

Je me suis efforcée de chasser Sylvia le plus loin possible de mon esprit. Car non seulement je faisais ce truc avec son petit copain, mais je demandais aussi à ce dernier de lui mentir. Cela dit, si nos rôles avaient été inversés, elle m'aurait probablement fait le même coup. Elle était prête à tout pour garder le mec qu'elle kiffait. Certes la situation n'en était pas plus légitime, mais de fait elle me semblait un peu moins abusée.

« Et c'est impossible sans ton aide. »

Il a pris une grande inspiration, expiré, les joues gonflées, puis a secoué la tête, les yeux rivés sur la moquette. Manifestement, même Ian le Don Juan avait des limites qu'il n'avait pas très envie de franchir.

« D'accord, a-t-il fini par dire, pas super emballé. Mais tu me revaudras ça. »

AMELIA

18 OCTOBRE, 12 H 02

AMELIA

salut ! bien ou bien ? !

BEN

tu veux te la jouer comme ça ?...

AMELIA

t vnr. g fait quoi ?

BEN

rien

AMELIA

tu me fais le coup du mur 2 silence ?

BEN

écoute, t occupée. je comprends. t'as 1 meuf maintenant. ms ça fait jamais plaisir d'ê jeté sur le bord de la route

AMELIA

t'as raison, désolée. je voulais pas te blesser. re amis ?

BEN

OK. amis pr la vie

18 OCTOBRE, 12 H 16

AMELIA

g oublié 2 te demander. et ce type 2 l'équipe 2 foot alors ?

BEN

merci 2 poser la question. en fait il a 1 copine à « l'internat »

AMELIA

pas encore sorti du placard ?

BEN

grave ; tu l'as dit à Sylvia ?

AMELIA

je lui ai dit kil fallait kon parle, ms après l m'a plantée pr Ian

BEN

tu l'as dit à ta mère ?

AMELIA

pas encore ; l est rentrée super tard, comme d'hab

BEN

faut ke tu le dises à qq1, tu te sentiras mieux après

AMELIA

qd est-ce kon se voit ? je croyais ke tu venais à NYC ? faut vraiment vraiment ke je te voie ! faut kon se rencontre ! 6non je vais finir par me demander si tu fais exprès 2 m'éviter ;)

BEN

j pense, tu seras la 1re au courant, xoxo

AMELIA

xoxoxo

KATE

19 JUILLET 1997

Quand je me suis réveillée ce matin, j'étais arrivée à me convaincre que tout ça n'était qu'un rêve. Que je l'avais inventé. Parce qu'il n'y avait pas moyen que j'aie pu faire un truc pareil. Pas moi.

Mais si, c'était moi. Ce moi que je déteste. Alors je me suis fait porter pâle au boulot et j'ai passé la journée au lit. Je ne retournerai peut-être jamais travailler. Ils peuvent bien me faire une fausse proposition d'embauche ou pas de proposition du tout. Je n'en ai plus rien à faire.

Je mérite d'être au chômage à vie.

22 JUILLET 1997

À : Kate Baron
De : Daniel Moore
Objet : ?

T'es passée où ? T'as raté une super soirée de stagiaires hier soir, et pourtant tu sais à quel point je les

méprise. Visite privée de la Bourse de New York après sa fermeture. C'était du lourd. Ensuite dîner chez Cipriani. Je te le dis, Kate, c'était LA soirée à ne pas louper.
Porte-toi mieux.
D

Kate

28 NOVEMBRE

À travers les fenêtres de son salon, Kate regarda le soleil se lever, enveloppant le monde d'un gris morne, puis d'un rose sourd. Elle avait veillé toute la nuit. Elle était restée pelotonnée sur son canapé longtemps après le départ de Seth, à contempler son portable enfoncé dans le coussin du fauteuil, là où elle l'avait lancé après que Seth lui avait lu ce dernier texto monstrueux.

L'aube venue, elle avait parcouru presque la totalité des dossiers que Duncan lui avait envoyés, à part les textos d'Amelia, dont elle avait repoussé la lecture jusqu'au bout. Elle avait prévu de s'y atteler quand elle s'y sentirait prête. Jusqu'au moment où elle s'était enfin rendu compte qu'elle ne le serait jamais.

Elle voulait lire en priorité les messages qu'Amelia avait reçus au sujet de son père. Le fait qu'elles aient toutes les deux reçu des textos à propos des partenaires sexuels de Kate ne semblait pas être une coïncidence. Hélas, retrouver ces fameux messages se révéla plus facile à dire qu'à faire. Les rubriques « Inconnu » et « Numéro masqué » étaient interminables. Elle passa vingt minutes à éplucher ces pages avant de finir par trouver ce qu'elle cherchait.

Ta maman était une briseuse de foyer. Ton papa est une pute.

Mon Dieu. Sylvia n'avait rien dit qui aurait pu la préparer à découvrir de telles horreurs. Kate s'imaginait sans mal ce qu'Amelia avait dû ressentir en le recevant. De la honte, assurément. Une honte où elle n'avait même pas de part.

Kate poursuivit son travail en essayant de se débarrasser de l'horrible brûlure qui lui perforait l'estomac. Il y avait un salmigondis de textos sans intérêt, de rappels du lycée, de messages banals envoyés par des amis en numéros masqués. Il y avait aussi d'étranges références à Maggie, en général suivies d'un numéro, pourtant il n'y avait aucune Maggie dans le répertoire d'Amelia. Kate ne se rappelait pas avoir jamais entendu Amelia en mentionner une non plus. À force de lire tous ces messages dépourvus de signification, elle commençait à avoir la vue trouble. Certes, elle avait à peine fait une brèche dans les textos anonymes, mais elle avait besoin d'une pause.

Elle passa alors aux échanges avec Ben. Il y en avait aussi beaucoup, elle se retrouva donc vite à piocher au hasard, de-ci de-là : elle en lisait certains, en survolait d'autres, en sautait plusieurs d'affilée. Cette façon on ne peut moins méthodique de procéder risquait de lui faire rater des informations. Peut-être qu'une petite partie d'elle voulait qu'il en soit ainsi. Elle redoutait toujours de tout savoir, du moins d'un seul coup. Et puis ces messages étaient tellement innombrables qu'il lui aurait fallu des jours entiers pour les lire un par un sans exception : elle n'avait d'autre choix que de faire un tri.

Au moins les textos que s'étaient échangés Amelia et Ben étaient tendres, chaleureux et encourageants. En les lisant, Kate ne put s'empêcher de tomber un peu amoureuse de ce Ben, qu'importe qui il était. La manière étrange dont Amelia avait fait sa connaissance semblait beaucoup moins importer que le fait qu'il se soit montré un ami véritablement bon avec elle. Même comparé à Sylvia. Car les deux filles avaient beau manifestement s'adorer, c'était Sylvia qui tenait le haut du pavé. On aurait dit qu'Amelia avait partagé davantage de secrets avec Ben, surtout au sujet de ce garçon nommé Dylan qu'Amelia, peut-être, aimait bien. C'était aussi un soulagement de voir comment Amelia parlait de Dylan : nerveuse, un peu gênée, grisée. Jeune. Pas du tout comme je ne sais quelle traînée qui fait l'article de ses attributs sur la toile.

Kate délaissa les textos de Ben pour lire quelques-uns de ceux qu'Amelia avait échangés avec ce Dylan, en s'efforçant de suivre la piste sinueuse de la vie de sa fille. Aucun d'eux, bien sûr, n'était formulé aussi clairement que Kate l'aurait espéré. D'ailleurs ils n'étaient même pas écrits en toutes lettres. Pas même les nombreuses références à Maggie n° 1, Maggie n° 2, etc., dont les textos de Dylan étaient truffés. Il s'agissait de noms de code, Kate l'avait compris sans toutefois savoir à qui ils se référaient ni pourquoi ils étaient employés. Ce dont elle était sûre, c'est qu'il y avait eu quelque chose de romantique entre Dylan et Amelia, sérieux ou pas, ce n'était pas clair. Tous les deux avaient prévu de se voir au moins une fois en plein milieu d'une journée de cours, autrement dit il pouvait s'agir du garçon que Kelsey avait aperçu. C'était possible : voilà tout ce que Kate pouvait affirmer avec certitude. Évidemment, plus elle plongeait dans la vie de sa fille, plus elle se disait que tout était possible.

« Je n'ai pas envie qu'on se focalise là-dessus », expliqua Kate en tendant son portable à Lew quand il arriva enfin chez elle deux heures plus tard. « Mais pourriez-vous ajouter ce texto à ceux dont votre équipe cherche à identifier l'expéditeur ? Les messages semblent gagner en agressivité. Et puis j'en ai aussi trouvé un qu'Amelia a reçu au sujet de son père. Ce serait bien de savoir qui a envoyé celui-là aussi. »

Lew étudia le portable de Kate en hochant lentement la tête. Là, dans son salon, aux côtés d'un Lew douché de frais, Kate se rendit brusquement compte qu'elle devait avoir l'air vraiment minée : épuisée, pas lavée, toujours dans les mêmes vêtements. Elle ne s'était même pas encore brossé les dents.

« Je demanderai au service informatique d'y jeter un œil, répondit Lew. J'en profiterai aussi pour voir où ils en sont dans leur boulot sur les textos précédents. Ils avancent sacrément plus lentement que ce que je voudrais. En même temps, notre service informatique se compose en tout et pour tout d'un type avec un vieux PC qui bosse pour toutes les circonscriptions de

Brooklyn. Je vais essayer d'accélérer l'assignation de l'opérateur téléphonique. »

Il prit une grande inspiration.

« Maintenant, vu la teneur de ce nouveau message, je crois qu'il est temps que vous m'expliquiez qui est le père d'Amelia. »

Lew, avec ses six petits-enfants et sa femme malade dont il s'occupait si attentivement, était vraiment quelqu'un de bien. Il n'avait probablement jamais couché avec la mauvaise personne. Il n'aurait certainement jamais menti à ses propres enfants. Elle le dévisagea un moment, en se demandant si elle pourrait réussir à échapper plus longtemps à son vilain petit secret. Mais elle savait déjà que la réponse était non. Et que ça aurait dû être non depuis longtemps déjà.

« D'accord », finit-elle par dire en se laissant tomber sur le canapé, les yeux rivés sur ses mains.

Seth était la seule autre personne à connaître la vérité. Kate avait toujours su qu'elle allait probablement devoir finir par la dire à Lew, mais ça ne rendait pas la chose plus aisée pour autant.

« Il s'appelle Daniel Moore, parvint-elle enfin à articuler. On était à la fac de droit ensemble et il travaille – ou plutôt travaillait – dans mon cabinet. Ce n'est pas quelqu'un de très sympathique.

— Est-il au courant pour Amelia ?

— Non. »

Elle parlait d'une voix tendue, haut perchée. Celle d'une menteuse.

« Enfin si. Il est au courant pour Amelia, mais il ignore que c'était sa fille.

— Il ne s'en est jamais douté ?

— Si, sûrement. Mais il ne m'a rien demandé. Pour tout dire, j'aurais menti s'il m'avait posé la question. »

Elle n'arrivait même pas à regarder Lew dans les yeux.

« Nous avions rompu notre espèce de liaison avant même que je découvre que j'étais enceinte. Daniel a longtemps gardé ses distances après la naissance d'Amelia. Il craignait peut-être que je change d'avis et que je me mette à exiger des choses de lui.

— Et vous n'avez jamais parlé de lui à Amelia ? »

Kate secoua la tête.

« Je sais ce que vous devez penser. Mais Daniel n'est pas un bon… nous n'étions… Ce n'est pas le genre d'homme que j'aurais voulu comme père pour Amelia. Alors j'imagine que j'ai simplement fait en sorte qu'il ne le soit pas. Je ne suis pas fière de moi, mais nous n'avons jamais eu de véritable relation. C'était une histoire de sexe entre deux personnes qui ne s'appréciaient même pas vraiment. Nous ne pouvions pas avoir un bébé ensemble. Pourtant je la voulais, ma fille. Et je n'avais pas envie que Daniel essaie de me convaincre d'avorter, chose que, le connaissant, il n'aurait pas manqué de faire. Ensuite il s'est marié quelques années après la naissance d'Amelia, et ça n'aurait pas été juste de le lui révéler à ce moment-là. Il est divorcé à présent, mais je ne peux franchement pas lui dire la vérité au sujet d'Amelia maintenant qu'elle est morte.

— Bon, nous pouvons laisser ce sujet de côté pour le moment, j'imagine. Mais si on commence à soupçonner qu'Amelia était en contact avec lui, nous allons devoir lui parler.

— Oh mon Dieu, vous ne pensez pas… »

Lew secoua la tête.

« Je pense qu'il est beaucoup plus probable que la mort d'Amelia soit liée à ça. »

Il brandit un dossier rouge.

« J'ai comparé les photos des filles du groupe Vol d'oiseau avec celles du livret d'accueil. »

Il ouvrit la chemise et en sortit une simple feuille. Dessus figurait un tableau impeccable : le nom des filles, leur adresse et le nom de leurs parents.

« Ce sont toutes des élèves de Grace Hall, en majorité des terminales. Elles sont vingt-deux au total.

— Exactement le même nombre que les messages de haine, commenta Kate. Je crois qu'il est possible qu'Amelia emploie le terme Maggie dans ses textos pour faire référence à toutes ces filles. Ce nom, suivi de tout un tas de numéros différents, revient sans cesse.

— Possible. En tout cas, je crois qu'il est temps qu'on interroge le lycée. »

Dans le frais vestibule en pierres de Grace Hall se trouvait un gardien assis à un gros bureau en bois devant un ordinateur. Âgé, il avait la paupière tombante. L'écran donnait à son visage joufflu et flasque une teinte bleutée. On lisait « Will Finkle » sur son badge.

« Je peux vous aider ? demanda-t-il paresseusement, les yeux rivés sur l'ordinateur.

— Nous voudrions voir le proviseur. »

Lew lui montra lestement sa carte, geste qui, pour la première fois depuis que Kate l'avait rencontré, le fit ressembler à un vrai policier.

« C'est au sujet de l'élève qui est morte ici il y a quelques semaines.

— Sans blague », répliqua sèchement le gardien, comme s'il s'était lassé d'attendre que quelqu'un se pointe pour poser des questions à ce sujet.

Il croisa le regard de Kate. Il la reconnut, elle en était sûre. Mais ça ne lui posait aucun problème de faire comme si de rien n'était.

« Faut d'abord que je voie vos papiers d'identité. »

Kate alla pêcher son permis de conduire dans son sac tandis que Lew présentait sa carte. Le gardien y jeta un œil en tapant laborieusement les informations sur son ordinateur.

« Signez ici », lança-t-il quand il eut enfin terminé, désignant une petite fenêtre électronique prévue à cet effet. Deux secondes plus tard, une imprimante miniature crachait deux pass visiteurs.

« C'est sacrément à la pointe au niveau sécurité pour un lycée, commenta Lew en montrant l'ordinateur d'un signe de tête.

— Quand on a de l'argent à plus savoir qu'en faire, on trouve le moyen de l'utiliser.

— C'est nouveau ?

— Peut-être trois semaines pour l'ordinateur… la semaine dernière ils ont ajouté ça. »

Il désigna derrière lui un boîtier destiné à passer les cartes magnétiques.

« Vous savez combien y a de gamins qui oublient ces fichues cartes ? Chaque matin je dois me lever de ma chaise cinquante ou soixante fois pour ouvrir cette satanée porte.

— Pourquoi ces mesures ?

— À vous de me le dire. C'est vous qui êtes là au sujet d'une élève morte. »

Comme ils se dirigeaient vers le bureau principal, l'odeur florale capiteuse du hall d'entrée donna la nausée à Kate. Deux majestueux escaliers en bois s'élevaient en courbe devant une jolie commode – d'apparence ancienne, sans être précieuse – surmontée d'un énorme bouquet de fleurs. Au-dessus était accroché un tableau qui aurait fort bien pu être un original de Picasso. Une gigantesque photo en noir et blanc d'une danseuse voluptueuse en tenue légère assise dans une loge crasseuse occupait le mur d'en face.

Lew et Kate se tenaient côte à côte devant cette photo, lisant le cartel : « Diane Arbus, comédienne burlesque dans sa loge, Atlantic City, NJ, 1963. Don de la famille Greene ». C'était nouveau. Certes Kate n'était pas venue très souvent au lycée, mais elle se serait souvenue d'une photo pareille. D'un côté, l'emplacement audacieux réservé à cette œuvre ultraréaliste concordait à merveille avec la fibre progressiste de Grace Hall, de l'autre il semblait totalement déplacé. Surtout dans ces circonstances.

« Pensez-vous que ce renforcement de la sécurité signifie quelque chose ? » demanda Kate.

Lew fronça les sourcils.

« Difficile à dire. »

Il contemplait toujours la photo. Lui non plus ne la voyait pas d'un bon œil.

« On dirait qu'ils cachent quelque chose, ajouta-t-il. Peut-être simplement leur mauvaise conscience.

— Madame Baron ! » lança alors quelqu'un au bout du couloir.

Une voix stridente.

Ils se retournèrent : une femme d'une cinquantaine d'années parcourait le couloir d'un pas vif ; ses cheveux grisonnants étaient relevés, et elle portait un tailleur ajusté en tweed. Mme Pearl. Si Kate n'était pas capable de visualiser Woodhouse très clairement, en revanche Mme Pearl lui avait laissé une impression indélébile. Et pas particulièrement flatteuse.

« Si nous avions su que vous alliez venir, nous aurions envoyé quelqu'un vous accueillir, lança-t-elle en regardant ostensiblement Kate avant de tendre une main ridée à Lew. Madame Pearl, la CPE de Grace Hall.

— Inspecteur Lew Thompson », dit-il en lui serrant vigoureusement la main.

Mme Pearl les dévisagea encore un moment, comme si elle attendait une explication quant à cette visite surprise. Aucune ne venait, et elle eut un sourire crispé.

« J'ai bien peur que M. Woodhouse ne soit même pas là. Il assiste à une conférence sur les écoles indépendantes à Boston. Il sera de retour demain. Si vous le souhaitez, je peux prendre un rendez-vous afin que vous puissiez revenir…

— Ça ne peut pas attendre », coupa Kate en cherchant à s'emparer de la chemise que tenait Lew.

Il la lui céda de mauvaise grâce. Il avait clairement stipulé que c'était lui qui devait mener la discussion. Mais en revoyant Mme Pearl, Kate, soudain hors d'elle, ne put se contenir. Elle lui tendit la chemise.

« Pardon, de quoi s'agit-il ? demanda Mme Pearl en jetant un rapide coup d'œil au dossier sans s'en emparer.

— C'est une liste des filles qui se trouvaient dans je ne sais quel club avec Amelia », expliqua Kate en rapprochant la chemise de la CPE au point de presque lui en enfoncer un coin dans le sternum.

Sa voix vibrait de colère. D'ailleurs, ce n'est que maintenant qu'elle prenait conscience d'en vouloir à ce point à l'administration du lycée. Qu'avaient-ils fait pour empêcher ces gamines de se réunir en une espèce de cercle porno ? Ils ne pouvaient guère alléguer un manque de moyens.

« Elles ont posté des photos d'elles à moitié nues sur un blog. »

Mme Pearl recula d'un pas, levant les mains devant sa poitrine, où Kate s'était mise à planter la chemise.

« La découverte d'une telle information a sans nul doute été bouleversante, répondit la CPE d'un ton doucereux, mais vous imaginez bien que Grace Hall n'est pas en mesure de contrôler – ni matériellement ni légalement – ce que font les enfants en dehors de l'enceinte du lycée.

— En dehors de l'enceinte du lycée ? Elles font ça sur *Internet*, aboya Kate. Ça ne se passe nulle part en particulier. Et je crois aussi que ces filles harcelaient Amelia. J'ai trouvé des messages haineux dans sa chambre, et je viens seulement de commencer le tri de ses textos. Dieu seul sait ce que je vais encore découvrir. Le harcèlement est sans nul doute contraire au règlement, peu importe où il a lieu. »

Kate avait conscience que l'emploi de ce terme transformait instantanément cette conversation en un sujet brûlant. Mais elle était contente. Elle voulait qu'on l'écoute. Et cette fois-ci, elle allait tout faire pour.

« Harcelée ? répéta Mme Pearl, un peu surprise et très sceptique. C'est là une allégation extrêmement grave, madame Baron. J'imagine que vous avez des preuves ?

— Amelia est morte, rétorqua Kate. Ça me semble pas mal comme preuve.

— Inspecteur. »

Mme Pearl battit des paupières en reportant son attention sur Lew, comme si elle cherchait la voix de la raison.

« Je croyais que la police avait conclu au suicide dans le cas de la mort d'Amelia. D'ailleurs, nous sommes en train d'organiser une grande opération de sensibilisation au suicide en son honneur qui aura lieu dans une semaine. Le but sera de collecter des fonds pour un centre d'appel d'urgence national. Êtes-vous maintenant en train de me dire qu'elle ne s'est pas suicidée ?

— Des questions se posent, répondit Lew. Des questions substantielles.

— Une opération de sensibilisation au suicide ? s'insurgea Kate. J'avais demandé à un représentant de parents d'attendre. »

Mme Pearl fronça les sourcils.

« Ma foi, je ne suis pas au courant, en tout cas l'opération est prévue pour vendredi prochain. Si vous avez d'autres questions, je vous suggère de prendre contact avec l'association parents-profs. Quant à ce soi-disant harcèlement, j'ai bien peur que vous deviez attendre le retour de M. Woodhouse pour en discuter. »

Kate s'apprêtait à la rabrouer vertement quand la main de Lew s'abattit sur son bras, interrompant aussitôt son geste.

« Parfait, dit-il à Mme Pearl. Nous pouvons attendre. Dans l'intervalle, nous aimerions également nous entretenir avec la professeure d'anglais d'Amelia. »

Mme Pearl croisa les bras et plissa les yeux comme pour évaluer ce qui lui en coûterait de refuser également cette requête.

« Ça ne devrait pas poser de problème, finit-elle par dire. Si elle est disponible. »

Dix minutes plus tard, leurs trois paires de pieds résonnaient bruyamment dans le couloir en pierre tandis que Mme Pearl les conduisait vers une petite salle d'attente jouxtant le bureau de Liv.

« Attendez ici, intima-t-elle en désignant les quelques meubles : deux fauteuils à accoudoirs et deux guéridons. Liv devrait bientôt sortir. Maintenant, si je ne peux rien d'autre pour vous, il faut vraiment que je retourne travailler. »

Elle se dirigea vers son bureau sans attendre leur réponse.

« En fait il y a autre chose, Mme Pearl », lança Lew.

Elle fit volte-face en appui sur un talon, les lèvres pincées.

« Oui, inspecteur.

— Le nouveau système de sécurité à l'entrée, est-ce en réaction à la mort d'Amelia ?

— Pas en réaction, inspecteur, non », répondit-elle froidement.

Elle voyait parfaitement où il voulait en venir.

« Mais vous imaginez bien que la mort d'un enfant, même quand il s'agit d'un suicide, rappelle à tous les parents la vulnérabilité de leur progéniture. Quant à savoir si le lien de cause à effet est plus important que ça, il faudra poser la question vous-même aux membres du conseil d'établissement, inspecteur. C'est eux qui se sont occupés de ces nouvelles mesures de sécurité.

— Je serais ravi de leur en parler. Il me faut juste leurs noms. »

Mme Pearl revint sur ses pas et s'empara d'une brochure du lycée au sommet d'une pile posée sur une table basse non loin de là. Elle la tendit à Lew.

« Leurs noms sont juste là, au dos, dit-elle. On pourra vous fournir leurs numéros de téléphone à l'accueil. Maintenant, si vous avez d'autres questions, je vous suggère de les adresser à M. Woodhouse. Et de prendre rendez-vous. »

Comme Mme Pearl s'éloignait d'un pas énergique, Lew s'assit, ouvrit la brochure sur ses genoux et sortit son tableau des membres de Vol d'oiseau. Il suivait du doigt la liste des noms tandis que sa tête effectuait un mouvement de va-et-vient. Il s'arrêta à peu près au milieu et leva les yeux.

« Qu'y a-t-il ? demanda Kate.

— C'est une des filles, Zadie Goodwin – Lew lui tendit la liste –, regardez le nom de famille de son père, ou plutôt de son beau-père, je suppose. »

Kate s'empara de la feuille et parcourut les noms. Zadie. Amelia en avait-elle parlé ? Avait-elle lu ce nom dans ses textos ? Elle ne pensait pas, et pourtant elle l'avait déjà entendu quelque part. Elle finit par le trouver en fin de liste : Zadie Goodwin. Père : *Frank S. Carmon*.

« C'est le nom de la boîte où Molina est parti travailler, non ? demanda Kate. Pensez-vous que Frank Carmon soit la même personne ? Carmon Industries ?

— J'en suis sûr.

— Vous êtes sérieux ?

— Frank Carmon est un ancien flic. Il s'était taillé une réputation, et pas franchement bonne. Bref, il a raccroché il y a plus de dix ans pour lancer Carmon Industries.

— Pensez-vous qu'il s'agisse d'une coïncidence que ce soit justement là où Molina soit parti travailler ?

— Non, répondit-il en croisant son regard. Je ne pense pas. »

Kate reporta son attention sur le bas du tableau, où elle chercha le nom de la mère de Zadie : Adele Goodwin.

« Oh mon Dieu », murmura-t-elle.

C'était là qu'elle avait entendu le nom de Zadie.

« Sa mère est venue chez moi. C'est elle qui fait le forcing pour organiser cette opération de sensibilisation. »

Il y eut alors un cliquetis suivi d'un bip et la porte de l'aile ouest du lycée s'ouvrit. Une jolie femme, proche de la trentaine, aux traits délicats et aux longs cheveux blonds très raides passa la tête par l'ouverture. Elle portait de grandes bottes en cuir et une robe courte très années 60. Elle s'appuya contre le battant afin de le maintenir ouvert, carte magnétique en main.

« Madame Baron ? demanda-t-elle avec un sourire hésitant.

— Oui. »

Kate se leva d'un bond, comme si elle venait à son tour d'être surprise à tricher.

« Liv. »

La jeune femme tendit sa main libre.

« Je suis vraiment désolée de vous avoir fait attendre. Nous ne sommes toujours pas habitués à toutes ces portes fermées.

— Ce n'est pas grave. Je vous présente l'inspecteur Lew Thompson. Il m'aide à enquêter sur la mort d'Amelia.

— Oh, je ne savais pas que la police était de nouveau impliquée, répondit-elle, prise au dépourvu. Mme Pearl ne m'en avait pas parlé.

— Ça ne vous dérange pas ? demanda Kate sans savoir ce qu'elle ferait en cas de réponse négative. Voyez-vous une objection à ce que Lew nous accompagne ?

— Oh non, bien sûr que non, répondit Liv, gênée, tandis qu'elle tendait la main à Lew. J'étais simplement surprise, c'est tout. Enchantée, inspecteur. Venez par ici, je vous prie. »

Le bureau de Liv était un couloir juste assez large pour contenir un bureau, une seule chaise étroite destinée aux visiteurs et quatre rayonnages de livres. Deux étagères démontées étaient appuyées contre un mur. Une autre était garnie de photos encadrées, disposées avec soin légèrement en quinconce, selon un schéma plaisant. Liv se trouvait dans la plupart d'entre elles – en randonnée, en vélo, en voyage – avec des amis, dont peut-être des petits copains, des hommes jeunes arborant des rouflaquettes ciselées et un goût prononcé pour le motif écossais.

« Je sais. C'est trop, commenta Liv en désignant les cadres. Les gamins se moquent de moi. Ils sont toujours là à me dire que j'essaie de me comporter comme eux. »

Elle haussa les épaules en regardant les photos.

« C'est peut-être vrai. On ne peut pas s'empêcher d'être soi. »

La raison pour laquelle Amelia aimait tant Liv était déjà évidente.

« Non, confirma Kate. On ne peut pas.

— Et désolée de ne pas avoir de quoi vous faire asseoir. »

Elle adressa un signe à Lew qui, faute de chaise, s'était adossé au mur.

« Les bureaux sont attribués en fonction de l'ancienneté. Ce placard vous montre donc que je suis là depuis quatre ans, et qu'il n'y a pas beaucoup de turn-over parmi les enseignants à Grace Hall.

— Non, c'est très bien, la rassura Kate. Merci d'avoir accepté de nous recevoir.

— Si je peux faire quoi que ce soit, dit Liv. Amelia comptait parmi les élèves préférés de ma carrière :

créative, drôle et terriblement perspicace. C'était parfois dur de la suivre. »

Elle eut un petit rire puis secoua la tête et fronça les sourcils, comme si elle venait juste de se rappeler qu'Amelia était morte. Quand elle releva la tête, elle avait les larmes aux yeux.

« Désolée. »

Elle essuya ses larmes.

« Je suis sûre que vous n'êtes pas venus là pour me voir craquer. »

Et c'était vrai. Liv n'avait pas le droit de pleurer. Pas quand elle était si jeune, si jolie et vouée à avoir un jour toute une tripotée de bébés. Pas quand la seule et unique enfant que Kate serait jamais susceptible d'avoir était morte. Sous le regard pesant de Kate, Liv reniflait bruyamment et se tamponnait les yeux à l'aide d'un mouchoir. Kate ferma la bouche, de peur qu'une remarque malheureuse ne lui échappe. Quelque chose comme : *Si vous n'aviez pas dénoncé ma fille pour tricherie, rien de tout ça ne serait arrivé.* Elle n'y croyait pas vraiment, du moins pas totalement, mais quand même, ça l'aurait soulagée de le dire.

« Peut-être pourrions-nous commencer par cette dissertation qu'Amelia a été accusée d'avoir plagiée », suggéra Lew.

Il ouvrit sa chemise rouge, d'où il sortit les deux dissertations que Kate avait trouvées.

« L'une de ces dissertations, celle qui porte vos annotations, était dans le sac d'Amelia. L'autre, dans son ordinateur. »

Il déposa les deux devoirs côte à côte sur le bureau. Liv les feuilleta, l'air concentrée. Quand elle releva enfin la tête, elle avait les yeux écarquillés.

« Celle qui porte mes commentaires est celle que m'a rendue Amelia, c'est celle dont certaines parties ont été copiées », dit-elle d'une voix précipitée et légèrement angoissée.

On aurait dit qu'elle avait été jusqu'à présent persuadée d'avoir raison, mais qu'elle paniquait désormais à l'idée que ce ne soit pas le cas.

« Et je tiens à être claire, il ne s'agissait pas là de simple paraphrase ou d'une seule phrase recopiée. Jamais je n'aurais dénoncé une élève comme Amelia pour une chose pareille. La majeure partie de sa dissertation avait été pompée directement dans un traité universitaire sur Virginia Woolf. Je n'avais pas le choix.

— Et cette autre dissertation ? demanda Lew. Vous ne l'avez jamais vue ?

— Non, affirma-t-elle vivement en la parcourant des yeux. À mon grand regret. Ça m'a l'air d'être un travail de qualité. Enfin, je ne peux pas déterminer si c'est du plagiat d'un simple coup d'œil : il existe des milliers de sources sur Virginia Woolf. En tout cas c'est un devoir qui me paraît original et créatif, c'est exactement le genre de chose qu'Amelia aurait écrit.

— Avez-vous vu de vos yeux Amelia vous remettre cette première dissertation ? demanda Kate. Est-il possible qu'il y ait eu je ne sais quel cafouillage ?

— À Grace Hall, les élèves rendent tous leurs travaux par Internet. Ils se servent d'une messagerie électronique sécurisée, alors je ne vois pas comment il aurait pu y avoir une erreur.

— Et ensuite vous les imprimez ? demanda Lew.

— Oui, enfin, c'est l'élève qui m'assiste qui les ouvre et me les imprime. En ce moment on nous oblige à vérifier, mais moi, je les passe au logiciel antiplagiat seulement après les avoir lues sur papier, par acquit de conscience. Jamais je n'aurais pensé que ce logiciel me signalerait vraiment quelque chose. Et pourquoi Amelia n'aurait-elle pas simplement dit qu'il ne s'agissait pas de sa dissertation ? Elle a refusé de m'expliquer quoi que ce soit quand je lui ai demandé des comptes sur les parties plagiées. Croyez-moi, je lui ai demandé mille fois. Je l'ai presque suppliée.

— J'ignore pourquoi Amelia ne s'est pas expliquée, commenta Lew, cela dit, il me semble que nous devrions au moins parler à votre assistant.

— Oh, d'accord, répondit-elle, l'air nerveuse. Elle s'appelle Bethany… en fait, avant de vous donner son nom de famille, me permettez-vous simplement d'en parler d'abord à Delia, Mme Pearl ? En ce moment à Grace Hall, les restrictions concernant la divulgation d'informations sur les élèves sont tellement strictes et les sanctions tellement draconiennes quand on déroge à la règle.

— En ce moment ? s'étonna Lew.

— Disons simplement qu'ils ont réaffirmé récemment à plusieurs reprises ce qui d'après eux a toujours été leur politique en matière de confidentialité vis-à-vis des élèves. Bref, je ne peux pas faire quelque chose qui risque de me coûter ma place. Même si je me plains de mon bureau et de certaines règles du lycée, je ne suis pas encore prête à devenir une romancière crève-la-faim.

— Pas de problème. »

Lew lui tendit sa carte tout en glissant à Kate la liste de Vol d'oiseau, le doigt sur le nom de Bethany Kane.

« Vous pouvez me joindre à ce numéro une fois que vous aurez discuté avec Mme Pearl. Pour des raisons évidentes, il faudra faire vite. »

Bethany Kane faisait partie du groupe Vol d'oiseau. Elle avait échangé la dissertation d'Amelia sur Internet, puis avait imprimé la nouvelle qu'elle avait donnée à Liv. Vol d'oiseau avait monté ce coup pour faire croire qu'Amelia avait triché. Cela importait-il encore de savoir ce qui s'était passé là-haut sur ce toit ? Même s'il s'avérait qu'Amelia avait sauté de son propre chef – bien que Kate ne croie toujours pas à cette théorie –, elle savait désormais que sa fille avait été harcelée à mort. La seule chose qu'elle ignorait encore, c'était pourquoi. Pourquoi ces filles avaient-elles autant détesté Amelia, et ce si soudainement ?

« Oui, répondit Liv en examinant la carte. Bien sûr, je lui parlerai dès que possible.

— Puis-je vous demander autre chose ? »

Kate parlait d'une voix rauque et râpeuse.

« Bien sûr.

— Nous avons trouvé plusieurs mots dans le tiroir du bureau d'Amelia qui disaient tous “Je te hais”. Écrits par vingt-deux personnes différentes. »

Elle n'avait pas envie de révéler la suite, mais il le fallait, elle le savait.

« Et il semblerait qu'Amelia était mêlée à un groupe de filles qui postaient des photos suggestives d'elles sur Internet.

— Des photos suggestives ? »

Liv semblait aussi horrifiée que Kate, ce qui était à la fois inquiétant et réconfortant.

« Amelia ? J'ai vraiment du mal à le croire. Enfin, il y a un tas d'élèves à Grace Hall qui n'ont pas la tête tout à fait bien vissée sur les épaules, mais Amelia n'a jamais fait partie du lot.

— Donc vous n'avez aucune idée de ce dont il s'agissait ? insista Kate. Le groupe sur Internet s'appelait Vol d'oiseau. Il semblerait qu'elles avaient des réunions après les cours, des choses de ce genre. Comme si elles appartenaient à une espèce de club. »

Liv croisa les bras et baissa les yeux. Le regard fixé sur son bureau, elle secouait la tête. Kate s'attendait à ce qu'elle lui dise qu'elle n'était au courant de rien.

Au lieu de cela, Liv répondit, comme en proie à la souffrance :

« Je suis désolée, mais je ne peux pas.

— Vous ne pouvez pas ? s'exclama Lew d'un ton agacé que Kate ne lui avait encore jamais entendu.

— Comme je l'ai déjà dit, Grace Hall restreint beaucoup…

— Attendez un peu, coupa Kate, qui sentait son sang-froid lui échapper. Amelia est morte, ce machin – peu importe ce que c'est – pourrait être en lien, et vous, vous me dites que vous savez quelque chose mais que vous ne pouvez pas en parler ?

— Je suis désolée, je perdrais mon emploi, murmura Liv, manifestement de nouveau sur le point de pleurer. Mais vous posez les bonnes questions. Je peux au moins vous dire ça. Vous devriez continuer à les poser. Allez parler à Phillip Woodhouse. Je sais qu'il voudrait… Enfin, il accepterait de vous répondre. Il y a toute cette histoire entre lui, le conseil d'établissement et les avocats. »

Elle secoua la tête et baissa les yeux.

« Je suis désolée, mais j'en ai déjà dit plus que ce que j'aurais dû.

— Mon Dieu ! »

Kate dévisageait Liv avec des yeux ronds.

« Et vous êtes sérieuse, en plus. »

Lew lui posa de nouveau la main sur l'avant-bras. C'était un ordre. Et même si ça ne lui plaisait pas, elle savait qu'il avait raison. Se fâcher avec Liv ne les mènerait nulle part.

« Nous comprenons, dit Lew. Notre but n'est pas de faire virer qui que ce soit. Nous nous entretiendrons avec l'administration, mais nous reviendrons ensuite vous poser d'autres questions.

— Oui, bien sûr. »

Elle avait l'air d'avoir le cœur brisé.

« Je voudrais vraiment vous aider, je vous assure.

— Et ce blog à potins du lycée, comment s'appelait-il déjà, grace quelque chose ?

— Oui, *gRaCeFULLY*. »

Liv leva les yeux au ciel et secoua la tête.

« Fort heureusement il s'est arrêté, du moins pour le moment.

— Pourquoi l'administration ne l'a-t-elle pas interdit plus tôt ? s'enquit Lew.

— Ils n'ont jamais réussi à savoir qui se cachait derrière. Ils ont essayé de trouver d'où les posts étaient envoyés, mais la personne en question devait bien brouiller les pistes. J'avais entendu dire qu'ils avaient embauché un expert en sécurité informatique pour les aider. Cela dit, maintenant que le blog ne poste plus, j'ignore où ça en est exactement. »

Le portable de Liv choisit ce moment-là pour émettre une sonnerie qui ressemblait à celle d'un texto. Elle s'en empara, lut le message et poussa un soupir d'exaspération.

« Bon sang, je suis vraiment désolée de devoir faire ça mais apparemment il y a une réunion du département d'anglais qui m'était complètement sortie de la tête. Y a-t-il quoi que ce soit d'autre que je puisse faire pour vous avant de filer ? Il n'y aura aucun problème non plus pour vous revoir si cela peut vous être utile. »

Elle rassemblait ses affaires : un bloc-notes, son téléphone.

« Amelia vous a-t-elle jamais parlé d'un garçon prénommé Dylan ? » demanda Kate.

Voilà qui semblait être une question sans risque, une question qu'elle devait avoir le droit – en tant que mère – de poser.

« Apparemment il se pourrait qu'Amelia et lui se voyaient. »

Liv se figea, son regard passant de Kate à Lew puis de nouveau à Kate. Elle semblait mal à l'aise.

« J'avais effectivement entendu dire qu'Amelia sortait avec Dylan. Ce n'est pas elle qui me l'a dit, alors je ne suis pas entièrement certaine que ce soit vrai ni même que le verbe sortir soit le terme approprié. Fréquenter conviendrait peut-être mieux, répondit-elle doucement. Mais Dylan Crosby n'est pas un garçon, madame Baron. C'est une fille. »

AMELIA

19 OCTOBRE, 21 H 52

DYLAN
quoi 2 neuf ?
AMELIA
pas gd chose, et toi ?
DYLAN
vnr
AMELIA
pourquoi ?
DYLAN
sais pas
AMELIA
et si on faisait 1 truc sympa 2main ?
DYLAN
sympa, ça sonne bien, t'as des ID ?
AMELIA
n'importe quoi ac toi ça me va
DYLAN
:) à 2main
AMELIA
ok à + xo

19 OCTOBRE, 21 H 59

SYLVIA
c 1 des Maggies
AMELIA
qui ça ?
SYLVIA
la meuf ki lime Ian
AMELIA
pas moyen
SYLVIA
ouais, ya 1 de c pétasses de Maggie qui joue la glu ac lui
AMELIA
qui ?
SYLVIA
je sais pas, ms je vais trouver

19 OCTOBRE, 22 H 05

CHLOE
résoi chez moi, vendredi 9

19 OCTOBRE, 22 H 12

AMELIA
qd c ke je te vois ??? si tu continues à m'esquiV, je vais commencer à croire ke t 1 serial killer ou je sais pas
BEN
super, merci
AMELIA
je plaisante, enfin presque. ms allez, dis, tu viens qd ?
BEN

peut-ê jeudi. j travaille

AMELIA

yes ! g pas besoin de bloquer tes appels alors ;)

19 OCTOBRE, 22 H 25

ENTRAÎNEUR BING

rectificatif : départ du bus samedi pr le match 7 h 30 ; PAS 8 h 30, ne soyez pas en retard

19 OCTOBRE, 22 H 32

DYLAN

des fois je hais 7 endroit. on se fait la malle ?

AMELIA

j'en suis, on part qd ?

Facebook
20 OCTOBRE

Amelia Baron
« Je pensais qu'il est bien désagréable d'être enfermé au-dehors ; puis je pensais qu'il est pire peut-être d'être enfermé dedans. » Virginia Woolf, *Une chambre à soi*

Sylvia Golde le prends pas mal, je te le dis le plus gentiment du monde, mais tu commences grave à avoir l'air chelou

George McDonnell commences ???

Carter Rose lâche l'affaire, man

Amelia

20 OCTOBRE

« “Une connaissance n’est jamais ni vraie ni fausse, seulement plus ou moins utile en termes de biologie et d’évolution. Tous les credo dogmatiques sont des approximations : ces approximations forment de l’humus où poussent de meilleures approximations”, a lu Sylvia dans son manuel de philo avec une emphase théâtrale. Au cas où tu te demanderais qui a dit ça…

— Je me le demande pas », ai-je rétorqué sans lever les yeux.

On avait une heure de trou, qu’on passait installées dans le CDI dernier cri flambant neuf du lycée doté de murs vitrés, de matériel informatique de pointe et de quelques touches vieille école : lampes anciennes, vitraux et pupitres en bois restaurés. Il avait été baptisé le CDI Rose, en hommage à la famille Rose (Carter, Bennett et Cole compris) qui avait financé les rénovations. Les yeux rivés sur mes devoirs de bio, j’avais du mal à me concentrer, même quand Sylvia ne parlait pas.

J'étais censée retrouver Dylan après les cours. Elle m'avait dit qu'elle avait un truc à m'annoncer. Après son texto de la veille comme quoi on allait se faire la malle ensemble, j'étais sûre et certaine que ça allait être un truc cool. Peut-être même qu'elle était prête à ce qu'on se voie au grand jour.

« Ernst Mach, c'est lui qui a sorti ça, a poursuivi Sylvia, parce que, comme d'hab, elle s'en fichait que je veuille l'écouter ou non. Et tu veux savoir ce que moi je dis ? Je dis : Va te faire foutre, Ernst. C'est même pas anglais, si tu veux mon avis. Et puis Ernst, c'est quoi ce nom, de toute façon ? On dirait qu'il manque une voyelle, genre, ou je sais pas quoi.

— Aussi, pourquoi t'es allée choisir ce cours, "Intro à la philosophie" ? »

J'ai levé les yeux. J'étais en rogne. Des fois elle faisait des trucs tellement cons, et puis elle n'assumait jamais rien.

« Tout le monde sait que c'est l'un des cours les plus durs du lycée. Personne ne t'a obligée à t'inscrire.

— J'aime bien relever des défis, a-t-elle répliqué d'un air penaud. T'es pas la seule du coin à avoir de la curiosité intellectuelle, tu sais. »

Je l'ai observée en plissant les paupières.

« Oh attends, je me rappelle maintenant. Brian Porter est dans ce cours, non ? »

Sylvia s'est agitée sur sa chaise. Brian était le mec après qui elle avait couru le printemps dernier pendant les inscriptions. C'était sa fixette pré-Ian. Elle avait fini par l'avoir, mais il s'était débarrassé d'elle au milieu de l'été : la routine, quoi.

« Le pire, c'est qu'il a genre changé de cours dès le deuxième jour, a-t-elle fini par reconnaître en secouant la tête.

— Toi aussi, tu aurais pu changer, tu sais.

— Pour que Brian sache que si j'y étais, c'était uniquement pour lui ? Arrête, il me reste quand même un peu de fierté.

— J'espère pour toi que Ian ne va pas s'inscrire au cours de littérature comparée ou quoi le semestre prochain. Celui-là, c'est vraiment la mort, à ce qu'il paraît.

— Laisse tomber, je m'en fous de ce qu'il fait, de toute façon. »

Elle essayait de jouer les dures, mais alors qu'elle balayait du regard le CDI bondé, son visage devint tout tremblotant.

« Tu lis vraiment pas mes textos, hein ? Allô, je crois qu'il me trompe.

— Ah oui c'est vrai. J'avais oublié. »

Ce sujet de conversation ne me plaisait pas du tout. Depuis qu'Ian m'avait *grosso modo* avoué qu'il la trompait bel et bien, j'avais essayé d'éviter de discuter de leur relation. Mais s'ils ne cassaient pas rapidement, j'allais devoir dire la vérité à Sylvia. Or je n'avais vraiment, mais alors vraiment pas envie de le faire.

« Laisse tomber, alors, c'est un abruti fini.

— Tu vois, même toi, tu ne dis plus que je suis dingue. Toi aussi, t'as l'impression qu'il mijote un truc. »

L'air triste, elle s'est remise à parcourir des yeux le CDI, sans doute en quête de Ian.

« Laisse tomber, les mecs ça craint », a-t-elle fait.

Il fallait que je change de sujet avant qu'elle pète un câble. Et puis je voulais lui parler de Dylan, surtout maintenant qu'Ian était au courant. Il n'y aurait jamais de bon moment.

« Je sors avec quelqu'un, ai-je lâché alors que Sylvia regardait toujours dans tous les sens. Enfin, je crois. Bref, t'avais eu une bonne intuition.

— Merde alors, je le savais ! »

Elle s'est amusée à me donner des petits coups.

« Depuis combien de temps ? C'est qui ? Tu dois tout me raconter. J'hallucine, je suis trop excitée ! »

Sylvia arrivait encore à me mettre sur le cul, parfois. Je ne pensais pas que j'aurais été capable de détourner son attention de Ian, pas même une seconde.

« Je crois que ça fait genre, deux semaines à peu près.

— Deux semaines ! »

La documentaliste a émis un chut sonore depuis le bureau des retours. Sylvia a fait un geste agacé dans sa direction.

« Je croyais que tu me dirais un jour ou deux. Deux semaines et tu ne m'en as pas parlé ? Oh attends, s'il te plaît, s'il te plaît, s'il te plaît ne me dis pas que tu sors avec Ben le flippant.

— Je ne sors pas avec Ben. Et il n'est pas flippant.

— Pas gay, très flippant. Mais c'est pas grave, passons. J'ai pas envie de parler de ce Ben à la con maintenant, de toute façon. Moi, j'ai envie de parler de ce canon qui a enfin mis Amelia Baron dans son pieu. C'est qui ? Carter, George McDonnell ? Je te jure que ça fait des années que ces mecs-là crèvent d'envie de soulever ta jupe. »

J'ai pris une grande inspiration et regardé Sylvia. Ça y est. J'étais sur le point de dire à ma meilleure amie que je sortais avec une fille.

« J'aurais sûrement dû te le dire plus tôt », ai-je commencé.

Ça allait bien se passer. Sylvia allait le prendre tranquille. Je le savais. Il le fallait.

« Non pas que ça change quelque chose entre nous ou quoi, mais…

— Putain ! » s'est brusquement écrié Sylvia en rentrant la tête.

Elle s'est penchée un instant pour regarder discrètement derrière moi avant de s'aplatir de nouveau.

« C'est pas Ian là-bas ? Avec une meuf ?

— De quoi tu parles ? » ai-je demandé en me retournant. Et là j'ai vu Ian à l'autre bout du CDI, à côté des ouvrages de référence et de l'énorme globe en bois. Il était avec une fille, qui s'est hélas baissée derrière un truc avant que je puisse distinguer qui c'était.

« C'est pas Susan Dolan ? a sifflé Sylvia. J'hallucine, c'est une vraie tepu. »

Je ne l'avais vue qu'une seule seconde, mais il aurait très bien pu s'agir de Susan Dolan. Et si Ian la draguait tranquille Émile devant tout le monde, c'était pas bon. Susan était une vraie marie-couche-toi-là. Égoïstement, j'étais soulagée qu'il ne s'agisse pas de Zadie. Au moins Susan Dolan n'était pas une Maggie. Le secret que je partageais avec Ian n'avait rien à voir avec le fait qu'il se soit maqué avec elle.

« Je suis gay, Sylvia », ai-je persévéré, malgré la scène surprise avec Ian.

Parce que c'était vrai, et qu'il était temps de tout déballer, sans exception. Et que j'avais soudain l'impression que c'était maintenant ou jamais.

Sylvia était toujours à fond en train d'essayer de lorgner discrétos derrière moi. On aurait dit qu'elle n'avait rien entendu de ma déclaration. Et puis tout à coup elle a braqué les yeux sur moi.

« Attends, tu viens de dire quoi, là ?

— Je crois que je suis peut-être gay.

— Mais non voyons, répliqua-t-elle d'un ton dédaigneux en retournant à son espionnage. On peut pas être peut-être gay. »

Je m'étais imaginé Sylvia surprise, triste, voire un peu flippée. Mais jamais je n'aurais pensé qu'elle ne me croirait pas.

« Je voulais pas dire peut-être. Je voulais dire, je le sais. Je sais que je suis gay. »

Sylvia a poussé un soupir théâtral.

« OK, tu sais que les gays font l'amour, pas vrai ? Être gay, c'est pas genre une façon détournée de faire abstinence parce que… Oh, j'hallucine ! »

Elle s'est de nouveau aplatie.

« Il lui a pas mis une main au cul, là ? Je peux pas voir ça. Vas-y, toi. Vas-y. Retourne-toi et regarde. »

J'essayais de ne pas m'énerver. Que Ian se tape l'affiche avec une autre meuf – et surtout une meuf comme Susan Dolan –, c'était du lourd. Mais après la bombe que je venais de lancer ? Je veux dire, quelques minutes d'attention sur moi et mon histoire personnelle, ç'aurait été sympa. En même temps, j'avais aussi de la peine pour Sylvia. Se faire jeter comme ça, devant tout le monde, c'était moche.

J'ai fait tomber mon crayon par terre histoire d'avoir un prétexte pour me retourner et espionner. Alors que je cherchais à tâtons, je n'ai pas vu tout de suite Ian. Il a fini par se relever de derrière l'étagère où il était tapi. Une seconde plus tard, Susan Dolan a émergé à côté de lui. Je suis restée là un instant à les regarder se sourire en s'amusant à se percuter l'épaule. Oh là, ça puait. Grave.

« C'est ça que tu cherches ? » a demandé quelqu'un.

À côté de ma main se trouvaient des chaussures d'homme marron à lacets très fashion. Je me suis penchée en arrière : M. Woodhouse brandissait mon crayon.

« Oui, merci, ai-je répondu en tendant le bras pour le récupérer.

— Ouais, c'est ça, merci, a dit Sylvia en chassant Woodhouse d'un geste. Mais on est un peu en train d'essayer de *travailler*, là, vous voyez ? »

Elle n'aimait pas Woodhouse parce qu'il n'arrêtait pas de la menacer de lui coller une mise en probation. Il était super strict sur les résultats scolaires. Au bahut, en gros, soit on le détestait, soit on voulait coucher avec. Y avait pas vraiment d'entre-deux. Woodhouse a dévisagé Sylvia un instant comme s'il faisait de son mieux pour ne pas la détester en retour. Du coup, je ne sais pas pourquoi, je l'en aimais un peu plus.

« Est-ce que tu pourras passer dans mon bureau aujourd'hui après les cours, Amelia ? a-t-il demandé en se tournant vers moi. Il y a quelque chose dont il faudrait qu'on discute.

— Quoi ? Pourquoi ? »

J'avais l'air beaucoup trop nerveuse. Ces jours-ci, je n'avais vraiment pas la conscience tranquille.

« Enfin, parce que j'ai hockey après les cours.

— J'en ai déjà parlé à Mme Bing, a-t-il répliqué. Ça ne sera pas long. »

Puis il s'est tourné vers Sylvia.

« Et, mademoiselle Golde, je suis content de vous voir travailler. J'ai reçu un appel de votre professeur d'espagnol aujourd'hui. Je ne sais pas où vous aviez la tête ces dernières semaines, mais il est temps de la replonger dans votre travail scolaire. Vous ne pouvez pas vous permettre une nouvelle mise en probation. »

Sylvia l'ignorait, occupée à griffonner dans son cahier.

« Pas de problème, *monsieur le proviseur*, a-t-elle fini par dire, toujours sans lever la tête.

— Excellent, mademoiselle Golde, a-t-il répondu, l'air complètement déprimé. Tout simplement excellent. Bon, Amelia, à tout à l'heure. »

Tandis qu'il s'éloignait, Sylvia a agité la main comme si elle essayait de le dégager physiquement de sa ligne de mire. Puis elle s'est mise à regarder partout dans le CDI. Mais Ian et Susan Dolan étaient déjà partis.

« Super, merci, monsieur Ducon. »

J'ai reçu un texto de Dylan en plein cours de bio renforcé. Chez toi, pendant l'heure de trou ?

On n'aurait pas beaucoup de temps : vingt minutes sans compter le trajet, ce qui rendait la chose assez risquée. Mais aussi assez excitante.

Je suis sortie du bahut comme une bombe dès la fin du cours de bio. En tournant au dernier coin de rue, j'ai vu Dylan assise devant chez moi sur le perron. Elle soutenait d'une main son visage et regardait de l'autre côté, comme pour essayer de se protéger du vent. Il caillait un peu, malgré le soleil automnal flamboyant qui incendiait ses cheveux.

Quelques maisons nous séparaient encore quand elle a enfin tourné la tête vers moi. Un grand sourire a illuminé son visage. À la voir me regarder comme ça, j'ai su qu'elle ressentait pour moi ce que je ressentais pour elle. J'en étais enfin certaine. Et puis il y avait autre chose dont j'étais certaine. Ce n'était pas juste que Dylan me plaisait. Ce n'était pas une simple passade. J'étais amoureuse d'elle. Complètement, totalement, raide dingue.

D'un côté, c'était plutôt un soulagement. Parce qu'il n'y avait pas moyen de faire demi-tour, plus maintenant. La prudence, c'était fini. Et on aurait dit que pour Dylan, qui s'était montrée si bizarre et si lunatique pendant super longtemps, quelque chose avait changé aussi. Je le voyais à sa façon de me regarder. Je lui ai souri à mon tour en accélérant le pas.

« Entre », lui ai-je dit.

Je lui ai pris la main et j'ai monté les escaliers en courant. Je n'avais qu'une envie, l'embrasser, là, dans la rue. Le hic, c'est que deux nanas qui se galochent sur le trottoir en pleine journée de cours, c'était pas un truc qui passerait inaperçu. C'était peut-être même un truc que les gens se sentiraient obligés de rapporter à ma mère.

« Il faut que je te dise quelque chose », ai-je ajouté.

On était encore dans l'entrée, la porte à peine refermée, quand Dylan s'est mise à m'embrasser tout en m'épluchant comme un oignon. Dans cette précipitation de mains, de peau, de bouches, j'avais l'impression que les mots que je m'apprêtais à prononcer, ceux qui comptaient, avaient déjà été dits. Dylan savait ce que je ressentais. Et je savais ce que ressentait Dylan.

Ensuite on est restées allongées nues dans le canapé du salon, les jambes emmêlées.

« J'adore que ta mère ne soit jamais là », a déclaré Dylan en se pelotonnant contre moi, la tête posée sur ma poitrine.

Elle a fait courir un doigt le long de mon bras.

« Ça doit être génial d'être tranquille comme ça chez soi.

— Parfois. Mais j'aime bien passer du temps avec ma mère. Ça serait cool si elle était un petit peu plus souvent là. »

Je me rappelais comment j'avais été énervée le jour où je l'avais réveillée super tôt en exigeant de savoir qui était mon père. J'avais encore reçu un texto la veille au soir et d'un coup j'avais eu super les boules, tellement que ça m'était égal de blesser ma mère. J'étais même allée pêcher tous ses vieux journaux intimes au sous-sol, histoire de découvrir d'où je venais.

J'avais d'ailleurs commencé à en parcourir certains – deux trois pages par-ci, deux trois pages par-là –, mais je n'étais pas arrivée assez loin. J'avais lu quelques passages datant de l'époque où ma mère avait découvert qu'elle était enceinte et de juste après ma naissance. Ça ne disait pas qui était mon père. En gros, j'avais juste eu de la peine pour elle en les lisant. Elle avait été si seule, elle avait eu si peur à ce moment-là. Je ne lui en voulais pas non plus de ne pas avoir été des masses emballée par moi bébé, mais ça ne voulait pas dire que j'avais envie d'en lire des tartines là-dessus. En plus, je culpabilisais. Ma mère n'était pas là à lire mes trucs perso, elle, du moins pas à ma connaissance.

Et si elle avait eu une raison de me protéger de mon père ? Elle m'aimait. Elle en aurait été capable. Elle aurait été capable de me laisser lui en vouloir à mort si ç'avait été le prix à payer pour ma sécurité. Et puis elle était tout ce que j'avais – tout ce que j'avais jamais eu – et je l'aimais. Je n'avais pas envie de découvrir quelque chose qui changerait ça. Je pouvais vivre toute ma vie avec un trou à la place qu'était censé occuper mon père tant que ma mère était là pour le remplir.

« Ma mère, elle, elle est toujours là, a fait Dylan. Un vrai boulet. »

Je l'avais rencontrée une fois, sinon je ne savais pas grand-chose d'elle à part que c'était une actrice qui avait cru un jour qu'elle serait la nouvelle Marilyn Monroe – c'est sûr elle était glamour, comme Dylan –, mais qui avait dû se contenter d'une poignée d'apparitions ponctuelles dans les épisodes de la série *New York, unité spéciale.* Elle était lourde avec Dylan, aussi : elle la poussait à être actrice alors que Dylan détestait ça, elle voulait qu'elle se coiffe comme ci ou comme ça, elle était sans arrêt à lui dire de perdre du poids alors qu'elle était déjà maigre à faire peur. Comme si sa fille avait été une poupée à habiller et non pas une vraie personne. Ça n'avait pas l'air de gêner Dylan, pourtant il y avait un paquet de trucs qu'elle me racontait au sujet de sa mère qui me foutaient la chair de poule. Du coup j'étais contente d'avoir la mère que j'avais – même si elle n'était pas dans les parages aussi souvent que j'aurais voulu.

« Je croyais que vous étiez super proches avec ta mère, ai-je répliqué.

— On l'est. On est meilleures amies, elle et moi, a-t-elle répondu comme si elle récitait une leçon. Elle, Zadie et mon père, ce sont les seuls à connaître ma vraie personnalité. »

J'essayais de ne pas me vexer de ne pas faire partie de la sélection. Je ne la connaissais pas depuis si longtemps que ça.

« Bref, je suis contente que ta mère ne soit pas là. Comme ça, on a un endroit pour être tranquilles.

— Moi aussi, ai-je dit, vibrante d'émotion. Tu sais, j'ai failli parler de nous à Sylvia aujourd'hui.

— Failli ? »

Elle avait l'air étonnée et un poil nerveuse.

« T'inquiète, j'ai seulement raconté que j'aimais bien une fille, j'ai pas précisé laquelle.

— Mais c'est ça le plus important. »

Elle m'a adressé un sourire taquin, ses yeux bleus pétillaient.

Je me suis remise à respirer, me rendant compte seulement alors que j'avais retenu mon souffle. J'avais eu peur qu'elle m'en veuille à mort d'avoir raconté ne serait-ce que ça à Sylvia.

« C'est toi le plus important, aucun doute là-dessus, ai-je répliqué en souriant à mon tour. Le plus drôle, c'est qu'elle ne m'a pas crue, de toute façon. Elle pense que ce truc d'être gay, c'est parce que je suis un peu paumée. »

Dylan s'est rallongée et a contemplé le plafond.

« Et c'est le cas ? a-t-elle demandé.

— Non, ai-je répondu, regrettant qu'elle ne me regarde pas. Et pour toi ?

— Je ne fais pas confiance aux gens », a-t-elle rétorqué, comme si ça répondait à ma question.

Elle ne semblait pas considérer ça mal en soi, c'était un simple fait dont je devais avoir conscience.

« Tout ce qu'ils veulent, c'est vous coller une étiquette, vous mettre dans une case. Et après on n'est plus que ça, pour toujours. »

J'avais l'impression qu'elle ne parlait pas uniquement de notre relation. On aurait dit qu'elle avait essayé toute sa vie de semer les gens qui l'étiquetaient.

« Personne à part moi ne décide qui je suis », ai-je déclaré.

Et putain, qu'est-ce que je le pensais ! Je m'impressionnais moi-même, tiens. J'ai tourné la tête vers Dylan dans l'espoir qu'elle me regarde à son tour, fière de moi. Mais elle avait les yeux scotchés au plafond.

« Je m'en fous de ce que pensent les autres. Y a que toi qui comptes. »

Dylan a longtemps gardé le silence, si longtemps que je commençais à avoir du mal à respirer. Elle a fini par se tourner vers moi.

« OK », a-t-elle murmuré.

Elle semblait davantage essayer d'être d'accord avec moi qu'elle ne l'était effectivement. Enfin, c'était un début.

« Moi c'est pareil, a-t-elle ajouté.

— Je peux te poser une autre question ? »

Je savais que c'était risqué, mais il fallait que je sache. Surtout maintenant.

« Est-ce que toi et Zadie vous êtes déjà… sorties ensemble ?

— Zadie ? Tu rigoles ! »

Elle a éclaté de rire.

« C'est vraiment crade. On est comme des sœurs. On se connaît depuis qu'on a cinq ans. Zadie est la seule personne à part mes parents qui sait tout de moi. Et puis elle m'a toujours soutenue, surtout quand j'avais vraiment besoin de quelqu'un, et des fois j'ai l'impression que c'est tout le temps.

— Oh. C'est cool. »

Je n'étais pas aussi soulagée que je l'avais espéré. J'avais envie de lui demander ce qu'elle voulait dire par avoir besoin de quelqu'un tout le temps. Une amitié comme ça, je comprenais plus ou moins à cause de celle que j'avais avec Sylvia. Sauf que j'avais l'impression que Dylan parlait d'autre chose.

« Et de toute façon, Zadie, elle aime les mecs. Elle et moi, on est juste meilleures potes, d'accord ? Elle fait gaffe à moi, c'est tout.

— D'accord », ai-je répondu dans un sourire.

Parce que même si je ne la croyais toujours pas complètement, j'en avais vraiment envie.

« Super. »

On s'est serrées dans les bras, j'ai fermé les yeux et j'ai respiré le parfum sucré de ses cheveux indomptables. Et là, la sale idée à laquelle j'avais essayé de ne pas penser pendant plusieurs jours m'a traversé l'esprit.

« Berk !

— Quoi ?

— Je viens juste de me rappeler que ces fameuses photos de moi sont censées être postées sur ce blog à la con demain », ai-je expliqué.

J'avais eu de sérieux remords depuis que j'avais demandé à Ian de prendre ces photos. Or si maintenant j'avais Dylan – pour de bon –, qu'est-ce que j'avais encore besoin des Maggies ?

« Ça me fait pas sauter de joie que des vieux gras du bide répugnants avec des mains toutes moites soient là en slibard à liker mes photos.

— Miam, a rigolé Dylan. Dit comme ça, ça fait vraiment envie.

— Je plaisante pas, ai-je rétorqué, mais moi aussi, je riais, ce qui faisait rouler la tête de Dylan de droite à gauche sur ma poitrine. Ça te met pas mal à l'aise qu'elles soient sur le Net ? »

D'où j'étais, je voyais son profil : son sourire s'effaçait.

« Peut-être bien, a-t-elle répondu en haussant les épaules. Mais bon, presque tout me met mal à l'aise.

— Quand il y a des photos de soi à moitié nue sur Internet, c'est plutôt normal d'être mal à l'aise. »

Dylan ne disait rien. Ses photos étaient déjà postées. Je l'avais probablement insultée.

« Enfin bref, ai-je lancé dans un piteux effort pour changer de sujet, sans vraiment y parvenir. Je vais dire à Zadie que je n'ai plus envie de jouer. Que j'ai changé d'avis.

— Mais elle va t'éjecter des Magpies », a répliqué Dylan en se redressant brusquement pour me regarder.

Elle avait les pupilles dilatées, le regard affolé.

« Enfin, c'est sûr, elle le fera.

— Pour moi, il n'y a que toi qui comptes dans les Magpies. »

Dylan s'est rallongée et s'est abîmée dans un silence encore plus long que le précédent. Franchement c'était nul. J'avais espéré qu'elle dise un truc du genre : « Ouais, on s'en branle de Zadie, on n'a pas besoin d'elle ! » Mais non. Elle n'avait rien dit. On était encore couchées sur le canapé, nos corps enlacés, quand j'ai entendu la porte d'entrée s'ouvrir.

« Oh merde, ai-je murmuré. C'est ma mère. »

On était toutes les deux à poil. Toutes nos fringues étaient en vrac dans l'entrée. Parler de Dylan à ma mère, d'accord, mais de là à ce qu'elle tombe sur nous comme ça… J'ai attrapé le plaid sur le dessus du canapé et l'ai jeté sur Dylan. Ensuite j'ai croisé les bras sur mes seins et je me suis penchée en avant, espérant ainsi cacher le plus de chair possible. J'ai fermé très fort les yeux, comme une gamine, j'aurais voulu disparaître.

« Tiens, tiens, tiens », a lancé quelqu'un.

Ce n'était pas la voix de ma mère.

« N'est-ce pas romantique ? »

J'ai ouvert les yeux : Zadie était plantée dans mon salon. D'une main elle tenait nos vêtements, de l'autre elle brandissait son iPhone. Elle nous filmait.

« Comment t'es rentrée ? ! ai-je hurlé. T'as pas le droit de venir comme ça chez moi !

— La porte n'était pas fermée à clef », a-t-elle lâché d'un ton suffisant en se déplaçant comme pour trouver la meilleure prise de vue.

Dylan a remonté le plaid pour se couvrir la poitrine et a détourné la tête.

« Vous deviez vraiment être pressées parce que je crois que la porte n'était même pas fermée. »

J'aurais voulu aller lui arracher mes fringues des mains, mais je n'avais pas envie qu'elle me filme en train de me balader à poil.

« T'es quoi au juste, une espèce de chien de chasse ? Comment tu savais qu'on était là ? ! T'as pas le droit d'être ici ! C'est chez moi.

— Un chien de chasse ? Voilà qui est un peu dur, tu ne crois pas ? »

Elle a eu un sourire narquois.

« Mais si tu veux tout savoir, en effet je vous ai suivies. Et ensuite j'ai attendu dehors, attendu et attendu, pendant des plombes. »

Elle a écarté un instant le téléphone, les yeux rivés sur Dylan, qui refusait de la regarder.

« Faut bien vous reconnaître ça. Vous êtes endurantes. Mais bon, j'imagine que pour les meufs c'est différent. »

J'attendais que Dylan lui gueule dessus. Qu'elle redevienne cette fille que j'avais vue dans le sous-sol de Zadie quelques jours avant. Mais elle restait prostrée, à se dissoudre dans le canapé.

« Casse-toi ! ai-je hurlé encore plus fort. Barre-toi de chez moi, putain ! »

Zadie a poussé un soupir d'ennui en braquant de nouveau l'objectif sur moi.

« Vous savez, ça va pas rendre un super film, à moins que vous fassiez quelque chose… d'intéressant, quoi. »

Elle s'est rapprochée jusqu'à ce que l'appareil ne soit plus qu'à un mètre de mon visage.

« Deux meufs à moitié à poil, ça fait pas deux millions de visiteurs sur YouTube. C'est du grave déjà-vu. Il nous faut de l'action. Pourquoi pas un bisou ? Ou quelqu'un pourrait peut-être peloter un nibard ou quoi ? »

Et là, quelque chose en moi a lâché. J'ai bondi du canapé et je me suis ruée sur les habits qu'elle tenait sous le bras. Elle les a aussitôt laissés tomber en s'écartant vivement de façon qu'elle et son téléphone restent à bonne distance de sécurité. Elle n'a pas arrêté de filmer pour autant, tandis que j'allais pêcher mes vêtements par terre et que j'enfilais T-shirt et jean. Une fois habillée, j'ai fait volte-face et j'ai collé mon visage contre le sien.

« Casse-toi de chez moi ou j'appelle la police.

— Comme c'est mignon. Tu défends son honneur. »

Puis elle a secoué la tête d'un air déçu.

« Tss, tss, Crazy Eyes, je croyais que tu étais censée avoir un QI surpuissant. Est-ce que tu crois vraiment que Dylan en a quelque chose à foutre de toi ? Tu crois que tu comptes pour elle ? Tu la connais même pas. Tu n'es rien. Et d'ici demain, tu seras oubliée, comme la vieille pute dégueue que tu es.

— Si tu ne pars pas… »

Les poings serrés, mes ongles me rentraient dans la paume.

« … c'est moi qui vais te faire sortir.

— Ohh, très gouine ça. »

Zadie a sifflé puis s'est penchée pour me planter son appareil dans la figure.

« C'est ça ton truc ? Tu portes la culotte ? J'aime bien. C'est sexy.

— Espèce de salope…

— Arrêtez ! » a soudain hurlé Dylan de l'autre côté de la pièce.

Je me suis retournée : entièrement habillée, elle enfilait ses bottines. Elle semblait sur le point de pleurer.

« S'il vous plaît, arrêtez.

— Qu'est-ce que tu fais, Dylan ? ai-je couiné, pareille à une gamine en panique. Où tu vas ? Tu n'as pas besoin de partir. Zadie s'en va, et tout de suite.

— Oh que oui, mon chou », a dit Zadie avec un sourire méchant.

Dylan se dirigeait déjà vers la porte en traînant des pieds.

« Je pars. Et ta petite copine vient avec moi. »

Je suis retournée au lycée je ne sais trop comment. Je voulais retrouver Dylan avant qu'elle oublie ce qu'on partageait. Je ne me rappelais pas être partie de chez moi, pourtant quand je me suis ressaisie, j'étais au cours de Liv. Debout face à la classe, la prof parlait. Je voyais ses lèvres bouger, mais les mots étaient tout embrouillés et lointains.

Je ne me suis rendu compte qu'elle m'adressait la parole que lorsque j'ai vu tout le monde me dévisager.

« Amelia ? Je sais que toi, tu la connais, la réponse à cette question, disait Liv. Pourrais-tu éclairer tes camarades ? »

En me tournant vers le son de sa voix, ma tête m'a semblé comme remplie de sable mouillé. Comme si elle risquait de se détacher de mon corps et de tomber, inerte.

« Amelia ? Ça va ? »

Liv avait l'air inquiète.

« Tu n'as pas bonne mine. »

Mes yeux sont enfin parvenus à se fixer sur elle. Ce faisant, ils se sont remplis de larmes. Liv était toujours en train de me regarder quand la cloche a sonné et que tous les élèves se sont agités en même temps, la salle devenant un précipité de couleurs, de chair et de bruits. Je suis restée figée. Impossible de bouger.

Je me repassais le film dans ma tête : Dylan qui sortait de chez moi le pas lourd, comme un zombie. Elle ne s'était même pas retournée pour me dire au revoir. Et puis il y avait eu l'expression de Zadie : elle était rayonnante, cette salope. Tout s'était passé exactement comme elle l'avait prévu.

« Tu as besoin d'aller à l'infirmerie, Amelia ? »

La salle était vide, Liv se trouvait à présent devant mon bureau. Elle avait l'air en panique.

« Tu es blanche comme un linge. Je peux t'y accompagner. »

J'ai essayé de secouer la tête, mais on aurait dit qu'elle était bloquée.

« D'accord, a dit Liv, pas très convaincue. Mais il y a quelque chose qui ne va pas. Je le vois bien. Est-ce que tu veux en parler ? »

Est-ce que je voulais en parler ? Est-ce que j'avais envie de dire à ma gentille prof d'anglais que la première fille que j'avais jamais aimée venait de me lacérer la poitrine pour m'arracher le cœur ?

« J'ai mes règles, c'est tout, ai-je répondu. J'ai des crampes.

— Oh. »

Elle semblait gênée d'avoir insisté pour obtenir des détails.

« Est-ce que tu es toujours d'accord pour passer au bureau de M. Woodhouse ? Il m'a demandé de t'y envoyer après le cours. Mais si tu ne te sens pas assez bien…

— Non, ça va. »

Parce que c'était une chose à faire, un endroit où aller. Une direction à prendre. Et peut-être qu'une minuscule part de moi espérait que Woodhouse ferait quelque chose pour faire disparaître Zadie.

« Je peux y aller. »

Assise dans le bureau de Woodhouse, j'attendais qu'il raccroche le téléphone. Je voyais mes jambes sur le siège du fauteuil, je voyais les accoudoirs sous mes mains. Pourtant je ne les sentais pas. Je ne sentais rien.

« Désolé », a-t-il dit après avoir raccroché.

Il a secoué la tête.

« Les anciens élèves sont parfois insistants. Évite d'être comme eux plus tard. C'est… enfin bref, ça m'étonnerait que tu sois jamais comme ça. »

Je l'ai dévisagé. Je ne pouvais même pas faire semblant d'autre chose.

« Ça va, Amelia ? »

Fais quelque chose, ai-je hurlé en silence. *Vire-la du lycée. Fais-la arrêter.*

« J'ai mal à la tête. C'est la migraine.

— Ah, d'accord, bon alors je ne vais pas te retenir longtemps. »

Il s'est emparé d'une enveloppe sur son bureau et me l'a tendue. J'ai fixé le papier.

« C'est pour toi, s'est-il empressé d'ajouter. Ouvre. »

J'ai contemplé encore un moment l'enveloppe avant de finir par tendre le bras. Tout se déroulait au ralenti. Je sentais le poids de l'enveloppe dans mes mains, je voyais Woodhouse me regarder comme s'il venait de m'offrir un cadeau. J'étais persuadée qu'elle contenait une photo 20 × 25 sur papier glacé de Dylan et moi enlacées.

« Vas-y, je sais déjà ce qu'il y a à l'intérieur. Ils m'ont téléphoné », a expliqué Woodhouse.

Il avait l'air tout excité à présent.

« Ouvre. »

Les doigts empotés et gourds, j'ai essayé de la déchirer. Elle ne contenait que du simple papier, rien de brillant comme une photo. J'ai inspiré un peu d'air tout en sortant une lettre qui m'était adressée aux bons soins du lycée. Mes yeux sont tombés sur le deuxième paragraphe : « Cette bourse couvrira tous les frais de la conférence, et un extrait de votre récit *Aujourd'hui, Je suis* sera publié dans l'anthologie éditée à cette occasion. »

« Liv culpabilise d'avoir envoyé ton récit malgré tes objections, a dit Woodhouse. Comme elle ne voulait pas que tu te sentes obligée d'accepter, elle a décidé de ne pas être présente.

— Oh. »

Les yeux baissés, j'essayais de digérer le fait que j'avais gagné une bourse à laquelle je n'avais même pas postulé.

Cela dit, étant donné le gigantesque tas de merde que le reste de ma vie était devenu, cette information me faisait un peu plaisir. Pas très plaisir, mais j'avais moins l'impression d'être morte, peut-être. C'était un bon rappel qu'il y avait eu un moi avant que j'entende parler des Maggies ou de Dylan.

« Tu devrais fêter ça, a déclaré Woodhouse. Tu es la première lauréate du Mittlebranch que Grace Hall ait jamais eue. C'est une preuve de ton talent, Amelia, vraiment. »

Puis, las, il a pris une profonde inspiration.

« Toutefois, l'attribution de cette bourse dépend de ma recommandation, Amelia. Or pour l'écrire en toute bonne conscience, j'ai besoin de savoir que tu as quitté ce club. Que tu n'es plus une Maggie. Je vais également avoir besoin que tu me livres le nom des autres filles qui sont membres. J'ai fermé les yeux sur beaucoup de choses, Amelia. Tu as quitté l'enceinte scolaire sans autorisation au moins cinq fois durant les trois dernières semaines. Je ne peux écrire cette recommandation que si tu m'aides, et maintenant.

— Vous me faites chanter ?

— Amelia, tu sais bien que ce n'est pas ce que je veux dire. »

Il a froncé les sourcils.

« Mais ces filles vont faire du mal à quelqu'un. Je le sais. Peut-être pas à toi, pas encore, mais ça finira par arriver. Te demander de faire ce qui est bien n'est pas du chantage. Si je peux obtenir leurs noms grâce à toi, je pourrai peut-être les protéger d'elles-mêmes.

— Et que se passera-t-il quand elles découvriront que c'est moi qui les ai dénoncées, hein, quoi ? »

Non pas que j'avais l'intention de lâcher quoi que ce soit, surtout pas maintenant que Zadie avait cette vidéo de Dylan et moi entre les mains.

« Elles ne le sauront pas, Amelia. Je te le promets.

— Mais bien sûr. »

Je me suis levée.

« Je peux y aller ?

— Oui, Amelia, tu peux y aller. »

Il avait l'air plus que déçu. Presque triste.

« Mais pense à ce que je t'ai dit. Ces filles ne valent pas la peine de risquer ton avenir. »

gRaCeFULLY

17 OCTOBRE

Parce qu'il y a 176 définitions du mot *loser* sur urbandictionary.com. Sortez du lot

Salut les gens,

Alors comme ça Dylan Crosby est bel et bien amoureuse. C'est le bruit qui court. De qui, ça, c'est une autre question. Je sais que nous espérions tous qu'il s'agisse de M. Woodhouse. Voyez-vous, je me dis qu'il mérite une poupée nubile et sexy. Mais ce n'est pas Phillip, apparemment.

Quelques terminales – les membres de Devonkill, d'après mes sources – ont été récupérés hier soir par leurs parents au poste de la 78ᵉ. Il semblerait qu'ils aient pris le perron d'une maison pour une boîte de nuit, pas de bol, c'était dans le mauvais quartier. Allez, les gars, tout le monde sait qu'on fait pas la teuf à Montgomery Place. Ce petit quartier, c'est un peu le plus joli du coin. John Turturro n'est pas du genre à blairer les squatters de marches.

Heureusement pour ces imbéciles, l'un de leurs pères est conseiller municipal. En moins de temps qu'il ne faut pour dire blanchis, ils ont tous été relâchés. Parmi eux, une meuf s'est vu privée de la fête qui devait avoir lieu au Standard Hotel pour célébrer ses dix-sept ans. Mais bon, t'inquiète chérie, j'ai entendu dire que le port du diadème était interdit là-bas.

Il reste encore quelques mois avant les résultats des candidatures anticipées à l'université, mais Zadie Goodwin semble très confiante concernant ses chances d'obtenir une réponse favorable avant tout le monde. Une part de moi aurait tendance à penser que c'est parce que son beauf a graissé quelques grosses pattes. Après, je ne sais pas, peut-être qu'elle les a graissées elle-même, à genoux.

KATE

23 JUILLET 1997

C'est le troisième jour d'affilée que je me fais porter pâle. Je me suis promise que ce serait le dernier. J'y retournerai demain. Ce serait idiot de foutre en l'air toute ma vie juste parce que j'en ai merdé une partie.

Hier soir, j'ai décidé d'aller noyer mon chagrin seule dans un bar. J'ai bu beaucoup de bière. J'aime même pas ça.

Mais c'était ce que Rowan buvait. Et vous voulez savoir qui est Rowan ? C'est le garçon carrément craquant avec qui j'ai fini par parler toute la nuit de sa passion pour l'enseignement et de la mienne pour aider les gens en tant qu'avocate, ce qui m'a rappelé que c'était pour cette raison que j'étais allée en fac de droit : aider les gens. Je voulais être avocate de l'assistance judiciaire ou aider les sans-abri. Au lieu de ça je me suis retrouvée dans l'arène de la course aux profits entrepreneuriale chez Slone, Thayer.

J'en veux à Gretchen. Le pire, c'est que je m'intègre parfaitement. On m'adore, là-bas. Je lui en veux pour ça aussi.

Rowan ne pourrait jamais s'y intégrer, lui. Il est drôle, intelligent, il a des principes, une grosse barbe broussailleuse et les yeux les plus chaleureux que j'aie jamais vus. J'avais l'impression de le connaître depuis toujours, et ce avant même la bière numéro trois, moment où j'ai commencé à devenir sérieusement saoule.

Et le temps qu'il lâche sa bombe – il allait partir en Afrique construire des écoles, apprendre à lire à des villages entiers et sûrement purifier tout le réseau d'eau pendant son temps libre –, j'étais déjà complètement dingue de lui.

Nous nous sommes échangé nos adresses mail. Mais franchement, trois ans ? Une nuit ? Je nous donne deux conversations par mail.

Le seul choix véritablement bon que j'aie fait a été de ne pas coucher avec lui. Au moins ça ne compte pas vraiment comme un nouvel échec amoureux. Cela dit, le baiser était extraordinaire. J'en avais besoin. J'étais presque convaincue que je ne serais plus jamais capable d'embrasser un homme, du moins sans avoir l'impression d'être une pute.

KATE

SLONE, THAYER

24 JUILLET 1997

Jeremy : Tout va bien ?

Kate : Ça va.

Jeremy : Tu es sûre ? Tu t'es absentée trois jours.

Kate : C'était la grippe. Ça va.

Jeremy : Je peux te trouver une excuse. Tu n'es pas obligée d'aller à la réunion. J'ai ton mémo.

Kate : Non, je serai là. Ça va. Vraiment.

SLONE, THAYER

25 JUILLET 1997

Daniel : Tu viens ce soir ?

Kate : Non.

Daniel : Pourquoi ? Tu sais que tu fais l'exact opposé de ce que tu es censée faire en tant que stagiaire. À savoir ZÉRO boulot et la fête non-stop à leurs frais.

Kate : Tu es au courant que les discussions sur l'intranet sont surveillées ?

Daniel : Slone, Thayer sait aussi bien que moi comment ça fonctionne. Viens. C'est un pique-nique au parc préparé par un traiteur en l'honneur du Philharmonique. Champagne à volonté. On est aussi tout un groupe à vouloir sortir après.

Kate : D'accord, je viendrai.

Daniel : Sérieux ?

Kate : Sérieux.

KATE

15 JUILLET 1997, 4 H 18

À : Kate Baron
De : rowan627@aol.com
Objet : Désolé !

Katie ! Je viens juste de voir ton mail ! Je sais que tu me l'as envoyé il y a à peu près deux semaines. Et je suis super content que tu l'aies fait. Comment s'est passé ton été ? J'ai énormément pensé à toi depuis mon arrivée ici. J'ai vraiment senti passer un courant entre nous, Katie. C'était pas des paroles en l'air. Et j'espère que ton message signifie que tu as ressenti la même chose.

Ça doit probablement sembler dingue ce que je dis. C'est ça le problème avec les mails. Rien pour m'empêcher de blablater…

Bref… Le Ghana, c'est cool. Bizarre, flippant, magnifique. Et le bonus, c'est qu'apparemment ils aiment bien m'écouter jouer de la guitare. J'aimerais que tu sois là pour partager ces moments avec moi. Je sais qu'on ne se connaît même pas. Mais je le pense malgré tout.

Bref, envoie-moi des nouvelles des States et surtout de toi. Tu as réfléchi à ton idée de laisser tomber ton boulot de capitaliste... ? Si tu le fais, on a toujours besoin de bras ici. J'aurai accès à Internet durant les deux ou trois semaines qui viennent, mais ensuite je serai injoignable pendant six mois. Je sais. Six mois. Six mois et on ne s'est vus que genre six heures.

Mais en même temps, ce qui est écrit finit en général par arriver.

On a tous des phares. Des lumières qui nous guident jusque chez nous.

Peace,
Rowan

Kate

28 NOVEMBRE

Une fille. Amelia était amoureuse d'une fille. Après que Lew avait déposé Kate chez elle, elle s'était assise dans le canapé de son salon sans quitter son manteau, en se répétant en boucle ces mots. Ma fille était amoureuse d'une *fille*. Ma fille était amoureuse d'une *fille*. Son intérêt pour les garçons n'avait pas eu une floraison tardive, il était mort à la racine.

Kate n'était pas contrariée par le fait qu'Amelia était homosexuelle, en revanche elle était blessée et bouleversée de n'en avoir eu aucune idée. Pas la moindre. *Je suis sûre que tu avais cette intuition au fond de toi*, lui auraient dit ses amis s'ils avaient su. Car les mères, par on ne sait quelle magie cosmique, sont censées savoir toutes les choses importantes qui concernent leurs enfants. Kate avait craint depuis le départ d'être dépourvue de cet instinct maternel, mais elle avait toujours cru que sa proximité authentique avec Amelia compenserait n'importe quel manque. Comme elle s'était fourvoyée ! C'était évident maintenant.

Soudain tous ces petits « Je te hais » prenaient une signification encore plus sinistre. Était-ce cela qui posait problème aux filles de Vol d'oiseau, qu'Amelia soit gay ? Cela paraissait inconcevable qu'une bande d'adolescentes habitant dans un quartier aussi progressiste que Park Slope considère l'homosexualité comme un péché aussi grave. En revanche peut-être une liaison entre deux de leurs membres pouvait-elle être à l'origine de leur hostilité. Car Dylan figurait sur la liste elle aussi. Lew avait pointé son nom quand ils avaient quitté le bureau de Liv. De retour chez elle, elle avait eu besoin de tout son sang-froid pour ne pas se ruer sur son ordinateur et cliquer sur les photos *Vol d'oiseau* de Dylan. Voir la petite amie de sa fille poser à moitié nue devant l'objectif était, Kate le savait, plus qu'elle ne pouvait en supporter.

Au lieu de cela, elle sortit son portable de son sac et envoya un texto à Seth.

Amelia était gay.

Moins d'une minute plus tard, il téléphonait. Comme elle s'y était attendue.

« Comment ça, elle était gay ? furent les premiers mots qu'il prononça.

— Je viens de découvrir qu'elle avait une petite amie.

— Hum. »

Il y eut un long silence, Kate attendait que Seth ajoutât quelque chose.

« Hum ? C'est tout ? aboya-t-elle. C'est tout ce que tu trouves à dire ? Enfin quoi, tu étais au courant ?

— Comment aurais-je pu être au courant ? se défendit Seth. Ce n'est pas comme si on émettait je ne sais quelle fréquence secrète que seuls les homos peuvent percevoir.

— Certes, mais tu n'as pas franchement l'air surpris. »

Il poussa un soupir sonore.

« Je me disais qu'Amelia était peut-être en train de comprendre certaines choses. Enfin quoi, une ado magnifique sans un garçon en vue ? Forcément, ça m'a mis la puce à l'oreille. Mais je suis sûr que rien de tout ça ne t'avait échappé non plus. »

Sauf que si, ça lui avait complètement, totalement échappé.

« Pourquoi ne me l'a-t-elle pas dit ? demanda Kate d'un filet de voix rauque. Nous étions proches. Pourquoi n'a-t-elle pas pensé qu'elle pouvait se confier à moi ?

— Écoute, mes parents sont des gens adorables. Ils m'aiment sans conditions et nous aussi, nous avons toujours été proches. Je savais que le fait d'avoir des sentiments pour des garçons n'y changerait jamais rien. Et pourtant regarde comme il m'a fallu du temps pour l'avouer, même à moi-même. C'est moi qui n'étais pas prêt. Point final. Ça n'avait rien à voir avec mes parents.

— Alors pourquoi est-ce que je me sens aussi mal ?

— Écoute, Lola n'a que cinq ans et pourtant même moi, je sais qu'être parent, c'est affreux quatre-vingt-quinze pour cent du temps. Autant que je sache, ce sont les cinq pour cent restants qui empêchent la race humaine de s'éteindre. Quatre pour cent de terreur aveuglante, un pour cent de perfection. C'est comme un shoot d'héroïne. Tu goûtes une seule fois à la vie de ce côté-là et t'es accro.

— Ouais, super. Tu ne m'aides pas franchement à me sentir mieux.

— Tu étais une bonne mère, Kate, dit Seth, recouvrant son sérieux. Tu aimais Amelia et elle te le rendait bien. Tu as fait du mieux que tu pouvais. Tu t'es cassé le cul. La fin se joue sur un coup de dé. Tout ce qu'on peut faire, c'est rendre grâce à Dieu pour chaque minute qui passe sans que tout ce bordel se termine en eau de boudin.

— Et quand c'est le cas ?

— On trouve un bon ami avec une épaule large sur laquelle on peut pleurer. Je peux venir tout de suite si tu veux. Tu ne devrais peut-être pas rester seule.

— Non, non, répondit Kate, qui n'avait pas envie de se sentir obligée de jouer celle qui avait retrouvé le moral. Merci, mais je crois que je vais aller prendre un bain.

— Excellente idée, déclara Seth, même si ce n'était que le milieu de la matinée. Par contre pas de musique larmoyante, pas de bougies, ni rien, d'accord ? J'ai pas envie que tu mettes le feu à la baraque par-dessus le marché.

— Zéro flamme, bande originale punchy. C'est noté. »

Comme Kate montait les escaliers pour aller dans la salle de bains, son téléphone fixe retentit. Elle redescendit pour répondre, simplement parce qu'elle se disait qu'il pouvait s'agir de Lew. Il avait dû retourner à son bureau pour mettre à jour le dossier. Cette fois-ci, il voulait que l'enquête soit carrée. Mais le numéro de l'appelant n'était pas le sien. C'était un numéro de portable de New York 917 que Kate ne reconnaissait pas.

« Allô ? »

Elle avait la voix rauque, comme si elle venait de se réveiller, de pleurer, ou les deux.

« Madame Baron ? hésita son interlocuteur. Est-ce que j'appelle au mauvais moment ?

— Ça dépend, qui êtes-vous ?

— Oh, vous avez raison, ce serait plus facile si je me présentais. »

Il semblait nerveux.

« Phillip Woodhouse à l'appareil, le proviseur de Grace Hall. Je suis désolé de ne pas avoir été là lors de votre passage. Je suis à une conférence réservée aux écoles privées à Boston.

— Oui, c'est ce que Mme Pearl nous a expliqué. Vous vous amusez bien ? »

Elle avait conscience de son ton de salope sarcastique, mais, entre les e-mails déplacés de Woodhouse et son rôle dans le camouflage de ce club écœurant dont Amelia avait fait partie, il n'avait pas droit à la politesse. Il aurait dû s'estimer heureux que Kate ne se mette pas à lui hurler dessus.

« Hum, ma foi, non, pas vraiment, répliqua-t-il, perplexe. Bref, je voulais m'assurer que vous aviez obtenu tout ce dont vous aviez besoin.

— Euh, voyons voir, ma fille faisait partie de je ne sais quel club à Grace Hall qui l'a poussée à prendre des photos d'elle à moitié nue et à les poster sur la toile. Ce même groupe a fini par se retourner contre elle et lui envoyer des messages de haine. Apparemment, Grace Hall était au courant de tout, pourtant je n'arrive à trouver personne qui accepte de me dire quoi que ce soit, et ce à cause de mesures mises en place par le lycée. Votre lycée, monsieur Woodhouse. »

Sa voix se mit à trembler en montant dans les aigus.

« Alors non, je n'ai pas obtenu tout ce dont j'avais besoin. Mais vous devez déjà le savoir. Vous avez bien travaillé, monsieur Woodhouse, tout le monde se serre les coudes. »

Il y eut un long silence, puis le bruit d'une expiration.

« Je comprends votre frustration, madame Baron, mais…

— Ma frustration ? s'écria Kate. Ma fille est morte, monsieur Woodhouse. Vous en avez conscience, non ? Croyez-moi, ce n'est pas de la frustration qu'on ressent quand son seul et unique enfant se fait tuer.

— Tuer ?

— Oui, tuer. Parce que Amelia n'a pas sauté. Nous – la police et moi, soit dit en passant – savons qu'elle ne l'a pas fait. Maintenant, il ne reste plus qu'à découvrir lequel de vos élèves – ou de vos enseignants – l'a poussée.

— Ma foi, c'est… J'ignorais qu'il y avait du nouveau. »

Sa tristesse, ses regrets ou son inquiétude, n'importe, ne semblaient pas feints. Ou peut-être était-il simplement bon acteur.

« Je regrette que ça ne change rien à ce dont je peux ou non parler avec vous. En dépit de mon sentiment personnel, je ne peux rien vous dire au sujet de ce blog ni de quoi que ce soit en lien avec lui. Mon contrat me l'interdit. Mais je peux vous assurer que je suis extrêmement ennuyé par cet état de fait.

— *Et moi donc !* »

Kate hurla si fort qu'elle en eut la gorge irritée. Il fallait qu'elle se calme. Il fallait qu'elle se ressaisisse afin d'obtenir au moins quelques réponses à ses questions.

« J'imagine en revanche que votre contrat ne vous interdit pas d'avoir une liaison avec une élève ?

— Une liaison ? J'ai bien peur de ne pas vous suivre.

— J'ai vu les mails que vous avez envoyés à Amelia, monsieur Woodhouse. Tous. Je ne sais pas ce que vous aviez en tête au moment où vous l'avez fait, mais je suis au courant. Et si vous ne me dites pas ce que je veux savoir au sujet de ce groupe de filles, je rendrai ces messages publics en les présentant comme la preuve que vous vous livriez à du harcèlement sexuel.

— Du harcèlement ? »

Il semblait estomaqué.

« Mais de quoi parlez-vous ? Je n'ai jamais harcelé Amelia. Je lui ai peut-être un peu trop mis la pression vers la fin et je le regrette, mais j'essayais de l'aider.

— C'est comme ça que les gens comme vous appellent ça, maintenant ? Une sorte d'accompagnement individualisé après les cours, dont les filles comme Amelia bénéficiaient mais ne devaient surtout pas parler ? »

Kate n'était même pas sûre de croire à ce qu'elle avançait, mais elle s'en fichait. Elle comptait employer toutes les munitions dont elle disposait pour obtenir les réponses qu'elle souhaitait.

« Madame Baron, vous avez tous les droits d'être bouleversée, mais je n'ai fait aucune avance déplacée à Amelia. »

À l'entendre, on aurait dit qu'il avait le cœur brisé.

« C'était une élève prometteuse, une élève extraordinaire que j'essayais de maintenir dans le droit chemin. Je préférerais que vous ne sortiez pas mes mails de leur contexte. Je suis sûr que vous avez raison quant à la manière dont ils seraient interprétés si vous les diffusiez. Je vous promets que nous sommes du même bord. Si seulement vous pouviez patienter. Je cherche à obtenir…

— J'en ai assez de patienter, monsieur Woodhouse, rétorqua Kate calmement. Vous avez vingt-quatre heures pour tout me dire à propos de ce club que fréquentait Amelia, sinon je ferai suivre vos mails à tous les parents de Grace Hall sans exception. Et si ça ne marche pas, j'engagerai des poursuites au civil. Voire au pénal. Je suis associée dans un très grand cabinet d'avocats aux revenus substantiels et j'ai plein de temps devant moi. Ce n'est donc pas une menace, monsieur Woodhouse, c'est une promesse. »

Elle raccrocha avant qu'il puisse répliquer quoi que ce soit et contempla, haletante, le combiné qu'elle avait en main. Jamais elle n'avait menacé quelqu'un comme ça de toute sa vie. Jamais, en aucun cas, elle ne s'était ainsi servie de son poste chez Slone, Thayer comme levier. Et puis en réalité elle n'avait pas de véritable preuve que Woodhouse avait harcelé Amelia. Ces mails avaient beau suggérer quelque chose, ils n'étaient pas déplacés en soi. Sans compter que Kate n'avait trouvé d'allusion à Woodhouse nulle part ailleurs dans les textos qu'elle avait compulsés, pas même dans les conversations d'Amelia avec Ben. Lew avait également vérifié le passé de Woodhouse : immaculé.

Évidemment, cela ne prouvait pas qu'il n'avait rien fait cette fois-ci. Et il restait à Kate encore beaucoup d'autres textos à passer en revue. Elle n'avait même pas lu tous ceux que s'étaient échangés Amelia et Ben. Mais malgré tout, elle avait des doutes. Il ne lui restait plus qu'à espérer que Woodhouse change d'avis avant qu'elle se retrouve dans l'obligation de mettre sa menace à exécution.

Elle avait encore le téléphone fixe à la main quand son portable sonna. Ce doit être Lew, songea-t-elle en fonçant décrocher. C'était Jeremy. Il n'appelait sur son portable qu'en cas d'urgence professionnelle.

« Tout va bien ? demanda-t-elle sans dire bonjour.

— Oui, oui, absolument. »

Il essayait d'afficher sa gaieté habituelle, pourtant on décelait une tension dans sa voix.

« C'est Victor ? pressa Kate. Inutile de me protéger. Je peux faire face. »

Non qu'elle comptait retourner au bureau ventre à terre pour donner un coup de main. L'époque où elle compromettait Amelia pour son travail était révolue.

« Il se plaint que je ne sois pas disponible ? Je ne peux pas dire que ça me surprenne. Tu aurais peut-être vraiment dû confier cette affaire à Daniel. Franchement, je crois que…

— Non je n'aurais pas dû, répliqua-t-il d'un ton neutre. Et de toute façon, je ne t'appelle pas au sujet d'Associated. J'ai découvert quelque chose, quelque chose de personnel.

— Personnel par rapport à qui ?

— À nous.

— Qu'est-ce que tu veux dire par… »

Tandis que ces mots franchissaient ses lèvres, une brèche s'ouvrit au creux de son ventre.

« Oh. »

Elle avait refoulé si loin ce souvenir que parfois il cessait d'exister. Presque. Jeremy et elle n'en avaient certainement jamais reparlé, et des années durant cela avait suffi à effacer ce qui s'était passé. Jusqu'à présent.

« Le moment est très mal choisi, je m'en rends bien compte », dit Jeremy d'une voix inhabituellement troublée. Très perturbante. « Seulement je ne… je crois qu'il faut que tu saches.

— Que je sache quoi ? »

Elle avait la nausée.

« Je crois qu'on devrait se parler de vive voix. On pourrait peut-être se retrouver quelque part dans ton quartier vers dix-huit heures pour boire un verre.

— Jeremy, je préférerais vraiment que tu me le dises maintenant. Je ne suis pas sûre de pouvoir supporter d'attendre d'apprendre encore d'autres mauvaises nouvelles.

— Je sais, Kate, je suis désolé, mais je crois sincèrement que c'est le mieux à faire. »

Sa voix était sombre, presque méconnaissable. C'est surtout cela qui empêcha Kate de parlementer davantage.

« D'accord. Rendez-vous à la Thistle Tavern à dix-huit heures.

— Parfait. À tout à l'heure. Et, Kate : je suis désolé.

— Pour quoi ?

— Pour tout. »

L'après-midi était bien entamé au retour de Lew : il était quinze heures passées quand Kate et lui grimpèrent les marches qui menaient au perron de Dylan.

« Vous êtes sûre que ça va aller une fois à l'intérieur ? demanda Lew en s'arrêtant au milieu de l'escalier. Parce que plus on va s'approcher des gens impliqués dans ce qui est arrivé à Amelia, plus ils vont chercher à se protéger. Et personne ne veillera à vous épargner. »

Kate s'efforça de garder une expression impassible.

« Je sais, répondit-elle. Ça va aller. Promis. »

Évidemment, la vraie réponse était non. Non, ça n'irait pas. Ça n'allait pas. Car elle avait déjà parcouru tous les textos que sa fille et Dylan avaient échangés. Elle savait qu'Amelia avait aimé cette fille et qu'elle avait été prête à tout pour la garder. Cette Dylan lui avait brisé le cœur et hélas, les éclats que Kate avait rassemblés ne lui avaient pas révélé pourquoi.

Lew dévisagea Kate d'un air sévère, s'attendant à ce qu'elle craque. Il n'en fut rien, il poussa donc un soupir exaspéré et se tourna pour sonner.

Une femme séduisante aux pommettes hautes et aux longs cheveux auburn ouvrit. Quoique plus âgée que Kate, la quarantaine bien sonnée, elle était d'une grande beauté et particulièrement bien conservée. Son visage lui disait quelque chose, mais elle n'arrivait pas à la remettre.

« Je peux vous aider ? » demanda-t-elle avec un grand sourire figé.

Lew sortit lestement sa carte, ce qui ne fit qu'accentuer la raideur de la femme.

« Je suis l'inspecteur Lew Thompson, et je vous présente Kate Baron. Nous aimerions poser deux ou trois questions à votre fille au sujet de l'élève qui est morte à Grace Hall il y a quelques semaines. Amelia Baron ? Kate est sa mère.

— Oh mon Dieu », s'exclama-t-elle avec un grand soupir théâtral.

Puis elle agrippa fermement les deux avant-bras de Kate et l'attira vers elle.

« Quelle horrible tragédie. Il n'y a pas de mots, vraiment. Entrez, entrez. Je suis Celeste, la mère de Dylan. »

À l'intérieur, la maison en grès était saturée de boiseries sombres polies, de meubles victoriens très ornementés et de lourds brocarts. Tous les détails d'origine étaient intacts, y compris les portes escamotables, les vitraux et le plafond en étain. Il y avait également une pléthore de bibelots – une collection de tabatières exposée dans une vitrine, des petits vases, de vieux tableaux lourdement encadrés – qui couvraient la moindre surface disponible. Le tout était disposé avec goût, mais le volume était écrasant.

Ils se tenaient toujours dans l'entrée, source de claustrophobie avec son porte-manteau surchargé et sa grande armoire à glace. Pourtant Celeste – qui avait lâché les bras de Kate aussi brusquement qu'elle les avait saisis – ne semblait pas avoir l'intention de les inviter à rentrer.

« Vous disiez donc que vous étiez venus parler à Dylan au sujet d'Amelia ? »

Elle avait une voix étrange. Pas tant un accent qu'une diction surfaite.

« Quelle fille exquise, je dois dire. Être si intelligente et si belle à la fois. Et avec ces yeux uniques ? Tout simplement extraordinaire. Vraiment. Je lui ai dit qu'elle aurait dû être actrice. La caméra l'aurait adorée. J'en sais quelque chose, je suis moi-même actrice, expliqua-t-elle avec une modestie surjouée. Vous m'avez peut-être vue dans *New York, unité spéciale.* J'apparais régulièrement dans la série. Je joue une avocate.

— Je ne regarde pas beaucoup la télé, répondit Kate en essayant de digérer le fait que cette inconnue parle de sa fille comme si elles avaient été bonnes copines.

— Oh, je vois, ce n'est pas banal », commenta Celeste. On aurait dit que Kate venait de confesser son appartenance à quelque secte étrange.

Celeste se força de nouveau à sourire.

« Alors j'imagine que vous ne risquez pas de m'avoir vue.

— Comment connaissiez-vous ma fille ? demanda Kate en se préparant à entendre qu'Amelia avait partagé les détails de son éveil sexuel avec la mère de sa petite copine.

— C'était une amie de Dylan, évidemment. C'est pour ça que vous êtes là, non ? Mais je ne dirais pas que je la connaissais. »

Elle agita une main.

« Je ne l'ai vue qu'une fois.

— Nous pensons que votre fille pourrait détenir des informations utiles par rapport à la mort d'Amelia. »

Lew essayait de ramener la conversation à la raison de leur venue. Celeste se posa une main sur la nuque.

« Je croyais… Je n'avais pas compris qu'il y avait une enquête à mener.

— Il y a toujours des faits qui attendent confirmation », expliqua Lew sans trop se mouiller.

Il se montrait prudent, peut-être parce qu'il soupçonnait Dylan d'être plus impliquée dans ce qui s'était passé qu'il ne l'avait laissé entendre, même à Kate.

« Votre fille est-elle à la maison, madame ? Je vous promets que ce ne sera pas long. »

Celeste les regarda alternativement, comme pour évaluer si un refus de sa part était envisageable.

« Bien sûr, finit-elle par répondre avec un nouveau sourire feint. Je vais la chercher. »

Elle redescendit les escaliers une minute plus tard, Dylan sur les talons. C'était une fille magnifique, avec une chevelure rousse aux boucles indomptables pareille à celle de sa mère, et le genre de visage aux traits ciselés qui est en général l'apanage des adultes. On devinait sa silhouette élancée sous son jean déchiré à la garçonne et son T-shirt blanc tout simple. C'était donc elle : la fille qui avait brisé le cœur d'Amelia.

Qui t'a donné le droit ? songea Kate. *Alors que tu ne la méritais certainement pas.* Elle était contente d'avoir promis à Lew de se taire. Elle n'osait pas imaginer ce qu'elle aurait pu dire.

« Bonjour, Dylan, je suis l'inspecteur Lew Thompson. »

Il se tourna ensuite vers Celeste en désignant le salon plein comme un œuf.

« Ça vous ennuierait qu'on s'assoie ?

— Je vous en prie, répondit Celeste avec un grand geste du bras. Faites comme chez vous. »

Dylan les suivit en traînant des pieds et s'assit toute droite à côté de sa mère, les fesses sur le bord du canapé rigide. Elle n'avait croisé le regard de personne, tout son corps trahissait de la réticence. Peut-être était-elle nerveuse, mais il semblait à Kate qu'il y avait autre chose.

« Dylan, certaines des questions que je vais devoir te poser risquent d'être sensibles », déclara Lew.

Il affichait une attitude légère, comme s'il s'adressait à une fille beaucoup plus jeune.

« Veux-tu d'abord prendre une minute pour mettre ta mère au courant de ce groupe Vol d'oiseau ? »

Kate guettait l'amoncellement de nuages d'inquiétude sur le visage de Celeste. Au lieu de cela, cette dernière afficha un sourire détendu :

« Oh, ne vous inquiétez pas. Ma fille et moi n'avons aucun secret l'une pour l'autre, inspecteur.

— En tant que parents, c'est ce que nous aimerions tous croire, répliqua Lew doucement. Mais dans cette situation précise…

— Je suis au courant pour les photos, si c'est de cela qu'il s'agit.

— Vous étiez au courant ? » s'exclama Kate, incrédule.

Celeste aurait dû en informer le lycée, les autres parents, quelqu'un. Pour le bien des autres filles, si ce n'est celui de la sienne. Quel genre de mère était-elle ?

« Je ne dirais pas que je suis contente que Dylan ait participé, mais je ne crois pas aux vertus de l'espionnage. Elle a le droit de faire ses propres choix, ce qui comprend le droit d'en faire de mauvais. »

Dylan appuya alors la tête contre l'épaule de sa mère, qui lui enveloppa le visage d'un bras. Ce geste aurait pu être l'expression charmante d'une affection mère-enfant s'il n'avait pas été enfantin au point d'en être déconcertant. On aurait dit que Celeste, en faisant courir ses doigts dans les cheveux de sa fille, apaisait le chagrin d'une enfant de deux ans.

« Dans ce cas, venons-en directement au fait, dit Lew, impassible. Tu fais donc partie de ce groupe Vol d'oiseau, Dylan ? »

Celle-ci regarda sa mère, qui d'un hochement de tête lui signifia de répondre.

« Ouais, lâcha-t-elle d'un air hébété. Les Magpies, c'est son nom. »

Magpies. Maggie n° 1, Maggie n° 2. C'était bel et bien les pseudonymes des filles qui se trouvaient dans le groupe Vol d'oiseau.

« C'est un genre de club ? » demanda Lew.

Dylan hocha la tête. Les yeux rivés au sol, elle tirait ses manches sur ses mains avant de les relâcher d'un coup sec et de recommencer ce geste sans fin.

« Un club secret », expliqua-t-elle sans lever les yeux.

À présent elle entremêlait ses doigts, les séparait, les entremêlait…

« Avec des invitations secrètes, des règles secrètes et des secrets secrets.

— À Grace Hall, les clubs ont un long passé, qui remonte même bien avant l'époque où j'y étais élève, intervint Celeste d'un ton doucereux. J'avais écopé de Grace Hall à perpétuité, tout comme Dylan. Et en fait au départ cette idée de clubs est tout à fait charmante. Vous savez… la camaraderie, la sororité. Ils avaient été abolis à cause d'un incident qui s'était produit juste avant mon entrée au lycée. Une tragédie, incontestablement, mais une tragédie isolée. C'était dommage pour tous les élèves qui ont suivi, moi compris, qu'ils mettent en place une interdiction aussi stricte. »

Kate vit le visage de Lew se tendre sensiblement. Celeste lui portait sur les nerfs. C'était peut-être la vanité de cette femme ou le fait qu'elle oublie complètement ce qui avait été en jeu pour ces filles. Difficile de déterminer ce qui le dérangeait le plus. Il y avait tellement d'options.

« Et Amelia a aussi fait partie de ce club des Magpie ? demanda Lew en s'efforçant de reporter son attention sur Dylan.

— Pendant un petit moment.

— Suffisamment longtemps pour poster ses photos. »

Dylan haussa les épaules.

« J'imagine.

— Et quel était le but de ces photos ?

— C'était un jeu, répondit-elle d'une voix mécanique. Celle qui obtient le plus de “likes” a gagné.

— Un jeu ? » s'exclama Kate, qui n'en croyait pas ses oreilles.

Elle ne pouvait simplement plus garder le silence.

« Mais enfin, les filles, qu'est-ce que vous pouviez bien… »

Elle s'interrompit : monter sur ses grands chevaux ne rendrait certainement pas Dylan plus loquace. Cela vexerait également sa mère, qui avait déjà clairement signifié qu'elle trouvait tout cela fort divertissant.

« Qui a eu l'idée de ce jeu ? » demanda Lew.

Dylan agrippa le canapé de part et d'autre de ses cuisses puis se mit à pianoter un rythme rapide et presque enjoué, en complet décalage avec la conversation sinistre qu'ils avaient.

Elle finit par secouer la tête puis haussa les épaules.

« Je ne m'en rappelle plus. »

Elle mentait, c'était évident, elle couvrait quelqu'un.

« Que se passait-il si quelqu'un refusait de jouer ?

— Je ne sais pas », marmonna Dylan, les yeux rivés sur ses chaussures.

Soudain ses doigts se figèrent.

« Personne n'a jamais dit non.

— Pas même Amelia ? » demanda Lew.

Dylan secoua la tête et s'agita, mal à l'aise, sur le canapé.

« Amelia et toi étiez proches, non ? » demanda Kate.

Elle n'aurait pas dû l'interroger sur leur relation. C'était à Lew de le faire. Ils s'étaient mis d'accord.

Mais de voir Dylan assise là, avec toutes les réponses, c'était insoutenable.

Dylan regarda sa mère, comme si elle essayait de lui communiquer quelque chose avec les yeux. Celeste lui pressa la main.

« Dylan et Amelia étaient en effet des amies très proches, si c'est là votre question, Kate, répondit calmement Celeste.

— C'était plus qu'une amitié », répliqua Kate, qui s'efforçait au calme elle aussi.

Celeste agita la main avec une grandiloquence théâtrale.

« Ce sont des adolescentes. Ces choses entre elles sont éphémères et les lignes sont beaucoup plus floues qu'à notre époque. N'est-ce pas votre avis ? »

Celeste attendait que Kate hoche la tête. Elle n'en fit rien.

« Personnellement, je ne pense pas que les adolescents comprennent la nature de leurs relations la moitié du temps, et encore moins pourquoi elles cessent », ajouta Celeste.

Une mise en garde était désormais lisible dans ses yeux. Elle n'aimait pas la tournure que prenait la conversation, et elle était prête à la repousser, durement s'il le fallait.

« J'ai lu les textos d'Amelia, rétorqua Kate en s'obligeant à rester assise, même si elle n'avait qu'une envie : bondir sur Dylan et la secouer jusqu'à ce qu'elle avoue ce que ces filles avaient fait subir à Amelia et pourquoi. Franchement, il ne semblait pas y avoir de flou. Amelia était amoureuse de Dylan. »

Celeste eut un sourire figé et croisa les bras.

« Peut-être devrions-nous faire marche arrière un instant, dit-elle. Quelle est au juste la raison de votre venue ici aujourd'hui, après toutes ces semaines ? On nous a expliqué qu'Amelia avait triché et que cela l'avait poussée au suicide. Suicide impulsif : c'était le terme employé. On nous a même donné des instructions sur les signes à surveiller chez nos propres enfants.

— Qui vous a dit ça ? demanda Kate.

— À la réunion pour les parents au lycée.

— La réunion ?

— Juste après qu'Amelia… juste après. Les parents avaient des questions. Ils voulaient comprendre. La psychologue scolaire était là, ainsi qu'un expert extérieur, je crois. »

Elle se tourna vers Dylan, qui s'était enfoncée plus profondément dans le canapé et s'était remise à pianoter, encore plus vite cette fois.

« Je suis désolée mais ma fille a… Ce genre de situation peut être une source de stress pour elle. »

Elle regarda successivement Lew et Kate, agacée de ce que les informations qu'elle leur avait livrées jusque-là ne leur suffisent pas.

« Si vous voulez tout savoir, Dylan a parfois du mal à gérer les situations sociales. »

Elle pressa la main de sa fille.

« C'est une maladie extrêmement bénigne, extrêmement. Franchement, cette discussion serait stressante pour n'importe qui, à mon avis. Néanmoins il va falloir que vous mettiez un terme à vos questions sur-le-champ. »

Une maladie ? Il y avait ces tics avec ses mains, la façon dont elle n'avait jamais croisé leur regard, l'impression qu'elle était ailleurs. Kate ne savait pas trop à quelle maladie Celeste faisait allusion, cependant une difficulté à gérer les relations sociales aurait pu expliquer pourquoi Amelia avait trouvé le comportement de Dylan déroutant.

« Amelia était-elle au courant ? demanda Kate à Dylan. Pour ta maladie ?

— Grace Hall ne le sait même pas, s'empressa de répondre Celeste à la place de sa fille. Seules quelques personnes de confiance triées sur le volet dans notre famille et parmi nos amis sont au courant. Nous avons toujours refusé que Dylan soit inutilement étiquetée.

— Zadie le sait, intervint Dylan comme un robot. Zadie sait tout. »

La façon dont elle venait de s'exprimer donna la chair de poule à Kate.

« Comme je le disais, nous estimons que l'état de Dylan est une affaire familiale privée. »

Celeste se leva brusquement. Il était clair qu'en disant privée elle voulait dire secrète. Il était également clair qu'elle regrettait de l'avoir évoquée.

« Nous avons essayé de vous être aussi utiles que possible. Je vous demande de respecter notre intimité en ne mentionnant l'état de Dylan à personne à Grace Hall. Les demandes d'inscription à la faculté approchent. Nous n'avons aucune envie de brouiller les cartes.

— Oui, évidemment », murmura Kate.

Elle dévisageait toujours Dylan. Elle n'arrivait pas à détacher les yeux de cette fille. Elle s'était tellement convaincue que c'était Dylan la traîtresse. Or désormais il lui était difficile de ne pas avoir de la peine pour elle aussi. Elle ne savait pas ce que c'était pour Dylan de fonctionner avec ces limites, et encore moins ce que c'était pour elle de faire comme si – à la demande de sa mère – elles n'existaient pas. Kate avait ressenti le poids terrible des secrets de sa propre fille. Ils avaient suffi à lui briser le cœur.

« Maintenant, si ça ne vous dérange pas, lança Celeste en désignant la porte.

— Une dernière chose, répliqua Lew en se levant. Dylan, on a demandé à Amelia de quitter le club, n'est-ce pas ? »

Il sortit l'un des petits « Je te hais » de sa poche arrière et le posa sur la table. Dylan hocha la tête en regardant le morceau de papier sans esquisser le moindre geste pour s'en emparer.

« Pourquoi a-t-elle été virée ? »

Il y eut un long silence. Il remplissait la pièce, pesait sur les carreaux des fenêtres.

« Parce qu'elle m'aimait bien, et que moi aussi », finit-elle par murmurer, les yeux toujours rivés sur le message.

Elle regarda Kate, les yeux emplis de larmes.

« Mais c'est à cause de vous que Zadie a invité Amelia dans le club. »

Ils marchèrent en silence pendant quelques pâtés de maisons après être partis de chez Dylan. Kate était sonnée. Sans compter qu'elle avait encore plus de questions à présent. Celeste avait chassé Dylan avant qu'ils puissent lui demander de leur expliquer comment diable Kate pouvait être la raison qui avait poussé les Magpies à inviter Amelia à les rejoindre.

« Avant que j'y aille », dit Lew en arrivant devant chez Kate.

Il avait les mains enfoncées dans les poches, les yeux rivés au sol.

« Il va falloir que vous me racontiez.

— Vous raconter quoi ?

— Ce que Dylan voulait dire quand elle a déclaré que Zadie avait approché Amelia à cause de vous, expliqua-t-il calmement, l'air sérieux.

— Je n'en ai franchement aucune idée. »

Elle avait beau n'avoir rien à cacher, elle se sentait coupable. Elle avait conscience de l'impression que pouvait donner sa situation. À la place de Lew, elle aussi se serait posé des questions.

« Je n'ai jamais vu cette fille de ma vie. Je ne sais même pas à quoi elle ressemble.

— En revanche vous avez rencontré sa mère. Elle est venue chez vous, non ?

— Pour me demander, au nom de l'association parents-profs, l'autorisation d'organiser cette action de sensibilisation au suicide en l'honneur d'Amelia. J'ai expressément refusé, ce dont ils ont manifestement décidé de ne pas tenir compte, puisqu'ils vont le faire quand même. En revanche j'ai effectivement mentionné qu'il y avait eu du nouveau. »

Kate plaqua une main sur son estomac vide. Mon Dieu, pourquoi avait-elle confié quoi que ce soit à Adele ?

« Mais ça ne peut pas avoir de rapport. Amelia a été invitée chez les Magpies plusieurs mois avant que je rencontre sa mère.

— Alors c'est autre chose, dit Lew. Mais Dylan ne mentait pas sur ce coup-là. Ç'aurait été bien trop tiré par les cheveux, sans compter que c'était inutile. »

Les yeux rivés au sol, Kate se creusait la tête.

« Je… Je ne sais pas de quoi il pourrait s'agir. »

Lew la regarda droit dans les yeux pendant une minute, puis hocha la tête, comme s'il en était venu à quelque conclusion.

« Alors il faudra simplement qu'on demande à Zadie, dit-il en commençant à s'éloigner. Mais demain. Vous avez besoin d'une pause.

— Pas du tout. Je pourrais…

— Bien sûr que si. Et ne vous fatiguez pas à argumenter. J'ai cinq mômes, vous vous souvenez ? Alors quand je dis non, c'est non. »

Tout son corps était endolori quand Kate s'assit lourdement dans son fauteuil de bureau et tendit le bras pour allumer la lampe. Ce faisant, elle remarqua une photo d'Amelia à l'âge de sept ans posée sur l'étagère. Lors de l'une de leurs nombreuses excursions à Coney Island, dressée sur la pointe des pieds, elle se tenait à la lisière des vagues. Les bras tendus, elle embrassait l'air. Ç'avait toujours été sa photo préférée de sa fille. Pour elle, c'était la preuve qu'elles menaient une vie heureuse ensemble. Qu'elles constituaient une famille avec leur propre passé et leurs propres traditions. Une famille minuscule, certes, mais qui fonctionnait. Kate avait commis beaucoup d'erreurs dans sa vie, trop, même. Elle n'avait certainement pas été une mère parfaite, mais elle avait construit quelque chose qui comptait pour sa fille.

« Pourquoi fallait-il que tu choisisses cette fille-là, Amelia ? » s'entendit-elle demander tout haut. Le pire, c'était à quel point le choix d'Amelia lui était familier, si semblable à tant des siens. « Elle est magnifique, d'accord. Mais elle est tellement, je ne sais pas, perturbée. Ce n'est pas sa faute : regarde sa mère. Mais n'avais-tu pas saisi la situation ? Ça m'étonne de toi. »

Depuis la mort d'Amelia, c'était quelque chose que Kate ne s'était encore jamais autorisé, parler tout haut à sa fille décédée. Cette simple pensée l'avait toujours dérangée. Bizarrement, à présent, c'était un réconfort. Peut-être était-ce parce qu'elle était déjà complètement détruite.

« Qu'importe qui a rompu et pourquoi, elle était chanceuse de t'avoir. N'importe qui l'aurait été. J'espère que tu le sais. »

Elle se tut alors, contemplant de nouveau la photo. Elle n'attendait pas de réponse, du moins pas exactement.

« Et puis tu aurais pu m'en parler. Le fait que tu l'aimes n'aurait jamais diminué l'amour que j'avais pour toi. »

Elle fixait toujours la photo des yeux quand le téléphone sonna. « Portable papa », disait l'écran. Son père qui l'appelait ? Si ç'avait été sa mère, elle aurait certainement laissé se déclencher le répondeur. Mais son père ne téléphonait jamais, et encore moins avec son portable dont il ne se servait presque pas.

« Papa, qu'est-ce qui ne va pas ? » demanda-t-elle.

Si ses parents étaient raisonnablement en forme, ils n'étaient plus franchement tout jeunes. Seul un bruit de parasites fit écho à sa question. Elle se demanda un instant si son père n'avait pas composé son numéro par erreur.

« Papa, tu es là ?

— Oh, oui, finit-il par répondre en se raclant la gorge. J'ai été momentanément distrait, toutes mes excuses. Je me balade au bord du lac et j'aurais pu jurer avoir vu à l'instant une élénie à cimier blanc. C'est évidemment impossible puisque c'est un oiseau d'Amérique du Sud, mais… »

Sa voix vibrait d'émerveillement enfantin. Kate entendit aussi sa respiration s'accélérer, comme s'il marchait plus vite.

« Attends, je vais revenir sur mes pas pour vérifier. Je te prie de m'excuser un instant.

— Papa ? lança Kate, même s'il semblait avoir de nouveau écarté le téléphone de son oreille. Papa ?

— Oh oui, désolé », dit-il en se concentrant enfin sur sa conversation.

Il n'y avait plus trace d'ébahissement dans sa voix.

« J'ai dû avoir une vision. J'ai bien peur que l'observation des oiseaux soit un passe-temps de jeune homme, contrairement à ce qu'aurait pu laisser croire la moyenne d'âge des participants à cette croisière aux Galapagos d'où je reviens. »

Il se racla la gorge.

« En tout cas, ta mère m'a demandé de t'appeler pour prendre de tes nouvelles.

— Maman t'a demandé de m'appeler ? »

Kate le soupçonnait d'avoir inventé ce mensonge de façon à conserver une distance émotionnelle.

« J'ai du mal à le croire.

— La vérité est souvent dure à croire. Et pourtant si, elle m'a demandé de m'assurer que tu allais bien. Elle semble perturbée par la dernière conversation que vous avez eue. Je ne lui ai pas demandé de précisions. Tu sais bien que je n'aime pas me mêler de ce qui ne me regarde pas. Mais je lui ai promis d'appeler. Ça va, Kate ?

— Non », répondit-elle, résistant à la tentation de lui dire ce qu'il voulait entendre sans pour autant être très encline à s'épancher.

Elle savait qu'il n'avait pas vraiment envie de connaître les détails, de toute façon.

« Je ne suis pas sûre que ça aille.

— Oui, enfin, murmura-t-il. J'imagine qu'il y a des choses qui ne s'arrangent jamais. »

C'était la toute première fois qu'il la laissait libre d'avoir des sentiments négatifs. Elle était persuadée d'avoir mal entendu.

« Non, en effet, chevrota Kate.

— Tu sais, ta mère a de bonnes intentions. »

Il avait adopté un ton plus sec. Il marchait en territoire émotionnel inconnu et son malaise était manifeste.

« Elle ne sait pas toujours comment… Tu te souviens de la première fois qu'on est venus à New York pour voir Amelia juste après sa naissance ? Sais-tu que ta mère a pleuré pendant tout le trajet du retour jusqu'à l'aéroport tellement elle se faisait du souci pour toi ?

— Je ne pense pas que c'est pour ça que…

— Si. Elle ne pleure pas souvent, ce n'est pas le genre de ta mère. Mais ce jour-là… »

Il prit une grande inspiration.

« Alors, ça va aller ? Est-ce que je peux dire ça à ta mère ? »

Son père était beaucoup de choses, mais ce n'était pas un menteur. Kate n'était pas complètement sûre de croire à cette histoire de Gretchen tenaillée par l'inquiétude maternelle, toutefois cet épisode datait tellement que ça ne comptait peut-être même plus.

« Pour être franche, je ne sais pas si ça va aller, papa. »

Les larmes lui montèrent aux yeux. La tristesse et le regret l'assaillaient soudain de toutes parts.

« Mais tu peux… Tu devrais dire à maman que ça ira. »

Elle n'aurait pas cru que la Thistle Tavern serait aussi pleine à dix-huit heures un soir de semaine. Cela dit, c'était la première fois qu'elle en franchissait le seuil. Ce n'était qu'un de ces nombreux lieux pour adultes du quartier auxquels elle avait toujours voulu se rendre sans jamais en avoir le temps.

L'intérieur ne la déçut pas : des boiseries sombres, du cuivre mat, la carte écrite à la craie sur un grand tableau au-dessus du bar, et des serveurs qui – avec leur florilège de tatouages et leurs barbes hirsutes – semblaient tout droit sortis d'un film indépendant. Elle vit Jeremy assis au petit comptoir bondé, dos à la porte. Les mains serrées autour d'un verre de bière, il discutait avec le barman aux rouflaquettes proéminentes comme s'ils étaient deux vieux copains de fac, se glissant sans effort, fidèle à lui-même, dans la peau d'un inconnu.

« Salut », les interrompit Kate.

Jeremy se retourna et lui adressa un sourire lumineux. Il descendit d'un bond de son tabouret, qu'il lui offrit galamment. Elle l'accepta par pure politesse. Le barman paraissait déçu, pas tant d'avoir été interrompu que de l'avoir été par Kate. Comme s'il avait eu de plus grandes ambitions concernant la personne que Jeremy attendait. Kate regarda ses vêtements : un vieux pull, un jean et des sabots bien trop confortables qu'elle réservait d'ordinaire au week-end. Elle avait tiré ses cheveux en arrière et ne portait pas de maquillage. Quelqu'un comme Jeremy méritait effectivement mieux, mais ce n'était pas comme s'il s'agissait d'un rendez-vous amoureux. Et en ce moment, on ne pouvait pas lui en demander plus.

« Qu'est-ce que je vous sers ? demanda le barman de mauvaise grâce.

— Un verre de vin blanc. »

Elle n'avait pas envie de boire, mais bon.

« Je vais vous apporter la carte.

— Oh inutile. Choisissez.

— Va pour le plus cher, alors », repartit le barman en adressant un clin d'œil à Jeremy.

Le tabouret à côté de Kate se libéra, Jeremy s'y installa pendant que le barman la servait. Ils attendirent son départ pour commencer à discuter.

« Tu n'es pas allé au bureau aujourd'hui ? demanda Kate en désignant son jean et sa chemise trendy décontractée à col boutonné.

— J'ai fini tôt. »

Il secoua la tête et but une longue gorgée de bière.

« J'avais besoin d'air. De temps pour réfléchir.

— À propos de quoi ?

— Oh, de tas de choses. »

Le regard plongé dans son verre, il se préparait à faire une déclaration.

« Écoute, je sais que ça vient un peu tard, mais je voulais m'excuser, Kate, de ce qui était arrivé entre nous, tu sais, à l'époque. C'était totalement déplacé de ma part d'avoir ce genre de relation avec toi. »

Kate eut une bouffée de colère. Elle n'arrivait pas à croire que Jeremy faisait ça maintenant.

« Tu plaisantes. »

Jeremy semblait perplexe.

« Comment ça ?

— Tu m'as fait venir ici au milieu de la tornade que je traverse pour me dire que tu regrettais cette seule et unique nuit – ou plutôt cette seule et unique heure – que nous avons passée ensemble il y a plus de dix ans ? »

Il semblait blessé. Il pensait sincèrement qu'il était toujours en première ligne des pensées des gens.

« Je voulais juste m'assurer que tu savais que j'en prenais l'entière responsabilité. Surtout maintenant, j'ai l'impression que… c'est important pour moi que tu saches que ce n'était pas ta faute.

— Ma faute ? »

Kate partit d'un rire un peu fou. En même temps, la situation était folle.

« Très bien, je le sais. Je peux y aller maintenant ? »

Jeremy fronça les sourcils, puis sortit un bout de papier plié de la poche de sa chemise. Il le tendit à Kate.

Elle ne le prit pas.

« Qu'est-ce que c'est ?

— C'était sur le site inside-the-law.com ce matin, expliqua-t-il comme Kate s'en saisissait à contrecœur. J'ai chargé quelqu'un d'essayer de trouver le responsable, mais c'est plus facile à dire qu'à faire. »

Kate lut : « Jeremy Firth de Slone, Thayer : d'abord il ramone, ensuite il pistonne. » Elle ferma les yeux sans en lire davantage.

« Ton nom n'est pas mentionné, poursuivit Jeremy. Par chance, à part le mien, aucun ne l'est. Et de nombreuses informations sont fausses. Il y a tout un tas de conneries selon lesquelles j'aurais baisé dans des salles de conférence et dans des ascenseurs et que ça aurait duré des années. Seulement, je crois qu'il y a suffisamment de choses là-dedans pour que les gens puissent deviner que certains détails te concernent.

— Oh mon Dieu, s'exclama Kate, les larmes aux yeux. Et Vera ?

— Elle ne l'a pas lu, répondit-il en secouant la tête. Du moins pas encore. Quelqu'un finira probablement par le lui dire, en revanche qui se portera volontaire pour servir de messager, je n'en sais rien. »

Il regarda Kate avant de replonger les yeux dans sa bière.

« Je me sens tellement… commença-t-elle avant de se couvrir la bouche d'une main. Pauvre Vera. Elle va me détester.

— Ce n'est pas son genre. Elle me détestera moi, c'est sûr, mais pas toi », murmura-t-il.

Puis il prit une grande inspiration.

« Il faut également que tu saches que ce post mentionne aussi d'autres femmes. Les détails ont beau être faux, il y a bel et bien eu d'autres femmes. J'aurais aimé pouvoir dire le contraire.

— J'étais au courant. »

Kate avait honte de cet aveu et en voulait à Jeremy d'avoir pensé qu'elle avait été assez naïve pour croire qu'elle avait été la seule.

« Même à l'époque, j'étais au courant. »

De fait, à l'époque où ils avaient couché ensemble, savoir que Jeremy avait couché – couchait – avec d'autres associées de sexe féminin lui avait un peu allégé la conscience. Bizarrement, elle s'était sentie moins responsable.

« Je ne suis pas fier de la personne que j'étais, déclara Jeremy. Mais j'ai changé depuis. Ça fait longtemps que j'ai changé. J'ai été cent pour cent fidèle à Vera au cours des dix dernières années. Je ne l'ai pas toujours été, mais je suis un bon mari, maintenant. »

Kate le dévisagea, son corps se balançant imperceptiblement sous les coups de boutoir de son cœur. Qu'attendait-il d'elle ? Une absolution ? Elle n'en avait pas à donner. Elle avait des soucis plus importants que la conscience malmenée de Jeremy. Il fallait qu'elle sorte de ce bar, qu'elle s'éloigne de cet homme.

« Il faut que j'y aille, parvint-elle à articuler en se laissant glisser du tabouret.

— Attends, où vas-tu ? demanda-t-il en sautant à terre. Il y a autre chose dont il faut qu'on parle, Kate.

— Non, pas du tout, rétorqua-t-elle en le frôlant sur le chemin de la sortie. Et je ne suis pas en colère, Jeremy, ni bouleversée, ni rien de ce que tu pourrais croire. Seulement, je ne veux plus jamais parler de tout ça, jamais. »

Elle essaya de respirer en s'éloignant à toutes jambes de la Thistle Tavern pour rentrer chez elle, mais la sensation de brûlure dans ses poumons ne fit que la rapprocher davantage du bord des larmes. Elle jeta un coup d'œil par-dessus son épaule afin de s'assurer que Jeremy ne la suivait pas. Quand elle se retourna, le trottoir se brouilla. Secouée de sanglots, elle parcourut la Septième Avenue bondée, une main plaquée sur son visage grimaçant, les larmes dégoulinant sur ses joues tandis qu'elle esquivait les passants qui la dévisageaient. Son téléphone vibra alors dans sa poche. Jeremy lui avait envoyé un texto au lieu de la suivre. Évidemment. *Je suis désolé, reviens. Il faut que tu comprennes*, s'attendait-elle à lire. Peu importe les mots, de toute façon. Elle ne voulait plus lui parler, du moins pour le moment.

Elle alla pêcher son portable dans sa poche et regarda le message :

Qu'est-ce qu'il va te donner cette fois-ci, sale pute ?

Amelia

21 OCTOBRE, 20 H 56

BEN

des nouvelles ?

AMELIA

zéro

BEN

patience, l va revenir

AMELIA

t'y crois même pas

BEN

l est conne si l revient pas

AMELIA

merci

BEN

c sincère

AMELIA

je sais, faut ke j aille, suis pas d'humeur à parler

BEN

ok à +

21 OCTOBRE, 21 H 18

SYLVIA
quoi 2 neuf, ma poule ?
AMELIA
rien
SYLVIA
t'avais l'air grave à la masse au lycée
AMELIA
g mes règles
SYLVIA
pas de bol ; g suivi Susan Dolan aujourd'hui
AMELIA
c pas vrai…
SYLVIA
t'sais quoi, l achète 1 putain de gros SAC de réglisse rouge après les cours et l se les tape TOUS en rentrant chez l
AMELIA
dégueu
SYLVIA
l doit les gerber après cette sale asperge
AMELIA
faut ke j aille ; me sens pas bien
SYLVIA
ok, à +, prends du spasfon, 1 truc ds le genre

22 OCTOBRE, 2 H 01

NUMÉRO MASQUÉ
salope

22 OCTOBRE, 2 H 02

NUMÉRO MASQUÉ
pute

22 OCTOBRE, 2 H 03

NUMÉRO MASQUÉ
catin

22 OCTOBRE, 2 H 04

NUMÉRO MASQUÉ
gouine

22 OCTOBRE, 2 H 05

NUMÉRO MASQUÉ
salope salope salope salope

22 OCTOBRE, 2 H 10

NUMÉRO MASQUÉ
crève salope crève

22 OCTOBRE, 2 H 11

NUMÉRO MASQUÉ
vieille pute

22 OCTOBRE, 2 H 12

NUMÉRO MASQUÉ
sac à merde

22 OCTOBRE, 2 H 13

NUMÉRO MASQUÉ
catin

22 OCTOBRE, 2 H 14

NUMÉRO MASQUÉ
broute-minou

22 OCTOBRE, 2 H 15

NUMÉRO MASQUÉ
pétasse, pétasse, pétasse

22 OCTOBRE, 2 H 20

NUMÉRO MASQUÉ
pédale

22 OCTOBRE, 2 H 21

NUMÉRO MASQUÉ
gouinasse salope pétasse

22 OCTOBRE, 2 H 22

NUMÉRO MASQUÉ
goudou
22 OCTOBRE, 2 H 23

NUMÉRO MASQUÉ
homo, homo, homo, homicide

22 OCTOBRE, 2 H 24

NUMÉRO MASQUÉ
pouffiasse

22 OCTOBRE, 2 H 25

NUMÉRO MASQUÉ
sale traînée de merde

22 OCTOBRE, 2 H 30

NUMÉRO MASQUÉ
j'espère ke tu vas crever salope

22 OCTOBRE, 2 H 31

NUMÉRO MASQUÉ
suceuse de chatte

22 OCTOBRE, 2 H 32

NUMÉRO MASQUÉ
t'es une pute espèce de mytho

22 OCTOBRE, 2 H 33

NUMÉRO MASQUÉ
on

22 OCTOBRE, 2 H 34

NUMÉRO MASQUÉ
sait

22 OCTOBRE, 2 H 35

NUMÉRO MASQUÉ
où

22 OCTOBRE, 2 H 36

NUMÉRO MASQUÉ
tu

22 OCTOBRE, 2 H 37

NUMÉRO MASQUÉ
habites

22 OCTOBRE, 2 H 38

NUMÉRO MASQUÉ
on

22 OCTOBRE, 2 H 39

NUMÉRO MASQUÉ
va

22 OCTOBRE, 2 H 40

NUMÉRO MASQUÉ
venir

22 OCTOBRE, 2 H 41

NUMÉRO MASQUÉ
te

22 OCTOBRE, 2 H 42

NUMÉRO MASQUÉ
trouver

Facebook
22 OCTOBRE

Amelia Baron
« Les yeux des autres sont nos prisons, leurs pensées notre cage. » Virginia Woolf, *Lundi ou mardi*

Carter Rose trop déprimée la meuf

Ainsley Brown je trouve ça magnifique

Carter Rose c peut-ê ke toi aussi t trop déprimée

AMELIA

22 OCTOBRE

Les textos ont commencé à arriver en pleine nuit. À chacun était jointe une photo de moi en sous-vêtements. Je les ai tous lus, tous, et j'ai regardé toutes les photos. Je n'aurais probablement pas dû, mais je n'ai pas pu m'en empêcher. C'était comme si je n'arrivais pas à croire que ça arrivait vraiment. Je supprimais chaque message aussitôt après l'avoir vu. Me forcer à les regarder une fois, c'était bien suffisant. Après, il fallait qu'ils disparaissent.

Le tout dernier était différent des autres. Il parlait de Sylvia. Si tu nous balances à Woodhouse ou à n'importe qui, Sylvia va casquer. Cette pute se remettra jamais de la répu qu'on va lui faire.

C'était pas con. Parce que même si je me résignais à endurer l'humiliation des Magpies, je savais que Sylvia, elle, n'y survivrait jamais. Si sa liaison à marée basse avec Ian ne l'avait pas rejetée vers les objets tranchants, le harcèlement des Magpies le ferait, lui. Or c'était la seule personne à être complètement innocente dans tout ça.

Quand je suis allée au lycée le lendemain matin après les textos, j'ai vu Dylan dans l'entrée. Elle n'a même pas voulu me regarder et est vite partie dans la direction opposée quand je me suis avancée vers elle. Ça n'aurait pas été si grave si je n'avais pas compté les minutes qui me séparaient du moment où je pourrais lui pardonner. Mais allez donc pardonner à quelqu'un qui ne cherche pas à s'excuser.

Et puis il n'y avait pas que Dylan qui m'ignorait. Toutes les Maggies murmuraient et gloussaient en veillant bien à ce que je sache qu'elles parlaient de moi chaque fois que je passais à côté d'elles. Après le déjeuner, quelqu'un avait écrit sur mon casier le mot *gouinasse* au rouge à lèvres. Du moins je croyais que ça en était jusqu'à ce que j'essaie de l'effacer en espérant que personne dans le couloir bondé n'aurait remarqué ce qui était écrit. Ce n'est qu'après m'en être étalé partout sur la main et sur mon casier que je me suis rendu compte que c'était du vernis à ongles, et pas du rouge à lèvres.

Quand je suis retournée à mon casier après le français, il avait été vidé : bouquins, cahiers, matos de hockey, tout avait disparu. À la place il y avait vingt-deux petits messages qui disaient tous « je te hais » – un pour chaque Maggie – et six criquets vivants. Une de ces bestioles m'a sauté dessus, je me suis plaqué une main sur la bouche pour essayer de ne pas crier. J'ai retrouvé mes livres et mes cahiers dans une poubelle pas loin. Par contre la moitié de l'entraînement était déjà passé quand j'ai fini par retrouver mon matos de hockey. Il était étalé sur un banc du gymnase, avec le contenu d'une poubelle de serviettes hygiéniques versé dessus.

Cette nuit-là, les textos ont recommencé, arrivant par à-coups, comme la veille, sauf que cette fois-ci ils étaient suffisamment espacés pour que je pique du nez entre chaque et que je sois réveillée en sursaut quelques minutes plus tard. Comme la veille, ce n'étaient que des insultes, des menaces ou quoi, avec une photo jointe. Le dernier, arrivé à 3 h 53, était de Zadie, aucun doute. Il y avait la vidéo qu'elle avait tournée quand elle nous avait surprises, Dylan et moi. J'avais l'air tellement vénère là-dessus que c'était plutôt flippant, même pour moi.

Zadie avait réussi à maintenir le visage de Dylan hors champ dans chaque plan. Elle avait protégé sa meilleure amie. La vidéo ne montrait que les jambes et le torse d'une fille nue, sans qu'on sache laquelle. Je me rendais compte à présent que Zadie avait attendu son heure pour sonner la fin de notre relation. Elle savait depuis le début que Dylan passerait la porte dès qu'elle en donnerait enfin l'ordre. Moi aussi, j'aurais dû le savoir. Moi aussi, je vivais une de ces amitiés à la vie à la mort. Sylvia me poussait à faire des trucs que j'aurais jamais faits sinon. Avec elle ça n'allait pas très loin, mais je comprenais le processus. Et vu comment Dylan parlait de Zadie, leur amitié était d'une tout autre catégorie. J'aurais dû savoir depuis le début que je ne pourrais jamais rivaliser.

Quand j'ai enfin descendu les escaliers le lendemain matin, ma mère était tout habillée, sac sur l'épaule, BlackBerry en main.

« Salut, toi », a-t-elle lancé en courant partout dans la cuisine pour rassembler ses affaires.

Elle avait l'air stressée. Je l'ai observée un instant en silence. Je voulais lui expliquer ce qui se passait. J'en avais besoin. Mais par où commencer ? Les Maggies, Dylan, Zadie qui nous avait surprises ? C'était trop. Et puis personne ne commence à parler cul avec sa mère de son plein gré. En général on évite. Je suis donc restée plantée là à essayer de voir comment je pourrais lui raconter ne serait-ce qu'une partie de la situation. Plus facile à dire qu'à faire vu l'embrouillamini de la chose.

J'ai regardé ma mère attraper une banane sur le plan de travail et fourrer ses dossiers dans son sac, puis ses clefs.

« Ce soir je vais vraiment rentrer très tard. Je suis désolée. Je sais que c'est ridicule, mais ce sera bientôt fini. Et je me disais qu'on pourrait peut-être partir quelque part pour le grand week-end de Thanksgiving. Dans un endroit comme les Bermudes par exemple, a-t-elle proposé en se dépêchant de venir m'embrasser et de me serrer fort dans ses bras.

— Quoi ? »

Au ton de ma voix on sentait clairement que j'étais vénère. Comment pouvait-elle ne pas remarquer qu'il y avait vraiment un truc qui clochait ?

« T'es sérieuse ? »

Toute ma vie je m'étais dit que ce n'était pas grave si ma mère n'était pas toujours à la maison, parce que si j'avais vraiment besoin d'elle, elle le saurait. Et elle serait là. Or là j'avais vraiment besoin d'elle et elle n'avait rien remarqué, nada.

« Bon, ce n'est pas franchement le "Super, maman !" que j'espérais mais on pourra peut-être en parler ce week-end. »

Elle allait partir d'une seconde à l'autre.

« Maman, tu ne pourrais pas m'écouter là, juste une minute ? »

Ma mère a pris une grande inspiration puis a expiré.

« Oui, Amelia, je peux t'écouter, une minute. Je suis toujours là pour t'écouter.

— Je veux passer le prochain semestre à Paris. »

Paris, c'était une idée de Ben. Je n'avais pas encore réfléchi à tous les détails, mais en gros le plan, c'était de quitter le lycée pendant un semestre. À mon retour en automne, Zadie, Heather, Rachel et un paquet des autres Maggies auraient déjà passé leur diplôme. Pas Dylan : il lui resterait encore un an. Je ne l'avais pas précisé quand j'en avais discuté avec Ben. Je ne tenais pas à ce qu'il s'imagine que je pensais encore à elle. Même si c'était le cas.

Une part de moi souhaitait vraiment aller à Paris, ça me paraissait une solution valable à mes problèmes. L'autre espérait que si je commençais à dire que je voulais partir à l'étranger pendant un semestre, ma mère pourrait, je sais pas, piger qu'il y avait vraiment un truc qui ne tournait pas rond.

Si ma mère s'y opposait – ce qui me paraissait hautement probable –, le plan B, c'était de dire que je voulais changer de lycée. Je n'avais pas envie de quitter Grace Hall. Liv, Sylvia et mon équipe de hockey me manqueraient. Mais s'il le fallait, je le ferais.

« Paris ? »

Ma mère me regardait comme si j'étais folle. Et puis elle avait l'air stressée. Elle flippait d'être à la bourre au boulot, ça se voyait trop. Ça aussi j'étais prête à le tourner à mon avantage s'il le fallait. Elle disait oui à un tas de trucs quand elle était en retard au taf.

« Pendant tout un semestre ? Et Paris est si loin.

— Je vois pas ce que ça change », ai-je aboyé.

Demande-moi ce qui ne va pas. Vas-y.

« T'es jamais là, de toute façon.

— Amelia, je t'en prie, ce n'est pas juste, s'est lamenté ma mère. Et puis un semestre à l'étranger, ça se fait à la fac, pas au lycée.

— Ce serait éducatif. »

Je me suis bien gardée de préciser que ce ne serait même pas organisé par l'intermédiaire de Grace Hall. Ça n'aurait pas joué en ma faveur.

« Amelia, j'aimerais vraiment pouvoir faire sauter ma réunion pour rester ici et en discuter avec toi. Mais franchement c'est impossible. S'il te plaît, pourrait-on en parler plus longuement ce soir, quand je rentrerai à la maison ? »

J'ai essayé de ravaler les larmes qui bouillonnaient dans ma gorge. Pourquoi ne me demandait-elle pas ce qui n'allait pas ?

« Tu n'as qu'à dire oui, maman ! » ai-je hurlé.

Parce que peut-être que ça, ça fonctionnerait.

« C'est super facile, écoute : oui. Trop simple. »

Elle a cligné plusieurs fois des yeux, avec l'air à la fois blessée et un peu choquée.

« Allons, Amelia, a-t-elle murmuré. Je ne dis pas forcément non. Tu sais bien que j'écouterai tes arguments. Je le fais toujours. »

Elle se dirigeait vers la porte d'entrée à présent.

« Seulement je ne peux pas le faire dans la seconde. Quand j'en saurai davantage au sujet de ce programme, peut-être que je verrai les choses différemment. Ce qui signifie que nous avons besoin de temps pour en parler.

— Il leur faut une réponse aujourd'hui, maman. »

Parvenue à la porte, elle s'est retournée.

« S'il leur faut une réponse aujourd'hui, alors la réponse est non.

— Ouais, super, ai-je marmonné. Ça m'aide vachement. »

Elle a pris une profonde inspiration et contemplé le plafond.

« Ça va, Amelia ? a-t-elle demandé, la main sur la poignée de porte. Je suis stressée à cause de mon travail et ce serait bien que je puisse y aller. Mais je peux rester si tu en as besoin. Tu le sais, n'est-ce pas ? »

En fait je n'étais plus sûre de savoir quoi que ce soit. Deux secondes avant j'étais là, super vénère parce que ma mère ne me demandait pas ce qui n'allait pas, et maintenant qu'elle le faisait j'avais envie de ne rien lui dire. Qu'aurait-elle bien pu faire ? Rien. Tout ce qu'elle entreprendrait ne ferait qu'empirer les choses. Ça, j'en étais sûre. Je n'avais qu'une envie : pleurer. Seule.

« Non, laisse tomber, ça va, ai-je répondu. C'est juste que les cours sont vraiment chiants en ce moment. »

Ma mère a retraversé la pièce et m'a enlacée. Elle m'a serrée si fort qu'on aurait dit qu'elle essayait de me broyer. Ou c'était peut-être la façon dont je m'accrochais à elle.

Elle a fini par me relâcher et s'est dirigée vers la porte. Elle s'est retournée en l'ouvrant :

« Tout va s'arranger, je te le promets. Ça s'arrange toujours. »

Quand j'ai frappé à la porte, le Dr Lipton était assise dans un fauteuil dans un coin de son bureau. Elle lisait un dossier ouvert sur ses genoux. Le soleil qui entrait à flots par la fenêtre derrière elle donnait à sa peau l'illusion de la transparence. Elle a sursauté en m'entendant frapper. Moi aussi, du coup.

« Désolée », ai-je lâché.

Je regrettais déjà ma démarche. C'était la toute première fois que j'allais voir une psychologue scolaire. Il fallait que je parle à quelqu'un, à une personne qui garderait pour elle mes confidences.

« Je voulais juste, euh… Vous voulez que je revienne plus tard ?

— Non, non. »

Pourtant elle me regardait comme si j'étais une inconnue venue lui quémander un bout de sandwich.

« Entre. Assieds-toi. »

Elle a fermé son dossier, qu'elle a déposé délicatement sur la table à côté d'elle.

« Qu'est-ce que je peux faire pour toi ? a-t-elle demandé en tendant le bras vers son carnet de rendez-vous derrière elle. Nous n'avions pas prévu de séance, si ? »

Elle a parcouru la page du doigt.

« Amy, c'est ça ?

— Amelia. Non, je n'avais pas rendez-vous. Il faut que j'en prenne un ? »

Aucun doute, ç'avait été une erreur.

« Je pourrais revenir. »

Le Dr Lipton m'a longuement dévisagée, complètement immobile, on aurait dit une sorte de lézard. Je m'attendais à voir d'une seconde à l'autre sa langue jaillir de sa bouche et se coller sur ma joue.

« Ma foi, tu es là maintenant, a-t-elle fini par répondre. Et tu m'as l'air profondément agitée, ça se voit.

— Est-ce que ce dont on parle ici reste confidentiel ? ai-je demandé, toujours sur le seuil de la porte.

— Oui, a-t-elle répondu, désormais curieuse. En effet. Entre donc m'expliquer ce qui t'amène, Amelia. »

J'ai fini par entrer dans son bureau en traînant des pieds. Il était joli, lumineux, avec des canapés qui paraissaient confort. Trop confort. Comme si à la seconde où on posait les fesses dessus on risquait d'être aspiré dans je ne sais quel vortex rétrécisseur de cerveau.

« Ferme la porte avant de t'asseoir. »

J'ai obéi, même si je détestais l'idée d'être enfermée dans cette pièce. J'ai fini par me forcer à me poser. J'ai croisé les mains sur mes genoux, c'était de vrais glaçons.

« Alors, que se passe-t-il ? »

J'ai gardé un moment le silence, jusqu'à ce que le malaise devienne si palpable que je commence à en avoir la nausée.

« Quelqu'un a plus ou moins cassé avec moi, je crois.

— Plus ou moins ?

— Ben, elle est partie, et maintenant elle ne me parle plus.

— Le rejet est toujours difficile », a répondu posément le Dr Lipton.

Elle n'avait pas cillé quand j'avais dit *elle* et pas *il*. Ç'avait été un petit test.

« Ouais », ai-je fait.

Alors que je la dévisageais, j'ai senti le fond de ma gorge commencer à me brûler. Je n'avais aucune envie de me mettre à pleurer ici. Qui sait ce qui peut se passer quand on pleure ?

« Sais-tu pourquoi elle a mis fin à votre relation ? »

J'ai secoué la tête, ravalant la grosse boule coincée au fond de ma gorge.

« Sa meilleure amie me déteste, ai-je réussi à articuler. Mais je ne sais même pas si c'est à cause de ça. C'est compliqué.

— Les relations amoureuses le sont souvent. Et l'incertitude n'aide jamais. Elle laisse trop de place à la… rumination. Tu vois ce que je veux dire ? »

J'ai haussé les épaules.

« Je crois.

— Les questions ouvertes entravent le processus de guérison. »

Le processus de guérison. Cette expression laissait vraiment penser que c'était fini avec Dylan. Qu'il fallait peut-être juste que je passe à autre chose.

« Et maintenant il y a un tas d'autres filles qui me cherchent aussi.

— C'est en lien avec cette relation ? »

J'ai réfléchi une minute à la question. Ça puait vraiment que Dylan ne me défende pas. Qu'elle soit sortie de chez moi alors que je criais son nom. Qu'elle n'ait pas essayé de me contacter depuis. Par contre elle ne m'avait envoyé aucun de ces textos, j'en étais presque certaine. Elle n'avait pas tagué mon casier ni déposé un tas d'insectes dedans. Pas moyen. C'était Zadie la responsable. Et je savais mieux que personne qu'il n'était pas juste de considérer quelqu'un comme responsable des actes de sa meilleure amie.

« Oui et non. Certaines des personnes qui me cherchent sont ses amies, je crois. Elles font toutes partie d'un club.

— Ah, un club. Laisse-moi deviner, les Magpies ?

— Ouais, j'en ai fait partie un moment. »

C'était un soulagement d'enfin le dire à quelqu'un.

« C'est là l'objectif principal du club : faire se sentir mal celles qui n'en font pas partie et menacer en permanence les membres de perdre leur statut spécial. Cette dynamique présente toujours de multiples dangers. Je ne suis pas surprise d'apprendre que les choses ont de nouveau mal tourné. »

J'ai secoué la tête, les yeux baignés de larmes.

« Mais ce qu'elles font… c'est tellement pire que ce que j'aurais jamais imaginé.

— Le harcèlement est interdit par le code de conduite de l'établissement, tu sais. Si ce que font ces filles atteint ce niveau-là et qu'elles s'y livrent dans l'enceinte du lycée, elles risquent l'exclusion. D'ailleurs, je me verrais obligée d'en référer au proviseur. »

Je pensais aux photos, aux textos et à ma tenue de hockey couverte de déchets imprégnés de sang. Je pensais aux messes basses et aux criquets. À la façon dont le mot *gouine* surgissait dans tous les coins. Mais est-ce que je voulais qu'elles soient toutes virées du lycée si « toutes » devait inclure Dylan ? Et Sylvia, alors ? Comment survivrait-elle à ce qu'elles lui infligeraient ?

Je regardais le Dr Lipton, le cœur à deux cents à l'heure.

« Mais vous aviez dit que tout restait confidentiel. »

Elle a plissé les yeux.

« Ça le reste, a-t-elle confirmé, un doigt levé. À condition que personne ne soit en danger. »

Elle m'a lancé un regard lourd. Danger. Elle avait peur que je me suicide ou je ne sais quoi. Cette idée ne m'avait jamais traversé l'esprit.

« Je ne vais pas me suicider, si c'est ce que vous voulez dire. Je ne pourrais tout simplement… c'est le genre de truc que je ne ferai jamais. Mais si ça change, je vous tiendrai au courant, sans faute.

— Tu en as parlé à tes parents ?

— J'ai juste ma mère », ai-je précisé.

C'était un réflexe.

« Mais non, je ne lui en ai pas parlé. »

Je détestais m'être transformée en un tel cliché de l'adolescence. Six semaines plus tôt, j'aurais pu jurer que j'aurais tout raconté à ma mère sans hésiter. Et depuis le début. Mais il y a six semaines, ma vie était nettement moins compliquée.

« Tu devrais lui en parler, m'a conseillé le Dr Lipton. Ta mère t'aime. Elle est là pour t'aider.

— C'est bien ça dont j'ai peur. Que ma mère embrouille encore plus les choses en essayant de m'aider.

— Tu devrais au minimum te confier à quelqu'un. La honte et l'aliénation sont le terreau des oppresseurs. Il faut que tu tendes la main au moins vers une amie, que tu lui racontes ce qui se passe. Il faut que tu sois entourée et soutenue. Tu penses que c'est possible ? »

J'ai hoché la tête, même si c'était une solution que je redoutais plus que tout. Sylvia était évidemment cette amie vers laquelle j'aurais dû me diriger, or elle allait être grave vénère quand elle découvrirait la vérité sur les Maggies. Sans compter que j'étais super gênée. Voilà précisément la raison pour laquelle à la base elle – et moi – on s'était dit que les clubs, ça puait. Leur seul but était de faire de la vie des gens un enfer.

« Ensuite je veux que tu écrives une lettre ou un mail à cette fille, avec toutes les questions que tu as envie de lui poser, a poursuivi le Dr Lipton. Tout ce que tu veux savoir sur ce qui s'est passé. Tout ce que tu redoutes de savoir. Mais attention, ne l'envoie pas. Je veux que ce soit toi qui imagines les réponses.

— Que je les imagine ? »

Ça m'avait l'air tellement débile.

« Oui, imagine-les. Ne l'envoie surtout pas. Cet exercice a pour but de te donner le contrôle de la situation et de tes sentiments. Je crois que tu te rendras compte que tu as déjà toutes les réponses dont tu as besoin.

— D'accord, ai-je répondu, même si cette proposition me paraissait toujours absurde.

— Marché conclu ? »

Elle me dévisageait dans l'attente d'une réponse.

« Euh oui, d'accord. Bien sûr.

— Bon, parfait. »

Elle est allée ouvrir la porte de son bureau.

« Alors prends rendez-vous pour revenir me voir la semaine prochaine. Je veux un compte rendu. À ce moment-là, on pourra reparler du fait de te confier à ta mère. »

Quand j'ai fini par dénicher Sylvia à la pause-déjeuner, elle était dans la cour avec Ian. Ils discutaient assis à une table, leurs genoux se touchaient. Quelques jours plus tôt, ils avaient failli casser. Ils ne l'avaient pas fait, mais ça n'avait toujours pas l'air rose entre eux. Ian n'arrêtait pas de regarder autour de lui et de se pencher en arrière, comme s'il cherchait une poche d'air ou un endroit où se cacher.

Pauvre Sylvia. Son cœur était de nouveau sur le point de se briser. Pourtant une fraction de moi était contente : elle allait bientôt avoir besoin de moi autant que j'avais besoin d'elle. Sylvia cœur brisé était beaucoup plus généreuse que Sylvia amoureuse. Ceci dit, à ce moment précis, elle était tellement à fond sur Ian qu'il a fallu que je me plante juste à côté d'elle pour qu'elle me remarque.

« Oh, salut », a-t-elle lancé en levant enfin les yeux.

Elle avait l'air d'avoir les boules que je les interrompe.

« Quoi de neuf ? »

Ian avait l'air aux anges de me voir débarquer.

« Tiens, a-t-il dit en se levant d'un bond. Prends ma chaise. Faut que j'y aille de toute façon.

— Que t'ailles où ? lui a demandé Sylvia. On n'a même pas parlé de ce week-end. Et le concert ?

— Ah oui, au Living Room. »

Il s'est massé le front d'une main et a aspiré un peu d'air entre ses dents.

« Justement. Il se trouve que je vais pas pouvoir y aller, finalement. Mais vas-y, toi, éclate-toi, ma puce. On pourra se voir plus tard dans le week-end. »

Mon estomac s'est serré quand j'ai vu Sylvia se décomposer. Le récit de mes emmerdements allait devoir attendre. Il fallait que je l'aide à sauver cette conversation. Il fallait qu'elle aille au bout des choses, pour le meilleur ou pour le pire. De fait, j'espérais un peu le pire, qu'elle mette encore plus la pression à Ian et qu'il finisse par la plaquer une bonne fois pour toutes. Parce que ces demi-mesures, c'était comme regarder un écureuil à moitié écrasé essayer de se traîner loin du milieu de la route.

« Non, tu devrais rester, Ian, ai-je dit en reculant. Je voulais juste dire bonjour. À plus, Sylvia. »

J'ai fait volte-face avant que Ian puisse m'arrêter et j'ai retraversé la cour à toute vitesse. Quand je me suis retournée, ils étaient toujours là ensemble, sans se parler. Ian frappait le sol de sa basket européenne ultramode. Sylvia l'observait, elle attendait.

Tout le reste de la journée s'est déroulé sans incident : rien n'avait été pris dans mon casier, rien n'avait été écrit dessus. J'avais du mal à y croire. Je n'avais même pas reçu d'autres textos. Le temps que je rentre chez moi ce soir-là et que j'envoie par mail à Liv la version définitive de ma dissert sur Virginia Woolf, j'étais presque détendue. Je me disais que Zadie s'était lassée de faire de ma vie un enfer sur terre.

Je venais juste de réussir à m'endormir lorsque le premier texto est arrivé. Quand mon téléphone m'a averti de ce premier message – sac à merde –, j'ai flippé ma race. Je me suis assise dans mon lit, le cœur en panique, les yeux rivés sur mon portable. Ç'avait été malin de leur part de se retenir toute la journée. Croire que c'était terminé rendait ça tellement pire quand ça recommençait.

Après ce premier texto, les messages sont tombés – encore et encore et encore. De plus en plus puants, et toujours accompagnés de la même photo, une que je n'avais jamais vue. Moi en train d'embrasser Dylan. Sauf qu'on ne voyait pas que c'était Dylan. Seulement que c'était moi – définitivement moi, définitivement en train d'embrasser une fille.

« On pourrait pas faire péter le premier cours ? » ai-je demandé à Sylvia quand je l'ai retrouvée au coin de la rue le lendemain matin.

On était encore à quatre pâtés de maisons du lycée. Suffisamment loin pour pouvoir s'extirper du flot sans que personne pose de questions.

« On pourrait aller se prendre un muffin, ou quoi.

— Amelia Baron vient-elle sérieusement de suggérer qu'on sèche les cours ? »

Sylvia a battu des paupières, appuyé une main sur sa poitrine et fait mine de s'étouffer.

« Et la prochaine étape, c'est quoi ? Une soirée pole dance ?

— Je plaisante pas, Sylvia. C'est juste... »

Je me suis retournée vers le lycée.

« Je vais pas y arriver, là. En plus, je raterai que le dessin. Ça compte pas comme une sèche.

— Moi, je vais rater l'espagnol, mais vu que j'entrave pas un mot de ce qui se dit dans ce putain de cours, je ne pense pas que ça compte comme une sèche non plus. »

Elle a passé son bras sous le mien.

« Dis-moi, c'est pas une stratégie pour te retrouver seule avec moi et essayer de me sauter, hein ? »

Elle a levé les yeux au ciel tandis qu'on faisait discrètement demi-tour dans la rue en direction de la Septième Avenue.

« Vu que t'es lesbienne et tout.

— Sérieux, tu me crois toujours pas ? » ai-je demandé à mi-chemin.

Après que je lui avais annoncé que j'étais gay, Sylvia m'avait envoyé plusieurs « J'hallucine !! » par textos, mais j'avais évité de m'étaler sur le sujet. C'était pas difficile. Elle était tellement obsédée par Ian qu'elle n'arrêtait pas d'oublier de me questionner quand on se retrouvait ensemble.

« Je crois que toi, t'y crois », a-t-elle répondu en vérifiant d'un coup d'œil par-dessus son épaule que personne ne nous suivait.

Il y avait des chasseurs d'absentéistes dans le quartier, mais ils avaient tendance à être un peu racistes. Ils n'iraient probablement pas ennuyer deux jeunes filles blanches dont les parents risquaient d'avoir plus les boules qu'on ait embêté leurs gosses que d'apprendre qu'ils avaient séché les cours.

« C'est pas parce que t'arrives pas à avoir un comportement normal avec les mecs que tu ne les aimes pas. T'es peut-être pas gay, juste chelou.

— Super, merci. »

Sans se concerter, on s'est dirigées vers le même endroit, le Connecticut Muffin, en face de l'école élémentaire PS 321. On allait là-bas chaque fois que ceux du public avaient cours et nous non. On aimait bien s'y installer et observer tous ces gamins de primaire qui grouillaient dans cette fourmilière. Il y avait quelque chose de sympa dans cette pagaille gigantesque. Comparé à ça, la folie matinale dans notre bahut, c'était du pipi de chat.

« Alors, c'en est où avec Ian ? » ai-je demandé une fois qu'on a été assises sur de hauts tabourets face à la fenêtre, avec chacune notre muffin – citron pavot pour moi, myrtilles pour Sylvia.

J'allais en venir à Dylan et aux Maggies, mais il fallait d'abord que je m'échauffe.

« Je sais pas. »

Sylvia a haussé les épaules.

« J'ai fini par admettre que Susan Dolan avait un petit copain. Je l'ai vue l'embrasser, elle avait l'air super accro. Ian dit que tout va bien entre nous, mais il se comporte quand même bizarre. Il y a quelqu'un d'autre – pas Susan, mais quelqu'un. »

Je ne doutais plus qu'elle ait raison.

« T'as une idée de qui ?

— Je commence à me dire que ça n'a même pas d'importance, a-t-elle répondu avec un haussement d'épaules avant de se tourner vers moi. Et toi, alors ? jouer soi-disant pour l'autre camp, c'est vachement plus intéressant que Ian. »

J'ai retenu un instant ma respiration. Je tenais ma chance. Il fallait que je déballe tout, absolument tout. J'avais besoin d'un allié, comme l'avait dit le Dr Lipton, or Sylvia était ma meilleure option, la seule, en fait. Elle allait m'en vouloir quand elle saurait pour les Maggies et mes mensonges, obligé. La seule façon de savoir à quel point, c'était de lui raconter.

« J'ai fait une connerie, ai-je enfin lâché. Tu vas m'en vouloir.

— Je m'en fiche si t'es vraiment homo, tu sais. Ça me fait juste moins de concurrence. »

J'ai éclaté de rire, fort. Un vrai rire. Seule Sylvia était capable de me faire marrer dans un moment pareil. Car elle seule était capable de considérer le fait que j'aime les filles comme une chance pour elle d'avoir plus de mecs. On pouvait lui reprocher des tas de choses, mais certainement pas de juger les gens. Ça allait bien se passer. Tout allait bien se passer. J'ai encore pris une profonde inspiration et je me suis affaissée sur mon tabouret, appuyée contre le comptoir étroit qui courait le long de la vitrine du Connecticut Muffin. La seule façon de procéder, c'était de se débarrasser du pire en premier.

« J'ai été raccordée au réseau par un club.

— Quoi ? »

Elle m'a regardée en clignant des yeux.

« J'ai été raccordée.

— Quoi ? » a-t-elle répété, plus fort cette fois-ci.

Elle avait les yeux écarquillés comme jamais.

« Quel club ?

— Les Maggies.

— Nom de… Et tu m'as rien dit ? a-t-elle lâché, plus abasourdie qu'énervée. Je parie que personne ne leur a jamais dit non. Les Maggies, elles ont dû avoir grave les boules. Faut que tu me racontes tout. »

J'ai pris une profonde inspiration, les yeux fixés sur mon muffin à moitié entamé.

« Je ne leur ai pas dit non. »

Le visage de Sylvia s'est figé un instant puis s'est chiffonné de rage.

« Tu as rejoint les Magpies, toi ? Quand ? »

J'ai inspiré à fond.

« Au début de l'année, ai-je murmuré.

— Tu mens ! a-t-elle hurlé en descendant d'un bond de son tabouret. Y a pas moyen que tu aies été dans un club pendant tout ce temps sans jamais m'en parler ! »

Je sentais que le type derrière le comptoir était en train de nous regarder, et de se demander s'il fallait nous virer ou non.

« Et notre pacte alors ? Tu as décidé de le zapper complètement ? »

Elle avait raison. J'étais une vraie connasse.

« Je ne sais pas ce qui s'est passé. »

C'était plus que naze comme excuse, mais pour une fois c'était la pure vérité.

« Elles m'ont invitée à les rejoindre et je crois… enfin tu as toujours un mec et puis ma mère n'est jamais là… ou je sais pas. Des fois j'ai l'impression de n'avoir personne.

— Oh, je t'en prie, a-t-elle rétorqué, glaciale. Épargne-moi tes larmes de crocodile. »

Je l'ai regardée : elle avait toujours le visage dur, mais ses yeux s'étaient remplis de larmes.

« Je suis désolée, Sylvia. »

Elle avait raison, ce que j'avais fait avait été complètement égoïste, déloyal, mesquin.

« Et je sais bien qu'être désolée ça ne suffit pas, mais je ne sais pas quoi dire d'autre. »

Sa mâchoire faisait des va-et-vient, et on aurait dit qu'à chaque aller-retour un peu de sa colère s'échappait. Elle a fini par se plaquer une main sur le visage, se couvrant à moitié la bouche.

« Putain mais qu'est-ce que je suis conne, a-t-elle lâché d'une voix légèrement étouffée. Et moi qui me sentais coupable de passer autant de temps avec Ian alors que pendant ce temps-là tu sortais avec toutes tes nouvelles potes secrètes. Faut bien le reconnaître, Baron, t'es une sacrée bonne menteuse. »

Elle avait raison. J'avais raconté tellement de mensonges. Leur accumulation m'étouffait.

« C'est arrivé un peu comme ça et après je ne savais plus comment m'en sortir », ai-je expliqué.

J'ai jeté un coup d'œil vers elle, elle me fusillait toujours du regard. Au moins elle n'était pas partie comme une furie, c'était déjà ça.

« Et après je suis aussi, genre, tombée amoureuse de quelqu'un dans le club et j'avais peur de la perdre si je sortais. Tu sais ce que c'est d'agir à cause de quelqu'un que tu aimes bien. Ce n'est pas toujours très réfléchi.

— C'est quoi, ça, un système de défense inversé spécial gay en cas de panique ? a-t-elle aboyé. Si tu mens à ta meilleure amie et que tu es une vraie conne, c'est parce que tu es gay ? »

Dit comme ça, ça avait en effet l'air vraiment débile. J'ai baissé la tête et haussé les épaules.

« Je fais un paquet de trucs nuls, Amelia. Peut-être que des fois je ne pense qu'à moi, que je suis un peu tapineuse et que je fais des mauvais choix de mecs. Mais je n'ai jamais, jamais menti, pas à toi. »

Et c'était vrai. Sylvia était toujours franche, même quand il aurait été plus facile pour nous deux qu'elle ne le soit pas.

J'avais épuisé mes excuses. Je me suis tournée vers elle. Elle regardait par la fenêtre à présent, on lisait sur son visage un peu moins de colère, beaucoup plus de peine. Je restais là à dévisager cette fille qui avait été ma meilleure amie pendant près de dix ans, qui m'avait aidée à supporter les moqueries du CM2, une mère parfois aux abonnés absents, une cheville cassée en plein été, des coupes de cheveux ratées et des pulls hideux. Cette amie qui ne m'avait jamais au grand jamais jugée ni demandé d'être quelqu'un d'autre que moi. Je ne pouvais que me détester. Comment tout cela avait-il pu devenir plus important que d'être honnête avec elle ?

« Je suis désolée, Sylvia. Je suis vraiment, vraiment désolée. »

À ce moment-là, je me suis attendue à ce qu'elle m'envoie bouler. À ce qu'elle me dise qu'elle ne voulait plus jamais me parler. Mais elle se contentait de continuer à regarder par la fenêtre. Finalement, elle a poussé un soupir vexé et est remontée sur son tabouret.

« OK, vas-y, crache le morceau, a-t-elle lancé toujours sans me regarder. Parce que maintenant c'est moi qui te le dis, tu me dois le moindre détail triple X dégueu. Déjà, c'est qui ? »

J'étais tellement soulagée que j'ai failli me mettre à pleurer.

« Dylan Crosby, ai-je répondu en priant pour que rien de ce que je dirais à présent ne ferait de nouveau se retourner Sylvia contre moi.

— Sérieux ? »

Elle a tourné aussi sec la tête vers moi.

« Je croyais qu'elle couchait avec Woodhouse. »

J'ai secoué la tête.

« Je suis quasi sûre qu'elle ne couchait qu'avec moi.

— Putain, je l'avais pas vue venir celle-là. Elle est sexy, je te l'accorde. Quitte à ce que tu me préfères une autre meuf, je suis contente qu'au moins elle soit jolie. Mais les Maggies ? »

Un doigt planté dans la gorge, elle a mimé un haut-le-cœur.

« Enfin sérieux, je peux plus être ton amie si tu te transformes en une de ces salopes décérébrées.

— T'inquiète, elles m'ont déjà éjectée. Et Dylan m'a plaquée aussi.

— Aïe, les salopes. »

Elle avait l'air dégoûtée pour moi.

« Qu'est-ce qui s'est passé ?

— Je sais pas trop. Zadie me déteste et elle a une espèce de relation possessive bizarre avec Dylan.

— Ooh, Zadie, merde alors ! Elle aussi, elle est gay ?

— Non. Ce qui rend toute cette situation encore plus bizarre.

— Cette meuf est complètement barje, a-t-elle soupiré. Tu devrais garder tes distances avec elle.

— Il est beaucoup trop tard pour ça. Bref, hier soir j'ai décidé que j'allais envoyer un mail à Dylan. J'espérais que tu pourrais m'aider. »

J'avais bien entendu que le Dr Lipton m'avait recommandé de ne pas l'envoyer. Mais il allait falloir que je passe outre sur ce coup-là. Ce n'était pas comme si j'avais inventé ce qui s'était passé entre Dylan et moi. Et j'avais besoin qu'elle m'explique comment elle pouvait tout foutre en l'air comme ça. Sans compter qu'elle attendait peut-être simplement que je la fasse changer d'avis.

« Un mail ? Euh, t'es sûre que c'est une si bonne idée ? Moi, ça m'a l'air d'être un plan sacrément merdique. Si Dylan refuse de te parler, c'est parce qu'elle n'en a pas envie. Du moins pas assez. Crois-en mon expérience, mieux vaut écouter les gens quand ils te disent ce genre de truc. »

Comme si elle n'avait pas envoyé littéralement des centaines de mails pareils après avoir subi des rejets bien pires. Je l'ai longuement dévisagée, attendant qu'elle percute. Elle a fini par hausser les épaules.

« OK, j'avoue, a-t-elle admis en levant les mains. Je viendrai chez toi après les cours, on pourra l'écrire ensemble. Mais c'est pas parce que j'ai envoyé tout un tas de mails dans ce genre que ça veut dire qu'il y en a qui ont marché. Du moins pas comme j'aurais voulu.

— Bah, ai-je répliqué en souriant. Faut une première fois à tout. »

gRaCeFULLY

24 OCTOBRE

Parce qu'il y a 176 définitions du mot *loser* sur urbandictionary.com. Sortez du lot

Nous tenons enfin la preuve que Dylan Crosby n'est pas une fana secrète de Jésus ! Et nous l'avons appris de la bouche de l'homme en question, qui dit qu'ils se sont fait la totale façon Animal Kingdom *dans Prospect Park. C'était son idée à elle. Il – d'accord, George McDonnell – m'a demandé de ne pas diffuser son nom, mais il mérite ses lauriers. Enfin bref, tout ça ne me paraît pas très virginal. Qu'importe où Dylan a forniqué, ce n'était peut-être pas dans ces contrées, mais en tout cas pas de doute, elle l'a fait quelque part.*

Bon, est-ce que quelqu'un pourrait m'expliquer pourquoi un des clubs cherche des poux à une pauvre petite seconde qui compte parmi les meilleures élèves ? On dirait une de ces conneries de films apocalyptiques ringards. C'est quoi le problème ? Allez, mesdames, cette fille ne peut pas être aussi vilaine.

Et petit message à cette pauvre petite seconde qui REFUSE de voir la vérité en face : il a beau avoir un joli accent, les mensonges qui sortent de sa bouche n'en sont pas vrais pour autant. Allez, quoi, un peu de dignité, s'il te plaît. Ça commence à être douloureux à regarder.

D'ailleurs, en parlant de dignité – ou de manque de –, on dirait que Bethany Kane honore sa promesse de baiser avec toute l'équipe de foot. Il ne lui reste plus que trois mecs, dont deux qui pourraient être gay. Sois mignonne avec eux, Beth.

À plus, les gens.

KATE

SLONE, THAYER

22 AOÛT 1997

Daniel : Ce soir ? C'est notre dernière soirée en tant que stagiaires...
Kate : Pas possible
Daniel : Pourquoi ?
Kate : Pas d'humeur
Daniel : J'ai du mal à le croire
Kate : Va te faire foutre
Daniel : Madame est ronchon

28 AOÛT 1997, 22 H 25

À : rowan627@aol.com
De : Kate Baron
Re : Désolé !

Est-ce que j'ai raté ma fenêtre de tir ? Es-tu déjà parti dans les étendues sauvages privées d'accès à Internet ? J'espère que tout va toujours bien pour toi. Je voulais juste te dire que tu n'avais rien imaginé. Moi aussi je l'ai ressenti. Peut-être qu'il est facile de rendre les choses plus importantes qu'elles ne le sont une fois qu'elles sont déjà terminées. Ou peut-être pas.

En tout cas j'aime l'idée du phare. Un peu de lumière, ça ne me ferait vraiment pas de mal en ce moment.

Xo,
Katie

2 SEPTEMBRE 1997, 2 H 19

À : Kate Baron
De : rowan627@aol.com
Re : Désolé !

Tu ne m'as pas raté du tout ! C'est génial d'avoir de tes nouvelles. Je peux pas t'écrire ce soir, il y a le Kobine : c'est un gros festival local… Je t'en écrirai plus demain dans l'après-midi.

peace,
Rowan

Amelia

23 OCTOBRE, 18 H 32

AMELIA

tu viens tjr 2main, hein ?

BEN

je crois

AMELIA

il FAUT ke je te voie. c vraiment l'horreur en ce moment ; un bon pote ce serait pas 2 refus

BEN

c tjr l'horreur ?

AMELIA

ouais, ms ça va s'arranger : Sylvia m'aide à écrire à Dylan

BEN

écrire quoi ?

AMELIA

1 mail qui pose des questions

BEN

genre pourquoi c 1 salope ?

AMELIA

arrête, sois pas méchant

BEN

méchant ? c l qui te traite comme 2 la merde. la frontière est floue entre passion et paillasson

AMELIA

d'accord, d'accord, gd frère. où est-ce kon se retrouve 2main ?

BEN

où tu veux, ms comme je disais faudra ke je te confirme

AMELIA

tu viendras à Grace Hall ? je pourrais peut ê te montrer certaines personnes à la fin des cours. promets-moi ke tu viendras ; me plante pas comme absolument tt le monde

BEN

je ferai 2 mon mieux

23 OCTOBRE, 18 H 42

SYLVIA

désolée, suis à la bourre, en chemin pr la mission lettre d'amour lesbienne

AMELIA

tu le kiffes ce mot, hein

SYLVIA

c vrai, le l est tellement pratique pr les allitérations érotiques : lèvres, vulve, clito

AMELIA

tu me dégoûtes

SYLVIA

mission accomplie alors ; j'arrive tt de suite

Kate

29 NOVEMBRE

Il faisait encore sombre quand Kate descendit les escaliers à la recherche de son téléphone, à moins de cinq heures du matin. Elle avait reçu un nouveau texto, envoyé par Duncan dans la nuit :

> Enfin pisté Gracefully, g failli sécher, je comprends pourquoi le lycée y est pas arrivé ; l'adresse c 891 Hoyt à Brooklyn. Chez 1 meuf du nom de Liv Britton. Si vs allez lui parler, dites-lui ki ya un pro de l'informatique à Manhattan qui lui tire son chapeau. Et si l est mignonne, soyez cool, filez-lui mon 06.

Liv ? L'enseignante dévouée soi-disant très attachée à Amelia, qui l'avait encouragée à écrire et qui avait jugé impensable qu'elle se suicide, était l'auteur de toutes ces choses horribles sur tous ces élèves, ces enfants. Elle n'avait pas épargné Amelia non plus. Mais qu'est-ce qu'elle avait dans le crâne ? Elle était censée être l'une des personnes en qui ils pouvaient avoir confiance.

Et pourtant c'était une menteuse. Une menteuse qui avait accusé Amelia de tricher.

Kate allait faire en sorte que Liv soit virée, voire poursuivie en justice : diffamation, abus d'autorité. N'importe. D'une manière ou d'une autre, tout le monde allait savoir ce qu'elle avait fait. Kate y veillerait.

Il était prévu que Lew passe la prendre un peu avant huit heures, mais si elle attendait davantage pour enfin se confronter à Woodhouse et à Liv, elle allait finir par perforer le sol de son salon. Peu avant sept heures trente, son cœur fit un bond : on frappait à la porte. Elle pria pour que ce soit Lew qui arrive en avance.

« Salut », dit Kelsey quand Kate ouvrit la porte à la volée.

Elle avait l'air fatiguée et négligée dans son survêtement baggy. Ses cheveux blonds courts rebiquaient à l'arrière comme si elle venait juste de sortir du lit. Elle brandit le livret d'accueil que Kate lui avait donné.

« Je l'ai trouvé.

— C'est vrai ? »

Kate lui avait demandé de chercher le garçon qu'elle avait vu entrer chez elle avec Amelia, mais, sans retour de sa part, elle avait fini par abandonner l'idée de le retrouver.

« Désolée d'avoir été si longue, dit Kelsey en ouvrant d'un coup sec le livret à la page où elle avait glissé un doigt. Mais il n'est pas dans le livret annuel et j'avais raté les pages des nouveaux élèves à la fin. Quand j'ai recommencé à le feuilleter ce matin, je les ai remarquées pour la première fois. »

Elle désigna l'une des photos. Kate lut la légende.

« Ian Greene », murmura-t-elle.

Elle avait déjà vu ce nom dans certains textos d'Amelia. C'était le futur ex-petit ami de Sylvia.

« C'est lui, affirma Kelsey. Aucun doute possible. »

OK, mais ne parlez à PERSONNE avant mon arrivée, avait écrit Lew en réponse au texto de Kate lui expliquant qu'elle ne pouvait plus attendre chez elle et qu'elle avait l'intention de se rendre à Grace Hall et de le retrouver là-bas. Elle ne répondit pas à l'avertissement de Lew. Elle ne voulait pas faire de promesses qu'elle ne pourrait pas tenir.

Elle se dit que se diriger lentement vers le lycée était un bon compromis. Quand elle se retrouva enfin dans Prospect Park West, il y avait déjà un arrivage régulier d'élèves. Ils criaient, juraient, chahutaient, riaient. La vue de tous ces corps écrasés les uns contre les autres était insupportable : oppressante, presque terrifiante. Kate n'arrivait pas à croire qu'Amelia ne s'était jamais plainte. Alors qu'elle poursuivait son chemin au sein de cette masse, elle redoutait à tout instant le déclenchement d'une émeute sanglante. Elle ne parvint à respirer librement qu'une fois à proximité des marches qui montaient jusqu'à l'entrée du lycée, en s'écartant d'un bond de la ruée.

Là, sur le bord du trottoir, aspirant goulûment l'air frais, Kate l'aperçut : Ian Greene. Elle le reconnut aussitôt grâce à la photo du livret d'accueil. Séduisant, sûr de lui, il avançait nonchalamment vers le lycée, le bras passé autour des épaules d'une jolie blonde. À voir son sourire décontracté, sa démarche assurée, on aurait dit qu'il n'avait pas un souci au monde.

Cette attitude emplit Kate d'une rage soudaine – incontrôlable, dévorante, aveugle. Quelqu'un devait PAYER pour ce qui était arrivé à Amelia : Liv, Woodhouse, Dylan, les Magpies. Ian Greene.

Elle replongea précipitamment dans la foule. Amelia était gay et Ian Greene avait eu une liaison avec sa meilleure amie. Pourquoi diable s'étaient-ils retrouvés ensemble dans une maison vide au beau milieu de la journée ? À moins que lui ait ignoré qu'elle était gay. Peut-être que lorsqu'il l'avait découvert, il s'était mis en colère contre elle. Peut-être que la fois d'après il était resté sourd à son refus.

Peut-être, peut-être, songeait Kate en se frayant un passage dans la masse afin de se retrouver juste derrière lui. Elle sentait le regard des élèves peser sur elle. Elle les entendait se demander à voix haute ce qu'elle faisait à leur couper la route, à marcher au milieu d'eux. Qui était cette femme flippante, là, toute seule ? s'interrogeaient-ils. Avant qu'un membre du personnel ne lui pose la question, Kate tapota l'épaule de Ian.

« Excuse-moi, dit-elle. Tu es bien Ian Greene ? »

Il se retourna avec une expression d'une telle désinvolture et d'une telle sérénité qu'on aurait cru une célébrité habituée à être accostée par des inconnus.

« Oui, c'est moi », répondit-il avec un authentique accent britannique.

Puis il plissa les yeux comme s'il essayait de remettre Kate.

« Excusez-moi, est-ce qu'on se connaît ?

— Je suis la mère d'Amelia Baron », répondit-elle en espérant le voir ciller.

Il ne cilla pas.

« Est-ce que je peux te parler un instant ?

— Oh, dit-il, l'air enfin un peu nerveux, même si c'était encore loin d'être suffisant, selon Kate. Désolé, je peux pas arriver en retard en cours.

— Ouais et on a une interro de chimie, intervint la fille, accompagnant ses propos d'un geste grossier. Alors peut-être une autre fois, OK ? »

Kate serra les dents pour s'empêcher d'attraper le doigt de cette fille.

« S'il te plaît, Ian, dit-elle plus calmement, changeant de tactique dans l'espoir de l'avoir sur le terrain de la sympathie. Ça ne prendra qu'une minute, je te le promets.

— Ouais, sauf qu'une minute c'est trop long, et… repartit la fille avant de se taire brusquement en voyant Ian lui adresser un regard sévère, manifestement estomaqué par son impolitesse. Désolée, fit-elle, obéissante.

— On se retrouve en classe, Susan, la congédia-t-il. Dis à M. Hale que j'ai été retenu un moment. »

Une fois Susan partie, il demanda :

« Qu'est-ce que je peux faire pour vous, madame Baron ? »

Il enfonça ses mains tout au fond de ses poches.

Ce geste enfantin contrastait avec son apparence très mature. Comme s'il essayait exprès de se rendre plus vulnérable.

« Qu'est-ce que toi et Amelia faisiez chez nous en plein milieu d'une journée de cours ?

— Au milieu d'une journée de cours ? »

Il s'efforçait de jouer l'innocent. Ce n'était pas convaincant le moins du monde.

« Chez Amelia ?

— Ma voisine vous a vus. Je veux juste savoir ce qui s'est passé. Pourquoi vous étiez ensemble tous les deux.

— Ce qui s'est passé ? »

Il avait les yeux écarquillés à présent.

« Vous ne voulez pas dire, genre…

— Je ne pense pas que vous faisiez l'amour. Mais je ne comprends pas ce que vous faisiez ensemble chez nous au beau milieu de la journée. »

La drogue, évidemment, lui avait traversé l'esprit. Presque tout semblait possible à présent. Et Ian avait sans nul doute le profil sophistiqué de celui qu'on imagine impliqué dans Dieu sait quoi.

« Qu'importe ce que c'est, poursuivit-elle, je ne le dirai à personne. Je veux juste… J'ai besoin de savoir ce qui est arrivé à ma fille. J'ai besoin de savoir ce qu'elle faisait. »

Ian ferma les yeux une seconde, puis regarda par-dessus l'épaule de Kate, hésitant. Il finit par baisser les yeux et se mit à frapper le sol d'un pied.

« C'est mon club qui m'avait collé cette épreuve, pareil pour Amelia avec le sien. Pour être franc, je ne voulais pas le fairc. C'est elle qui a insisté.

— Tu ne voulais pas faire quoi ? »

Kate avait le cœur battant.

« Prendre ces photos, répondit-il d'un ton désormais plus désinvolte.

— Celles qui ont été postées sur ce blog ? »

Malgré tous ses efforts, elle ne pouvait s'empêcher de se représenter sa chère petite fille en train de se déshabiller et de lever son cul pour ce tombeur de lycéennes pédant et chevelu. Qu'est-ce que ça changeait que sa fille soit gay si lui ne l'était pas ?

« C'est toi qui as pris ces photos d'Amelia ? »

La nonchalance impudente de Ian rappelait à Kate tous les garçons qui l'avaient traitée comme si c'était eux qui décidaient de sa valeur. Tous les hommes à qui elle avait laissé croire que c'était vrai. L'idée qu'elle aurait voulu bien mieux pour Amelia l'obnubilait.

« Mais comme je le disais, y avait rien de glauque. »

Ian sourit sans se rendre compte de la fureur qui devait avoir submergé le visage de Kate. Car elle la sentait désormais, qui sortait par tous les pores.

« Je trouve d'ailleurs que les prises sont très jolies. En même temps le contraire aurait été surprenant. Amelia était tellement bien gaulée. Il n'y avait certainement pas besoin d'être une fille pour s'en rendre compte. »

Il fallut une minute à Kate avant de réaliser qu'elle venait de le gifler. Fort, et plus d'une fois. Il y avait l'expression abasourdie de Ian, la marque rouge vif sur sa joue et sa main à elle qui la lançait. À peine eut-elle relié tous ces éléments qu'elle n'eut qu'une seule envie : recommencer. Elle voulait continuer à le frapper jusqu'à ce qu'une part d'elle se sente mieux. Et elle l'aurait peut-être fait si le gardien, une vraie barrique, ne s'était pas précipité pour lui retenir le bras.

« Eh là, madame ! lança-t-il, stupéfait. Mais qu'est-ce que vous avez dans le sang ? »

« Elle a giflé un élève, expliqua Mme Pearl à Lew. Sans avoir été provoquée, et devant une bonne dizaine de témoins. »

Dans le bureau du proviseur, Mme Pearl, qui trônait derrière la gigantesque table en acajou, dévisageait Lew et Kate assis sur les chaises destinées aux visiteurs. Kate, affaissée dans la sienne, avait l'impression d'être une lycéenne bougonne aux côtés de Lew dans le rôle du père déçu mais protecteur. Les coudes posés sur les genoux, il était penché en avant dans une attitude à la fois concentrée et pensive.

« Oui, j'entends bien, répondit-il calmement. Et il aurait certainement mieux valu que cela ne se produise pas. Cela dit, je suis sûr que Kate ne verra absolument aucun inconvénient à s'excuser auprès de Ian, et…

— S'excuser ? siffla Mme Pearl. Vous plaisantez, inspecteur. Elle a agressé Ian Greene. Un mineur, qui plus est. Si je ne m'abuse, il s'agit là d'un délit et vous, vous êtes officier de police. Je me demande pourquoi vous ne l'avez pas encore arrêtée. »

Lew hocha longuement la tête, les yeux rivés au sol.

« Très juste, finit-il par dire, comme s'il était tout disposé à lui passer les menottes. Évidemment, cela impliquerait un procès. Et lors d'un procès, Mme Baron mettrait naturellement en avant comme moyen de défense l'argument de la capacité mentale diminuée. »

Il secoua la tête comme s'il passait en revue les conséquences.

« Or vous savez ce que cela signifierait. »

Mme Pearl leva les yeux au ciel.

« Non, inspecteur Thompson, je l'ignore. »

Elle tapa trois fois son crayon sur le bureau.

« Mais éclairez-moi donc, je vous en prie.

— Mme Baron ici présente devrait exposer tout ce qu'elle sait au sujet de ces clubs secrets, y compris ces photos de filles à moitié nues. »

Il s'interrompit et mima le mouvement d'un engrenage.

« Ensuite son avocat devrait expliquer comment Amelia et M. Greene ont séché les cours pour effectuer leur petite séance de shooting. Je pense que les parents de ce garçon préféreraient qu'aucun de ces événements ne soit rendu public. Peut-être même se diront-ils que leur enfant méritait cette gifle. Ce dont je suis sûr à cent pour cent, c'est que les parents de Grace Hall n'ont aucune envie que le lycée auquel ils ont versé tant d'argent passe de la réputation de tapis rouge pour l'Ivy League à celle d'autoroute du porno. »

Lew marqua une pause, puis regarda Mme Pearl droit dans les yeux.

« Oh, et il y aura aussi les journalistes. Un établissement comme celui-ci, un scandale sexuel comme celui-là ? Le *Post* ne va plus se sentir. »

Kate l'aurait serré dans ses bras si elle ne l'avait pas si manifestement déçu.

« Très bien. »

Mme Pearl tapota encore trois fois son bureau avant de se lever.

« Mais elle doit quitter l'école sur-le-champ. Avant de faire davantage de dégâts. Et jamais elle ne devra y remettre les pieds.

— Je dois d'abord voir M. Woodhouse », lança Kate, gagnée par la panique.

Elle poussait le bouchon un peu loin, elle le savait. Mais elle ne pouvait tout de même pas quitter Grace Hall sans le rencontrer. Il fallait qu'elle le regarde dans les yeux pour savoir s'il disait la vérité. Et il lui fallait des réponses de la part de Liv, maintenant.

« Quand je lui ai parlé au téléphone, il m'a dit que je pouvais passer quand je voulais. Il y a aussi autre chose dont je dois discuter avec Liv. »

Mme Pearl laissa échapper un rire dégoûté.

« Vous voulez rire, j'espère ?

— Non, pas du tout, murmura Kate. Je sais que j'ai mal agi, mais cela ne fait pas disparaître toutes les questions que je me pose au sujet d'Amelia.

— En revanche peut-être cela devrait-il vous faire disparaître, madame Baron. Je veux bien supposer que votre comportement scandaleux est le résultat de ce que vous avez enduré, mais vous avez dépassé les limites de ma bonne volonté. »

Kate regarda autour d'elle.

« M. Woodhouse est-il seulement là ? »

Il aurait vraisemblablement été dans son bureau si ça avait été le cas.

« Non, n'est-ce pas ? Est-il jamais là ? »

Mme Pearl s'adressa à Lew.

« Inspecteur Thompson, je ne le répéterai pas : cette femme doit quitter l'enceinte de l'établissement sur-le-champ. »

Lew posa sa main sur le coude de Kate et la souleva de sa chaise.

« Venez, dit-il. Allons prendre un peu l'air.

— Non ! hurla-t-elle en se dégageant violemment. Je ne partirai pas avant qu'on m'ait donné des réponses !

— Regardez-moi », enjoignit Lew.

Penché sur elle, il plongea son regard dans le sien. Le grondement effrayant de sa voix la surprit.

« Levez-vous et passez cette porte. Maintenant. »

Kate dévala les escaliers devant lui et parcourut au pas de charge la moitié de la rue avant de faire volte-face.

« Alors c'est tout ! hurla-t-elle. Vous les laissez s'en tirer ! Comme ça, paf ! »

Lew s'arrêta face à elle et poussa un long soupir fatigué. Il croisa les bras, il avait une expression à mi-chemin entre la contrariété et la pitié.

« Je n'ai même pas eu l'occasion de vous dire que c'est Liv qui écrit le blog *gRaCeFULLY*, poursuivit Kate. Duncan a fini par la pister. Une enseignante a écrit toutes ces choses horribles sur les enfants à qui elle fait cours. Elle a écrit des choses sur Amelia. C'est une menteuse. Elle nous a menti en nous regardant droit dans les yeux. Elle a peut-être menti aussi au sujet de la dissertation d'Amelia.

— Voilà certainement quelque chose dont elle devra répondre.

— Bien, alors est-ce qu'on peut retourner lui parler ? »

Kate fit un pas en direction du lycée. Lew lui posa une main sur le bras.

« Non, pas vous. Vous avez fait suffisamment de dégâts. Avec un peu de chance, les parents de ce garçon n'appelleront pas la police. S'ils le font, je ne pourrai pas empêcher votre arrestation.

— Mais…

— Non. Je vais retourner parler à cette enseignante. Je la questionnerai au sujet du blog et de la dissertation d'Amelia. Mais vous, vous rentrez chez vous. Reposez-vous. Essayez de vous remettre les idées en place. Je passerai vous tenir au courant de ce que j'ai découvert une fois que j'aurai terminé. »

À peine avait-il fait un pas en direction du lycée qu'il s'arrêta. Il sortit de sa poche un bout de papier qu'il tendit à Kate.

« J'ai failli oublier. On va devoir attendre une réponse de l'assignation de la compagnie téléphonique concernant les textos anonymes qu'Amelia et vous avez reçus, mais notre informaticien a trouvé une adresse pour Ben. Il ne vit pas à Albany. »

Kate lut l'adresse : 968 Cinquième Avenue, 6C.

« Le fait que ce gamin soit du coin et qu'il se soit donné la peine de mentir sur l'endroit où il habitait le place de nouveau pas loin de ma tête de liste. »

Katc n'arrivait pas à détacher les yeux de cette adresse. Pourquoi un garçon de Manhattan irait-il mentir en disant habiter à Albany ? Aucune des raisons qui lui venaient spontanément à l'esprit n'était rassurante.

« Votre liste ? demanda-t-elle dans un murmure.

— De gens qui vont rester en lice jusqu'à ce qu'ils puissent prouver leur innocence : Dylan, Zadie, le reste des Magpies, voire Woodhouse et la prof d'anglais. Tous figurent encore sur ma liste. Mais un gamin qui a menti sur sa résidence – sur son identité – et qui a ensuite dit à Amelia juste avant sa mort qu'il était susceptible de prendre la route pour aller la voir ? Voilà un gamin qui a sans aucun doute des explications à donner. Je n'ai eu son adresse que ce matin. Je devrais bientôt obtenir des détails sur la personne qui habite là. Cette adresse vous dit-elle quelque chose ?

— Non, répondit Kate à regret. Allons-nous lui parler ?

— Moi, je vais y aller, oui. Et ne faites rien de stupide cette fois-ci. S'en prendre à un gosse de Grace Hall, c'est une chose. Mais nous n'avons pas la moindre idée de qui peut être ce Ben, ni de ce qu'il pourrait essayer de couvrir. La culpabilité peut rendre n'importe qui dangereux. »

Quand Kate arriva enfin chez elle, un livreur chargé d'un grand carton montait péniblement les marches. Elle signa le bon de réception et s'empara du colis d'un geste hésitant, comme si une bombe avait pu s'y nicher. Elle ne pourrait plus supporter aucun arrivage supplémentaire de documents de la part de Duncan. Elle avait eu sa dose, sans compter qu'il lui restait encore des piles de textos et quelques mails à parcourir. Une fois à l'intérieur, elle lut l'étiquette sur le dessus.

Destinataire : Kate Baron
Expéditeur : Phillip Woodhouse
Personnel et confidentiel

Kate traîna le carton pesant jusqu'à la table de la cuisine et le contempla encore un moment. Quand elle se décida à l'ouvrir, elle y découvrit des piles de documents photocopiés, quelques-uns manuscrits, d'autres tapés. Il y avait aussi un mot de la part de Woodhouse.

Ci-joint les minutes des réunions du conseil d'établissement et les rapports de la visite d'Amelia chez la psychologue scolaire. Je suis désolé de ne pas m'être manifesté plus tôt. J'avais l'impression d'avoir les mains liées. Cette excuse me semble désormais déplorable. J'ai accepté ce poste parce que Grace Hall était censé m'aider à ouvrir une charter school[1] dans le Bronx. Je me rends compte aujourd'hui qu'il s'agissait peut-être là aussi d'un leurre. Je suis désolé de ne pas avoir pu faire – de ne pas avoir fait – davantage pour aider Amelia. Le monde est plus sombre sans elle.

Une heure plus tard, Kate en savait plus qu'elle ne voulait au sujet des clubs de Grace Hall et des efforts qui avaient été fournis – ou pas – pour les interdire. Elle avait appris des choses en particulier au sujet des Magpies, dont les membres étaient appelés les Maggies, exactement comme dans les textos d'Amelia, et comme Kate l'avait supposé. Après la résurgence des

1. École privée laïque à financements public et privé jouissant d'une très grande liberté pédagogique et éducative. *(N.d.T.)*

Magpies et des autres clubs un an et demi auparavant, le conseil d'établissement – après avoir consulté un avocat embauché par Adele Goodwin – avait donné à l'administration des instructions strictes afin qu'elle ferme les yeux sur leur existence. Selon cet avocat fort commodément jamais présent en personne – Kate en était vite venue à soupçonner qu'il s'agissait d'Adele elle-même –, l'ignorance serait la meilleure défense du lycée en cas de responsabilité future. La théorie que soutenait Adele était la suivante : puisque Grace Hall serait impuissant à empêcher les activités des clubs en dehors du campus, la seule alternative viable pour le lycée serait de se distancer le plus possible de celles-ci.

D'après les minutes, certains membres du conseil d'établissement – dont Woodhouse, le plus véhément – s'y étaient fortement opposés. Woodhouse était allé jusqu'à dire qu'il était prêt à risquer des poursuites judiciaires à son encontre si cela pouvait lui permettre d'interdire ces clubs. À un moment donné, il avait qualifié les Maggies de « potentiellement plus destructrices que n'importe quelle drogue, et certainement plus pernicieuses ». Il avait évoqué les dangers du bizutage et les risques de la persécution, le tout camouflé sous un voile de mystère. Il avait même menacé de démissionner.

Cependant, au cours d'une série de réunions qui s'étaient éternisées pendant tout le printemps précédent, Adele avait eu les autres membres du conseil à l'usure. Son approche la plus efficace avait été de retourner les propos de Woodhouse contre lui. Si les clubs étaient à ce point potentiellement dangereux, raisonnait Adele, Grace Hall risquait d'être tenu responsable de n'importe quels torts qu'ils commettraient. Seulement le lycée et son administration ne pouvaient être tenus responsables que s'ils connaissaient l'existence de ces clubs. Les efforts agressifs consentis pour éradiquer les clubs du campus – menacer d'exclusion temporaire en cas de participation, considérer comme une violation du code de conduite le refus de dénoncer des camarades membres ; mesures en faveur desquelles Woodhouse continuait à militer – constitueraient de fait, avertissait Adele, une admission implicite de la responsabilité du lycée et donc de son imputabilité.

Alors que le conseil d'établissement était rentré dans le rang à contrecœur, Woodhouse avait de nouveau menacé de démissionner si on ne lui permettait pas d'agir contre les clubs. La seule réaction mentionnée dans le compte rendu était celle d'Adele. Et celui ou celle qui avait eu en charge la prise de notes avait veillé à retranscrire le moindre mot :

> Vous devriez peut-être jeter un œil à votre contrat, Phillip. Il me semble que vous vous rendrez compte que vous n'avez nul besoin de démissionner. Nous pouvons vous renvoyer pour avoir adopté une conduite contraire aux vœux de ce conseil d'établissement. Vous perdriez votre emploi et vos avantages et vous devriez rembourser vos frais de déplacement. Sans parler des dommages et intérêts que nous serions en droit de percevoir. Nous en avons fixé le montant dans votre contrat. Vous devriez vérifier, mais il me semble que la somme a au moins six chiffres. Ça fait beaucoup d'argent pour prouver que l'on a raison, surtout sur un sujet à propos duquel – une fois que vous serez renvoyé – vous ne pourrez de toute façon jamais rien prouver.

Les minutes ne contenaient aucun détail sur l'expression du visage d'Adele, évidemment. Mais Kate ayant rencontré cette femme, elle se l'imaginait très bien : belle et venimeuse à la fois. Les notes ne mentionnaient pas non plus Zadie ni aucun autre élève en particulier. Cela dit, c'était inutile. Il était manifeste qu'Adele n'avait pas agi dans le meilleur intérêt du lycée. Elle avait agi dans celui d'une enfant qu'elle n'arrivait pas à contrôler.

Les dernières minutes que consulta Kate étaient celles de la réunion qui avait immédiatement suivi la mort d'Amelia, lors de laquelle le conseil avait décidé de mettre en place ces fameuses mesures de sécurité. « Woodhouse estime qu'il est trop tôt pour confirmer le suicide », pouvait-on lire. Après quoi Adele avait demandé à ce que la réunion devienne confidentielle. Quand les minutes reprenaient, la discussion était passée à un autre sujet. D'après les notes, Woodhouse n'avait plus dit un mot.

Kate avait encore les yeux rivés sur les feuillets quand on frappa à sa porte.

Lew se tenait sur le seuil.

« Vous avez parlé à Liv ? » demanda Kate en ouvrant vivement la porte.

Lew, l'air sombre, acquiesça d'un signe de tête.

« Elle m'a dit qu'elle pensait que ça pourrait la rapprocher des gamins, qu'elle n'avait pas l'intention de blesser qui que ce soit.

— C'est tout ? C'est ça son explication ?

— Ne me regardez pas comme ça, riposta-t-il en secouant la tête. Ce n'est pas mon excuse.

— Mais si elle savait tout ça, elle savait aussi ce que faisaient les Maggies. Elle aurait pu les arrêter. Comment a-t-elle pu ne rien faire ? C'est elle la responsable.

— Vous avez raison. Et elle le sait. Ça ne suffit pas, mais elle devra vivre avec ça le restant de sa vie. »

Facebook
23 OCTOBRE

Amelia Baron
« Elle se sentait très jeune ; et en même temps incroyablement âgée. » Virginia Woolf, *Mrs Dalloway*

AMELIA

24 OCTOBRE

« Salut, maman ! ai-je lancé en traversant la cuisine comme une flèche pour atteindre la porte.

— Holà ! » s'est-elle écriée en levant les yeux du *New York Times* déployé devant elle sur le plan de travail de la cuisine.

Elle portait un tailleur et avait tiré ses cheveux en arrière dans une coiffure stricte. Grosse réunion ou tribunal : c'était les seules occasions où elle s'habillait aussi classe.

« Il y a le feu au lac ?

— Non, ai-je répondu, essoufflée, alors que je faisais demi-tour pour attraper une pomme. Faut que je retrouve Sylvia, c'est tout. »

Je lui ai passé un bras autour des épaules et l'ai serrée un instant contre moi.

« Hé, attends un peu, Amelia. »

Elle avait l'air soupçonneuse.

« Je croyais que tu voulais qu'on parle de ce semestre à Paris. Je me suis pris un peu de temps. Parlons-en maintenant. Tant que je suis là. »

Il m'a fallu une seconde pour essayer de me rappeler à quoi elle faisait allusion. Et puis d'un coup j'ai percuté : le plan à la con de Ben, genre on quitte le lycée et on va se planquer en Europe. J'avais presque oublié.

« C'est bon, ai-je répondu en me dirigeant vers la porte. C'est pas grave.

— Amelia, ne réagis pas comme ça. On peut vraiment en discuter. »

Elle avait l'air inquiète maintenant.

« L'idée de te savoir partie pendant si longtemps ne me réjouit pas, mais je suis franchement prête à t'écouter l'esprit ouvert. Hier j'étais pressée, mais j'ai entendu à quel point c'était important pour toi. S'il te plaît, ne me rejette pas. »

Et c'est vrai qu'elle avait l'air super sérieuse, comme si elle avait passé presque toute la nuit à y réfléchir. J'ai eu de la peine pour elle. Ma mère s'inquiétait toujours pour les mauvais trucs. Et ce n'était même pas sa faute. J'aurais pu tout lui raconter. J'aurais dû, probablement, comme le Dr Lipton me l'avait conseillé. Enfin, ça ne comptait plus vraiment maintenant. J'avais un bon pressentiment. Toute cette affaire allait bien se terminer.

« Ça n'a plus d'importance, maman. Je t'assure, ai-je dit en la regardant droit dans les yeux. Ça me va de ne pas y aller. Mieux que ça d'ailleurs : je veux rester ici.

— Tu en es sûre ?

— Oui, maman, parfaitement. À cent pour cent.

— D'accord », a-t-elle répondu en me serrant très fort.

Elle n'avait toujours pas l'air de me croire.
« Tant que tu en es sûre. »

J'avais la pêche en me dirigeant vers l'angle de la rue où j'avais rendez-vous avec Sylvia. Ma mère et moi étions enfin retournées dans le droit chemin, et j'avais même réussi sans l'aide de personne à jeter aux oubliettes toute cette histoire de c'est-qui-ton-papa. Après avoir décidé que je n'avais pas envie de poursuivre la lecture des journaux intimes de ma mère, j'avais résolu de ne plus me soucier de savoir qui était vraiment mon père. Je ne l'avais jamais connu. Quelle différence cela ferait-il de le connaître à présent ? Le fait que j'avais arrêté de recevoir des textos sur lui avait aidé. J'avais même craché le morceau à Sylvia sur Dylan et sur les Magpies, et elle m'avait pardonné. Plus de secrets, plus de sentiment de culpabilité. Et puis il faisait un grand soleil et presque chaud : on se serait cru au début du printemps et pas à la fin de l'automne. Tout ça semblait de bon augure. Comme si tout allait peut-être s'arranger. Comme si mon mail à Dylan était même susceptible de faire revenir la situation à quand c'était génial.

Peut-être que j'aurais pu réfléchir moi-même aux réponses ou je sais pas quoi, comme me l'avait conseillé le Dr Lipton. Mais il était bien plus fiable d'aller droit à la source. C'était pas comme si j'essayais de reconquérir Dylan ni rien. Enfin, si ça arrivait, ce serait cool, super, enfin génial quoi. Mais il faudrait que Dylan m'explique un paquet de trucs avant.

Ça, je ne l'avais pas dit à Sylvia, ni à Ben. Je leur avais dit que je ne me remettrais jamais avec Dylan, quoi qu'il arrive. Parce que c'était ce qu'ils voulaient entendre. D'ailleurs Sylvia m'avait fait jurer que ce n'était pas ce que je cherchais avant même de m'aider à écrire ce mail. Elle m'avait dit qu'elle n'avait pas l'intention de rester là à me regarder me ridiculiser pour une meuf qui me méritait trop pas. Elle n'avait pas arrêté de répéter ça – que Dylan n'était pas assez bien pour moi – quand on bossait sur le mail. Elle avait dû le dire une centaine de fois. Comme une espèce de formule magique. Je savais qu'elle essayait de m'aider, mais c'était un poil énervant. Grave énervant, en fait, surtout de sa part. Après tout, au fil des ans, elle avait laissé genre un million de mecs la traiter comme de la merde.

Cela dit, ça avait valu la peine de supporter son rabâchage parce que le mail qu'elle avait écrit à Dylan était top. Elle savait vraiment comment aller droit au but sans avoir l'air complètement désespéré. C'était pas tout rose non plus. Y avait même des trucs un peu durs, du coup je m'étais vaguement demandé si elle aurait jamais été aussi rude avec n'importe lequel des mecs de sa vie. Mais elle m'avait convaincue que le miel et le vinaigre, c'était la bonne recette. Montrer qu'on ne va pas laisser qui que ce soit nous manquer de respect, ça nous rend plus désirable. Du moins c'était vrai avec les mecs, selon Sylvia. C'était peut-être différent avec les filles, mais elle en doutait.

Après son départ, j'avais glissé des trucs plus tendres dans le mail. Genre que Dylan avait été la première personne dont j'avais été amoureuse, et qu'elle resterait à jamais cette personne. Juste avant de cliquer sur « Envoyer », j'avais ajouté une ligne, tout à la fin : Je crois que je peux pardonner tout ce qui est arrivé de moche. Tout ce que je veux c'est qu'on se remette ensemble.

Sylvia n'aurait pas aimé cette partie-là. Ben non plus. Ils auraient dit que ça me donnait l'air accro et désespérée. Peut-être que je l'étais un peu. Dylan m'avait déjà dit qu'elle trouvait ça mignon. Et la vérité, c'est qu'elle me manquait. Or ce mail était probablement ma dernière chance de renverser la situation. Je ne pouvais pas risquer de ne pas dire absolument tout ce que je ressentais. Les doigts croisés, j'avais appuyé sur « Envoyer ».

« T'as reçu une réponse ? a demandé Sylvia quand on s'est retrouvées à l'angle de la rue.

— J'en sais rien. Enfin, pas quand je suis partie en tout cas.

— Allez, vérifie encore. »

Elle avait l'air aussi à cran que moi. J'ai sorti mon iPhone au moment où on bifurquait dans Prospect Park West, traînant des pieds dans l'embouteillage dingue du flot d'élèves. J'ai regardé autour de moi avant de consulter mes mails. Je n'avais pas envie que Dylan me voie complètement obsédée. Même moi, j'avais plus de fierté que ça. Ma boîte de réception était vide, à part un nouveau message de Ben.

« Rien. »

Je ne pensais pas vraiment que Dylan me répondrait à cette heure-là, quand tout le monde était en route pour le lycée. Mais j'aurais bien aimé. Sylvia et moi, on a continué à marcher en silence, moi les yeux rivés sur mon portable, elle les yeux rivés sur ses bottines pointues, jusqu'à ce que George McDonnell nous double en courant et assène une grosse claque sur le cul de Sylvia.

« Connard ! » lui a-t-elle lancé, mais elle souriait un peu quand elle s'est tournée vers moi.

Sa relation avec Ian n'était peut-être pas complètement terminée, pourtant elle envisageait déjà de nouvelles options.

« Peut-être qu'elle ne l'a pas encore reçu, a-t-elle suggéré, pas franchement convaincue. Et si elle ne te répond pas, alors c'est une salope, ce qui, regardons les choses en face, ne serait pas le scoop de l'année. Enfin quoi, c'est la meilleure amie de Zadie. »

Elle haussait les sourcils dans une expression pleine d'espoir. Elle essayait de me remonter le moral.

« Sûr, carrément », ai-je répondu alors qu'on montait les marches. Parce qu'il n'y avait aucun intérêt à lui dire que ça ne marchait pas.

Alors qu'on franchissait les portes du bahut au milieu de la cohue, j'ai remarqué Carter et George devant nous qui nous toisaient. Ensuite j'ai vu d'autres types de notre classe – Kylin, Matt S., Raoul – nous mater aussi. Et plus je regardais autour de moi en avançant, plus j'avais l'impression que tout le monde avait les yeux braqués sur nous. Ou sur moi. En fait, on aurait dit que c'était moi qu'ils zieutaient. Ils étaient aussi là à murmurer et à hocher la tête – comme les Maggies avant. Sauf que les Maggies s'étaient débrouillées pour que je sache bien qu'elles disaient des sales trucs sur moi, tandis que là on aurait dit qu'ils étaient gênés, mais que c'était plus fort qu'eux. Et plus je regardais alentour, plus ils étaient nombreux, à me dévisager, à murmurer.

« Pourquoi tout le monde me regarde ? » ai-je demandé à Sylvia en m'appuyant contre le mur de la rotonde, à côté de la photo flippante de la strip-teaseuse.

C'était pas l'endroit idéal.

« Comment ça ? »

J'ai observé Sylvia balayer des yeux les alentours. Elle a vu ce que j'avais vu, mais elle a essayé de ne pas le montrer.

« Personne ne te regarde. »

Bien sûr que si, et elle le savait. J'ai senti ma gorge se serrer en croisant le regard d'un élève après l'autre : ils gloussaient, avaient des petits sourires. Il y en a certains que je connaissais. D'autres non. Ceux que je connaissais essayaient de faire discret, mais je voyais quand même le rire dans leurs yeux.

« Déclaration d'amour fou de meufs à Grace ! » a beuglé quelqu'un dans la foule.

Il y a eu quelques cris d'encouragement. Quelqu'un a renchéri :

« Ouais, mec !

— Poste-la sur YouTube, man !

— Chuuuut ! » a sifflé Mme Pearl.

Elle était apparue sous la rotonde comme un fantôme. Elle dressait un long doigt gris devant son long visage gris.

« Baissez d'un ton ! Vous êtes à l'intérieur, et nous sommes dans un lycée. Un peu de respect. Et ces téléphones doivent être éteints et rangés, sans quoi je vous les confisquerai de manière permanente !

— Pearly qui pique les portables », a maugréé quelqu'un.

Il s'est ensuivi une vague de cris et de gloussements.

Sylvia ouvrait des yeux ronds comme des soucoupes. Y avait pas à chier. Elle aussi, elle le voyait, sûr. On était donc là, pressées contre le mur, alors que les élèves ignoraient les braillements de Mme Pearl concernant leurs portables et continuaient à se les faire passer en faisant défiler l'écran du doigt à mesure qu'ils lisaient. De temps à autre, ils levaient les yeux. Droit sur moi.

Tout à coup Sylvia m'a attrapée par le bras.

« Viens, sortons d'ici, a-t-elle lancé en me tirant à travers la foule, repoussant les gens devant nous. Barrez-vous de mon chemin, bande de gros cons ! »

J'avais l'impression d'avoir des pieds énormes qui pesaient une tonne. Je trébuchais tandis que Sylvia me traînait au bout du hall en direction des bureaux principaux du lycée. À mi-chemin, elle a bifurqué et est entrée comme une furie dans l'infirmerie. L'infirmière, Mme Appleman, a sursauté à son bureau, où elle feuilletait le catalogue des soldes de Macy's. Elle a porté une main à son épaule osseuse.

« Que se passe-t-il ? »

Elle avait l'air terrifiée à l'idée de peut-être devoir faire face à une véritable urgence médicale.

« Elle a des vertiges et elle a ses règles, a expliqué Sylvia. Elle a besoin de s'asseoir là un petit moment. »

Elle s'est ensuite tournée vers moi.

« Reste là. Je reviens tout de suite. »

Tandis que Sylvia filait par la porte, l'infirmière Appleman s'est penchée encore plus en arrière, agrippant le rebord de son bureau comme si elle craignait que je puisse avoir le virus Ebola.

« Tu es sûre que ce sont tes menstruations ? » a-t-elle demandé.

Dans l'entrée, le grondement des élèves s'estompait comme ils se dirigeaient vers leur premier cours. Je savais ce que Sylvia était allée faire : voir de ses propres yeux ce qu'ils étaient tous en train de mater sur leur téléphone. Elle avait pigé la même chose que moi : un texto bombe avait explosé. Ça me concernait. Les Maggies avaient finalement mis leur menace à exécution : elles avaient envoyé à tout le monde une photo de moi à moitié à poil. Le pire, c'est que je n'avais même pas parlé à Sylvia de ces photos : j'avais trop honte. Et maintenant tout le monde allait être au courant.

D'un coup je me suis sentie mal pour de bon : tournis, bouffées de chaleur. J'avais les mains moites, des picotements au visage. Je me suis laissée tomber lourdement sur le lit d'examen en cuir super dur, dont j'ai chiffonné le papier de protection.

« Tu as envie de vomir ? a piaulé l'infirmière. S'il te plaît, essaie d'aller jusqu'aux toilettes si tu vomis. »

J'ai secoué la tête, les yeux rivés sur la porte. Sylvia mettait des plombes. Je ne savais pas ce que c'était, mais ça devait vraiment craindre. À tel point qu'elle ne voulait même pas revenir me le dire. J'aurais pu regarder moi-même. Mon téléphone était dans mon sac. J'avais sûrement reçu le texto aussi. Mais j'avais besoin que Sylvia me donne une version censurée. Je restais plantée là à attendre, les yeux rivés sur la porte.

Quand elle s'est enfin ouverte, Sylvia est entrée en traînant des pieds. Elle ne pouvait même pas me regarder.

« Alors ? j'ai demandé.

— Si tu te sens mieux, a aboyé l'infirmière brusquement énervée, vous pouvez aller toutes les deux discuter dans le couloir. Cette pièce est réservée aux élèves qui sont vraiment malades. »

On l'a ignorée et on ne s'est pas lâchées des yeux, jusqu'à ce que Sylvia se détourne et se laisse tomber à côté de moi sur le lit raide. Elle a pris une profonde inspiration puis a posé ses avant-bras sur ses genoux en fixant le sol.

« Ton mail à Dylan, quelqu'un l'a envoyé à tout le monde, a-t-elle murmuré. En entier. »

Après que l'infirmière Appleman a fini par nous jeter, Sylvia a parcouru d'un œil nerveux le hall désert, inspectant le périmètre.

« Qu'ils aillent tous se faire foutre, a-t-elle lâché. De toute façon tu sais quoi, le temps qu'il y ait un autre *gRaCeFULLY* qui sorte, ils auront tous oublié. »

Je dévisageais Sylvia qui continuait à balayer le hall du regard. Jamais je ne l'avais vue aussi nerveuse. Elle savait aussi bien que moi que personne ne risquait d'oublier un truc pareil de sitôt.

Ç'aurait déjà été gênant si mon mail parlait d'un mec ou si tout le monde savait déjà que j'étais gay. Mais là, être trahie par mon propre mail de meuf accro ? Les élèves de Grace Hall allaient pouvoir s'en repaître pendant des années. J'avais envie de mourir. J'avais envie que mon cœur s'arrête de battre. J'ai fermé les yeux en espérant y arriver par la force de la volonté.

« Ça va aller », ai-je dit à Sylvia au bout d'un moment.

C'était un mensonge, évidemment. Mais j'avais envie qu'elle s'en aille. J'avais besoin d'être seule.

« Tu devrais aller en cours. Tu vas te choper une exclusion temporaire si t'es de nouveau en retard.

— Hé ! Vous vous croyez au Club Med ? nous a crié Will au bout du couloir. Magnez-vous d'aller en cours, sinon c'est le bureau de Mme Pearl. À vous de choisir. »

Je me suis retrouvée sans transition dans la classe de Liv, qui parlait du *Bruit et la fureur*. Je ne me rappelais même pas avoir quitté le hall. Et pourtant j'étais là, et Liv était là, en train de parler du prochain bouquin qu'on allait lire. Elle disait quelque chose au sujet de la structure narrative. Le truc bizarre, c'était sa façon d'en parler comme si c'était super important, et pas juste un énième roman à la con.

Heather et Bethany étaient aussi dans la classe de Liv, elles étaient assises à l'autre bout de la salle, à côté des fenêtres. J'ai senti le poids de leur regard pendant tout le temps où Liv parlait. Et pendant tout ce temps, j'ai prié pour disparaître.

J'avais écrit que j'aimais Dylan. Que j'avais envie qu'elle m'aime. De toute évidence, ce n'était pas le cas. Et maintenant le monde entier était au courant.

Il fallait que je me barre de Grace Hall. Que je m'enfuie pour ne jamais revenir.

Ben. Peut-être qu'il pourrait m'aider. En faisant quoi, je ne savais même pas. Mais il était censé venir. Il avait promis d'essayer, au moins. Si j'arrivais à le convaincre de venir maintenant, il m'aiderait à oublier tous ceux de Grace Hall. Il avait le don de relativiser les situations pourries. Elles restaient tristes – mais tristes drôles, pas tristes tragiques.

J'ai alors remarqué que les autres se levaient pour partir. Le cours devait être terminé. Je n'avais même pas relevé que Liv s'était arrêtée de parler. Je suis restée assise histoire d'envoyer vite fait un texto à Ben et de voir s'il pouvait descendre bientôt à Brooklyn.

Quand j'ai levé les yeux, Heather et Bethany étaient au niveau de ma table. Bras dessus, bras dessous, elles sont passées tranquillement devant moi, articulant silencieusement le mot *gouine* en marchant d'un pas léger vers la porte. Je suis restée plantée là à les dévisager.

J'avais l'impression d'avoir glissé hors de mon corps. Comme si je me tenais à côté de moi-même, en train de secouer la tête. Comment étais-je devenue cette personne ? Cette personne au centre de cette putain de tempête de ragots de merde ? Parce qu'il y avait eu cette autre personne, une personne qui n'aurait jamais intégré un club ni poursuivi une fille qui n'avait pas envie d'être attrapée. Qui ne se serait jamais laissé ridiculiser.

t à NYC ? ai-je texté à Ben.

Je suis restée là, sans respirer, à attendre que lui, mon issue de secours, me réponde.

BEN

suis à Times Square !! c trop de la balle putain !! j'♥ NYC !!!

AMELIA

tu peux arriver qd à Brooklyn ?

BEN

sais pas. y a des chances ke je puisse pas. tu sais ke j'en ai envie, ms…

AMELIA

STP. faut ke tu viennes.

Je lui ai écrit l'adresse de Grace Hall. J'ai ajouté que je comprendrais s'il ne pouvait pas venir. Même si j'avais super envie qu'il soit là, je ne voulais pas qu'il culpabilise de passer un bon moment avec son père. Rien de tout ça n'était sa faute ni son problème. C'était pas celui de Sylvia non plus, même si j'avais espéré de toutes mes forces qu'elle aussi pourrait peut-être me sauver.

C'était moi qui avais été assez stupide pour intégrer les Magpies. C'était moi qui avais ajouté tous ces trucs dans mon mail, alors même que Sylvia m'avait dit que c'était une très mais alors très mauvaise idée. Alors même que, au fond de moi, je savais qu'elle avait raison. Et pourtant, au fond de moi, pile au même endroit, je priais encore pour qu'il y ait je ne sais quelle explication magique qui fasse que la diffusion de ce mail ne soit pas la faute de Dylan.

« Amelia ? » a lancé Liv.

J'ai secoué la tête et levé les yeux. J'étais tellement à côté de la plaque que j'étais là, en pleine salle de classe, avec mon portable visible comme le nez au milieu de la figure. Que Liv passe outre à ce que j'envoie vite fait un texto, c'était une chose, mais j'aurais dû ranger mon téléphone. Je n'avais pas envie qu'elle croie que je profitais d'elle parce qu'on était genre copines ou je sais pas.

« Désolée, ai-je dit en fourrant mon portable dans mon sac. C'était juste un message de ma mère. Elle me demandait de lui répondre tout de suite. »

Liv a secoué la tête.

« Il ne s'agit pas de ton téléphone. »

Elle avait l'air un peu malade quand elle s'est assise sur la chaise en face de moi. L'espace d'une seconde, j'ai crevé d'envie de tout lui raconter.

« J'ai bien peur qu'il ne s'agisse de ta dissertation sur *Vers le phare.*

— Je sais que ce sur quoi j'ai écrit n'était pas exactement ce dont nous avions parlé », ai-je répondu.

Je me sentais un peu mieux à parler de ma dissert. Ça donnait à Dylan, au texto – tout, quoi – un air de rêve farfelu.

« Mais je pensais que ça passerait tant que je le faisais bien, vous voyez. »

Liv a plissé le front.

« Ce n'est pas le sujet de ta dissertation qui pose problème.

— Elle n'était pas bonne ? »

Il n'y avait pas moyen qu'elle puisse dire un truc pareil.

« Si, Amelia. Ce n'est pas le souci non plus. »

Elle a pris une profonde inspiration, toute chevrotante.

« Ce n'était pas ta dissertation. C'est ça le problème.

— Qu'est-ce que vous racontez ?

— Je l'ai soumise à un logiciel conçu pour détecter la duplication des œuvres publiées. Tous les profs de Grace Hall le font. C'est obligatoire depuis cette année. Bref, de nombreux passages ont été soulignés. La dissertation que tu m'as rendue, Amelia, c'était du plagiat.

— Non, absolument pas ! »

Mon cœur battait à toute vitesse.

« C'est moi qui ai écrit cette dissertation ! »

Liv a froncé les sourcils, l'air triste. Pour moi.

« Ça ne te ressemble pas, Amelia. Je le sais, a-t-elle ajouté en me regardant comme si elle voulait que je me confesse. Si tu m'expliques ce qui s'est passé, je suis sûre qu'on pourra se débrouiller. Mais il faut que tu commences par me dire quelque chose. »

L'espace d'une seconde, j'ai cru que j'étais peut-être en train de devenir dingue. Que j'avais peut-être piqué des bouts de la dissert de quelqu'un d'autre sans me rappeler l'avoir fait. Et d'un coup j'ai percuté : les Maggies. Évidemment que c'était les Maggies. Bethany était l'assistante de Liv. Elle avait dû se débrouiller pour échanger ma dissert.

Mais comment dire ça à Liv ? Elles avaient menacé – Zadie avait menacé – de torturer Sylvia, de lui pourrir la vie si je les balançais. Je savais d'expérience à quel point la torture des Maggies pouvait être douloureuse.

Sylvia n'y survivrait jamais. Or après tout ce qu'elle avait fait – surtout combien elle avait été là pour moi, malgré la copine merdique que j'avais été –, je ne pouvais pas la jeter sous les roues du bus. Il allait simplement falloir que j'encaisse. Que je laisse croire au monde que j'étais une tricheuse.

« Je veux les voir, ai-je dit. Les parties que j'ai copiées.

— D'accord, Amelia », a murmuré Liv en se levant pour aller chercher ma dissertation.

Elle est revenue avec plusieurs pages agrafées. Mon nom était écrit dessus mais, à part ça, ce n'était pas mon devoir. Pas même le titre. J'ai feuilleté scrupuleusement les pages. Des passages étaient surlignés comme par un logiciel, et la véritable source était tapée en marge.

Ça ne suffisait pas d'envoyer à tout le bahut par texto mes lettres d'amour personnelles ? Zadie avait eu besoin de faire ça aussi ? J'avais l'impression que quelqu'un avait creusé un trou bien net au centre de mon corps. Comme s'il n'y avait désormais au milieu de moi qu'un espace vide. Et pourtant, par je ne sais quel miracle, je tenais toujours debout.

« Amelia, s'il te plaît, dis-moi ce qui se passe, a supplié Liv. Si tu ne peux pas me fournir d'explication, je vais devoir référer de cette violation du code de conduite à M. Woodhouse. Je n'ai pas envie de le faire, crois-moi. Mais je vais perdre mon travail si je ne le fais pas. Si tu m'expliques, je pourrai peut-être trouver un moyen de nous sortir toutes les deux de ce mauvais pas. Ce n'est pas toi, Amelia. Je le sais. Amelia, regarde-moi. »

Je me suis contentée de secouer la tête, les yeux baissés. Voilà. Les Maggies avaient fini par gagner. Zadie avait voulu me pourrir la vie, elle avait réussi. Maintenant il ne me restait plus qu'à accepter la défaite. À me coucher par terre dans la salle de classe et à attendre qu'elles emportent mon corps sans vie.

AMELIA

24 OCTOBRE, 12 H 02

AMELIA

stp dis-moi ke tu arrives

BEN

ça s'annonce mal, ms j'essaie encore

AMELIA

stp, stp, g besoin 2 toi

BEN

j'essaie…

AMELIA

c tt ? tu essaies ? je te dis ke g besoin 2 toi ici et c tt ? c quoi le pb ? tu mens maintenant aussi ?

BEN

quoi je mens ? g dit ke j'essaierais, c tt ce ke g dit. je peux pas envoyer mon père se faire foutre

AMELIA

désolée, t'as raison ; c la merde, là

BEN

qu'est-ce qui se passe ?

AMELIA

les Maggies ont trafiqué ma dissert d'anglais ; on m'accuse d'avoir triché

BEN

comment elles ont pu la trafiquer ?

AMELIA

j'en sais rien

BEN

quelle bande de sales putes, j'aimerais pouvoir ê là pr t'aider

AMELIA

g pas envie ke tu t'engueules ac ton père

BEN

tu comptes + ke mon père qui se vnr 1 peu, tu comptes + ke presque tt

AMELIA

merci :) j'en avais besoin

Facebook
24 OCTOBRE

Amelia Baron
« Seul, condamné, abandonné, comme sont seuls ceux qui s'apprêtent à mourir, il y avait là une forme de délectation, un admirable isolement, une liberté que ne connaîtront jamais les enchaînés. » Virginia Woolf, *Mrs Dalloway*

George McDonnell dis Prozac pour voir ?

Kate

19 OCTOBRE 1997, 3 H 56

À : Kate Baron
De : rowan627@aol.com
Objet : Dernier essai…

Salut Katie,

Je me suis dit que j'allais lancer un dernier cri avant de m'enfoncer dans l'arrière-pays… J'espère que tu vas bien. Et t'inquiète pas, je ne vais pas me mettre à te harceler comme un dingue si tu ne me réponds pas. Je comprends, parfaitement. Joue-la-toi cool et prends soin de toi. Et si jamais tu atterris de ce côté-là du globe, fais-moi signe.

Je garderai l'œil ouvert, et la lumière allumée.

peace,
Rowan

20 OCTOBRE 1997, 9 H 15

À : rowan627@aol.com
De : Kate Baron
Re : Dernier essai…

Rowan,

Je suis désolée de ne pas avoir donné de nouvelles. Merci de m'avoir écrit. J'ai adoré discuter avec toi et te rencontrer. Mais il est arrivé quelque chose dans ma vie. Quelque chose d'inattendu. Bref, ça a changé la donne de mon côté. J'ai besoin de prendre un peu de temps et de me concentrer uniquement sur moi pendant un moment.

Je te souhaite le meilleur. Tu es un grand esprit. J'ai de la chance d'avoir eu l'opportunité de te connaître.

Xo,
Katie

Kate

29 NOVEMBRE

Kate s'assit sur un banc humide dans un parc en face du 968 de la Cinquième Avenue. Il faisait sombre, il était vingt heures passées. Ce n'était peut-être pas l'endroit le plus recommandé pour rester seule, là, en bordure du parc, la nuit, mais elle était à l'abri des regards et jouissait d'une bonne vue sur l'entrée de l'immeuble. Elle était toujours incertaine quant à ses intentions, même si elle savait, depuis le moment où Lew était parti en lui intimant de rester chez elle, qu'elle allait très certainement le décevoir à nouveau.

Quelques minutes plus tard, elle traversait la rue, et un grand portier élégant l'invitait d'un geste à entrer dans le hall, lui faisant croire une seconde qu'elle allait peut-être pouvoir monter directement sans avoir à s'expliquer à personne. L'espoir fut de courte durée.

« Quel appartement ? s'enquit le portier en faisant souplement effectuer à Kate un arc de cercle pour qu'elle s'arrête tandis qu'il se dirigeait vers le téléphone.

— Oh. »

Elle sentit la culpabilité se dessiner sur son visage.

« 6 C ? »

Le portier la toisa en décrochant le téléphone et composa un numéro.

« Nom ?

— Pardon ?

— Votre nom. »

L'homme articula exagérément ce mot. On aurait dit qu'il envisageait déjà de la réexpédier dans la rue.

Peut-être aurait-ce été préférable. Car quel était son plan, au juste, une fois qu'elle serait montée ? Exiger de voir ce Ben ? Que ferait-elle quand on lui dirait qu'il n'y avait pas de Ben à cette adresse ? Ça n'avait aucune importance de toute façon. Dès l'instant où le portier aurait joint le résident du 6C et appris que celui-ci n'avait aucune idée de qui elle était, elle n'irait nulle part ailleurs que chez elle.

« Kate Baron. »

Elle lui adressa un grand sourire.

« C'est mon nom, Kate Baron. »

Le portier ne parut pas convaincu par sa toute nouvelle assurance. Sans la quitter des yeux, il annonça son arrivée à la personne qui avait décroché le téléphone.

« D'accord, répondit-il en baissant les yeux. Oui, oui, je comprends. »

Kate retint son souffle, s'attendant à subir l'humiliation d'être refoulée. En même temps, d'une certaine manière, ç'aurait aussi été un soulagement. L'intervention du destin pour la sauver d'elle-même. Au lieu de cela, l'homme désigna le fond du hall d'entrée.

« Prenez le dernier ascenseur. »

Le cœur de Kate battait la chamade quand les portes dorées de la cabine s'ouvrirent sur un couloir luxueux. Elle sortit, accueillie par un buffet ciré surmonté d'un énorme miroir encadré de feuilles d'or. Kate aperçut son reflet. Elle avait le teint gris, les traits tirés, les cheveux ternes. Depuis combien de temps était-elle dans un état de décrépitude aussi manifeste ? Depuis la mort d'Amelia ? Avant ?

Son chagrin lui avait peut-être aussi dévoré le cerveau car c'était mal, ce qu'elle faisait, se rendre chez ce Ben. Elle avait jadis été quelqu'un de raisonnable. Au fond, elle l'était toujours. Elle savait que le fait que cet appartement soit d'une beauté exceptionnelle n'empêchait pas la possibilité qu'il abrite un psychopathe. Elle avait besoin de Lew. Elle n'avait rien à faire là. Absolument rien. C'était nocif et inutile.

Elle fit volte-face et appuya sur le bouton « Descente ». Par chance, les portes de l'ascenseur se rouvrirent aussitôt. Elle s'apprêtait à monter quand elle entendit le déclic de la serrure derrière elle.

« Kate ? lança une voix féminine. Où vas-tu ? »

Kate se retourna : Vera se tenait au bout du gigantesque couloir, l'air en forme et musclée dans son débardeur et son pantalon de yoga, ses longs cheveux noirs noués en catogan. Pieds nus, elle se dirigea à pas feutrés vers Kate. Sa belle mâchoire puissante était inclinée sur le côté, ses grands yeux marron étrécis par l'inquiétude.

Vera. Jeremy. Leur nouvel appartement. Celui où Kate n'était encore jamais venue.

Les textos avaient été envoyés par l'un des fils de Jeremy. Amelia aurait facilement pu rencontrer l'un d'eux quelque part. Le monde des établissements scolaires privés de Manhattan et de Brooklyn n'était pas si grand. Ils auraient même pu se croiser au pique-nique organisé par le cabinet l'année précédente. Mais pourquoi l'un des fils de Jeremy aurait-il menti sur son identité ?

« Ça va, ma chérie ? » demanda Vera avec douceur.

Elle était juste en face de Kate à présent, la main posée sur son avant-bras.

Kate hocha trop fort et trop longtemps la tête. Elle ne se rappelait même pas que Jeremy lui ait jamais mentionné que l'un de ses fils était gay, mais peut-être ne tenait-il pas à en parler. Ou bien, comme Kate, ne le savait-il pas.

« Pour être franche, tu n'as pas très bonne mine, dit Vera en conduisant Kate vers leur appartement. Entre t'asseoir. Je vais te chercher un verre d'eau. »

Elle poussa la porte et elles pénétrèrent dans le vaste salon. Une gigantesque baie vitrée surplombait l'obscurité du parc et, au loin, les lumières du quartier de l'Upper West Side. À une extrémité trônait une cheminée qui faisait la séparation avec une immense salle à manger, et à l'autre un piano majestueux. Entre les deux, il y avait suffisamment d'espace pour jouer au basket et à peu près la moitié des meubles nécessaires pour le remplir en conséquence.

« Viens, allons nous asseoir dans la cuisine, dit Vera. C'est plus confortable. Ici c'est encore en chantier. »

« J'avais oublié que vous aviez déménagé », dit Kate en s'asseyant sur l'un des tabourets placés le long du gigantesque îlot central en granit de la cuisine XXL.

Elle ne savait pas si elle pouvait se permettre de parler à Vera. Elle ne savait pas si celle-ci avait lu *insidethelaw*, ni, si c'était le cas, si elle avait fait le lien avec Kate.

« Tu sais, moi aussi, parfois, j'aimerais oublier qu'on a déménagé, répondit Vera. Sans vouloir paraître ingrate, parfois le grand est tout simplement trop grand. Jeremy ! cria-t-elle, le menton levé, avant d'adresser un sourire à Kate. Il est allé se changer. Il va revenir dans un instant.

— Oh, je suis désolée de vous avoir dérangés », s'excusa Kate d'un filet de voix.

Il lui était difficile d'articuler en ayant la gorge aussi serrée.

« Je sais qu'il se fait tard.

— Je t'en prie, répliqua Vera en agitant une main. Vu l'heure tardive à laquelle Jeremy vous fait tous bosser, ça lui fait du bien d'être dérangé de temps en temps.

— Merci pour le verre d'eau », dit Kate dans l'espoir de détourner la conversation de Jeremy.

Elle avait envie de quitter cet appartement sur-le-champ, mais elle ne parvenait pas à formuler le moindre commencement d'excuse pour expliquer sa présence, et encore moins pour expliquer pourquoi elle devait subitement s'en aller.

« J'avais un peu la tête qui tournait.

— Ça ne m'étonne pas. Quand Jeremy m'a appris que tu avais déjà repris le travail… »

Vera fit mine de se coudre les lèvres.

« Oh non, désolée, je ferais mieux de me mêler de ce qui me regarde. Les garçons me disent toujours que je suis une mère poule qui tue les gens à coups de bec. Alors je vais essayer de rester bouche cousue. Fais juste attention de ne pas te surmener. Et ce conseil vient d'une femme qui a couru un semi-marathon six semaines après avoir accouché et présenté une motion en cour d'appel le lendemain. La distraction est le meilleur remède. Je comprends ce besoin. »

Elle s'interrompit, l'air triste.

« Seulement, il y a des choses qu'on ne peut pas distancer, peu importe la vitesse à laquelle on bouge les jambes. »

Jeremy apparut alors sur le seuil. Il était pâle. *Arrête*, avait envie de lui crier Kate. *Tu as une tête de coupable.*

« Je me suis inscrite à un cours du soir de yoga Bikram, annonça Vera. Ça ira si je vous laisse tous les deux ? »

Kate se tendit un instant, mais Jeremy s'empressa de remplir ce silence gêné.

« Oui, vas-y, vas-y, répondit-il en l'embrassant. Kate a juste besoin de ma signature sur un document. »

Vera sembla accepter cette excuse, bien que Kate soit arrivée chez eux sans rien. Elle lui tapota la main en se dirigeant vers la porte :

« Prends soin de toi. Et essaie d'y aller doucement. Le travail ne va pas s'envoler. »

Une fois Vera partie, Jeremy retourna dans le salon. Il se servit un petit verre au bar qui longeait le mur à côté de la cuisine ouverte. Du whisky ou du scotch, quelque chose d'ambré. Il en proposa à Kate, qui déclina d'un geste. Il se laissa tomber lourdement dans le canapé en se tenant la tête d'une main. Puis prit plusieurs inspirations sonores.

« Elle n'est toujours pas au courant ? demanda Kate.

— Je n'en étais pas complètement sûr jusqu'à maintenant, répondit-il en secouant la tête. Elle se comportait de manière un peu bizarre ces derniers temps, du moins c'est ce que je croyais. J'ai dû me faire des films. À moins qu'elle n'ait l'intention de revenir avec un flingue. »

Kate le dévisagea, les yeux écarquillés.

« Je plaisante, dit Jeremy.

— C'est hilarant », rétorqua-t-elle platement.

Il haussa les épaules.

« Tu pourrais t'asseoir, s'il te plaît ? Tu me rends nerveux. »

Kate s'installa sur le rebord d'une énorme ottomane couplée d'une table basse sans être sûre qu'il s'agissait d'un siège.

« Je ne savais même pas que c'était chez toi, dit-elle.

— Comment ça ? »

Jeremy éclusa son verre, qu'il posa au bout du canapé.

« Tu as frappé à notre porte par hasard ?

— Je suis venue ici, à cet appartement, exprès. Seulement j'ignorais qui y habitait. »

Elle cherchait encore à trouver une explication à cette situation. Si l'un des fils de Jeremy avait prétendu être Ben, cela signifiait qu'il pouvait également – du moins en théorie – avoir quelque chose à voir avec ce qui était arrivé à Amelia sur ce toit. Comment allait-elle annoncer à Jeremy que l'un de ses fils était Ben sans avoir l'air de l'accuser d'avoir blessé, voire tué sa fille ? D'autant qu'elle n'y croyait pas vraiment. Selon elle, c'était les Maggies les responsables. Mais il n'en restait pas moins, comme l'avait dit Lew, que Ben – qui qu'il soit – avait menti. Elle avait besoin de savoir pourquoi.

« Je ne comprends rien à ce que tu racontes, Kate, s'agaça Jeremy, l'air exténué. Pourrais-tu simplement m'expliquer ce qui se passe ?

— Il y avait un garçon avec qui Amelia était copine, commença-t-elle prudemment. Soi-disant un autre candidat à ce fameux programme d'été à Princeton. Leur amitié consistait surtout à s'envoyer des textos et des mails, ce genre de choses. Ils étaient manifestement proches. Nous avons essayé de le pister. »

Elle s'empressa de clarifier sa pensée.

« Non pas parce qu'il est susceptible d'avoir mal agi, mais parce qu'il est susceptible de savoir quelque chose. Il a raconté à Amelia qu'il vivait à Albany et qu'il s'appelait Ben, mais la police a réussi à trouver l'origine des textos. »

Elle s'interrompit, inspira.

« Il habite ici, Jeremy, dans cet appartement. L'un de tes fils a dû envoyer ces messages à Amelia. »

Jeremy ferma les yeux et laissa retomber sa tête, cette fois-ci dans ses deux mains. Il resta un long moment immobile dans cette position. Puis il se mit à secouer la tête de gauche à droite. Allait-il vraiment contester ? Nier que ça puisse être l'un de ses fils ? Peut-être avait-il mal compris. Malgré les précautions qu'elle avait prises, peut-être croyait-il qu'elle accusait un de ses fils d'avoir commis une atrocité.

« Jeremy, je ne suis pas en train de dire qu'il a fait quoi que ce soit de mal. Ben était un bon ami d'Amelia. Un très bon…

— Ce n'était pas un des garçons », murmura-t-il. Il leva des yeux embués.

« C'était moi.

— Quoi ? aboya Kate en se levant d'un bond. Qu'est-ce que tu racontes ?

— J'écrivais à Amelia. Ben, c'était moi, Kate.

— Non. »

Elle secoua la tête. C'était impossible. Il existait un tas d'explications à un tas de choses, mais il n'y en avait qu'une à la correspondance fallacieuse entre un adulte et une jeune fille.

« Non. »

Elle songea alors à la fois où elle et Amelia étaient tombées sur Jeremy un samedi au bureau, peu de temps auparavant. À la façon dont il avait semblé captivé par sa fille, la dévisageant si intensément, s'émerveillant de la voir aussi mûre. Kate n'y avait pas accordé d'importance sur le moment, se disant qu'il essayait juste de montrer qu'il s'intéressait, en général. À présent, ce souvenir lui donnait la nausée.

« Je n'aurais pas dû lui mentir », poursuivit Jeremy encore un ton plus bas.

Les yeux baissés, il secouait la tête.

« J'ai eu tort. Seulement… Quand j'ai écrit cette recommandation pour Princeton, j'ai passé mon temps à penser à Amelia et à la personne formidable qu'elle était devenue. Je voulais avoir une chance d'apprendre à la connaître, au moins un petit peu, et je me suis dit que je pourrais peut-être le faire sans que ça coûte rien à personne. J'avais déjà son adresse mail grâce à la recommandation que j'avais écrite. Tout ce que j'avais à faire, c'était de créer une boîte mail avec le nom d'un gamin, me prendre un abonnement téléphonique avec le préfixe d'Albany, m'inventer une petite histoire et le tour était joué. C'était peut-être égoïste, mais je n'ai pas pu m'en empêcher.

— Tu n'as pas pu t'en empêcher ? ! »

La voix de Kate chevrotait. Elle avait les joues en feu. Elle se retenait à toute force d'en venir à cette ignoble et inévitable conclusion. En vain. Son esprit s'y était déjà précipité.

« C'était ma fille, Jeremy. C'était une enfant.

— Attends un peu, Kate. »

Livide, il avait un regard affolé.

« Tu ne penses pas que… il y a une expli…

— Non. Ton charme ne te sera d'aucune utilité pour te sortir de là. Je ne te laisserai pas faire. C'est comme ça que tu arrives à rester un si bon mari en ce moment ? cria-t-elle, le doigt pointé sur lui. Tu envoies des textos à des adolescentes au lieu de coucher avec des adultes ? Ou les textos ne sont-ils qu'un début ? Avais-tu réellement l'intention de voir Amelia ?

— Kate, voyons, c'est ridi…

— Qu'est-ce que tu lui as fait, espèce de salopard ? ! hurla-t-elle en se précipitant sur lui.

— Fait ? Tu es folle ou quoi ? ! J'essayais de l'aider ! »

Il se protégea le visage des mains.

« De toute façon je ne l'ai jamais vue. Enfin… Je, j'ai pensé à la voir, à lui dire la vérité. Mais je savais que ce n'était pas à moi de prendre cette décision, alors à la place je suis devenu son ami. Pourquoi lui ai-je raconté que j'étais gay à ton avis ? Je voulais être sûr qu'il n'y ait aucune ambiguïté. Même si finalement ça n'aurait eu aucune importance après Dylan et tout. J'étais juste content d'être là pour elle, avec toutes ces conneries qui se passaient avec les Magpies.

— Oh mon Dieu. Tu savais. »

Elle crut qu'elle allait vomir.

« Putain tu… Elle t'a raconté ce que ces filles lui faisaient et tu n'as rien empêché ? Tu aurais pu en parler à quelqu'un. Tu aurais pu faire quelque chose.

— À t'entendre, on dirait que c'était simple comme bonjour. Tout aurait été dévoilé, Kate. De toute évidence, tu n'avais pas envie de ça non plus. Sinon tu ne te serais pas donné tant de mal pour cacher la vérité. »

Désormais Jeremy aussi semblait en colère. La vérité, c'était la deuxième fois qu'il employait ce terme. Kate n'était pas sûre de vouloir savoir ce que cela signifiait.

« Bref, j'ai effectivement pensé à tout te raconter quand la situation a commencé à déraper avec ces filles. Mais avant que je puisse le faire, on aurait dit qu'Amelia avait réussi à s'en sortir toute seule. Elle m'a dit qu'elle allait bien. Et ensuite, brusquement, le dernier jour… »

Il baissa les yeux.

« Maintenant, avec ce qui est arrivé… Kate, tu ne peux pas savoir à quel point je regrette de n'avoir rien fait.

— Es-tu allé voir Amelia ce jour-là ? » demanda-t-elle, se préparant au pire.

Jeremy avait tellement menti. Il aurait pu y avoir encore d'autres révélations. Il aurait pu y avoir quelque chose d'encore plus horrible que ce qu'elle pouvait imaginer.

« Dans tes textos, tu disais que tu allais y aller.

— Non, Kate, pour la deuxième fois. »

Il n'y avait plus de colère dans sa voix, juste de la résignation. Il savait exactement de quoi elle l'accusait, et semblait complètement abattu.

« J'ai passé la journée entière au bureau avec trois associés. Tu peux vérifier si tu veux. De toute façon je croyais que tu les avais lus, ses textos. À la fin, j'ai dit que je ne viendrais pas.

— Je ne les ai pas encore tous parcourus !

— Papa ? » lança alors une voix depuis le seuil.

L'un des fils de Jeremy se tenait là, l'air gamin, séduisant, apeuré.

« Ça va ? »

Jeremy se leva d'un bond et sourit, si vite et de manière si convaincante que Kate en eut la chair de poule.

« Ouais, ouais, Andrew. Ça va. On a un problème avec un procès, c'est tout, pas de quoi s'inquiéter. Retourne faire tes devoirs. On va baisser d'un ton.

— OK, répondit Andrew, sceptique, laissant son regard se poser un instant sur Kate avant de retourner vers la porte en traînant des pieds. À plus.

— Ouais, ouais, Drew. À plus. »

Après son départ, Kate et Jeremy, immobiles, restèrent un long moment silencieux. Kate ne s'était pas rendu compte que les enfants étaient à la maison. Même si elle mourait encore d'envie de crier sur Jeremy, elle ne pouvait pas infliger ça à ses fils. L'avenir proche leur réservait déjà tellement de chagrin. Une fois que Vera entendrait parler des posts sur *insidethelaw.com*, ce qui tôt ou tard ne manquerait pas d'arriver, il n'y aurait pas moyen qu'elle reste avec Jeremy. Ce n'était pas le genre de femme à prendre une trahison à la légère. De toute façon il existait d'autres moyens de savoir si Jeremy disait la vérité. Appeler ces fameux associés, vérifier auprès de sa secrétaire. Mieux encore, Kate pourrait envoyer Lew. Mais il y avait une chose qu'elle avait bel et bien besoin de savoir.

« Cacher la vérité à quel sujet ? » demanda-t-elle.

Ce qu'avait insinué Jeremy la travaillait encore.

« Quoi ? »

Il semblait à la fois meurtri et perplexe.

« Tu as dit que je m'étais donné beaucoup de mal pour "cacher la vérité". La vérité à quel sujet ?

— Voyons, Kate. Je savais, répondit-il au bout d'un moment. Ça fait des années que je le sais.

— Que tu sais quoi ? aboya-t-elle malgré ses efforts pour ne pas s'emporter. Que c'était une fille confiante, qu'elle…

— Que c'était ma chair, dit-il en la regardant droit dans les yeux. Je savais qu'Amelia était ma fille.

— Ta fille ? s'étrangla Kate. Amelia n'était pas ta fille, Jeremy.

— Les dates concordent parfaitement », répliqua-t-il comme si elle essayait juste de gagner du temps.

Comment osait-il revendiquer Amelia tel un énième trophée ?

« Tu plaisantes, j'espère ? »

Elle n'avait aucune envie d'avoir cette conversation avec lui. Elle savait ce qu'elle savait, nonobstant les illusions de Jeremy.

« Nous avons couché ensemble une fois, Jeremy. Une seule fois. Et tu n'étais pas le seul à coucher avec plus d'une personne. Crois-moi, Amelia n'était pas ta fille. Je sais qui était son père, et ce n'était pas toi. »

Mais Jeremy secouait la tête. Il n'avait pas l'air d'écouter un mot de ce qu'elle disait.

« Dès que j'ai appris que tu étais enceinte, je me suis posé la question, évidemment. Mais quand les yeux d'Amelia bébé ont changé de couleur, là j'en ai eu la certitude.

— Arrête, Jeremy. »

Elle parlait d'un filet de voix aigu. Elle savait ce qu'elle savait, alors pourquoi commençait-elle à paniquer ?

« Je suis sérieuse.

— Voyons, Kate. »

Le regard clair de Jeremy était dépourvu de culpabilité. Sa voix était d'un calme olympien. Il se trompait peut-être, mais en tout cas il y croyait dur comme fer. Il passa une main dans ses cheveux argentés en inclinant la tête vers Kate, comme pour essayer de prouver quelque chose.

« Regarde-moi. Tu ne vas quand même pas me dire que tu n'as pas fait le rapprochement. Mes cheveux, ses yeux. »

Ses cheveux ? Depuis qu'elle le connaissait, il avait toujours eu les cheveux gris. Il avait presque quarante ans quand ils s'étaient rencontrés, c'était jeune pour avoir les cheveux entièrement gris, mais pas impossible.

« Je ne sais pas ce que tu crois savoir, Jeremy », souffla Kate.

Elle aurait dû partir, tout de suite, avant qu'il ajoute quoi que ce soit.

« Mais tu te trompes.

— Je n'ai su que j'étais atteint du syndrome de Waardenburg que lorsque mes cheveux se sont mis à grisonner pendant ma première année de fac. Mais avec Amelia, ses yeux, tu as dû le savoir dès qu'ils ont changé de couleur. »

Il avait raison sur ce point. Le syndrome de Waardenburg avait été diagnostiqué chez Amelia quand elle avait dix mois, dès que ses yeux, tous les deux bleu-gris, étaient devenus l'un bleu, l'autre noisette. C'était une maladie génétique dont Kate n'était pas porteuse. Elle avait passé le test. Elle avait toujours supposé que Daniel devait l'être et que sa maladie avait simplement emprunté l'une des myriades de formes moins visibles du syndrome. Ils n'en avaient jamais parlé. Cela aurait impliqué de discuter d'Amelia.

Elle avait les paumes moites, ses mains tremblaient. Jeremy avait le même trouble, et alors ? Il pouvait s'agir d'une coïncidence. C'était impossible autrement. Elle avait fait l'amour avec Daniel des dizaines de fois, seulement une avec Jeremy.

Non. Jeremy n'avait pas le droit d'essayer de réécrire l'histoire. Ça n'avait pas été facile, mais Kate avait fini par accepter que Daniel soit le père d'Amelia. C'était l'une des choses qui définissaient sa vie. Amelia avait été conçue avec un homme que Kate n'avait jamais beaucoup estimé en tant que personne, c'est pourquoi elle avait épargné à Amelia de faire sa connaissance. Et puis leurs rapports sexuels avaient été agressifs et brutaux. La manière dont Amelia avait été conçue était l'opposé de l'amour. Ç'avait été noble de sa part d'épargner à sa fille de savoir ça, de connaître un père qui n'arrivait pas à la cheville de la personne qu'elle était devenue.

Si Kate avait couché avec Daniel, c'était uniquement dans une tentative peu judicieuse d'étouffer la culpabilité qu'elle ressentait à cause de l'aventure d'une nuit qu'elle avait eue avec Jeremy, avec qui elle avait couché… pourquoi ? Après toutes ces années, elle ne savait toujours pas vraiment. Pour oublier sa rupture avec Seth ? Parce qu'elle se sentait seule ? Parce qu'elle avait été subjuguée par son charme ? Parce que l'espace de quelques heures il lui avait donné l'impression d'être unique ? Ce qui était sûr en tout cas, c'est qu'à ce moment-là elle n'avait pas eu les idées claires, comme le prouvait le fait que – en plus de toutes ses autres décisions inconsidérées – elle s'était montrée tout sauf draconienne dans l'utilisation de son diaphragme durant cette période. Elle avait pris d'autres précautions, bien sûr, précautions dont n'importe quel élève de cinquième qui écoute d'une oreille son cours de bio aurait su dire qu'elles étaient loin d'être infaillibles.

« J'ai fait beaucoup d'erreurs, Kate, dit Jeremy. Mais je te jure que j'essayais d'aider Amelia. Il faut me croire. Je pensais que je pouvais être son ami, même si elle n'aurait jamais pu savoir que j'étais son père. Maintenant je regrette de ne pas le lui avoir révélé.

— Non », lança Kate en s'éloignant.

Elle continua à reculer jusqu'à se cogner contre le mur.

« Arrête. Je refuse. Il faut que tu… »

Elle secoua la tête.

« Je dois y aller. »

Elle regarda à droite, à gauche. Mais où était donc passée la porte d'entrée ? C'était comme si elle s'était enfoncée dans un labyrinthe inextricable. Pendant toutes ces années, elle avait été tellement sûre de l'identité du père d'Amelia et de la raison pour laquelle elle avait menti à son sujet. Elle avait protégé Amelia. Or à présent elle avait l'impression que la seule personne que ses mensonges avaient couverte était Jeremy. Et, bien sûr, elle-même.

« Kate, il faut qu'on en parle.

— Non. Jamais. Il faut que je… je ne peux pas être ici.

— Daniel est au courant pour nous deux, Kate. Il m'a appelé un peu plus tôt de l'aéroport pour me dire qu'il allait en Écosse et pour se vanter d'avoir filé ce tuyau à *insidethelaw*. Il était tellement bourré que je comprenais à peine ce qu'il disait, mais j'ai bien saisi que quelqu'un lui avait envoyé un mail à notre sujet. Il me semble qu'il m'a dit que c'était il y a deux mois. Je ne sais pas plus que toi de qui il peut s'agir. Apparemment, le fait que je te donne l'affaire Associated Mutual Bank – qui était déjà la tienne, évidemment – a fini par faire péter un câble à Daniel et il a tout déballé. Personnellement, je pense que le fait qu'il vienne d'accepter un poste d'associé principal chez Meyer, Jenkins l'a aussi encouragé. »

Il secoua la tête, dégoûté.

« Daniel m'a aussi raconté pour toi et lui, Kate. Je l'ignorais complètement. Et je dois dire que je me suis senti très con. »

Il avait d'ailleurs le culot de sembler blessé.

« J'en suis ravie, murmura Kate avant de s'élancer en priant pour que ce soit bien la sortie. Il était grand temps qu'un truc te fasse te sentir très con.

— Attends, Kate. Il faut qu'on décide de ce qu'on va faire. Et il y a autre chose que tu dois savoir. C'est à propos d'Amelia.

— Je ne veux rien savoir d'autre, rétorqua Kate en accélérant le pas dans le couloir, le cœur battant, les larmes aux yeux. Laisse-moi tranquille.

— Kate ! lança Jeremy une dernière fois tandis qu'elle passait précipitamment la porte. Il faut encore qu'on parle. J'ai autre chose à te dire. C'est important. C'est au sujet d'une autre fille de Grace Hall ! »

Amelia

24 OCTOBRE, 13 H 47

AMELIA

t où ? stp. me dis pas ke tu t défilé

BEN

désolé. je suis un vrai naze. ms je vais pas pouvoir venir

AMELIA

sérieux ?

BEN

mon père est ds ts ses états. si je pars il va me tuer. ms m'en veux pas, ok. parce ke je t'aime

AMELIA

c pas grave. je comprends. c pas ton pb. je t'aime aussi

BEN

g vraiment l'impression d'ê 1 blaireau. promets-moi ke ça va aller

AMELIA

je te le promets. ça ira

BEN

ne laisse pas c tarées t'écraser. t trop géniale. et puis tu m'as tjr moi

AMELIA
xoxo

24 OCTOBRE, 13 H 49

SYLVIA
t où ?
AMELIA
ds le bureau 2 Woodhouse
SYLVIA
pourquoi ?
AMELIA
tricherie
SYLVIA
qui a triché ?
AMELIA
moi soi-disant
SYLVIA
j'hallucine ! OK, ça suffit les conneries. bouge pas. je viens te chercher

AMELIA

24 OCTOBRE

J'ai sursauté et fourré mon portable dans mon sac quand Woodhouse a ouvert la porte de son bureau.

« Je vais faire comme si je n'avais rien vu », a-t-il dit en contournant la table.

Il portait un dossier dont il tapotait l'arrête contre la paume de sa main comme s'il s'agissait d'une règle avec laquelle il avait l'intention de me taper sur les doigts. Mais non, il l'a jeté au centre de son bureau propre et vide. Puis il s'est assis et a croisé les bras. Il avait l'air d'avoir grave les nerfs. Je ne l'avais encore jamais vu comme ça.

« Alors, Amelia ?

— Alors ?

— Liv et moi sommes d'avis qu'il doit y avoir une explication logique, voire excusable, au plagiat présent dans ta dissertation », a-t-il commencé d'un ton genre on-est-potes-ceci-reste-entre-nous, qui était plus qu'agaçant.

Parce que si on avait vraiment été potes, j'aurais pas été là tout court.

« Et je crois que cette explication a un rapport avec les Magpies. Tout ce dont j'ai besoin, c'est que tu me dises la vérité, Amelia. Ensuite on pourra démêler cette affaire ensemble.

— C'est ça. Ça a l'air super facile. »

Woodhouse a pris une expression inquiète, genre un peu déçu : l'index posé sur les lèvres, il m'a dévisagée pendant des plombes.

« Amelia, je ne dis pas que c'est facile. Se défendre n'est jamais facile. Mais je peux faire en sorte que tu sois protégée. Tu as ma parole. Seulement c'est toi qui dois commencer, Amelia. Il faut que tu me racontes ce qui s'est passé.

— Je n'ai pas triché pour ma dissert. C'est tout ce que je sais.

— Tu l'as rendue par mail. »

Le visage de M. Woodhouse s'est complètement plissé quand il s'est massé le front.

« Liv l'a soumise elle-même au logiciel de plagiat. »

Évidemment, c'était oublier un peu vite Bethany et le fait que c'était elle qui ouvrait les mails en premier, avant de faire avec ce qui lui passait par sa putain de tête, y compris échanger les disserts jointes. Mais c'était pas comme si je pouvais dire ça à Woodhouse pour lancer la conversation. À tous les coups ça aurait compté comme trahir les Maggies. Et c'est Sylvia qui aurait trinqué.

J'ai haussé les épaules.

« Je ne sais pas quoi vous dire, alors. »

J'avais une voix toute barge, j'arrivais pas à faire autrement. Tout ça était tellement injuste, complètement ridicule.

« Je n'ai pas triché, et ce n'est pas ma dissertation. Je n'ai rien d'autre à dire. Alors, je peux y aller ?

— Non, Amelia, tu ne peux pas y aller. Il ne s'agit pas de vaseline sur une poignée de porte. Le plagiat n'est pas le genre de chose qu'on peut laisser passer, peu importe l'atout majeur que tu constitues pour la communauté de Grace Hall. C'est une violation du code de conduite du lycée, Amelia. Nous pourrions perdre notre habilitation si les gens venaient à savoir que nous n'avons pas pris les mesures appropriées. Sans parler des réactions potentielles des autres élèves. Il y a déjà eu de nombreuses plaintes cette année concernant l'indulgence disciplinaire accordée aux élèves doués.

— Aux élèves doués ? À vous entendre on dirait une maladie.

— Ce n'est pas une blague, Amelia ! » a hurlé Woodhouse, qui m'a grave foutu les jetons.

Il était tout rouge aussi. Je ne l'avais jamais vu comme ça.

« Nous risquons de devoir te renvoyer si tu ne peux pas expliquer ce qui s'est passé. C'est grave à ce point-là. Allez, laisse-moi t'aider ! »

J'ai pris une profonde inspiration et j'ai fermé les yeux. Je suis restée dans cette position comme si le secret du moyen de m'en sortir pouvait être écrit à l'intérieur de mes paupières.

« Je ne peux pas. »

Woodhouse a bruyamment inspiré.

« Je peux te laisser quelques jours pour y réfléchir, Amelia. Mais en attendant, je n'ai d'autre choix que de t'exclure temporairement à compter de maintenant.

Ce n'est pas négociable. Ta mère est déjà en route pour venir te chercher.

— Sérieux ? Vous avez appelé ma mère à son boulot pour venir ici ? Maintenant ? »

Je ne pensais qu'à une chose : au tailleur qu'elle avait mis. Elle allait sûr rater un truc important si elle devait venir me chercher. Du coup je me suis sentie coupable et vraiment, vraiment vénère.

« Vous pouvez pas juste m'exclure à la fin de la journée ?

— Non, Amelia, on ne peut pas. Et tu devrais garder en tête, pendant que tu réfléchis à ce que tu veux faire, qu'une exclusion scolaire n'est pas le genre de chose sur laquelle les facultés de l'Ivy League fermeront les yeux. Même si c'était pendant ta seconde. »

Cela semblait davantage le contrarier que moi.

« Ta bourse pourrait même t'être retirée. Je ne sais pas.

— Super. »

J'avais l'impression que j'allais me mettre à pleurer tout d'un coup. Zadie m'avait d'abord pris Dylan, et maintenant elle allait aussi me prendre mon avenir.

« Amelia, je vais te donner une dernière chance. Y a-t-il quoi que ce soit que tu voudrais dire ?

— Ce n'est pas ma dissertation ! » ai-je beuglé le plus fort que je pouvais, avec ma voix à la con qui craquait.

Woodhouse n'a même pas cillé. Non, il en a fait des tonnes pour montrer qu'il lisait mon nom sur la première page.

« Ton nom est écrit dessus, Amelia, a-t-il murmuré. Si tu ne me dis rien de plus, c'est tout ce que j'ai à me mettre sous la dent. »

Je détestais cette façon qu'il avait de me regarder, comme si j'étais *the* grosse déception. Un imposteur. Une menteuse. Comme s'il y avait quelque chose dont moi, j'aurais dû avoir honte. Mais je n'allais pas avoir honte. Je n'avais rien fait de mal, et je n'allais pas culpabiliser parce que je n'avais pas envie d'être la balance du lycée ou quoi. De toute façon, la vraie raison pour laquelle je ne pouvais rien lâcher, c'était Sylvia. Dénoncer les Maggies, ç'aurait été le pied total, jusqu'à ce qu'elles s'en prennent à elle. Sans compter qu'avec Sylvia elles auraient des tonnes de munitions à disposition pour l'humilier en public. Même si elle adorait jouer les dures, jamais elle n'y survivrait. Après ce qui lui était arrivé l'an dernier, des fois j'avais peur qu'elle ne survive pas tout court.

Hors de question de dénoncer les Maggies et de risquer d'en faire subir les conséquences à Sylvia. Je ne pouvais pas. Ce n'était pas mon boulot de toute façon. Si le lycée voulait se débarrasser des Maggies, il pouvait le faire. Apparemment, Woodhouse connaissait déjà l'identité d'un grand nombre d'entre elles. Pourquoi avait-il besoin de moi ? Je l'ai dévisagé en espérant lui forer un trou dans le visage, mais tout ce que faisaient mes yeux, c'était pisser des larmes.

Le mauvais pressentiment qui avait enflé dans mon ventre n'aidait pas non plus. Malgré mes efforts pour l'écraser, il était là à me grignoter les tripes. La vérité, voilà ce que c'était. Car ce n'était pas simplement

Sylvia que je protégeais. C'était Dylan aussi. Au fond de moi, je savais peut-être même que Woodhouse veillerait à ce qu'il n'arrive rien à Sylvia si je dénonçais les Maggies. En revanche je ne pouvais pas avoir une telle certitude concernant Dylan.

Cela dit, étais-je vraiment prête à me faire renvoyer pour elle ? Comme Sylvia n'arrêtait pas de me le rappeler, Dylan ne se comportait pas comme quelqu'un qui se souciait de moi. Comment pouvais-je prétendre le contraire ? Parce que c'était une fille ? Parce que je l'aimais ?

Aimer. Tout à coup ce mot sonnait bizarre. Comme si je le prononçais mal.

Non, je n'allais pas faire ça. Je n'allais pas être pitoyable à ce point. J'étais une bonne élève. J'avais travaillé dur toute ma vie. Je n'allais pas tout planter pour avoir une chance de me remettre avec Dylan.

« Je crois savoir ce qui s'est passé », ai-je fini par admettre d'une toute petite voix, en regardant mes mains.

Je pouvais y arriver. Je le pouvais.

Hélas, on a frappé à la porte avant que je puisse ajouter quoi que ce soit.

« Entrez », a lancé Woodhouse, stressé.

Il savait que j'avais été à deux doigts de tout déballer.

Mme Pearl a passé la tête dans l'embrasure de la porte.

« Désolée de vous déranger monsieur Woodhouse, a-t-elle dit en lui léchant tellement le cul que j'en ai eu mal à la bouche pour elle. Mais je viens d'avoir un appel : j'ai bien peur qu'il y ait un problème à la cantine qui nécessite votre intervention.

— Vous ne pouvez pas vous en occuper ? »

Il m'a désignée. Il avait peur que je change d'avis, et il n'avait pas tort. J'étais à peine lancée.

« Ne voyez-vous pas que je suis en plein entretien avec une élève ?

— Je ne vous aurais pas interrompu si ça n'avait pas été vraiment sérieux, s'est agacée Mme Pearl. Une élève a vu un rat, énorme. Et maintenant il semblerait qu'on n'arrive plus à le localiser.

— Qu'est-ce que vous voulez que je fasse ? Que je parte en chasse ? Delia, j'ai là une conversation extrêmement importante. »

Je n'avais jamais vu personne s'adresser ainsi à Mme Pearl. Comme si elle était grave relou. C'était assez génial.

« Appelez donc l'agent d'entretien.

— Malheureusement, l'élève en question refuse de bouger tant qu'elle ne vous aura pas parlé en personne, a-t-elle répliqué encore plus vertement. Je vous assure que nous avons tout essayé. Franchement, j'ignore pourquoi, mais elle tient absolument à vous parler précisément à vous. »

Woodhouse a fermé les yeux.

« D'accord, a-t-il fini par répondre. Je reviens tout de suite, Amelia. Tu as pris la bonne décision. Ne bouge pas. »

Dès que la porte s'est refermée derrière eux, mon portable m'a avertie de l'arrivée d'un texto. J'espérais que ce soit Ben me disant qu'il allait pouvoir venir à Brooklyn, finalement. Je fantasmais toujours de me faire la malle pour le voir. Tout en sortant mon téléphone, je regardais autour de moi, en quête d'un moyen de m'éclipser. Le texto venait de Sylvia, pas de Ben.

Barre-toi. Je te couvre.

Kate

30 NOVEMBRE

« Je suis désolée », répéta Kate.

Elle et Lew se trouvaient dans la Huitième Rue, sur la portion de trottoir immaculée devant chez les Carmon.

« Il fallait que j'y aille, c'est tout. Je sais que ce n'est pas une bonne excuse, mais il fallait que je voie qui était ce Ben.

— Humm. »

Il ne la regardait pas. Il n'avait pas posé les yeux sur elle depuis qu'elle lui avait révélé qu'elle était allée chez Ben et qu'elle avait découvert Jeremy.

« Vous l'avez déjà dit.

— Au final, c'était une bonne chose, non ? » tenta Kate.

Si elle peinait à se concentrer sur ses excuses, elle n'avait pas de mal à sembler convaincante car, pour de nombreuses raisons, elle était encore toute chamboulée et rongée par la culpabilité.

« Au moins, maintenant, on sait que Ben n'était pas impliqué.

— Humm », fit Lew, l'air passablement indifférent.

Elle était contente d'avoir souligné lourdement à quel point elle avait été chamboulée d'apprendre que Jeremy était le père d'Amelia. Elle soupçonnait que c'était là l'unique raison pour laquelle Lew ne s'en prenait pas plus violemment à elle.

« Nous avons demandé à l'opérateur téléphonique de nous expédier une réponse à notre assignation. »

Il jeta un œil à son petit calepin.

« Les textos qui vous ont été envoyés au sujet du père d'Amelia provenaient d'un téléphone enregistré sous le nom de Daniel Moore.

— Mon Dieu », murmura Kate.

Si Daniel avait été suffisamment en colère pour donner un tuyau à *insidethelaw* – geste dont on pouvait facilement retrouver l'auteur –, envoyer quelques textos anonymes à Kate n'avait dû lui poser aucun problème. Cela dit, l'idée qu'il ait pu écrire des choses aussi haineuses lui glaçait le sang. Ça allait bien au-delà d'essayer d'humilier publiquement Jeremy. C'était menaçant.

« Par contre, pourquoi irait-il écrire qu'Amelia n'a pas sauté ?

— Il ne l'a pas écrit. Les deux premiers textos que vous avez reçus à propos d'Amelia venaient d'ailleurs. J'attends un appel à ce sujet. En revanche, les messages qu'avait reçus Amelia sur son père… »

Lew désigna d'un mouvement de tête la maison.

« … ceux-là venaient tous d'ici.

— C'est Zadie Goodwin qui les a envoyés ?

— J'imagine, répondit-il en observant le bâtiment. Cela dit, notre seule certitude, c'est que c'est un ordinateur de cette maison qui a assuré leur routage. Et il y a ici plus d'un habitant. »

Il se retourna vers Kate et la regarda en face pour la première fois.

« Il y a autre chose que vous devriez savoir. Notre informaticien a découvert d'autres textos dans le portable d'Amelia. Des textos effacés. Ma foi, à côté, ces mots sur ces petits bouts de papier, c'était de la roupie de sansonnet.

— Qu'est-ce qu'ils disaient ? »

Kate fit volte-face.

« Je veux les voir. »

Lew secoua la tête.

« C'est le genre de chose qu'aucun parent ne devrait jamais voir. »

Ils sonnèrent, attendirent. Kate, les yeux plissés, observait la façade de verre poli et d'acier de l'usine reconvertie. Le soleil, à présent haut dans le ciel, se reflétait sur les gigantesques fenêtres du bâtiment.

« C'est sûr que ce n'est qu'une seule maison ? demanda Lew.

— Je crois que oui. »

Pourtant elle était d'une taille vraiment impressionnante, même comparée aux plus grandes bâtisses en grès de Park Slope.

« Il n'y a qu'une sonnette. »

Lew dut faire retentir celle-ci encore trois fois avant que quelqu'un n'entrouvre la porte et jette un œil dehors. Dans l'interstice, Kate entraperçut une femme petite à l'allure prudente et pernicieuse.

Lew baissa la tête de façon à croiser son regard.

« Nous sommes venus voir Zadie Goodwin et ses parents.

— Un instant, je vais voir », répondit-elle avec un fort accent européen. Son œil visible s'étrécit, puis elle claqua la porte.

Celle-ci se rouvrit une seconde plus tard. Un type gigantesque vêtu d'un costume gris et rose tape-à-l'œil et d'une chemise à poignets mousquetaire apparut. Ses boutons de manchette en argent brillant avaient la forme de dés et il portait à la main droite une bague sertie d'une pierre rouge voyante. Sa beauté trop coiffée et trop bronzée sentait à plein nez la fortune confortable dépourvue du raffinement censé aller de pair. Même ses dents étaient trop parfaites et trop blanches : on aurait dit qu'il compensait un passé de mauvaise hygiène dentaire.

« Salut, la compagnie, lança-t-il avec un sourire à mi-chemin entre ravi de vous voir et allez vous faire foutre. Frank Carmon, et vous êtes ?

— Inspecteur Thompson, et voici Kate Baron, répondit Lew. Nous aimerions poser à votre fille quelques questions au sujet d'Amelia Baron. Amelia est morte d'une chute du toit de Grace Hall. C'était la fille de Kate. »

Carmon fronça les sourcils puis secoua la tête.

« Quelle honte, cette histoire. Toutes mes condoléances, madame, dit-il à Kate avant de se retourner vers Lew. De quoi avez-vous donc besoin de causer avec ma Zadie ? »

Ma Zadie. Comme s'il s'agissait d'une fillette de deux ans ou d'une petite poupée de porcelaine. C'était troublant.

« Les filles appartenaient toutes les deux à une espèce de club, expliqua Lew l'air de rien. Nous essayons juste de récolter des informations concernant l'état d'esprit d'Amelia à partir de toutes les sources possibles. »

Carmon regarda par-dessus leurs têtes en se passant la langue sur les dents. Puis il finit par jeter un œil derrière lui en direction de la femme qui leur avait ouvert la porte et qui rôdait désormais dans l'ombre.

« Allez chercher Zadie, intima-t-il. Dites-lui que c'est important. »

Il leur ouvrit alors et les guida jusqu'à une vaste pièce ouverte faisant office de salon-salle à manger-cuisine, que les baies vitrées inondaient de soleil. Carmon s'empara d'un petit verre posé sur un plan de travail en granit, par ailleurs vide.

« Je vous sers un verre ? demanda-t-il.

— Non merci, répondit Lew. Vous avez fait partie de la Soixante-dix-huitième, non ? Là, dans le quartier ? »

Carmon s'esclaffa en balayant d'invisibles peluches sur son pantalon.

« Ouais, pendant à peu près cinq minutes il y a un million d'années. Avant que je me dise qu'il y avait des moyens plus simples de gagner sa vie que de se faire trouer la peau.

— Apparemment, vous aviez raison, repartit Lew en désignant la maison. Je ne sais pas si c'est plus simple, en tout cas ça paie mieux, manifestement.

— Jusqu'ici, tout va bien. »

Carmon fit un clin d'œil, but une gorgée.

« Il y a beaucoup de vos hommes qui viennent de la Soixante-dix-huitième ? » s'enquit Lew.

Carmon le dévisagea longuement, puis sourit.

« Certains.

— Y compris l'inspecteur Molina ?

— Ça fait un bail que je ne me suis pas occupé du recrutement, répondit Carmon d'un ton doucereux. J'ai des gens qui s'en chargent à ma place maintenant.

— Molina était l'inspecteur à qui on avait assigné l'affaire Amelia Baron. Il semblerait qu'il ait – au minimum – pris quelques raccourcis pour déclarer qu'il s'agissait d'un suicide. Et quelques jours plus tard il partait travailler pour vous, dit Lew, optant pour l'approche directe, les deux pieds dans le plat. Ça me paraît être une sacrée grosse coïncidence, vous ne trouvez pas ? Étant donné que votre belle-fille et Amelia semblaient se bouffer le nez assez violemment dans ce fameux club. »

Carmon hocha la tête comme s'il réfléchissait à cette information.

« Je ne peux rien vous dire là-dessus. Je ne me mêle pas des petites histoires de lycéenne de ma belle-fille. Mais si vous désirez parler à Molina, inspecteur, je suis sûr que je peux le joindre par téléphone. Immédiatement si vous voulez. Enfin, en supposant qu'il travaille bel et bien pour moi. »

C'est alors que Zadie entra bruyamment dans le salon, ne s'arrêtant qu'après s'être installée lourdement sur un tabouret de l'îlot central de la cuisine.

« T'sais quoi, je faisais mes devoirs », maugréa-t-elle.

Elle portait une jupe d'écolière écossaise pas plus large qu'une ceinture, tout un tas de piercings aux oreilles et un anneau dans le nez. Ça s'accordait parfaitement avec le maquillage noir appuyé de ses yeux et ses cheveux noirs en bataille barrés sur le côté d'une grosse mèche blanche, pareille à la rayure d'une mouffette. Kate n'arrivait pas à détacher les yeux de cette mèche.

« Ce n'est pas parce que ton pote dit que je serai probablement admise que ça veut dire que Columbia m'acceptera à coup sûr. Je ne serai admise que quand je serai vraiment dedans.

— Columbia, commenta Lew. Impressionnant. C'est sûr qu'une admission là-bas n'est pas un truc qu'on a envie de compromettre.

— Ne m'en parlez pas, renchérit Carmon en secouant la tête avec une incrédulité forcée. Heureusement pour elle, elle n'a pas mes gènes. Viens, ma Zadie. »

Il lui fit signe d'approcher puis tapota la place à côté de lui sur le canapé.

« Ces braves gens ont juste besoin de te poser quelques questions au sujet de cette fille de ton lycée, celle qui est morte. »

Zadie leva les yeux au ciel, puis approcha d'un pas lourd et se laissa tomber à côté de Carmon en poussant un gros soupir.

« Juste une chose, avant que ma Zadie réponde à vos questions, lança Carmon, feignant la nonchalance. Elle n'a pas besoin d'un avocat, n'est-ce pas ? C'est purement informatif ?

— Elle n'est pas en état d'arrestation, si c'est là votre question », éluda ostensiblement Lew.

Il ne faisait aucune promesse, ce qui n'échappa pas à Carmon, qui le dévisagea longuement.

« Elle n'a rien à voir avec ce qui est arrivé à cette fille. Alors vous pouvez demander tout ce que vous voulez là-dessus. Mais on arrêtera net si on s'approche de quoi que ce soit susceptible de lui faire rater Columbia. Elle a bossé trop dur, et j'ai claqué trop de fric… »

La porte d'entrée s'ouvrit. Des voix retentirent dans le couloir : l'une nette et saccadée, l'autre indistincte et contrite, probablement celle de la gouvernante. Puis il y eut un bruit de talons hauts cliquetant bruyamment sur le sol en béton.

« Oh », se récria Adele.

Son joli visage se décomposa quand elle déboucha dans la pièce. Elle se ressaisit cependant avec élégance, affichant un sourire détendu comme elle se dirigeait droit sur Kate, vêtue d'une robe trapèze noire tendance et de créoles, ses cheveux rassemblés en un chignon souple absolument parfait. Elle se pencha en avant et appuya fort sa joue contre celle de Kate en embrassant le vide à côté de son oreille.

« Quelle belle surprise, Kate. Mais vous n'auriez pas dû faire tout ce chemin simplement pour discuter des affaires de l'association parents-profs. Je sais à quel point vous êtes occupée.

— Nous ne sommes pas là pour ça », répliqua Kate en se préparant à ce que Lew l'empêche de parler.

Il n'en fit rien.

« Nous sommes là à cause de ce qui s'est passé entre Amelia et les Magpies.

— Les Magpies ? »

Adele pinça ses lèvres carmin et regarda son mari, qui haussa les épaules et but une gorgée d'alcool.

« Je ne suis pas sûre de…

— J'ai lu les minutes des réunions du conseil d'établissement, expliqua Kate en espérant que les choses se dérouleraient mieux si elle évitait à Adele de se ridiculiser en leur mentant effrontément. Je sais que Woodhouse a essayé de se débarrasser des clubs et que le conseil d'établissement l'en a empêché. »

Adele laissa lourdement tomber son sac à main sur l'un des tabourets de la cuisine puis se tourna lentement. Bras croisés, elle s'adossa au plan de travail.

« Alors vous devez aussi savoir que le conseil œuvrait uniquement dans le meilleur intérêt du lycée », répliqua-t-elle posément.

Kate essayait de ne pas s'échauffer, en vain.

« Le lycée avait l'obligation…

— Le lycée ne peut pas contrôler ce que font les élèves en dehors de l'enceinte scolaire », coupa calmement Adele.

Si elle était sur la défensive, elle le cachait de main de maître.

« Ce genre de surveillance constitue une impossibilité tant pratique que légale, en particulier à l'époque du smartphone. La responsabilité du contrôle des agissements des élèves en dehors du campus et sur Internet doit incomber aux familles. »

Son discours était bien rodé, comme si elle s'était attendue à ce que Kate et Lew viennent lui demander des comptes. C'était probablement le cas, et ce depuis le tout premier soir où elle avait frappé à la porte de Kate.

Kate se tourna alors vers Zadie, dans l'espoir que celle-ci fût moins préparée.

« Est-ce que c'était parce qu'elle était gay ? C'est pour ça que tu l'as fait ?

— Zadie, ne réponds pas, aboya Adele.

— Pourquoi ? J'en ai envie, lui rétorqua violemment sa fille avant de tourner lestement la tête vers Kate. Je n'allais pas laisser Amelia transformer Dylan en gouinasse juste parce que c'était ce que madame voulait. »

L'adolescente semblait essayer de continuer à jouer les dures, mais elle avait les joues empourprées et sa voix chevrotait.

« Amelia pensait que coucher avec Dylan la rendait plus importante que moi. Mais le sexe, c'est facile. Avec Dylan, c'est presque rien. Croyez-moi, elle est prête à coucher avec n'importe qui tant qu'il n'est pas du lycée. Et si je sais tout ça, c'est parce que je suis sa meilleure pote depuis qu'on a douze ans, putain. Ça, ça compte. Pas ce… je sais pas quoi… qu'elle a vécu avec Amelia pendant genre deux semaines. »

Son regard trahissait pourtant que ce n'était pas aussi simple. Elle essayait de le cacher – en travaillant la posture de son cou, sa moue méprisante – mais il y avait quelque chose de désespéré dans son comportement, comme si Dylan était tout ce qu'elle avait jamais eu.

« Zadie, nous avons besoin de savoir ce qui s'est passé sur ce toit, expliqua calmement Lew. Il est temps de dire la vérité, toute la vérité.

— Je refuse de laisser Zadie s'engager dans une discussion qui risque de l'incriminer, intervint Adele en levant une main tandis qu'elle s'interposait physiquement entre sa fille et Lew. Si vous souhaitez l'interroger plus longuement, cela se fera au commissariat, en présence de notre avocat. Mais je vous assure que quoi qu'il se soit passé sur ce toit, c'était un accident.

— Un accident ? »

Zadie fusillait sa mère du regard.

« Tu fais comme si j'y étais. Comme si moi, j'avais fait quelque chose.

— Ce qui est sûr, c'est que quelqu'un dans cette maison a fait quelque chose à Amelia, dit Lew en sortant de sa poche deux sorties d'imprimante qu'il jeta sur la table basse. Elle s'est fait harceler, bombarder de textos qui concernaient sa relation avec Dylan et l'identité de son père. Des textos qui venaient de cette maison. »

Zadie s'avança pour s'emparer des pages.

« Qu'est-ce que je m'en fous de son père ? »

Si elle faisait semblant de n'avoir jamais vu ces messages, elle s'y prenait extrêmement bien.

« Nous espérions que tu pourrais nous l'expliquer, dit Lew. Car nous avons la certitude que ces messages venaient d'ici, de cette maison.

— Je n'ai pas… Bordel de merde, maman, qu'est-ce que t'as avec cette fille ? »

Les yeux écarquillés, elle s'était tournée vers Adele.

« Tu m'avais dit que tu avais eu toute une histoire avec sa mère à la fac, que tu voulais te racheter. »

Elle désigna Kate d'un geste du pouce.

« C'est pour ça que tu voulais que je raccorde Amelia. Mais tu n'es même pas allée à la fac avec elle, maman, hein ?

— Zadie ! »

Adele arracha les feuilles des mains de sa fille. Elle les plia en deux, puis tâcha visiblement de se ressaisir. Ce ne fut pas aussi réussi que la première fois.

« Tais-toi, ma chérie, je t'en prie. »

Kate observait Zadie, dont le visage fut traversé par une vague de douleur avant que la colère ne lui monte aux yeux. Pourquoi diable Adele avait-elle demandé à Zadie d'inviter Amelia à rejoindre les Maggies ? Son regard se porta sur la fameuse mèche blanche, mèche qui aurait pu être due à beaucoup de choses, y compris au syndrome de Waardenburg.

Et puis elle avait des yeux aussi inhabituels qu'exquis. Kate se rappelait désormais les propos qu'Adele avait tenus quand elle était venue chez elle. *C'est un trait de famille ? Deux couleurs différentes comme ça ?* Pourquoi Adele n'avait-elle pas demandé s'il s'agissait du syndrome de Waardenburg ? Pourquoi n'avait-elle pas mentionné que sa fille l'avait aussi ? *Slone, Thayer... Je connais encore des avocats qui y travaillent.* C'était trop d'informations d'un coup à analyser.

« Donc, Zadie, ce qui s'est passé entre toi et Amelia sur ce toit était un accident, comme l'a dit ta mère ? »

Lew semblait essayer d'attiser délibérément les flammes.

« Vous vous êtes disputées à propos de Dylan peut-être. Ça a dérapé ?

— Arrêtez ! Arrêtez de lui parler ! hurla Adele. Je sais que vous n'avez pas de mandat d'arrêt. Vous nous l'auriez montré si c'était le cas.

— Non, madame, nous n'en avons pas, confirma Lew. Nous essayons simplement d'obtenir des réponses à quelques questions. Vous avez tout à fait le droit de ne pas coopérer. Évidemment, en général les innocents n'ont pas besoin de se cacher derrière un avocat.

— Les innocents, ricana Adele. Vous et moi savons pertinemment qu'il s'agit là d'un concept très relatif, inspecteur. Je crois que ma fille serait tout de même mieux lotie si nous prenions le risque de faire appel à un avocat.

— Le risque ? aboya Zadie. Mais putain, maman ! Pourquoi tu parles de moi comme d'une criminelle ? Je n'ai pas…

— Zadie », siffla Adele.

On aurait dit qu'elle s'effritait. Une mèche de ses cheveux savamment tirés en arrière s'était détachée et, avec elle, le reste de sa personne semblait se désintégrer. Elle agita un doigt devant le visage de sa fille.

« Je ne plaisante pas. Pour une fois dans ta vie, pourrais-tu ne pas rendre les choses encore plus difficiles ! »

Zadie eut un mouvement de recul. Sa bouche se crispa à deux reprises, comme si elle allait fondre en larmes, pourtant son visage redevint vite de pierre.

« Allons, Adele, calme-toi, dit Frank Carmon en s'extrayant enfin de son fauteuil pour descendre à contrecœur dans l'arène. Inutile de s'affoler.

— S'affoler ! hurla Adele en agitant désormais le doigt devant Frank. C'est fou qu'une mère veuille protéger son enfant d'elle-même ?

— C'est ça, parce que t'essaies de me sauver, s'esclaffa Zadie, mais des larmes avaient fait couler son maquillage noir. Tu t'en fous de moi. Tu t'intéresses qu'à toi.

— Zadie, ce n'est pas un jeu, répliqua sa mère, plus doucement à présent. Si tu dis un mot de travers, tu risques de passer le restant de ta vie en prison.

— Euh, oui, à moins, évidemment, que je n'aie absolument rien fait, putain ! »

Elle dévisagea un instant sa mère, puis soudain elle comprit. Elle partit d'un rire fou, hystérique.

« Bon Dieu, maman. Tu penses vraiment que je l'ai poussée ?

— Non, répondit Adele, même s'il était clair que si. Ce n'est pas ce que je…

— Bordel de merde, tu le penses. Tu penses sérieusement que j'ai tué Amelia. Que j'ai assassiné quelqu'un. »

Elle se tourna vers Kate.

« C'est elle qui n'arrêtait pas de déblatérer sur Amelia. C'était une obsession. "C'est la fille de l'amie que j'ai perdue de vue depuis longtemps", bla bla bla, putain. Elle m'a même demandé de chercher où vous travailliez pour pouvoir reprendre contact avec vous. Tout ça, c'était des conneries, manifestement. Elle ne vous connaît même pas. T'es une sacrée putain de menteuse, maman. Qui sait, c'est peut-être toi qui as poussé Amelia.

— Bon, intervint de nouveau Frank en allant reposer son verre sur le plan de travail. Je crois que toutes ces dames ont besoin de souffler un bon coup.

— Je ne prendrais pas son parti, si j'étais toi, Frank, dit Zadie. Tu sais bien que la seule personne qui ait jamais vraiment compté pour elle, c'est lui. »

Elle désigna les photos encadrées sur la bibliothèque.

« Quand elle en est à son troisième verre de merlot et que t'es pas là, elle dit qu'elle a rien à foutre avec un type de Bay Ridge qui joue au mafioso. Elle adore ton fric. Mais toi, Frank ? Je n'en suis pas si sûre. Pas vrai, maman ? »

Kate, les yeux rivés sur les cadres photo disposés sur l'étagère désignée par Zadie, traversait lentement la pièce dans leur direction.

Adele s'était tournée vers Frank, lequel descendait une rasade d'alcool.

« Frank, implora-t-elle, tu sais bien que c'est faux. »

La bouche crispée, Frank hocha la tête.

« Mais oui, Adele. »

Il se resservit un whisky.

« Si tu le dis. »

Alors qu'elle se rapprochait subrepticement des photos, Kate remarqua une bannière familière en arrière-plan de l'une d'elles, et reconnut également la pose scolaire de la vingtaine d'adultes photographiés. Même de loin, elle savait qu'elle avait déjà vu ce cliché quelque part.

« Frank, je ne plaisante pas. »

Adele avait l'air dans tous ses états.

« Tu ne peux pas écouter Zadie. Elle ment tout le temps. Tu le sais bien, voyons. »

Kate se trouvait devant l'étagère à présent, se préparant à ce que quelqu'un l'arrête avant qu'elle puisse mettre la main sur la photo. Personne n'en fit rien. Ils étaient tous trop concentrés les uns sur les autres.

« Je ne sais pas ce qui est arrivé à Amelia sur ce toit », dit Zadie à Lew.

Elle parlait d'une voix douce et grave à présent, presque méconnaissable.

« Mais je peux prouver que je n'étais pas là-haut. »

Kate s'empara de la photo sur l'étagère, faisant courir sa main sur le verre avant de suivre du doigt le lourd cadre en argent. C'était la photo d'une cérémonie de remise de prix pour les actes d'utilité publique organisée par une association du barreau, et qui remontait à dix-sept ans en arrière. Jeremy, au centre, serrait la main d'Adele en acceptant une plaque.

Kate avait déjà vu cette photo des milliers de fois, posée sur une étagère derrière la tête de Jeremy, dans son bureau. Jusqu'à ce jour, pourtant, elle n'avait jamais prêté attention à la femme qui lui remettait la récompense.

« J'étais ici quand Amelia est morte, finit par déclarer Zadie.

— En plein milieu d'une journée de cours ? » s'étonna Lew.

Kate se retourna, la photo toujours entre les mains. Elle regardait Adele, laquelle dévisageait toujours

Zadie. Adele, une main plaquée sur la bouche, avait l'air pour la première fois plus peinée que furieuse.

« Et je n'étais pas seule, ajouta Zadie avec un haussement d'épaules. Vous pouvez lui poser la question si ça vous chante. J'imagine qu'il pourrait mentir. Ce serait bien le genre de connard à faire ça.

— Quel est son nom ? demanda Lew.

— Ian Greene.

— Vous pouvez consulter les vidéos de sécurité si vous voulez confirmation. Elles sont toutes datées et l'heure est inscrite dessus », expliqua Carmon à Lew.

Mais Zadie disait la vérité. Kate en avait déjà la certitude.

« Quant à Molina, c'est à elle que vous devriez poser la question. »

Carmon désigna sa femme d'un signe de tête.

« La dernière fois que j'ai consulté le détail de nos communications téléphoniques, elle trouvait encore une raison de lui parler tous les jours.

— Ses cheveux », parvint enfin à articuler Kate.

Elle désigna la mèche blanche de Zadie.

« C'est le syndrome de Waardenburg, n'est-ce pas ? »

Adele se retourna lentement. Son regard se porta d'abord sur la photo que tenait Kate, puis sur Kate elle-même. Elle avait les larmes aux yeux.

« Vous êtes une bonne menteuse, il faut bien le reconnaître, dit-elle d'une voix tremblotante. Je suis allée chez vous parce que Molina m'avait parlé du texto que vous aviez reçu au sujet d'Amelia. Je voulais voir par moi-même ce que vous aviez l'intention de faire. J'ai failli vous croire quand vous m'avez répondu qu'il n'y avait personne atteint du syndrome de Waardenburg dans votre famille, même si vous et moi savons pertinemment que c'est impossible. Jeremy doit adorer la façon dont vous le protégez. C'est très convaincant.

— Si je vous ai donné cette réponse, c'est parce que c'est la vérité. La famille d'Amelia, c'est moi, or je n'ai pas le syndrome de Waardenburg. »

Adele secoua la tête comme si elle était persuadée que Kate était encore en train de couvrir Jeremy.

« J'imagine que c'est pour ça qu'il vous a gardée à ses côtés pendant toutes ces années. De moi, il ne voulait pas entendre parler. Il avait peur que je lui demande des comptes. Le plus drôle, c'est que moi aussi j'aurais gardé son secret s'il avait fait quelque chose pour tenir éloignée son autre enfant illégitime de ma fille. »

Elle secoua la tête et s'essuya les yeux.

« Il parlait de quitter Vera pour moi, vous savez. Et il l'aurait fait si vous n'aviez pas débarqué. C'est maintenant que j'en prends conscience. À l'époque, il m'avait dit qu'il avait décidé qu'il devait arrêter de tromper Vera. Mais en réalité il s'agissait de vous. Je n'avais aucune idée qu'il y avait un autre enfant jusqu'à ce que je voie Amelia à Grace Hall cet automne, quand elle s'était portée volontaire pour aider au Harvest Festival. J'avais remarqué ses yeux, mais jamais je n'aurais fait le lien avec Jeremy si Julia Golde n'avait pas été dire à quel point c'était extraordinaire qu'Amelia soit si géniale vu qu'elle était élevée par une mère célibataire – une avocate – avec un emploi du temps complètement fou. »

Adele, désormais au bord des larmes, regardait fixement ses poings serrés.

« Il m'a suffi d'un seul coup de téléphone pour découvrir que Jeremy et vous aviez eu une liaison. Ce n'est pas un secret des mieux gardés. Je n'allais pas laisser Jeremy s'en tirer comme ça après m'avoir menti pendant toutes ces années. Il m'avait fait croire que j'étais la femme de sa vie. Que notre relation avait vraiment compté pour lui. Il aurait au moins pu avoir la décence de laisser Amelia hors de Grace Hall et loin de moi. »

Kate avait beau s'efforcer de respirer, elle avait l'impression que quelqu'un s'était assis sur sa poitrine. Elle était encore plus responsable de tout ce qui était arrivé à Amelia que ce qu'elle aurait jamais pu imaginer.

« Alors c'est vous qui avez envoyé un mail à Daniel Moore ?

— Nous faisons tous les deux partie du comité d'éthique du barreau. Cela fait des années que Daniel se plaint à moi de Jeremy. Il cherchait un moyen de lui rendre la monnaie de sa pièce. Évidemment, il a attendu des mois avant d'enfin se décider à agir. Je pensais qu'il ne le ferait jamais.

— Et donc vous avez entraîné Amelia là-dedans ?

— Il était temps que quelqu'un mette Jeremy face à ses responsabilités. Or il m'avait clairement signifié il y a longtemps qu'il me le ferait payer si je parlais. Il joue au golf avec mon avocat général. Il aurait pu détruire ma carrière avant même le premier tee. »

Elle haussa les épaules.

« Daniel n'aurait jamais rien fait à Amelia. Et de mon côté, je n'aurais jamais pu imaginer… »

Elle désigna Zadie, qui la fusilla du regard.

« … que la situation avec Amelia et le club, avec Dylan, déraperait à ce point-là. Comment diable aurais-je pu le prévoir ? »

Assis dans la voiture de Lew, ils ne pipaient mot. Kate était sortie de chez les Carmon en gardant la photo à la main. Elle ne la quittait pas des yeux.

« Ça va aller ? demanda Lew après qu'ils furent restés ainsi pendant au moins cinq minutes.

— Je n'arrête pas de me dire que la situation ne peut plus empirer, mais elle empire toujours. »

Elle secoua la tête.

« Si j'avais été franche avec Amelia sur l'identité de son père, du moins de celui que je croyais être son père, peut-être que rien de tout cela ne serait arrivé. Elle pourrait être encore en vie. »

Ce fut au tour de Lew de secouer la tête.

« Ça n'aurait absolument rien changé.

— Vous n'en savez rien.

— Peut-être que non, murmura-t-il avant de regarder Kate droit dans les yeux. Mais vous, vous avez besoin de le savoir. »

C'est alors que le portable de Lew se mit à sonner. Il répondit et, après quelques « oui » cassants, raccrocha. Il regarda fixement le volant pendant une minute, suivant du doigt l'extérieur du cercle.

« Qui était-ce ?

— Nous avons une adresse concernant les premiers textos qui vous ont été envoyés au sujet d'Amelia », répondit-il en démarrant la voiture.

Julia n'avait pas l'air ravie de les voir. Elle ouvrit la porte et esquissa une moue qui ne ressemblait même pas de loin à un sourire.

« Sylvia ne se sent pas bien, expliqua-t-elle. Je ne suis pas sûre qu'elle sera en état de recevoir de la visite.

— J'ai bien peur, madame, qu'il ne s'agisse pas d'une discussion optionnelle, répliqua Lew. Je le regrette. »

Julia le dévisagea longuement puis dévisagea Kate encore plus longtemps.

« Bon, dans ce cas, entrez. »

Elle détourna la tête et s'effaça à contrecœur.

« Il faut que j'aille voir si elle est réveillée. »

Mais à peine avaient-ils posé un pied dans la maison qu'ils virent Sylvia, tel un spectre gris, sur le seuil de la cuisine.

« Oh, tu es là », dit nerveusement Julia.

Elle alla lui passer un bras autour des épaules puis, les yeux fermés, lui déposa un baiser au sommet du crâne.

« Kate et l'inspecteur ont encore quelques questions à te poser. Si tu ne t'en sens pas capable, ma chérie, ce n'est pas grave. »

Elle se tourna ensuite vers Lew : elle semblait soudain avoir pris conscience de quelque chose.

« D'ailleurs, qu'entendez-vous au juste par “ce n'est pas une discussion optionnelle” ?

— Votre fille a omis de mentionner quelques faits concernant les circonstances de la mort d'Amelia, répondit Lew d'un ton neutre. Il faudrait qu'elle nous en fasse part maintenant. Kate a attendu longtemps pour savoir ce qui était arrivé à sa fille. Il est temps à présent, Sylvia, qu'elle le sache. »

Julia, réfléchissant, regarda successivement Lew, Kate et sa fille. Elle finit par hocher la tête.

« Sylvia n'a rien à cacher. Nous aimions Amelia comme si elle faisait partie de la famille. Nous aussi, nous voulons savoir ce qui lui est arrivé.

— Tu savais qu'Amelia faisait partie des Magpies, n'est-ce pas, Sylvia ? » demanda Lew.

Son ton n'était pas précisément agressif, mais jamais Kate ne l'avait entendu aussi virulent.

Sylvia contempla un moment ses mains. Quand elle leva la tête, elle avait les larmes aux yeux.

« Vous savez ce qu'elles lui ont fait ? piaula-t-elle. J'avais peur : je croyais qu'elles me feraient pareil si je vous parlais d'elles. Ce genre de truc… peu importe si c'est vrai ou non, les gens n'oublient pas.

— Crois-tu que c'est l'une des Maggies qui l'a poussée du toit ? » demanda Kate.

Elle avait le cœur battant. *Oui, dis oui. Dis-nous que tu as vu ce qui est arrivé.*

Sylvia secoua la tête.

« Comme je vous l'ai déjà dit, à mon avis c'est ce Ben qui l'a fait. Vous l'avez trouvé, d'ailleurs ? Il était censé rendre visite à Amelia ce jour-là.

— Nous avons trouvé Ben, murmura Lew. Ce n'est pas lui.

— Oh. »

Sylvia serra ses bras minces autour d'elle.

« Laissez tomber alors.

— Ces clubs, intervint Julia, bras croisés, en secouant la tête. Je vais appeler aujourd'hui à ce sujet. On paie des dizaines de milliers de dollars pour envoyer nos enfants à Grace Hall, et voilà ce qu'on obtient : *Sa Majesté des mouches* ?

— Je suis d'accord avec vous, madame, vous devriez contacter l'école. C'est ce que devraient faire tous les parents. »

Lew inspira profondément, comme soulagé que la partie la plus difficile soit terminée. Kate se demandait s'il était sincère ou s'il essayait simplement d'amener Sylvia à se détendre.

« Et Dylan alors ? s'enquit-il. Y a-t-il une raison pour laquelle tu ne nous en as pas parlé avant ? »

Kate observait Sylvia, s'attendant à voir sur son visage de la perplexité, de l'inquiétude, quelque chose. Mais elle avait juste l'air épuisée.

« Amelia ne m'a parlé de Dylan qu'une fois que c'était terminé, répondit-elle finalement. Je lui ai dit que cette fille n'en valait pas la peine. Mais Amelia, ça la rendait malade, elle était complètement obsédée par l'idée de se remettre avec Dylan. Elle refusait de m'écouter.

— “Ça la rendait malade ?” s'étonna Kate.

— Barjo, se désola Sylvia.

— Et tu ne t'es pas dit que tu devrais peut-être en parler à quelqu'un ? À un adulte, par exemple ? » aboya Kate.

C'était sorti comme une accusation. Elle n'avait pas pu s'en empêcher. Et si Amelia s'était vraiment suicidée ? Car pour la première fois, cela semblait soudain possible.

« Peut-être qu'elle avait besoin d'aide.

— Kate, tu es injuste, rétorqua aussitôt Julia. Je refuse de te laisser accuser mon enfant de tes négligences. Ce n'était pas son boulot d'être la mère d'Amelia. C'était le tien. »

Kate ferma les yeux et s'efforça de retenir ses larmes. Car Julia avait raison, évidemment. Kate était la seule qui avait vraiment manqué à ses devoirs envers Amelia.

« Je crois qu'Amelia était dans ce club parce qu'elle se sentait seule. »

La voix de Sylvia se brisa, la jeune fille avait les larmes aux yeux. Julia lui posa les mains sur ses épaules afin d'essayer de la calmer, mais Sylvia se dégagea.

« Elle avait besoin d'une famille. Peut-être que si vous aviez été plus présente au lieu de passer tout votre temps à votre foutu boulot, elle serait toujours en vie.

— D'accord, d'accord, s'interposa Lew. Reculons d'un cran. Nous essayons juste de remplir quelques blancs. Je crois que tu en sais plus que ce que tu ne dis sur ce qui est arrivé à Amelia. Je crois que tu étais là.

— Quoi ? »

Julia ouvrait des yeux ronds.

« Sylvia, de quoi parlent-ils ?

— Non. Je l'ai aidée à s'échapper du bureau de Woodhouse, mais ensuite, quand je suis sortie des toilettes, elle avait disparu. Je ne sais pas où elle est allée. »

Lew hocha la tête, observant son calepin sans rien écrire jusqu'à ce que le poids de son silence devienne insupportable.

« Je ne sais rien d'autre, vraiment », ajouta Sylvia, cédant à la pression.

Ses yeux luisaient, elle parlait d'une voix éraillée.

« Je vous jure.

— Sauf que moi, je pense le contraire. »

Lew sortit une feuille de sa poche arrière et la tendit à Julia.

« Je crois que tu en sais beaucoup plus que ce que tu nous dis. »

Julia regarda le papier, perplexe.

« Je ne comprends pas. Qu'est-ce que c'est ?

— C'est un rapport retraçant l'origine de quelques textos anonymes que Sylvia a envoyés à Kate, expliqua Lew. Ces textos disaient qu'Amelia n'avait pas sauté. N'est-ce pas, Sylvia ? »

Les larmes roulaient sur les joues de l'adolescente à présent. Elle essaya de parler, mais aucun son ne sortit. Puis elle s'affaissa sur une chaise de la cuisine et se prit la tête dans les mains en sanglotant. Julia alla s'agenouiller à ses côtés.

« Qu'importe ce qui s'est passé, nous trouverons une solution, dit-elle en lui frictionnant les bras. Mais il faut que tu leur racontes, ma chérie. Il faut que tu leur expliques pourquoi tu as écrit ça. »

Sylvia finit par renifler bruyamment et releva la tête. Ses yeux marron étaient rougis et humides, ses joues encore mouillées.

« Après la mort d'Amelia, je me suis mise à passer à côté de chez vous parfois après les cours. Je restais de l'autre côté de la rue pour que vous ne me voyiez pas », expliqua Sylvia à Kate.

Elle était recroquevillée à présent.

« Une fois, c'était genre la fin d'après-midi et vous étiez là en peignoir sur le seuil de votre porte. Vous restiez plantée là à regarder dans le vide. Vous étiez peut-être sortie prendre le journal ou je sais pas, mais ensuite on aurait dit que vous aviez oublié ce que vous étiez en train de faire. Vous étiez figée. Et c'était carrément… »

Elle fixait un point imaginaire sur le sol, comme si elle y revoyait la scène se dérouler.

« … horrible. Genre bien pire que quand vous pleuriez à l'enterrement, et c'était déjà pas rien. »

Elle secoua la tête et poussa un soupir chevrotant.

« Je me suis dit que peut-être que si vous pensiez qu'elle n'avait pas sauté… si vous pensiez que ce n'était pas votre faute… peut-être que vous vous sentiriez mieux.

— Donc tu as fait semblant de savoir, dit Julia, l'air soulagée. Pour que Kate se sente mieux.

— Non, répondit Sylvia, ses yeux humides rivés sur ceux de Kate. Amelia n'a pas sauté. Je le sais. »

Facebook
24 OCTOBRE

Amelia Baron
« Un roulement de tambour fantomatique battait implacablement la mesure de la vie […] et l'avertissait, elle dont la journée avait passé si vite en une suite de petites tâches insignifiantes, que tout était aussi éphémère qu'un arc-en-ciel. » Virginia Woolf, *Vers le phare*

Carter Rose y a trop d'infos, là

Sylvia Golde ta gueule, Carter, espèce d'abruti

Amelia

24 OCTOBRE

Quand j'ai passé la tête en dehors du bureau de Woodhouse, j'ai vu Sylvia sur le seuil du bureau voisin, celui de Mme Pearl, à qui elle empêchait de voir le couloir et ma fuite.

« Tout ce que je dis, c'est que ça me met un peu mal à l'aise que Grace Hall ne propose pas d'alternative à la théorie de l'évolution. »

Sylvia parlait fort, en employant son fameux ton supérieur. Elle agitait l'index en l'air.

« Où est le dialogue intellectuel si on ne présente qu'un seul point de vue ?

— C'est pour ça que vous avez dû quitter votre cours de biologie et venir immédiatement ici ? a demandé Mme Pearl.

— Il se trouve que je prends mes opinions religieuses *très* au sérieux », a rétorqué Sylvia, l'air consternée.

J'ai alors remarqué sa main dans son dos. Elle me faisait signe en agitant les doigts de dégager le plancher. J'ai franchi la porte, pliée en deux.

« Je suis désolée, mademoiselle Golde, la note de service spécifiant que vous étiez évangéliste a dû m'échapper, a répliqué Mme Pearl d'un ton sarcastique. Et moi qui ai cru pendant tout ce temps que vous étiez juive.

— Je suis juive *et* évangéliste, a répliqué Sylvia tandis que je m'avançais dans le hall et passais devant la porte de Mme Pearl sur la pointe des pieds. Vous avez également quelque chose contre les mariages interreligieux ? »

Le dos plaqué contre le mur, je priais pour que Sylvia se magne avant que quelqu'un me repère là à traîner dans ce couloir en plein milieu d'une heure de cours.

« Bon, ça suffit maintenant, mademoiselle Golde. Vous allez retourner en classe et…

— Très bien, j'allais partir de toute façon. Mais ce n'est pas fini. Je refuse d'être marginalisée à cause de mes croyances. »

Quand elle a enfin foncé me rejoindre au bout du couloir, elle avait la banane. Ça m'a fait sourire. Et pourtant j'aurais juré à cet instant que plus jamais je ne sourirais.

« Viens, a-t-elle lancé en m'attrapant par la main et en m'entraînant à sa suite.

— Je ne peux pas partir, ai-je murmuré. Woodhouse va revenir. S'il ne me trouve pas, il va être super vénère. »

Sylvia m'a dévisagée.

« Et alors ? Qu'il se vénère. Tu n'as rien fait de mal.

— Ils peuvent me renvoyer du lycée.

— Allô ? C'est toi la victime ici. Woodhouse fera marche arrière à la seconde où tu lui expliqueras que Zadie et ses potes te harcelaient parce que tu es gay. C'est la vérité, après tout. »

Elle n'avait pas tort, sauf que son argument ne prenait pas en compte le fait que les Maggies s'en prendraient à elle.

« Viens, a-t-elle répété en me tirant de nouveau par le bras. On a toutes les deux besoin de se marrer un peu, j'ai un plan. »

Le premier arrêt a été l'auditorium de Grace Hall, tellement chic et tellement gigantesque qu'il était utilisé à la fois par le collège et par le lycée. Avec ses sièges confort tout récemment rembourrés et sa scène en acajou ciré, il était plus beau qu'un grand nombre de salles de spectacle de Broadway.

« Si j'avais su que cette salle restait ouverte comme ça tout le temps, a commenté Sylvia, frappant le dossier des sièges de la main gauche tout en se frayant un chemin jusqu'à la travée centrale, j'aurais carrément fait l'amour sur scène.

— Berk, Sylvia, t'es crado.

— Oh, je t'en prie, a-t-elle répliqué en approchant de la scène, t'amuses plus à essayer de jouer les saintes-nitouches avec moi. Toi et moi, on sait bien que c'est des conneries. »

Je l'ai suivie, mais plus lentement. La fille obéissante en moi n'aimait toujours pas se trouver dans un lieu où elle n'était pas censée être. Or on n'avait certainement pas le droit d'aller dans l'auditorium sans surveillance. Si cet endroit restait aussi beau, il y avait une raison. Sylvia a couru monter sur la scène sombre, où elle est allée se planter au centre, dans l'obscurité. La lueur que diffusaient quelques rares lumières lui donnait un air flippant, mais flippant joli.

« Qu'est-ce qu'on fout là, Sylvia ? » ai-je lancé depuis la première rangée de sièges.

J'avais essayé de ne pas avoir l'air nerveuse – autrement Sylvia n'aurait fait que prolonger notre séjour ici –, hélas, ça n'avait pas franchement marché.

« Nous partons faire la tournée de quelques-uns de nos meilleurs moments, gente demoiselle, a-t-elle répondu avec un mauvais accent anglais et une gestuelle théâtrale. Je dirais que nous avons toutes les deux besoin de nous remémorer notre haut degré de fabulosité. Ceci, *my fair lady*, est votre premier arrêt. »

Je souriais tout en secouant la tête. Sylvia était dingue, mais parfois de la meilleure façon possible. C'était aussi une amie géniale. Malgré tout ce que j'avais fait, tous les mensonges que j'avais racontés, elle était là. Pile au moment où j'avais le plus besoin d'elle.

« Comment ça ? Qu'est-ce que l'auditorium a affaire avec moi ?

— Montez au centre de la scène, madame, a-t-elle lancé en s'adressant à moi tel un Monsieur Loyal. Et je vous montrerai. »

J'ai monté les marches, gênée, alors même qu'il n'y avait pas âme qui vive dans le public.

« D'accord », ai-je répondu une fois à ses côtés sous l'éclairage fantomatique.

Je contemplais tous ces sièges vides.

« Je pense que tu as dû me confondre avec quelqu'un d'autre parce que franchement ça ne me rappelle rien du tout.

— Attends, a-t-elle répliqué en plaçant ses mains sur le haut de mon bras et en observant une foule imaginaire par-dessus mon épaule. C'est ici que j'ai décidé qu'il faudrait que tu restes ma meilleure amie pour toujours. CE1, classe de Mme Ritter, spectacle du Presidents' Day[1]. Tu flippais ta race de monter sur scène, même si tu allais te retrouver avec tous les autres et que tout ce que tu avais à faire, c'était de lever ta pancarte qui portait la lettre G. Mais c'est pas ça l'important. Le truc, c'est que tu as carrément dû aller vomir avant. Tu dois bien t'en rappeler, quand même.

— Ah ouais », ai-je acquiescé, vaguement nauséeuse rien que d'y repenser.

J'avais beau avoir presque complètement refoulé cet épisode, j'avais cette image nette de Mme Ritter qui me filait des Kleenex en me demandant si j'avais l'habitude de vomir quand j'étais stressée.

« Maintenant je me souviens. Merci, ouais, c'était génial comme époque.

— Pour moi ce moment a été vraiment marqué d'une pierre blanche.

— Moi en train de gerber, c'est ton gros moment fondateur ? C'est trop pitoyable. »

À la vue de tous ces sièges vides, je commençais à me sentir creuse. Les effets de la poussée d'adrénaline

---

1. Jour férié le troisième lundi de février, en souvenir des présidents Lincoln et Washington. *(N.d.T.)*

provoquée par ma fuite du bureau de Woodhouse commençaient à s'estomper. Qu'importe quand la petite excursion de Sylvia se terminerait, tout – le plagiat, les Maggies, Dylan, mon mail qui me mettait la honte – serait encore là à m'attendre.

« D'ailleurs, être sur scène me terrorise toujours autant. Même là maintenant ça me fait stresser, alors qu'il n'y a pas un chat dans le public.

— C'était pas ton vomissement, débilos. »

Sylvia a croisé les bras et levé les yeux au ciel.

« C'est ce que tu as fait après.

— C'est-à-dire ?

— Tu es revenue des toilettes avec genre une liasse de mouchoirs et une expression tirée tout droit de *True Grit*, genre, et t'es montée direct sur scène avec nous. Pas un gémissement, pas un tremblement, rien. T'étais mon héroïne, je te jure.

— Merci, Sylvia. Cet épisode continue de me faire sentir un peu naze quand même, mais merci. »

Et là je me suis souvenue d'autre chose à propos de cette journée. Une fois sur scène, j'avais recommencé à flancher, en fait. Je m'étais retournée vers Mme Ritter et, voyant qu'elle m'ignorait, j'avais cherché une issue de l'autre côté de la scène. À ce moment-là, j'avais vu ma mère s'engouffrer par les portes latérales, quinze minutes à la bourre, comme d'hab, l'air toute paniquée, claquée, perdue. Mais elle était là et quand elle avait fini par me repérer – dernier rang, côté gauche, mon gros G serré contre la poitrine –, elle avait eu sa fameuse expression. Comme si j'étais la chose la plus incroyable qu'elle ait jamais vue. C'était cette façon qu'elle avait eue de me regarder qui m'avait vraiment permis de rester debout sur scène.

J'étais encore perdue dans mes souvenirs quand un bruit a retenti au fond de l'auditorium : on ouvrait les portes.

« Merde, viens, a lancé Sylvia en m'attrapant par la main pour me faire descendre. Direction la cantine. »

La cantine était vide, à l'exception de deux agents d'entretien qui passaient la serpillière.

« Vous n'avez pas le droit d'être ici, a aboyé l'un d'eux sans même lever la tête.

— On fait des recherches pour une fiche de lecture, a expliqué Sylvia en le congédiant d'un geste de la main. C'est ici que tu as dit à Whitman Price d'aller se faire foutre. Tu t'en rappelles, pas vrai ? »

Là aussi il m'a fallu une seconde pour que cet événement me revienne, mais il m'est revenu. Quand on était en sixième, Whitman était genre le meneur d'une bande de garçons qui s'en prenaient à toutes les filles. Il montrait du doigt les chevilles trop grosses de l'une, le poireau hideux sur le cou d'une autre. Il nous traitait de baleines, de squelettes ou de quasimodos. Évidemment, Whitman était lui-même plutôt grassouillet et son visage était une vraie calculette, mais tout le monde avait trop peur de lui pour le lui faire remarquer. Heureusement, il avait déménagé en quatrième, quand ses parents avaient divorcé. Ça faisait des années que je n'avais pas pensé à lui.

Maintenant que c'était le cas, je me rappelais effectivement le jour où il était venu à la table où j'étais assise avec Sylvia et quelques autres filles comme nous pas très populaires. Il s'était planté à un bout et avait commencé à nous donner à chacune une note en fonction de si on était mignonne ou pas. D'après lui, la plupart ne l'étaient pas. Après il nous avait expliqué ce qui précisément dans notre apparence nous avait valu une sale note. Il essayait de nous aider, qu'il avait dit. Le temps qu'il fasse le tour de la table et qu'il arrive à moi, deux des filles pleuraient et cinq ou six mecs s'étaient rappliqués pour assister au spectacle.

« Et toi, avait-il dit en me désignant, tu as une tête de cheval. Elle est genre tout allongée et toute plate et elle fait genre trois fois la taille normale. »

Je n'avais jamais été du style à tenir tête aux gens. Mais ce jour-là, avec Whitman qui nous dégommait comme les boîtes de conserve d'un chamboule-tout, j'avais pété un câble.

« Et toi, t'es obèse, Whitman, avais-je répliqué. Alors va te faire enculer. »

C'était la première fois que je disais un gros mot à voix haute. Et celui-là, n'en parlons pas. J'avais l'impression que ma bouche allait prendre feu.

« Oooh, cassé ! s'était exclamé un des garçons.

— Putain, Whitman, elle t'a rembarré grave », avait lancé un autre.

Et Whitman avait eu l'air tellement en rogne que j'avais cru un instant qu'il allait m'en mettre une. Mais il s'était contenté de faire volte-face et de disparaître dans la foule. Il avait remis ses attaques quelques jours plus tard. Pas le lendemain, cela dit. Le lendemain, il était resté tout seul, bien loin, à l'autre bout de la cantine.

« Viens, a dit Sylvia en se dirigeant vers la porte. Faut qu'on se barre d'ici. Je crois qu'y a un agent qui est allé appeler quelqu'un. »

On s'est baladées comme ça à travers le lycée, enchaînant feintes, esquives et slaloms pour éviter les profs et le personnel administratif. Sylvia m'a entraînée là où une fois j'avais remporté la foire de la science avec mon projet sur le magnétisme et les plantes ; et à l'endroit où, en quatrième, Chris Mellon m'avait dit qu'il m'aimait bien. On s'est aussi arrêtées au premier étage, là où j'avais dit à Sylvia – en cinquième – qu'un jour je serais écrivain, peu importe à quel point ce serait dur.

Aucune de ces étapes n'avait le pouvoir de changer quoi que ce soit. Elles ne pouvaient pas rendre Dylan amoureuse de moi, ni rétablir mon excellente dissertation sur *Vers le phare* à la place de celle qui était du recopiage. Aucun de ces souvenirs ne supprimait les choses horribles que Zadie avaient faites ni n'effaçait ma honte de savoir que tout le monde avait lu mon mail.

En revanche, ce périple me rappelait que ma vie ne se cantonnait pas à ce seul moment. À cette seule fille. À cette seule série de mots sur du papier. Il me rappelait que j'avais traversé d'autres choses avant – géniales et terribles, drôles et horribles – et que j'avais survécu.

On était de retour dans le couloir quand la sonnerie a retenti. On a plongé dans un placard à balais pour nous cacher pendant l'interclasse, pressées contre le mur à côté du seau et de la serpillière. On est restées le plus longtemps possible en apnée, histoire de ne pas étouffer dans l'odeur de javel.

« Merci, ai-je dit à Sylvia quand le silence est retombé dans le couloir et qu'on s'apprêtait à sortir. J'en avais besoin.

— On n'a pas encore fini. C'est mon tour, maintenant. »

Merde. J'aurais dû réfléchir aux étapes du périple de Sylvia. Parce qu'il n'y avait absolument rien qui me venait à l'esprit. Ç'avait été quoi, ses moments à marquer d'une pierre blanche ?

« T'inquiète, a-t-elle dit, lisant dans mes pensées. T'es dispensée. J'ai déjà réfléchi aux endroits où aller. »

Après être sorties du placard, on a fait halte dans une salle de classe vide de l'aile nord du bâtiment, puis au CDI et dans la cour, visitant les lieux des hauts faits de Sylvia – qui avaient trait pour la plupart (non, tous) aux mecs –, prises de fou rire chaque fois qu'on esquivait les profs et le personnel. On avait l'impression d'être retombées en enfance, bien au chaud dans notre monde imaginaire.

Mais à la quatrième étape, les choses ont commencé à tourner au vinaigre. Tous les endroits où on s'arrêtait n'avaient pas seulement trait à un mec. C'était là où un mec avait cassé avec Sylvia. Au début, ça n'avait pas l'air de l'affecter et puis d'un coup on aurait dit qu'elle avait atteint le point de bascule : décomposée, elle faisait une tête de dix pieds de long.

« Y en a aucun qui te méritait, ai-je dit alors qu'on se dirigeait vers la porte coupe-feu. T'es mieux sans eux.

— Je sais. C'est pour ça que je m'oblige à m'en rappeler. »

Je ne la croyais pas. C'était comme si cette lumière extraordinaire qu'elle avait en elle avait été soufflée.

« Où on va maintenant ? » ai-je demandé en chemin vers l'escalier, dans l'espoir qu'on mette vite un terme à sa petite marche funèbre.

« Sur le toit, a-t-elle répondu avec un sourire triste, en traînant des pieds. Réjouis-toi. Ce sera la dernière étape du sentier des larmes de Sylvia Golde. »

Je me suis arrêtée. C'était exactement ce que je redoutais. Elle était vraiment bouleversée, même si elle faisait genre qu'elle l'était trop pas.

« Allez, Sylvia. Qu'est-ce qu'ils ont dans le crâne, ces mecs, de toute façon ? »

Je réfléchissais à deux cents à l'heure, en quête d'un endroit où je pourrais peut-être l'amener. Un endroit où elle avait fait un truc remarquable. Hélas c'était le black-out total, même si Sylvia devait bien avoir fait des trucs cools. Avoir eu des grands moments impressionnants. Sauf que, sérieusement, aucun ne me venait à l'esprit.

« Tu es méga créative et grave douée. T'es une putain d'icône de la mode. Un jour tu deviendras une styliste incroyable, je le sais. Ce sera genre Steve McQueen et toi ensemble à la fashion week.

— C'est Alexander McQueen, rétorqua-t-elle, les yeux levés au ciel. Et il est mort. Steve McQueen aussi.

— Bon, très bien, Donna Karan, alors.

— Donna Karan ? Sérieux ? Elle serait morte, ce serait pareil.

— Allez, Sylvia.

— Je sais, je sais, tu essaies de me remonter le moral. Mais tu sais, t'as l'air assez désespérée, en fait, a-t-elle commenté en montant lourdement les marches sans se retourner vers moi. Et c'est pas grave, a-t-elle ajouté avec un haussement d'épaules. Je sais qui je suis. Je l'accepte. Pas besoin d'essayer de me protéger. Viens, maintenant. »

Quand on est enfin arrivées en haut, Sylvia a poussé la porte d'accès au toit et on est sorties côté sud du bâtiment.

« Ils ont pas chopé une bande de gamins qui fumaient là une fois ? »

Je contemplais la cime des arbres alentour. Au-dessus, le ciel était d'un bleu vif sans nuages et même s'il faisait un peu froid, c'était agréable de sentir le soleil de l'après-midi. Au loin, vers le nord, on apercevait tout juste l'Empire State Building qui pointait entre les immeubles.

« Je croyais qu'ils avaient fermé à clef après ça.

— C'est ce qu'ils ont fait, mais les maçons qui bossent sur l'annexe du bâtiment de musique ont rouvert pour pouvoir prendre leur déjeuner ici. »

Elle a regardé autour d'elle avec un sourire aigre-doux.

« Tu sais, Ian et moi, on a fait l'amour ici une fois.

— Sérieux ? »

Les trucs dingues que faisait Sylvia me laissaient toujours sur le cul.

Elle a hoché la tête, puis a baissé les yeux et s'est mordu la lèvre comme pour s'empêcher de pleurer. Il s'était passé quelque chose. Quelque chose de moche.

« Sylvia, qu'est… »

On a entendu quelqu'un monter les marches puis un cliquetis de clefs a résonné dans la cage d'escalier.

« Merde, a murmuré Sylvia en me faisant signe de la suivre. Viens. »

On est allées se réfugier discrétos dans un recoin exigu à l'autre bout du toit, où on s'est accroupies. Une minute plus tard, Liv apparaissait. On s'est regardées et en cœur on a articulé sans bruit « j'hallucine » alors qu'elle sortait son portable pour appeler quelqu'un.

« Bonjour, oui, Liv Britton à l'appareil. Oh, merci. Je suis vraiment ravie. Venant de vous, c'est un énorme compliment. Mais je crois que je vais devoir retirer le manuscrit. La situation est devenue complexe dans mon lycée, et… »

Elle s'est tue un moment, son interlocuteur devait parler. Elle se rongeait un ongle.

« Oui, je m'étais effectivement dit que je changerais tous les noms. Mais même dans ce cas, je pense… »

Nouvelle pause, elle a hoché la tête.

« Oui, j'en suis bien consciente. D'accord, oui, je vais y réfléchir. Merci de m'avoir accordé un peu de votre temps. Je vous tiendrai au courant. »

Elle a raccroché et regardé fixement son portable pendant une minute. Après avoir pris une grande inspiration et expiré bruyamment, elle est retournée vers les marches. On est restées accroupies jusqu'à ce qu'on entende la porte se refermer sur elle. Heureusement, elle était partie depuis longtemps quand mon portable m'a signalé l'arrivée d'un texto.

BEN

tu m'en veux pas, hein ? je sais, je crains…

AMELIA

c pas grave, vraiment

BEN

t sûre ?

AMELIA

carrément

BEN

ça va aller ?

AMELIA

oui. sûr. amuse-toi bien. xoxox, on se verra qd même bientôt ! je ferai tt pour ;)

« C'était qui ? a demandé Sylvia.

— Ben, il est en ville, ai-je répondu, sachant d'avance comment elle allait réagir.

— Tu comptes pas sérieusement le rencontrer, hein ? Parce que si tu veux voir ce taré, il faudra d'abord me passer sur le corps. »

Elle s'est alors dirigée vers le bord du toit, dont le pourtour était ceint d'un muret étrangement bas. Rien que de la voir si près de ce rebord flippant, ça me donnait le vertige. Elle me tournait le dos.

« Tu peux reculer ? Tu me fous les jetons. Et si tu trébuchais ? »

Elle a reculé d'un micro demi-pas, ça ne m'a pas du tout rassurée.

« Ian m'a larguée. Il m'a amenée ici il y a une heure pour le faire. Il pensait peut-être que la vue amortirait le choc. »

Merde. Certes, ça devait arriver tôt ou tard, mais c'était quand même moche.

« Ça va ? Enfin, je suis sûre que c'était un sale coup. Ce mec est un vrai blaireau. »

Sylvia a incliné la tête de façon à présenter son visage au soleil. Dans cette lumière, elle avait l'air encore plus triste. La pauvre. Si je l'avais vu venir à des kilomètres, elle avait bien dû le voir aussi. Mais j'avais quand même grave les boules pour elle. Et j'aurais tellement voulu trouver les mots qu'il fallait, un truc vraiment génial, dans le genre de ce qu'elle m'avait dit à propos de Dylan. Malheureusement, tout ce qui me venait à l'esprit sonnait creux et rance, déjà rien que dans ma tête.

« Tu veux savoir ce qu'il m'a dit ?

— Qu'est-ce qu'on s'en fout de ce que pense ce trou-du-cul ! »

Mais Sylvia ne s'en foutait pas. Elle avait besoin que je sache.

« Il m'a dit que je ne l'attirais pas sexuellement. Et quand je lui ai fait, genre : "Qu'est-ce que tu racontes ? On fait l'amour tout le temps." Il m'a fait : "Ouais, c'est vrai, mais en gros si je le faisais, c'était juste parce que j'avais de la peine pour toi." »

Quand elle s'est tournée vers moi, elle chialait à torrents. Je suis allée la serrer dans mes bras.

« C'est des paroles en l'air, l'ai-je consolée en enfouissant ma tête dans son cou. Tu le sais bien, pas vrai ? Tu es magnifique. »

Elle a secoué la tête, reniflé.

« Je ne suis plus aussi jolie qu'avant. Je le sais.

— N'importe quoi, Sylvia. Qu'est-ce que tu racontes ? »

Le pire, c'est qu'elle avait plus ou moins raison. Elle avait été une gamine belle à tomber, genre plus mignonne tu meures. Le genre de gamine qui faisait s'arrêter les gens dans la rue et les laissait bouche bée dans les restaurants. C'était pas que maintenant elle était moche ou quoi. Mais elle était beaucoup plus quelconque.

« Je ne suis pas comme toi, a-t-elle murmuré tandis que je la serrais encore plus fort. Être jolie, c'est tout ce que j'ai. »

Je me suis reculée pour la regarder dans les yeux.

« Sylvia, c'est faux. »

Et soudain, tout ce qui était extraordinaire chez elle m'est revenu au galop.

« Tu es drôle, fidèle, encourageante, franche, et j'aimerais avoir ne serait-ce qu'un quart de la passion que tu as. Tu es ma meilleure amie, Sylvia, et je ne sais pas ce que je ferais… »

Son portable l'a avertie de l'arrivée d'un texto. Je priais pour qu'il ne soit pas de Ian. Même si la situation était moche, ç'aurait été encore pire s'il se remettait avec elle pour finir par casser de nouveau plus tard, ce qui n'aurait pas manqué de se passer. Vu la façon désespérée dont elle est allée pêcher son téléphone, j'ai compris qu'un texto de Ian était exactement ce qu'elle espérait.

« C'est qui ça ? s'est-elle étonnée en regardant l'écran. Numéro masqué… »

Elle a ouvert le message d'une pichenette, sa voix s'est éteinte progressivement.

« C'est quoi ? ai-je demandé.

— Je sais pas… une photo. Le message dit “regarde dans la glace”. »

Elle a tapoté de nouveau l’écran. M’a regardée d’un air perplexe.

« C’est toi. Qu’est-ce que tu fous en sous-vêtements ? C’était un truc coquin que tu faisais avec Dylan ? »

Elle avait l’air super excitée.

« Je suis plutôt impressionnée, Baron. T’as plus de culot que ce que j’aurais cru. »

Elle m’a tendu son téléphone. C’était bien moi en train de jouer la chaudasse. Dans la prise où j’étais allée le plus loin, jambes écartées, penchée vers l’objectif. La revoir me faisait horreur. C’était tellement humiliant. Je lui ai rendu le portable.

« Berk, dégueu. C’est une longue histoire. Mais crois-moi, y avait vraiment rien d’excitant.

— Regarde dans la glace, a marmonné Sylvia en reportant son attention sur son portable. On dirait une espèce d’indice. »

Elle a agrandi la photo à l’aide de deux doigts.

« Putain de Dieu… »

Elle est devenue livide. Quand elle a levé la tête, elle avait un regard complètement dément.

« Putain de bordel de Dieu !

— Quoi ? »

Je me suis penchée pour voir à mon tour. Mais elle agitait son portable en l’air comme une dingue.

« Sylvia, calme-toi ! Qu’est-ce qu’il y a ?

— Espèce de salope ! a-t-elle hurlé en se jetant brusquement sur moi avec son regard fou.

— C’est qui la salope ? Qu’est-ce que tu racontes, Sylvia ?!

— Toi ! »

Elle beuglait comme une bête sauvage. Je n'avais jamais entendu un être humain crier comme ça.

« C'est toi, la salope ! »

Elle a fini par me fourrer son portable sous le nez. Là, sur la photo, dans le reflet agrandi du miroir, on voyait Ian Greene.

« Sylvia, non. Ce n'est pas ce qu'on dirait », ai-je lancé, le cœur battant.

J'ai reculé d'un pas, comme si ça avait pu faire remonter le temps à un moment où elle n'avait jamais vu la photo.

« Ah non ?! »

Le visage tout rouge, tout marbré, elle brandissait son téléphone comme si elle avait l'intention de me gifler avec.

« Parce que ce qu'on dirait, c'est que c'était *toi,* la Maggie qui baisait avec mon copain !

— C'est Zadie qui a monté toute cette affaire. Allez, réfléchis, Sylvia.

— Tu l'as baisé parce que c'est ce que les *Maggies* t'ont demandé de faire !

— Non, Sylvia, non. »

J'avais tellement reculé que mes jambes étaient pressées contre le muret.

« Je n'ai pas couché avec Ian. Il ne s'est strictement rien passé entre nous.

— À part ça, putain ! »

Elle m'a collé son téléphone sous le nez plus violemment encore et j'ai tâché d'esquiver en me penchant en arrière.

« Des putains de photos à poil ! Est-ce que t'aimes seulement les filles ? Ou c'était juste un mytho pour pouvoir te taper mon copain ! »

Elle a levé un bras et m'a asséné un grand coup de portable sur la clavicule. J'ai grimacé en me cambrant : ma poitrine me lançait là où Sylvia avait frappé. C'était trop. Beaucoup trop. Elles ne s'arrêteraient jamais. Elles ne me laisseraient jamais en paix. J'ai tenté de m'éloigner de Sylvia avant qu'elle essaie de m'atteindre de nouveau.

Et puis d'un coup, on aurait dit que quelque chose se mettait à céder derrière moi. J'ai mis les mains en arrière pour amortir le choc contre le mur, me préparant à la douleur que je ressentirais quand mon dos raclerait le béton. Mais il n'y a rien eu, pas de douleur. Juste la gravité. Je continuais à tomber, tomber.

Et là j'ai vu la tête de Sylvia. J'ai vu dans ses yeux la chose horrible qui s'était déjà passée. Qu'on était impuissantes à arrêter.

« Non ! a-t-elle hurlé en essayant de me rattraper. Oh mon Dieu, Amelia ! »

Et j'ai essayé. J'ai essayé de l'attraper moi aussi. J'ai essayé de toutes mes forces de m'accrocher.

Facebook
24 OCTOBRE

Amelia Baron
« Je suis enracinée, mais je m'écoule. » Virginia Woolf, *Les Vagues*

ÉPILOGUE

7 MARS

« La température se réchauffe », dit Kate en s'accroupissant sur une bande de gazon froide impeccablement tondue. Malgré une douceur inhabituelle pour un début de mois de mars, on supportait encore le manteau. Cela dit, à peine Kate avait-elle prononcé ces mots que le vent se renforça et la traversa de part en part. « D'accord, elle se réchauffe peut-être juste un tout petit peu, mais si tu étais là, tu te dirais probablement que c'est un temps d'été. C'était tout toi, ça, de demander à porter des manches courtes dès que la neige avait fondu. "Je n'aurai pas froid, maman." » Kate sourit en pensant au petit visage rond d'Amelia qui proférait toutes ces promesses de fillette. Si fervente, si confiante. « Le plus drôle, c'est que je prenais toujours ton manteau en me disant que tu changerais d'avis quand tu sentirais le froid. Mais tu n'as jamais changé d'avis. Pas une seule fois. Si parfaitement têtue. Si parfaitement parfaite. »

Kate fondit en larmes tandis que sa voix s'évanouissait. Parfois, elle se jurait de ne pas pleurer en allant rendre visite à Amelia au cimetière. D'autres fois, elle se résignait simplement à cette idée. Dans un cas comme dans l'autre, elle pleurait à tous les coups.

Cependant, petit à petit, laborieusement, la part la plus sombre de son chagrin avait commencé à s'alléger ou peut-être à changer, ne lui laissant qu'un sentiment de manque. Kate commençait même à accepter qu'elle aurait beau essayer désespérément de s'accrocher aux moindres détails relatifs à sa fille, elle ne pourrait pas empêcher leur effacement progressif. Elle ne pouvait que faire le deuil de leur perte.

Durant les quelques mois qui avaient suivi la mort d'Amelia, elle avait déjà oublié certaines choses. Elle ne se rappelait plus son odeur, même si elle continuait à en chercher une fragrance enfouie dans les oreillers. Elle ne se rappelait pas non plus ce geste qu'elle faisait quand elle avait envie de mettre un terme à une conversation : était-ce deux claquements de doigts puis le pouce orienté vers le bas, ou trois claquements de doigts puis l'index pointé ? Oubliés, également, l'âge auquel elle avait enfin appris à faire du vélo, la dent qu'elle avait perdue en premier et combien d'argent Kate lui avait glissé sous l'oreiller.

Ce dont elle se souvenait, en revanche, était figé dans une cristallisation parfaite. Elle sentait toujours le poids de la tête d'Amelia qui reposait dans le creux de son cou tandis qu'elles dormaient toutes droites dans le fauteuil à bascule, à sa naissance. Elle se rappelait le cri de joie qu'elle avait poussé quand Amelia avait prononcé son premier mot – *chien* – et qu'elle avait crié si fort qu'Amelia avait aussitôt fondu en larmes. Elle se rappelait la fois où elle l'avait envoyée au jardin d'enfants sans couche. Et l'expression horrifiée qu'avait eue Amelia à l'âge de huit ans quand Kate avait essayé de lui expliquer les relations sexuelles, un matin, sur le chemin de l'école. Elle se rappelait du doux et rare bonheur des câlins que lui faisait Amelia adolescente. Et ce qu'elle avait ressenti en la voyant pleurer à chaudes larmes à ce même âge, des larmes d'adulte, ou presque.

Finalement, elle se souvenait de tout ce dont elle avait besoin. Tout ce qui avait jamais vraiment compté. Et surtout à quel point elle avait aimé sa fille. Et à quel point elle avait essayé. Le reste – les défauts, les erreurs, les choses qu'elle aurait faites différemment –, elle s'efforçait de l'oublier. Car Seth avait raison. Une bonne part de ce qui était arrivé semblait à présent avoir été le fruit d'un hasard, heureux ou malheureux.

« J'ai vu Julia aujourd'hui, annonça-t-elle. Sylvia aimerait venir ici te dire à quel point elle est désolée. Je lui ai répondu que ça ne me posait pas de problème. J'espère que j'ai raison de croire ses explications à propos de ce qui s'est passé sur ce toit. De croire qu'il s'agissait d'un accident. Je crois que oui. J'ignore toujours ce que compte faire la police. Même si Sylvia dit la vérité maintenant, elle a menti sur tellement de points et pendant si longtemps. » Elle reprit son souffle en faisant courir sa main sur l'herbe bien entretenue. « Zadie a fini par partir, dans une espèce d'internat pour adolescentes perturbées, au fin fond du Connecticut. Sa mère a quitté le conseil d'établissement et puis aussi les clubs sont interdits pour de bon, du moins autant qu'on sache. Ça ne suffit pas, rien ne suffira jamais. Mais enfin, c'est un début. »

Elle aurait voulu pouvoir annoncer à Amelia que Dylan avait écrit en disant qu'elle l'avait vraiment aimée, après tout. Hélas, elle n'avait eu aucune nouvelle de Dylan, pas un seul mot. Elle resserra son manteau et, depuis le sommet de la colline où Amelia était enterrée, survola du regard la succession de mamelons du cimetière de Green-Wood, une vilaine rangée d'épiceries portoricaines délabrées, et le gigantesque Home Depot à l'horizon de la baie de New York.

« J'ai le sentiment de te devoir une excuse, de te la devoir depuis longtemps. J'aurais dû tout te raconter à propos de ton père dès le début », reprit-elle. Ça faisait un moment qu'elle avait prévu de faire ce discours, pourtant elle avait encore du mal à prononcer ces mots. « Tu avais le droit de savoir ce que je savais, même si je me trompais sur ce que je croyais être la vérité. Il se révèle que ton père est Jeremy Firth. Oui, oui, ce Jeremy. Nous n'avons fait l'amour qu'une seule fois, il était marié, nous n'aurions pas dû. J'étais perdue, seule, ça s'est passé, un point c'est tout. Mais ça a conduit à quelque chose de formidable : toi. »

Elle secoua la tête et entortilla quelques brins d'herbe. Elle songea alors à Phillip. Jusque-là il n'y avait eu qu'un café et quelques mails. Avec ses cheveux courts poivre et sel, ses petites rides autour des yeux et son visage rasé de près, il n'avait rien de commun avec Rowan. Et pourtant il lui rappelait tellement ce garçon passionné qu'elle avait connu si brièvement, il y a si longtemps. Elle se demandait si Amelia aurait approuvé ou non, mais force était de croire que oui. Gretchen avait eu raison au moins sur ce point : Amelia aurait voulu que Kate soit heureuse.

« Il y avait bien un garçon dans ce bar… Je n'ai pas menti là-dessus, poursuivit Kate. Peut-être que tu le sais déjà. Peut-être que tu as lu tous mes vieux journaux intimes, je ne le saurai jamais avec certitude. Je crois que depuis le début j'aurais simplement aimé qu'il soit ton père. Pas même lui, d'ailleurs – je le connaissais à peine, tu comprends –, mais l'idée de lui. Et au fil des ans, tu as fini par incarner cette idée dans ce qu'elle avait de meilleur. Je crois Phillip quand il déclare que tu étais unique en ton genre. Il voyait en toi ce que j'ai toujours vu, et c'est ce dont j'ai besoin maintenant. Être avec des gens qui savent que le monde est plus sombre sans toi. »

Elle prit une inspiration profonde, chevrotante, et s'efforça de ne pas pleurer.

« Je voudrais aussi que tu saches que même si Jeremy a été une erreur pour moi, ajouta-t-elle d'une voix brisée qui se noya dans le vent, toi, tu n'en as jamais été une, Amelia. Tu étais la meilleure chose qui me soit jamais arrivée. Tu le seras toujours. »

Il était trop tard pour changer quoi que ce soit. Trop tard pour faire des choix différents. Pour être une meilleure mère. Kate ne pouvait qu'être la mère qu'elle était, la mère d'Amelia : la conservatrice de son souvenir, la gardienne de ses secrets, l'adoratrice de son cœur. Et ça, elle le serait toujours.

REMERCIEMENTS

J'exprime ma plus profonde gratitude à mon agent et super-héros personnel, Marly Rusoff, le défenseur le plus compatissant et le plus dévoué dont peut rêver un auteur. Je ne pourrai jamais assez te remercier de m'avoir soutenue tout au long des nombreuses itérations de ce livre, ainsi que de celles des manuscrits qui l'ont précédé. À Michael Radulescu, pour toute ton aide et ta légèreté ô combien appréciable, et à Julie Mosow, éditrice passionnée, admirable partenaire de création et amie formidable.

À mon extraordinaire éditrice, Claire Wachtel, ta perspicacité incomparable a permis non seulement d'améliorer ce roman, mais aussi de m'améliorer moi en tant qu'écrivain. Travailler avec toi a été un honneur. Merci à Jonathan Burnham de m'avoir donné cette incroyable opportunité. Merci aussi à Elizabeth Perrella et à toute l'équipe des services marketing et vente d'HarperCollins pour votre enthousiasme et le travail de titan que vous avez fourni pour moi.

À Megan Crane, merci d'avoir dirigé par l'exemple, d'avoir toujours été partante pour lire une énième version, de m'avoir dit la vérité quand c'était nécessaire, et de m'avoir menti quand j'en avais besoin. Plus important encore, merci pour ton amitié sans pareille. Si tu n'avais pas été là au fil des ans pour discuter avec moi de l'écriture et de la vie, ce voyage parfois éreintant se serait achevé il y a fort longtemps.

Merci à Victoria Cook pour son excellent travail de motivation des troupes et pour avoir tant de fois sauvé la situation. À Elena Evangelo, pour sa chaleur et son optimisme infini, et à Cara Cragan pour sa foi.

Merci à mes fidèles lecteurs et précieux amis dont les commentaires et les encouragements ont été inestimables : Cindy Buzzeo, Heather Frattone, Nicole Kear et Tara Pometti.

À tous ceux d'entre vous, très nombreux, qui m'ont donné au cours des dix ans qui viennent de s'écouler des mots d'encouragement si généreux – Catherine et David Bohigian, la famille Cragan, la famille Crane, Jeremy Creelan, Joe et Naomi Daniels, Larry et Suzy Daniels, Charmaine De Grate, Dave et Joannie Fischer, David Kear, Merrie Koehlert, Hallie Levin, Brian et Laura Mayer, Diane Mehta, Brian McCreight, la famille Metzger, Jason Miller, Sarah Moore, Frank Pometti, Jon Reinish, la famille Thomatos, les membres de mon cercle d'écrivains très talentueux de Park Slope et tous ceux que j'ai oubliés –, merci à vous d'avoir cru en moi, surtout dans ces moments où je ne croyais plus en moi-même.

Merci aussi à mes parents, mes beaux-parents et ma famille ainsi qu'aux Prentice – Martin, Clare, Becky, Mike et Steve –, que j'ai désormais l'immense chance de pouvoir également compter parmi les miens.

À mon mari, Tony, ce livre est vraiment autant le tien que le mien. Sans toi, jamais je n'aurais eu le courage d'écrire un seul mot, et j'aurais encore moins pu espérer en voir le bout. Merci pour ta générosité et ta franchise, ta patience et ta confiance. Merci de me faire rire, de me pousser à penser et de me donner l'impression d'être comprise. Je ne pourrais pas demander mari ni meilleur ami plus incroyable.

Et à mes propres filles parfaitement parfaites. Merci, Harper, pour ta formidable empathie, tes câlins remarquables et pour m'avoir dit que tu étais fière de moi les jours où j'avais l'impression que personne ne l'était. Merci, Emerson, d'être restée à côté de l'imprimante à compter les pages, de m'avoir confié que tu voudrais être une artiste un jour, et pour ton incroyable sourire, capable d'éclairer jusqu'au jour le plus sombre. Sachez que peu importe l'âge que vous aurez, peu importe où vous irez ou qui vous deviendrez, je vous aimerai toujours dans votre intégralité, sans réserve. Et vos secrets, quels qu'ils soient, seront avec moi toujours bien gardés.

PAPIER À BASE DE FIBRES CERTIFIÉES

Le Livre de Poche s'engage pour l'environnement en réduisant l'empreinte carbone de ses livres. Celle de cet exemplaire est de :
600 g éq. CO_2
Rendez-vous sur www.livredepoche-durable.fr

Composition réalisée par PCA

Achevé d'imprimer en juin 2016 en Allemagne par
GGP Media GmbH, Pössneck
Dépôt légal 1re publication : août 2016
LIBRAIRIE GÉNÉRALE FRANÇAISE
31, rue de Fleurus – 75278 Paris Cedex 06

24/4793/0